José Maria Eça de Queiroz

Die Reliquie

Roman

Aus dem Portugiesischen von
Andreas Klotsch

Piper
München Zürich

Mit einem Nachwort von Óscar Lopes, in der Übertragung von Horst Schulz

Die Originalausgabe erschien 1887 unter dem Titel »A Relíquia« in Porto.

Von Eça de Queiroz liegt in der Serie Piper bereits vor:
Die Maias (587)
Weitere Werke sind in Vorbereitung.

ISBN 3-492-10787-7
Dezember 1987
R. Piper GmbH & Co. KG, München
Lizenzausgabe mit Genehmigung des Aufbau-Verlags, Berlin und Weimar

Umschlag: Federico Luci,
unter Verwendung des Gemäldes »L'homme au parasol« (1865) von Claude Monet (Kunsthaus Zürich)
Druck und Bindung: Clausen & Bosse, Leck
Printed in Germany

I

Mein Großvater war der Pater Rufino da Conceição, Lizentiat der Theologie, Verfasser eines frommen „Lebens der heiligen Philomena“ und Prior von Amendoeirinha. Mein Vater, ein Schützling Unserer Mariä Aufnahme in den Himmel, hieß Rufino da Assunção Raposo und lebte in Évora bei meiner Großmutter Filomena Raposo, genannt „die Dralle“, einer Zuckerwerkverkäuferin in der Rua do Lagar dos Dízimos. Papa hatte eine Anstellung bei der Post und schrieb in seiner Freizeit für den „Leuchtturm von Alentejo“.

Im Jahre 1853 verbrachte ein berühmter Geistlicher, Dom Gaspar de Lorena, Bischof von Chorazin, welches in Galiläa gelegen, das Johannisfest in Évora, als Gast des Domherrn Pita, in dessen Haus Papa sich abends oft zum Gitarrenspiel einfand. Aus Ehrerbietung den beiden Priestern gegenüber veröffentlichte Papa im „Leuchtturm“ einen sodann aus dem „Predigerschatz“ wärmstens aufgelesenen Artikel, darin er Évora zu der Ehre beglückwünschte, „daß es in seinen Mauern den vortrefflichen Prälaten Dom Gaspar, ein strahlendes Licht der Kirche, eine felsenstarke Glaubensperson“ beherbergte. Der Bischof von Chorazin schnitt sich den Text aus, um ihn zwischen die Blätter seines Breviers zu legen; alles an Papa begann ihm zu gefallen, bis hin zur Reinlichkeit seiner Leibwäsche und bis zur weinerlichen Anmut, mit der Papa zur Gitarre die Romanze vom Grafen Ordonho sang. Doch als er gar erfuhr, daß ebendieser Rufino da Assunção, so dunkelbraun und so sympathisch, der leibliche Sproß seines alten Rufino da Conceição war, seines Studienkameraden im löblichen Seminar von Sankt Joseph und Begleiters auf den theologischen Pfaden der Universität, da steigerte sich seine Zuneigung für Papa ins Unermeßliche. Bevor er Évora verließ, schenkte er ihm eine silberne Taschenuhr; und dank seinem Einfluß wurde Papa, nachdem er etliche Monate als Amtsanwärter beim Zoll in Porto herumgelungert, auf skandalöse Weise zum Direktor der Zollstation von Viana ernannt.

Die Apfelbäume blühten, als Papa in die sanften Auen zwischen dem Rio Minho und dem Rio Lima kam; und noch im Juli machte er die Bekanntschaft eines Edelmanns aus Lissabon, des Komturs G. Godinho, der den Sommer mit zwei Nichten hier am Fluß verbrachte, auf einem Landgut, genannt „Mosteiro", Kloster, ursprünglich Herrensitz der Grafen von Lindoso. Die ältere der beiden Damen, Dona Maria do Patrocínio, trug eine dunkle Brille und ritt jeden Morgen vom Landgut aus auf einem Eselchen zur Stadt, begleitet von einem Diener in Livree, um die Messe in Sant'Ana zu hören. Die andere, Dona Rosa, dicklich und brünett, spielte die Harfe und kannte die Verse von „Liebe und Melancholie" auswendig; stundenlang erging sie sich am Wasser im Schatten der Erlen; das weiße Kleid schleifte über den Rasen, sie flocht Gebinde aus Feldblumen.

Papa begann mit seinen Besuchen im „Mosteiro". Ein Zöllner trug ihm die Gitarre; und während der Komtur und ein weiterer Freund des Hauses, der Amtsrichter Margaride, sich in eine Partie Tricktrack vertieften und Dona Maria do Patrocínio den Rosenkranz betete, ließ Papa auf der Veranda, an seiner Seite Dona Rosa, im Angesicht des bleich und rund über dem Fluß stehenden Mondes in der Stille die Gitarrensaiten seufzen und sang von den traurigen Fährnissen des Grafen Ordonho. Ein andermal war er es, der dem Komtur beim Spiel Gesellschaft leistete; dann setzte sich Dona Rosa, mit einer Blume im Haar und einem Buch auf dem Schoß, dem Onkel zu Füßen, und Papa, der die Würfel schüttelte, fühlte ihren kosenden, vielversprechenden Blick – aus Augen mit langen Wimpern – auf sich ruhen.

Sie heirateten. Ich wurde am Abend des Karfreitags geboren; und Mama starb, als zum fröhlichen Morgen die Freudenraketen des Hallelujas barsten. Sie ruht, von Levkojen bedeckt, auf dem Friedhof von Viana, längs der Mauer, an einer schattenfeuchten Allee von Trauerweiden, unter denen sie in weißem Kleid, von Traviata, ihrem samthaarigen Hündchen, begleitet, an Sommernachmittagen gern spazierenging.

Der Komtur und Dona Maria kamen nicht wieder zum „Mosteiro“. Ich wuchs heran, hatte die Masern, Papa setzte Speck an, und seine Gitarre döste in der grünen Flanellhülle, vergessen in der Ecke des Wohnzimmers. An einem Julitag, bei großer Hitze, zog mir das Kindermädchen Gervásia den schweren Anzug aus schwarzem Halbsamt an, und Papa band sich einen Trauerflor um den Strohhut: Komtur G. Godinho, den Papa oftmals giftig einen „Strolch“ genannt hatte, war gestorben.

Dann urplötzlich, in einer Fastnacht, erlag Papa einem Gehirnschlag, während er die Steintreppe in unserem Haus herabstieg, als Bär verkleidet und im Begriff, den Ball der Damen Macedos zu besuchen.

Ich war damals sieben Jahre, und ich erinnere mich, daß ich tags darauf in unserem Innenhof eine große dicke Frau in kostbarer Mantille aus schwarzer Spitze schluchzend vor Papas Blutflecken stehen sah, die niemand weggewischt hatte und die auf den Fliesen bereits eingetrocknet waren. Am Portal wartete eine Alte, in ihren Mantel aus feinem Wollflanell gehüllt, und betete.

Die Fensterläden zur Straße wurden geschlossen; im finsteren Hausflur, auf einer Bank, spendete ein Messingleuchter qualmendes, hinfällig mattes Kapellenlicht. Der Wind blies, und es regnete. Durch das Küchenfenster sah ich, während Mariana weinerlich das Feuer im Herd fächelte, über den Largo da Senhora da Agonia den Mann kommen, der Papas Sarg auf dem Rücken herbeischleppte. In der argen Bergkälte mutete die kleine Kirche Unserer Lieben Frau mit ihrem schwarzen Kreuz, da blank und nackt zwischen den Pinien und fast im Nebel verschwindend, noch trauriger an; und weiter weg, wo die Felsen aufragen, stöhnte und rollte unablässig ein großes winterliches Meer.

Am Abend im Bügelzimmer hüllte mich das Kindermädchen Gervásia in einen Unterrock und setzte mich auf den Fußboden. Hin und wieder knarrten auf dem Korridor die Stiefel von João, dem Zöllner, der mit Lavendel räucherte. Die Köchin brachte mir ein Stück Biskuit. Ich schlief ein, und im Traum sah ich mich an einem hellen Fluß spazieren, wo die schon sehr alten Pappeln eine Seele zu haben schienen und seufzten; an meiner Seite schritt ein nackter Mann mit einem Wundmal an jedem Fuß und einem Wundmal an jeder Handfläche, es war Jesus, unser Herr.

Eines Morgens, Tage später, weckten sie mich aus dem Schlaf. Das Fenster meines Zimmers, von der Sonne angestrahlt, leuchtete wundervoll, gleichsam als kündigte sich ein frommes Ereignis an. Neben dem Bett stand ein dicker lächelnder Mann, der meine Fußsohlen sanft kitzelte und mich einen Schlingel nannte. Gervásia sagte, das sei der Senhor Matias, er wolle mich mitnehmen, weit fort, ins Haus von Tante Patrocínio; und Senhor Matias, mit gezückter Schnupftabakdose, schaute entsetzt auf die zerrissenen Strümpfe, die Gervásia mir anzog. Sie hüllten mich in den grauen Mantelschal von Papa. João, der Zöllner, trug mich auf dem Arm vor die Haustür, wo eine Sänfte mit Vorhängen aus Wachstuch wartete.

So begann unsere Reise, und sie führte hin auf schmalen Straßen. Selbst im Schlummer hörte ich die leisen Glöckchen der Maultiere; und Senhor Matias, mir gegenübersitzend, streichelte mir zuweilen das Gesicht und sagte: „Da ziehen wir also hin." Eines Abends, bei Einbruch der Dunkelheit, hielten wir jäh an einem einsamen Fleck im sumpfigen Gelände; der Maultiertreiber in seinem Zorn fluchte und fuchtelte mit der brennenden Fackel. Rings um uns rauschte leidvoll in der Finsternis ein Pinienwald. Senhor Matias, bleich geworden, zog seine Uhr aus der Tasche und versteckte sie im Stiefelschaft.

An einem Abend erreichten wir eine Stadt, in der die

Straßenlampen, von der Form einer aufgeblühten Tulpe, ein so seltsam helles und freundliches Licht verstrahlten, wie ich es noch nie gesehen hatte. In dem Gasthaus, in dem wir abstiegen, kannte der Diener, Gonçalves mit Namen, den Senhor Matias. Und nachdem er uns die Bratenstücke vorgesetzt, lehnte er sich traut an unseren Tisch, die Serviette über der Schulter, und erzählte so einiges vom Herrn Baron und der Engländerin des Herrn Barons. Als wir uns, von Gonçalves geleuchtet, auf das Zimmer begaben, kam uns auf dem Korridor plötzlich eine große weiße Dame entgegen, in rauschender Seide und nach Moschus duftend: die Engländerin des Herrn Barons. Ich in meinem Eisenbett, vom Lärm der Kutschen wachgehalten, war, während ich das Ave-Maria betete, in Gedanken ganz bei ihr. Noch nie hatte ich einen so schönen Körper gestreift, dem ein so durchdringender Wohlgeruch entströmte, sie war ein wundervoller Anblick; der Herr war mit ihr, und sie schritt dahin, gepriesen unter den Frauen, mit einem Seidenrascheln ...

Dann reisten wir weiter, in einer Kutsche mit königlichem Wappen, die auf ebener Straße dahinrollte, im kräftigen, schweren Trab der vier dicken Pferde. Senhor Matias, in Hausschuhen und Tabak schnupfend, nannte mir hier und da den Namen einer Siedlung, die sich in der Frische eines Tales um eine alte Kirche drängte. Bei sinkender Sonne blitzten zuweilen die Fenster eines geruhsam am Hang liegenden Hauses wie blitzendes Gold. Die Kutsche fuhr vorbei, das Haus blieb dösend zwischen den Bäumen zurück; und durch die trüben Scheiben sah ich die Venus blinken. In später Nacht blies ein Horn, und über Holperpflaster fuhren wir in eine schlafende Stadt ein. Am Eingang des Gasthauses blakten Laternen, die sich stumm bewegten. Im Obergeschoß, in einem gemütlichen Raum, mit einem Tisch voller Gedecke, dampften die Terrinen; die fröstelnden Reisenden gähnten, streiften die dicken Wollhandschuhe ab; ich aß schläfrig und lustlos meine Hühnerbrühe, neben mir der Senhor Matias, der stets irgendeinen Kellner kannte, sich nach dem hiesigen Amtsrichter erkundigte oder fragte, wie es um die Rathausangelegenheiten stünde.

Schließlich, an einem Sonntagmorgen, während es nieselte, kamen wir vor einem großen Haus an, auf einem ganz schlammigen Platz. Senhor Matias sagte, dies hier sei Lissabon; und in den Mantelschal gehüllt, setzte er mich auf eine Bank, in der Tiefe eines feuchten Raumes, wo Gepäckstücke lagen und riesige Waagen aus Eisen standen. Eine träge Glocke läutete zur Messe; vor dem Portal marschierte ein Trupp Soldaten vorbei, mit Waffen unter den Ölmänteln. Ein Mann schleppte unsere Koffer, wir stiegen in eine Kutsche, und an der Schulter des Senhor Matias schlief ich ein. Als er mich absetzte, befanden wir uns in einem traurigen, mit feinem Kies bedeckten und schwarzen Bänken ausgestatteten Innenhof, und auf der Treppe unterhielt sich ein dickes Dienstmädchen flüsternd mit einem Mann, der mit einem ärmellosen scharlachroten Überwurf bekleidet war und am Hals die „Sparbüchse der Seelen“ trug.

Vicência war es, das Dienstmädchen der Tante Patrocínio. Senhor Matias führte mich sanft an der Hand die Stufen hinauf und sprach mit ihr. In einem Zimmer mit dunkler Tapete stießen wir auf eine hochgewachsene, knochendürre Dame in Schwarz, mit einer goldenen Kette auf der Brust; ein unter dem Kinn geknotetes violettes Tuch verhüllte ihr wie eine Trauervermummung das Haupt; und in der Tiefe dieses Schattens ruhten zwei rauchschwarze Augengläser. Von der Wand hinter ihrem Rücken musterte mich ein Bildnis Unserer Lieben Frau von den Schmerzen mit von Schwertern durchbohrter Brust.

„Dies ist die Titi“, erklärte mir Senhor Matias. „Man muß die Titi sehr liebhaben . . . Man muß zur Titi immer ja sagen!“

Angestrengt langsam senkte die Tante das hagere, grünlich blasse, fratzenhafte Gesicht. Ich spürte einen vagen Kuß von Eiseskälte; da, jäh wich die Titi zurück, erbost.

„Pfui, Vicência! Entsetzlich! Ich glaube, sie haben ihm Öl ins Haar geschmiert!“

Erschrocken, mit schon zitternder kleiner Schnute, hob ich den Blick zu ihr auf und murmelte: „Ja, Titi."

Senhor Matias lobte mich sodann: ich sei ein aufgewecktes Kind, ich hätte mich in der Kutsche artig benommen und mich in den Gasthäusern bei Tisch, beim Löffeln der Suppe, reinlich gezeigt.

„Schon gut", knurrte die Titi trocken. „Wär ja noch schöner, wenn er sich nicht zu benehmen wüßte, in Anbetracht dessen, was ich für ihn tue. Vicência, schaff ihn fort ... wasch ihm den Schlaf aus den Augenwinkeln und sieh mal, ob er das Kreuz zu schlagen weiß ..."

Senhor Matias gab mir auf jede Wange einen lauten Schmatz. Vicência führte mich in die Küche.

Zu Abend zogen sie mir den Anzug aus Halbsamt an, und Vicência, in frischer Schürze und mit ernstem Gesicht, führte mich an der Hand in einen Raum, in dem Vorhänge aus scharlachfarbenem Damast hingen und die Füße der Tische vergoldet waren, gleich den Säulen eines Altars. Die Titi thronte in der Mitte des Sofas, in einem Kleid aus schwarzer Seide und mit schwarzer Spitze besetzt, die Finger funkelnd von Ringen. An ihrer Seite, in ebenfalls vergoldeten Sesseln, saßen zwei Priester im Gespräch. Der eine, lächelnd und fettglänzend, mit gekräuseltem, schon weißem Haar, streckte mir väterlich die Arme entgegen. Der andere, dunkel und traurig, brummte lediglich „guten Abend". Und ein dritter, der da am Tisch in einem großen illustrierten Buch blätterte, ein bartloser, schwächlicher Mann mit riesigem Umlegekragen, grüßte voller Aufregung, wobei er den Kneifer von der Nase gleiten ließ.

Jeder gab mir zage einen Kuß. Der traurige Pater fragte, wie ich hieße, und ich antwortete: „Tedrico." Der andere entblößte die blendend weißen Zähne und riet mir lächelnd, ich solle die Silben trennen, solle „Te-o-do-ri-co" sagen. Dann fanden sie, ich ähnele Mama, um die Augen herum. Die Tante seufzte und pries Jesus Christus, daß ich nichts von den Raposos hätte. Der Mann mit dem riesigen Umlegekragen schloß das Buch, klappte den Kneifer zusammen und fragte schüchtern, ob ich mich denn nach Viana zurücksehnte. Ich murmelte verwirrt: „Ja, Titi."

Da nahm mich der bejahrtere, fettglänzende Pater auf die Knie und schärfte mir ein, ich solle gottesfürchtig sein, hübsch artig und still im Hause und der Titi immer folgsam ...

„Der Teodorico hat niemanden mehr, nur noch die Titi ... Und immer ja sagen zur Titi."

„Ja, Titi", wiederholte ich scheu.

Ich solle den Finger aus dem Mund nehmen, sagte die Tante gestreng. Dann befahl sie mir, in die Küche zurückzukehren, zu Vicência, den Gang immer geradeaus ...

„Und wenn du an der Hauskapelle vorbeikommst, da, wo das Licht ist und der grüne Vorhang, dann tust du einen Kniefall und schlägst mir das Kreuz."

Ich schlug kein Kreuz, zog jedoch den Vorhang einen Spalt weit auf – und die Hauskapelle der Titi blendete meine Augen. Sie war ganz mit violetter Seide ausgekleidet und mit rührseligen Bildern in üppigen Umrahmungen versehen, die von den Leiden des Herrn erzählten; der Spitzensaum der Altardecke reichte bis zu dem von Läufern bedeckten Fußboden herab; die Heiligen aus Elfenbein und Holz, mit schillernden Aureolen, lebten in einem Wald von Veilchen und roten Kamelien. Das Licht der Wachskerzen spiegelte sich in zwei an der Wand lehnenden kostbaren Silbertafeln, die ruhenden Heiligenschilden glichen; und Jesus Christus, unser Herr, am Kreuz aus Schwarzholz unter dem Altarhimmel aufragend, war ganz aus Gold und strahlte.

Ich wagte mich bis zu dem Kissen aus grünem Samt, das vor dem Altar lag und den Abdruck von Titis frommen Knien aufwies. Ich hob meine hübschen schwarzen Augen zum gekreuzigten Jesus empor. Und ich dachte, die Engel im Himmel, die Heiligen, die Muttergottes und Gottvater sähen gewißlich so aus, golden, vielleicht bespickt mit Edelsteinen: von ihrem Glanz rührte das Tageslicht her, und die Sterne wären die glitzernden Kerne des wertvollen

Metalls, und sie durchbrächen die schwarzen Schleier, in die der Menschen frommes Zartgefühl sie zur Nacht einhüllte, damit sie schliefen.

Nach dem Tee legte Vicência mich in einen kleinen Alkoven neben ihrem Zimmer. Zunächst hieß sie mich im Hemd niederknien, faltete mir die Hände und richtete meinen Blick gen Himmel. Dann sprach sie mir die Vaterunser vor, die ich zu beten hatte für die Gesundheit der Titi, für Mamas ewige Ruhe und für die Seele eines Komturs, der sehr gut, sehr fromm und sehr reich gewesen war und Godinho geheißen hatte.

Sobald ich neun Jahre alt war, ließ mir die Titi Hemden nähen und einen Anzug aus schwarzem Stoff schneidern und gab mich als Internatsschüler zu den Isidoros, deren Sitz damals in Santa Isabel war.

Schon während der ersten Wochen verband ich mich in zarter Freundschaft mit einem etwas älteren Jungen namens Crispim, einem Sproß der Firma Telles, Crispim & Co., Besitzer der Wollspinnerei in Pampulha. Crispim half sonntags als Ministrant bei der Messe; wenn er kniete, glich er mit seinen langen blonden Haaren einem lieblichen Engel. Manchmal, auf dem Korridor, riß er mich an sich und bedeckte mein weiches, mädchenhaftes Gesicht mit verzehrenden Küssen; abends im Studiersaal, überm Blättern in den behäbigen Nachschlagebüchern, steckte er mir mit Bleistift beschriebene Zettel zu, auf denen er mich „Mein Angebeteter" nannte und mir Schächtelchen mit Stahlfedern versprach.

Der Donnerstag war der unangenehme Tag des Füßewaschens. Und dreimal in der Woche fragte uns der schmierige Pater Soares, einen Zahnstocher im Mund, den Katechismus ab und erzählte uns das Leben Christi.

„Und dann griffen sie ihn, führten ihn in das Haus des Kaiphas ... He du, da am Ende der Bank, wer war Kaiphas? ... Nein. Sag du es! ... Nein. Der nächste! ... Aber nein! Zum Kuckuck, ihr Hornochsen! Ein Jude war's, ein ganz übler ... Also, an einem sehr häßlichen Ort in Judäa, so sagt man, steht ein Baum, der ist über und über mit Dornen besetzt, daß es einen schaudert ..."

Die Pausenglocke ertönte, und alle klappten schlagartig das Lehrbuch zu.

Auf dem mit Kies bestreuten Schulhof stank es, wegen der nahen Latrinen; und in einem zu ebener Erde gelegenen Raum, wo der geschniegelte alte Tanzlehrer Cavinetti uns sonntags in kleinen flachen Schuhen Mazurkas beibrachte, taten sich die größeren Schüler an einem heimlichen Zug aus der Zigarette gütlich.

Einmal im Monat kam Vicência, in Umhang und Kopftuch, um mich, im Anschluß an die Messe, für den Sonntag zur Titi zu bringen. Isidoro Júnior examinierte vor dem Aufbruch jedesmal meine Ohren und Fingernägel, oft seifte er mich in seiner Waschschüssel zornig ab und schalt mich einen Schmutzfink. Dann begleitete er mich bis an die Tür, streichelte mich, nannte mich „mein lieber kleiner Freund" und ließ der Dona Patrocínio das Neves durch Vicência seine ehrerbietigen Grüße ausrichten.

Wir wohnten am Campo de Sant'Ana. Wenn ich den Chiado hinunterschritt, verweilte ich vor einem Bilderladen und betrachtete das Schmachtbild einer blonden Nacktbusigen, die sich auf einem Tigerfell rekelte und mit ihren Fingerspitzen, noch feiner als die von Crispim, eine dicke Perlenkette hielt. Die Helle dieser Blöße brachte mir die Engländerin des Herrn Barons in Erinnerung; und wieder atmete ich jenes Arom, das mich auf dem Korridor des Gasthauses so verwirrt hatte und das hier nun, auf sonnendurchfluteter Straße, den Seidengewändern der Damen entströmte, die, in Korsetts gepreßt, gemessen und ernst die Straße heraufkamen, um die Messe in der Loreto-Kirche zu besuchen.

Daheim hielt mir die Titi die Hand zum Kuß hin; und den ganzen Vormittag hockte ich, in den Bänden des „Weltpanoramas" blätternd, in ihrem kleinen Zimmer, in dem es ein gestreiftes Sofa, einen reichverzierten Schrank aus Schwarzholz und kolorierte Lithographien mit anrührenden Szenen aus dem sehr tugendsamen Leben ihres

Lieblingsheiligen, des Patriarchen Sankt Joseph, gab. Die Titi, mit dem violetten Tuch auf dem Haupt und die Beine in eine Decke gehüllt, saß am Fenster und unterzog ein großes Rechnungsheft der gestrengen Prüfung.

Um drei Uhr nachmittags schlug sie das Heft zu, und aus ihrem Tuchschatten hervor fragte sie mich den Katechismus ab. Mit gesenktem Blick und ihrem herbsüßlichen Geruch nach Schnupftabak und Ameise in der Nase, sagte ich das Credo auf, spulte die Zehn Gebote ab.

Sonntags fanden sich die zwei Geistlichen mit zum Abendessen ein. Der Kräuselhaarige, das war Pater Casimiro, der Vermögensverwalter der Titi. Er pflegte mich lächelnd in die Arme zu nehmen, forderte mich auf, arbor, arboris, currus, curri zu deklinieren, und nannte mich voll Sympathie einen „talentierten Burschen". Der andere Geistliche lobte die Internatsschule der Isidoros, eine vortreffliche Erziehungsanstalt, wie es sie nicht einmal in Belgien gäbe. Dies war Pater Pinheiro. Mit jedem Mal mutete er mir dunkler an und trauriger. Sooft er an einem Spiegel vorbeikam, blieb er stehen, streckte die Zunge heraus und studierte sie argwöhnisch und entsetzt.

Beim Abendessen erfreute sich Pater Casimiro an meinem Appetit. „Noch ein Stückchen Kalbsbraten? Jungens müssen guter Laune sein und müssen gut genährt sein!"

Pater Pinheiro tastete seinen Bauch ab und sagte: „Glückliches Alter! Glücklich das Alter, in dem man gern zweimal zulangt!"

Er und die Tante sprachen sodann von Krankheiten. Pater Casimiro, mit gerötetem Gesicht, die Serviette um den Hals, den Teller voll, das Glas voll, lächelte selig.

Wenn auf dem Platz draußen, zwischen den Bäumen, das Gaslicht anging, legte Vicência ihren alten karierten Schal um und brachte mich zurück ins Internat. Zu dieser sonntäglichen Stunde fand sich stets ein schmächtiger, bartloser Herr mit breitem Umlegekragen ein: das war Senhor José Justino, Sekretär der Bruderschaft Sankt Joseph und Notar der Tante, mit Büro in São Paulo. Während er schon im Innenhof seinen Paletot abstreifte, tätschelte er mir die Wange und erkundigte sich bei Vicência nach dem Befinden der Senhora Dona Patrocínio. Er ging hinauf, und wir schlossen das schwere Portal. Ich atmete erleichtert auf, denn dieses große Haus mit seinem roten Damast, seinen zahllosen Heiligen und seinem Geruch nach Kapelle stimmte mich jedesmal traurig.

Unterwegs redete Vicência von der Tante; diese hatte sie vor sechs Jahren aus dem Armenhaus in ihr Haus geholt. So erfuhr ich, daß die Titi ein Leberleiden hatte, daß sie viele Goldmünzen in einem Beutel aus grüner Seide besaß und daß der Komtur Godinho, der Onkel von ihr und von meiner Mutter, ihr zweihundert Contos in Form von Grundstücken und Wertpapieren hinterlassen hatte, desgleichen das Landgut „Mosteiro" nahe Viana, Silbergeschirr und chinesisches Porzellan ... Reich war die Titi, sehr reich! Da galt es, gut und brav zu sein, der Titi immer zu gefallen!

Vor dem Tor des Internats sagte Vicência: „Adieu, mein Schatz" und gab mir einen dicken Schmatz. In den Nächten, die Schlafrolle umarmend, dachte ich oft an Vicência und an ihre Arme, wie ich sie kannte: mit hochgekrempelten Ärmeln, stämmig, weiß wie Milch. Und so keimte in meinem Herzen schamvoll eine Leidenschaft für Vicência.

Einmal während der Pause nannte mich ein Junge, mit Bartflaum schon, Zierpuppe. Ich zitierte ihn zu den Latrinen und schlug ihm da mit einem viehischen Fausthieb das Gesicht blutig. Fortan war ich gefürchtet. Ich rauchte Zigaretten. Crispim verließ die Isidoros; ich war begierig, fechten zu lernen. Und meine hehre Liebe zu Vicência kam mir eines Tages unbemerkt abhanden, wie eine Blume, die man auf der Straße verliert.

Und so eilten die Jahre dahin: zu den Christvespern wurde im Refektorium ein Holzkohlefeuer angefacht, ich zog meinen mit Wollflanell gefütterten und mit einem Astrachankragen besetzten Überrock an; später kamen die Schwalben und ließen sich auf den Traufen unseres Daches nieder, und in Titis Hauskapelle parfümierten statt der Kamelien die ersten Sträuße roter Nelken die goldenen

Füße des Gekreuzigten; dann kam die Zeit, da man im Meer badete, und Pater Casimiro schickte der Tante einen Korb mit Trauben von seinem Landgut in Torres . . . Ich begann Rhetorik zu studieren.

Eines Tages beschied mir unser guter Vermögensverwalter, daß ich nicht mehr zu den Isidoros zurückkehren, sondern nach Coimbra gehen würde, um mein Vorstudium im Hause des Doktor Roxo, eines Theologiedozenten, abzuschließen. Sie ließen mir Leibwäsche nähen. Die Titi reichte mir einen Zettel mit dem Gebet, das ich tagtäglich an den heiligen Luís Gonzaga, den Beschützer der studierenden Jugend, zu richten hatte, damit er meinem Körper die Frische der Keuschheit bewahrte und meiner Seele die Gottesfurcht. Pater Casimiro brachte mich in die liebreizende Stadt, in der Minerva ihren Duselschlaf hält.

Ich haßte Doktor Roxo bald. In seinem Haus fristete ich ein hartes, klösterliches Dasein. Und unsäglich war mein Ergötzen, als der unangenehme Kirchenmann im ersten Jahr meines Jurastudiums jämmerlich an einem Karbunkel starb. Ich wechselte dann in die vergnügliche Herberge Pimentas über und kostete sogleich, der Mäßigung abhold, alle Freiheiten und pfeffrigen Genüsse des Lebens. Nie mehr brabbelte ich das fade Gebet an die Adresse des heiligen Luís Gonzaga, noch beugte ich mein mannhaftes Knie vor der seligen Bildgestalt mit der Aureole im Nacken. Zünftig betrank ich mich bei Camelas; ich bewies meine Stärke, indem ich einen Markör vom „Trony“ mit den Fäusten blutig schlug; ich sättigte mein Fleisch bei genüßlichen Liebesabenteuern am Terreiro da Erva; ich streunte im Mondschein umher und plärrte Fados; ich benutzte einen Spazierstock; und da mir der Bart sproß, dicht und schwarz, akzeptierte ich mit Stolz den Spitznamen Raposão, Oberfuchs. Alle vierzehn Tage aber schrieb ich der Titi in meiner schönen Schrift einen treuherzigen, frommen Brief, berichtete von der Härte meiner Studien, von meinem zurückhaltenden Auftreten, von den vielen Gebeten und den eisernen Fasten, vom Labsal der Predigten, von den süßen Kasteiungen nachmittags beim Herz Jesu, in der Kathedrale, und von den Novenen, mit denen ich meine Seele an den stillen, vorlesungsfreien Tagen in der Kirche Santa Cruz tröstete.

Die Sommermonate danach in Lissabon waren schmerzhaft. Ich konnte nicht ausgehen, nicht einmal zum Haareschneiden, ohne die Tante sklavisch um Erlaubnis zu bitten. Ich wagte nicht, im Café zu rauchen. Am frühen Abend hatte ich brav heimzukehren; und vor dem Schlafengehen war mit der Alten in der Hauskapelle ein langer Rosenkranz zu beten. Ich selbst hatte mich zu dieser schandbaren Frömmigkeit verurteilt!

„Und dort, in deinem Studium, betest du fleißig deinen Rosenkranz?“ hatte die Titi trocken gefragt.

Ich, mit einem abschätzigen Lächeln: „Aber, aber! Ich kann noch nicht mal einschlafen, wenn ich nicht meinen geliebten Rosenkranz gebetet habe!“

Nach wie vor fand das sonntägliche Beisammensein statt. Pater Pinheiro, noch trauriger, klagte jetzt über Herzbeschwerden, ein bißchen auch über die Blase. Auch war da noch ein weiterer Gast, ein alter Freund des Komturs Godinho und treuer Besucher der Familie Neves, nämlich Margaride, einst Amtsrichter in Viana, später Landgerichtsrat in Mangualde. Zu Reichtum gelangt durch den Tod seines Bruders Abel, der Sekretär der Patriarchalkammer gewesen war, hatte sich der Doktor, der Prozeßakten überdrüssig, zur Ruhe gesetzt, lebte in Muße und las die Zeitungen in seinem Haus an der Praça da Figueira. Da er Papa gekannt und ihn oftmals zum „Mosteiro“ begleitet hatte, behandelte er mich ehrerbietig und duzte mich.

Er war ein korpulenter, feierlich wirkender Mann, bereits kahl, mit bleichem Gesicht und buschigen, kohlschwarzen Augenbrauen. Selten passierte es, daß er der Titi nicht mit einer Schreckensmeldung hereinplatzte. „Ja, wissen Sie’s denn noch nicht? Ein entsetzliches Feuer in der Unterstadt.“ Kaum mehr als eine qualmende Esse. Aber der gute Margaride hatte in seinen Jugendjahren, in einem finsteren Anfall von Imagination, zwei Tragödien geschrieben, daher seine morbide Lust zu übertreiben und zu beeindrucken. „Kein zweiter, der wie ich das Grandiose genießt", pflegte er zu sagen.

Und jedesmal, wenn er die Titi und die Geistlichen in Schrecken versetzte, schnupfte er eine Prise Tabak.

Ich mochte Doktor Margaride sehr. Seinerzeit in Viana ein Freund von Papa, hatte er diesen die Romanze vom Grafen Ordonho zur Gitarre singen hören. Ganze Nachmittage waren die zwei, poetisch beseelt, nahe dem „Mosteiro" am Flußufer spaziert, indessen Mama im Schatten der Erlen Sträuße Feldblumen pflückte. Und kaum daß ich geboren, am Abend des Karfreitags, hatte er mir ein Ostergeschenk geschickt. Zudem pries er, sogar in meiner Gegenwart, der Tante gegenüber meine Intelligenz und meine feinen Manieren.

„Unser Teodorico, Dona Patrocíno, das ist ein junger Mann, der seiner Tante helle Freude bereitet . . . Sie haben, meine hochverehrte Freundin, in ihm einen Telemach!"

Ich errötete bescheiden.

Nun aber passierte es, daß ausgerechnet er mich, an einem Augusttag, während wir auf dem Rossio spazierten, mit einem entfernten Verwandten, einem Neffen des Komturs G. Godinho, bekannt machte. Doktor Margaride stellte ihn mir kurz und bündig vor: „Dein Cousin Xavier, ein Junge mit großen Talenten." Es war ein schmuddliger Mensch mit blondem Schnurrbart, der in Saus und Braus die von seinem Vater, Besitzer einer Seilerei in Alcântara, geerbten dreißig Contos wild durchgebracht hatte. Der Komtur G. Godinho hatte ihn, etliche Monate bevor er an einem Lungenleiden starb, aus Mitleid in der Kanzlei des Justizministeriums untergebracht, mit zwanzig Mil-résis Gehalt monatlich. Und jetzt lebte Xavier mit einer Spanierin namens Carmen und deren drei Kindern in einem Haus in der Rua da Fé.

Ich besuchte ihn dort an einem Sonntag. Die Wohnung hatte fast keine Möbel; die Waschschüssel, die einzige hier, war in den zerschlissenen Sitz eines Rohrsessels eingelassen. Xavier spuckte den ganzen Morgen über Blut. Und Carmen, ungekämmt, in Hausschuhen und in einem weinfleckigen Barchentkittel, trug grämlich ein in einen Fetzen gehülltes Kleinkind, das den Kopf voller Grind hatte, wiegend im Raum auf und ab.

Xavier, der mich duzte, begann sogleich von der Tante Patrocínio zu reden. Die Tante Patrocínio war seine Hoffnung in diesem finsteren Elend. Sie, Dienerin Christi und Eigentümerin so vieler Häuser, konnte einen Verwandten, einen Godinho, doch nicht in dieser Bude verkommen lassen, ohne Bettzeug, ohne Tabak, mit abgerissenen Kindern um sich, die weinend nach Brot riefen. Was kostete es die Tante Patrocínio, wenn sie ihm, wie es der Staat bereits tat, eine monatliche Rente von zwanzig Mil-résis zukommen ließ!

„Du, Teodorico, müßtest mit ihr reden! Du müßtest ihr sagen ... Schau dir diese kleinen Wesen an. Nicht mal Strümpfe haben sie ... Komm her, Rodrigo, komm und sag dem Onkel Teodorico, was du heute gefrühstückt hast ... Einen Kanten Brot von gestern. Ohne Butter, ohne irgendwas! Das ist unser Leben, Teodorico! Du siehst, Junge, hart!“

Ich war erschüttert und versprach, mit der Titi zu reden.

Mit der Titi reden! Nicht einmal wagen würde ich es, ihr zu sagen, daß ich Xavier kannte und daß ich diese sündige Hütte betreten hatte, in der eine vom Laster ausgezehrte Spanierin hauste.

Und damit sie nichts von meiner schändlichen Angst vor der Tante merkten, blieb ich der Rua da Fé fortan fern.

Gegen Mitte September, zu Mariä Geburt, erfuhr ich von Doktor Barroso, daß mein Cousin Xavier sterbenskrank daniederliege und mich heimlich zu sprechen wünsche.

Mißgelaunt ging ich am Nachmittag hin. Auf der Treppe roch es nach Fieber. In der Küche sprach Carmen unter Schluchzern mit einer anderen hageren Spanierin in schwarzem Umhang und ärmlichem Leibchen aus kirschfarbenem Satin. Die Kleinen, auf den Dielen, kratzten aus einem Topf Reste einer Brotsuppe. Und im Alkoven lag Xavier in eine Decke gewickelt, die Waschschüssel neben sich voll von blutigem Auswurf, und hustete abgehackt.

„Bist du es, Junge?"

„Xavier, was ist denn los?"

Mit einem obszönen Wort tat er kund, daß er verloren sei. Er lag ausgestreckt auf dem Rücken, in den Augen ein trockener Glanz, und sprach von der Titi. Er hatte ihr einen schönen, herzerweichenden Brief geschrieben, und das Miststück hatte nicht geantwortet. Nun beabsichtigte er, im „Jornal de Notícias" mit einer Anzeige um ein Almosen zu bitten, gezeichnet „Xavier Godinho, Neffe des reichen Komturs G. Godinho". Da wolle er sehen, ob Dona Patrocínio das Neves es hinnähme, daß ein Verwandter, ein Godinho, öffentlich auf den Seiten einer Zeitung bettelte.

„Jedenfalls mußt du mir helfen, Junge, du mußt ihr Herz rühren! Wenn sie die Anzeige liest, dann berichte ihr von diesem Elend. Appelliere an ihr Ehrgefühl. Sag ihr, daß es eine Schande ist, einen Verwandten, einen Godinho, im Elend verkommen zu lassen. Sag ihr, sie soll sich endlich rühren! Schau, wenn ich heute eine Brühe getrunken habe, so nur, weil dieses Mädchen, die Lolita, die im Hause der Blatternarben-Benta arbeitet, uns vier Coroas gebracht hat. Da siehst du, wie weit es mit mir gekommen ist!"

Ich erhob mich, tief bewegt.

„Auf mich kannst du bauen, Xavier."

„Hör zu, falls du fünf Tostões entbehren kannst, dann gib sie Carmen."

Ich gab sie ihm persönlich, und als ich ging, schwor ich, mit der Titi zu reden, feierlich, im Namen der Godinhos und im Namen Christi!

Tags darauf, nach dem Mittagessen, schlug die Titi, einen Zahnstocher im Mund, gemächlich das „Jornal de Notícias" auf. Und offenbar war ihr Auge prompt auf Xaviers Anzeige gestoßen, sie starrte eine Weile auf die dritte Seite unten, und da stand es: schwarz, angstvoll, beschämend, schrecklich.

Ich fühlte aus der nackten Tiefe der Hütte her Xaviers gequälten Blick auf mir ruhen; ich meinte das tränenüberströmte gelbe Gesicht Carmens vor mir zu sehen, die armen, mageren Händchen der Kleinen, in Erwartung eines Kanten Brots ... Und all diese Unglücklichen harrten begierig der Worte, die ich der Tante entgegenwerfen würde – kraftvolle, Erbarmen heischende Worte, die Rettung brächten, ihnen das erste Stückchen Fleisch dieses Elendsommers bescheren würden. Ich öffnete den Mund. Aber schon richtete sich die Titi im Sessel steif auf und knurrte mit einem wilden Grinsen: „Soll er büßen ... So ergeht es dem, der Gott mißachtet und sich mit Trunkenboldinnen einläßt ... Hätte er nicht alles verpraßt! ... Ein Mann, der es mit Schürzen hat, der sich mit Schürzen einläßt, der ist für mich erledigt ... Dem verzeiht Gott nicht und ich ebensowenig! Leiden soll er, leiden, denn auch unser Herr Jesus Christus hat gelitten!"

Ich senkte den Kopf und murmelte: „Noch leiden wir nicht arg genug ... Recht hat die Titi. Hätte er sich nicht mit Schürzen eingelassen!"

Sie erhob sich und sprach Gott Dank. Ich ging auf mein Zimmer, schloß mich ein, zitternd, spürte noch die eiskalten und drohenden Worte der Titi, für die ein Mann, wenn er sich mit Schürzen einließ, erledigt war. Auch ich hatte mich in Coimbra mit Schürzen eingelassen, am Terreiro da Erva! Da, im Koffer, verwahrte ich Beweise meiner Sünde, die Photographie der Teresa dos Quinze, ein Seidenband und auch einen Brief von ihr, den süßesten, in dem sie mich „Du einzige Liebe meiner Seele" nannte und um achtzehn Tostões bat! Ich hatte diese Reliquien ins Futter einer meiner Westen eingenäht, weil ich die fortwährenden Schnüffeleien der Titi in meinen intimen Wäschestücken fürchtete. Da steckten sie, im Koffer, von dem die Alte einen Schlüssel besaß, drin in der Weste und hart wie Pappe, so daß ihre argwöhnischen Finger sie an einem beliebigen Tag erspüren konnten ... Dann wäre ich für die Tante erledigt!

Sacht öffnete ich den Koffer, trennte das Westenfutter

auf, holte Teresas köstlichen Brief hervor, das Band, das noch den Duft ihrer Haut trug, und die Photographie, auf der sie mit Mantille zu sehen war. Auf dem Steinfußboden der Veranda verbrannte ich alles, erbarmungslos, liebe Worte wie Bildnis; und verzweifelt schüttete ich die Aschereste meiner Zärtlichkeit in den Innenhof.

In besagter Woche wagte ich nicht, mich in der Rua da Fé blicken zu lassen. Erst später, an einem regnerischen Tag und bei hereinbrechender Dunkelheit, begab ich mich, geduckt unter meinem Regenschirm, dorthin. Von einem Nachbarn, der mich die schwarzen, toten Fenster der Hütte aus der Ferne beobachten sah, erfuhr ich, daß man den Senhor Godinho, den Ärmsten, auf einer Trage ins Hospital geschafft hatte.

Traurig ging ich von dannen, an den Gittern des Passeio entlang. Ich streifte im feuchten Dämmer einen anderen Regenschirm, und da rief eine Stimme freudig meinen aus der Zeit in Coimbra üblichen Namen: „He, Oberfuchs!"

Silvério war es, mit Spitznamen „Grünspecht", mein Kommilitone und mein Gefährte im Hause Pimentas. Er hatte diesen Monat im Alentejo verbracht, bei seinem Onkel, einem berühmten Geldsack, dem Baron de Alconchel. Und nun, zurückgekehrt, wollte er Ernestina aufsuchen, ein blondes Geschöpf, das in der Salitre wohnte, in einem rosafarbenen Haus, mit Rosenbüschen an der Veranda.

„Oberfuchs, kommst du mit auf einen Sprung? Da ist noch ein anderes hübsches Mädchen, die Adélia ... Du kennst Adélia nicht? Na dann, alle Wetter, komm, schau dir Adélia an ... Ein Prachtweib!"

Es war Sonntag und Titis Empfangstag; ich hatte schön fromm um acht zu Hause zu sein. Unschlüssig kratzte ich mir das Kinn. Grünspecht sprach von Adélias weißen Armen, und ich begann neben ihm einherzuschreiten und streifte mir die schwarzen Handschuhe über.

Versehen mit einer Schachtel Gebäck und einer Flasche Madeira, trafen wir bei Ernestina ein, die gerade ein Gummiband in ihre Halbstiefel aus Serge einnähte. Adélia lag auf dem Sofa, in Morgenrock und weißem Unterkleid; die

Pantoffeln waren auf den Teppich herabgefallen, und sie rauchte versonnen eine Zigarette. Ich setzte mich neben sie, innerlich erregt und grämlich, meinen Regenschirm zwischen den Knien. Erst als Silvério und Ernestina umschlungen in die Küche gingen, Gläser für den Madeira zu holen, wagte ich, errötend Adélia zu fragen: „Und Sie, wo stammen Sie her?"

Aus Lamego war sie. Und ich, einmal mehr schüchtern, konnte nur stammeln, dieses Regenwetter sei scheußlich. Sie bat mich höflich um eine weitere Zigarette und nannte mich einen Kavalier. Diese Manieren gefielen mir. Die hochgerutschten weiten Ärmel ihres Morgenrocks gaben Arme frei, die so weiß und geschmeidig waren, daß in ihnen selbst das Sterben vergnüglich sein mußte.

Ich war es, der ihr den Teller anbot, auf den Ernestina die Plätzchen geschüttet hatte. Sie fragte, wie ich heiße. Sie hatte einen Neffen, der hieß ebenfalls Teodorico, und dies war wie ein zartes, festes Band, das unsere Herzen einte.

„Warum stellt der Herr Kavalier den Regenschirm nicht da in eine Ecke?" fragte sie lachend.

Das blitzende Strahlen ihrer kleinen Zähne veranlaßte mich zu einer galanten Entgegnung.

„Weil ich mich keinen Augenblick von hier, zu Füßen der jungen Dame, entfernen möchte."

Sie fuhr mir mit der Hand zärtlich über den Nacken. Mir war vor Verzückung ganz wirr im Kopf, ich trank den Rest des Madeira, den sie im Glas gelassen hatte.

Ernestina, die Poetische, sang, von Grünspecht auf den Knien gewiegt, einen Fado. Da drehte sich Adélia mir schmachtend zu, zog mich an sich, und unsere Lippen fanden sich im ernstesten, gefühlvollsten, tiefsten Kuß, der mein Sein bisher durchbebt hatte.

In diesem süßen Augenblick begann eine schreckliche Uhr zu schlagen, deren Zifferblatt der Gestalt eines Mondes glich und die mich von der Marmorplatte eines Mahagonitisches her, zwischen zwei leeren Blumenvasen, zu belauern schien. Behäbig und näselnd spöttisch schlug sie die zehnte Stunde.

Jesus! Teezeit im Hause der Titi! Wie rannte ich da entsetzt und atemlos, ohne den Regenschirm aufzuspannen, die nicht endenden finsteren Gäßchen zum Campo de Sant'Ana hinan! Im Hause zog ich die schlammverschmierten Stiefel gar nicht erst aus. Ich eilte ins Zimmer, und schon sah ich im Hintergrund, auf dem Damastsofa, die harrenden Brillengläser der Titi: noch schwärzer, zornsprühend. Ich stammelte: „Titi ..."

Aber schon schrie sie, grün vor Rage und fäusteschwingend: „Säumigkeit in meinem Haus dulde ich nicht. Wer hier wohnt, hat zu der Stunde dazusein, die ich bestimme! Ausschweifungen und Schweinereien, nicht, solang ich lebe! Wem's nicht paßt, raus auf die Straße!"

Bei dem Wutgekreische der Senhora Dona Patrocínio saßen Pater Pinheiro und der Notar Justino geduckt und verlegen da. Doktor Margaride zog zur gewissenhaften Unterstreichung meiner Schuld seine schwere goldene Uhr hervor. Und es war der gute Casimiro, der sich, einflußreich und sanft, als Priester und Sachwalter zu Wort meldete.

„Dona Patrocínio hat recht, sehr recht, wenn sie in ihrem Hause Ordnung wünscht ... Vielleicht hätte unser Teodorico im ‚Martinho' doch ein bißchen weniger lang beim Gespräch über Studien und Kompendien verweilen sollen ..."

Ich rief bitter: „O nein, Pater Casimiro! Nicht im ‚Martinho' war ich! Wissen Sie, woher ich komme? Aus dem Kloster Encarnação! In der Tat, ich traf einen Mitschüler, der seine Schwester dort abholen wollte. Heute war Feiertag, die Schwester hatte dort die Tante besucht, eine Komturin, um den Tag mit ihr zu verbringen ... Wir warteten auf sie, spazierten im Innenhof auf und ab ... Die Schwester ist im Begriff zu heiraten, er erzählte mir vom Bräutigam, von der Aussteuer und wie verliebt sie ist ... Mich drängte es mit Gewalt fort, aber der gebotene Anstand dem Jungen gegenüber, der ein Neffe des Barons de Alconchel ist ... Er indes redete und redete von der Schwester, von deren Liebe, von den Briefen ..."

Tante Patrocínio heulte vor Wut.

„Schamlos! Solch schweinisches Geschwätz, solch ungehöriges Geschwätz im Hof eines geistlichen Hauses! Schweig endlich, du verlorene Seele, schäme dich! ... Und laß dir's gesagt sein: einmal noch so spät, und du kommst mir nicht mehr ins Haus. Dann bleibst du auf der Straße wie ein Hund!"

Da hob Doktor Margaride feierlich und Friede stiftend die Hand: „Es ist alles erklärt! Unser Teodorico tat unklug, jedoch der Ort, an dem er sich aufhielt, ist respektierlich. Und ich kenne den Baron de Alconchel. Er ist ein Edelmann von allergrößter Umsicht und einer der wohlhabendsten Männer des Alentejo ... Vielleicht gar einer der reichsten Grundbesitzer Portugals ... Ich würde sagen: der reichste ... Selbst im Alentejo wird kein Landgut größer sein als seines. Unvergleichlich! ... Allein schon an Schweinen! An Kork! Hunderte von Contos! Millionen!"

Er hatte sich erhoben. Und seine aufgeblasen tönende Stimme wälzte Berge von Gold. Der gute Casimiro an meiner Seite murmelte sanft: „Trinken Sie Ihren Tee, Teodorico, trinken Sie Ihr Teechen. Und glauben Sie, die Tante will nur Ihr Bestes ..."

Mit zitternder Hand griff ich meine Teetasse, und während ich ohnmächtig den Zuckersatz umrührte, erwog ich, aus dem Haus dieser schrecklichen Alten zu verschwinden, die mich vor der weltlichen Obrigkeit und der Kirche so demütigte, uneingedenk des Bartes, der mir kräftig, achtunggebietend und schwarz zu sprießen begann.

Gleichwohl, an den Sonntagen wurde der Tee im Silbergeschirr des Komturs G. Godinho serviert. Ich sah es da vor mir, massiv und glänzend: die in einem Entenschnabel endende große Kanne, die Zuckerdose mit einer sich wütend windenden Schlange als Henkel und die niedlich aussehende Zahnstocherbüchse in Gestalt eines unter seinen Quersäcken trottenden Maulesels. Und das alles gehörte der Titi. Reich war sie, die Titi! Da hatte man brav zu sein, hatte man sich der Titi stets dankbar zu zeigen.

Drum auch, als sie sich später zum Rosenkranzbeten in

der Hauskapelle einfand, war ich längst zugegen, auf Knien und stöhnend, ich schlug mich an die Brust und flehte den Christus aus Gold an, mir zu verzeihen, daß ich der Titi Unbill getan.

Eines Tages schließlich kehrte ich nach Lissabon zurück, mit meinem Doktordiplom in der Blechkapsel. Die Tante musterte es ehrerbietig, und die Zeilen in Latein, die schmucken roten Schleifen und das Siegel in seinem Reliquiar dünkten ihr von ekklesiastischer Ausstrahlung.

„Gut also, nun bist du Doktor. Gott, unserem Herrn, verdankst du es, sei ihm stets ergeben ..."

Ich eilte stracks in die Hauskapelle, mit der Kapsel in der Hand, um dem goldenen Christus für meinen ruhmvollen Grad eines Bakkalaureus zu danken.

Am folgenden Morgen, während ich vor dem Spiegel meinen nun vollen schwarzen Bart stutzte, trat Pater Casimiro, sich vergnügt die Hände reibend, in mein Zimmer.

„Gute Nachricht bringe ich Ihnen, Herr Doktor Teodorico! ..."

In seiner liebevollen Art puffte mich der heilige Sachwalter in die Seite, dann eröffnete er mir, die Titi sei mit mir zufrieden und habe beschlossen, mir ein Pferd zu kaufen, zu schicklichen Spazierritten durch Lissabon.

„Ein Pferd! O Pater Casimiro!"

Ein Pferd. Überdies wollte die Titi nicht, daß ihr nun schon bärtiger und akademisch gebildeter Neffe Verdruß litte, weil ihm gelegentlich das Scherflein für Unsere Liebe Frau vom Rosenkranz fehlte, weshalb sie ihm ein Monatsgeld von drei Moedas aussetzte.

Stürmisch umarmte ich Pater Casimiro. Und ich erkundigte mich, ob es das löbliche Begehr der Titi sei, daß ich keiner weiteren Beschäftigung nachginge, außer durch Lissabon zu reiten und der Muttergottes Silbermünzen auf das Sammeltablett zu werfen.

„Hören Sie, Teodorico, mir scheint, Ihre Tante möchte, daß Sie nichts tun, außer sich in Gottesfurcht zu üben ... Ich versichere Ihnen, Sie werden ein gutes, bekömmliches

Leben führen ... Nun gehen Sie hinein, danken Sie ihr, sagen Sie ihr etwas Liebes."

Im kleinen Salon mit den prangenden frommen Tagwerken des Patriarchen Sankt Joseph an den Wänden saß die Tante, einen Tongkingschal um die Schultern, in einer Ecke des gestreiften Sofas und stickte.

„Titi", murmelte ich scheu. „Ich komme, um zu danken ..."

„Schon gut, geh mit Gott."

Da küßte ich ihr ergeben die Fransen des Schals. Das gefiel der Titi. Und ich ging mit Gottes Segen.

Hier nun begann mein üppiges, genüßliches Leben als Neffe der Senhora Dona Patrocínio das Neves. Pünktlich um acht begab ich mich, schwarz gekleidet, mit der Titi in die Kirche von Sant'Ana, um der Messe des Paters Pinheiro beizuwohnen. Nach dem Frühstück, sobald ich die Titi um Erlaubnis gebeten und in der Hauskapelle drei Gloria Patri wider die Versuchung gebetet hatte, ritt ich aus, in heller Hose. Fast immer gab mir die Titi irgendeine fromme Bestellung mit auf den Weg: beim heiligen Domingos vorbei und ein Gebet für die drei heiligen Märtyrer Japans sprechen; in die Kapelle der Conceição Velha treten; beim Heiligen Herz Jesu Abbitte tun ...

So groß war meine Angst, ihr zu mißfallen, daß ich alle diese zarten Botschaften dem Haus des Herrn tunlichst darbrachte.

Doch gab es an solchen Tagen auch unangenehme Augenblicke: Hin und wieder, wenn ich aus einem Kirchenportal schlüpfte, stieß ich auf irgendeinen republikanischen Kommilitonen aus der Zeit in Coimbra, als wir uns an Prozessionsabenden über den Herrn vom Grünen Rohr lustig machten.

„Oberfuchs! Du jetzt ein ...!"

Ich stritt ab, verärgert. „Ach geh! Ich und ein Frömmler? ... Das fehlte noch! Wegen einer Schürze war ich drin ... Leb wohl, meine Stute wartet."

Ich schwang mich aufs Pferd und, mit schwarzen Handschuhen angetan, die Schenkel fest an den Sattel gepreßt, eine Kamelie im Knopfloch, tummelte mich vergnügt und in Muße bis zum Largo do Loreto. Ein andermal ließ ich die Stute am Arco do Bandeira und genoß in der Billardstube des „Montanha“einen Vormittag nach Herzenslust.

Vor dem Mittagessen sandte ich in der Kapelle, zusammen mit der Titi und in Hausschuhen, ein Stoßgebet an den heiligen Joseph – den Diener Jesu, Beschirmer Mariä und allerliebsten Patriarchen. Am Tisch, den lediglich eine Schüssel mit Fadennudeln zierte, drumherum Schälchen mit Fruchtsirup, berichtete ich der Titi von meinem Spazierritt, von den Kirchen, in denen ich mich ergötzt hätte, und welche Altäre illuminiert gewesen seien. Vicência hörte andächtig zu, auf ihrem Stammplatz zwischen den zwei Fenstern, unter dem Bildnis unseres Heiligen Vaters, Pius IX., das den grünen Wandstreifen ausfüllte, und einem an einer Schnur hängenden alten Fernrohr – ein Relikt des Komturs G. Godinho. Nach dem Kaffee verschränkte die Titi träge die Arme, und ihr Gesicht sank schläfrig und schwer in den Schatten ihres violetten Kopftuches.

Ich fuhr in die Stiefel, und mit Erlaubnis der Tante, mich bis abends halb zehn außerhalb des Hauses zu erholen, eilte ich an das Ende der Rua da Madalena, nahe dem Largo dos Caldas. Dort, mit hochgeschlagenem Mantelkragen und an die Wand gepreßt, so als wäre die Gaslaterne da das unerbittliche Auge der Titi, schlüpfte ich voller Begierde in Adélias Treppenflur.

Ja, Adélia! Denn seit jenem Abend, als Grünspecht mich zur Salitre entführt, hatte ich den Kuß, den mir Adélia, schmachtend und weiß auf dem Sofa, gegeben hatte, nicht vergessen können. In Coimbra hatte ich gar versucht, ihr Gedichte zu schreiben; und diese Liebe tief in meiner Brust war, im letzten Universitätsjahr, dem Jahr des Kirchenrechts, wie eine wundervolle Lilie, die, allen Augen verborgen, meinem Leben Duft spendete ... Kaum hatte mir die Titi das Monatsgeld von drei Moedas eingeräumt, eilte ich im Triumph zur Salitre; ich fand dort die kleinen Rosenbüsche am Fenster, doch Adélia wohnte nicht mehr dort. Und wieder war es der dienliche Silvério, der mir nahe dem Largo dos Caldas jenes erste Stockwerk zeigte, das sie jetzt bewohnte, ausgehalten von Eleutério Serra, von der Firma Serra Brito & Co., einem Geschäft für Stoffe und Modeartikel an der Conceição Velha. Ich schrieb ihr einen flammenden, ernsten Brief mit der höflichen Anrede „Verehrte Senhora". Sie antwortete würdevoll: „Der Kavalier darf mich gegen Mittag besuchen." Ich nahm ihr Schokoladenplätzchen in einem mit blauem Seidenband verschnürten Schächtelchen mit. Innerlich erregt, schritt ich über die neue Matte im Zimmer; das Weiß der gestärkten Fenstergardinen ließ mich die Frische ihrer Röcke ahnen; und die streng ausgerichteten Möbel verrieten die Geradheit ihrer Gefühle. Sie trat herein, ein bißchen erkältet, mit einem roten Schal über den Schultern. Gleich erkannte sie den Freund des Grünspechts wieder; sie sprach von Ernestina unter Vorhaltungen, nannte sie „ein Miststück". Ihre heisere Stimme, ihr Schnupfen ließen mich den Wunsch verspüren, sie in meinen Armen zu heilen, träumerisch einen ganzen Tag lang unter der Schwere der nestwarmen Bettdecken, im wohligen Halbdunkel ihres Alkovens. Dann fragte sie, ob ich Angestellter sei oder Geschäftsmann ... Stolz erzählte ich vom Reichtum der Tante, von ihren Grundstücken, ihrem Silberzeug. Während ich redete, hielt ich ihre fleischigen Hände in den meinen.

„Würde die Tante jetzt abkratzen, ich könnte Ihnen eine Wohnung einrichten, mit allem Chic!"

Ihre schwarzen Augen umfingen mich samten und warm, sie murmelte: „Ach geh! Wenn Sie erst die Moneten hätten, würden Sie mich links liegenlassen."

Ich kniete auf den Läufer hin, zitternd, drückte meine Brust gegen ihre Knie, bot mich ihr dar wie ein Schlachtkalb. Sie breitete ihren Schal aus und nahm mich barmherzig auf.

Von nun an genoß ich spätnachmittags, während Eleutério im Klub in der Rua Nova do Carmo beim Kartenspiel saß, hier in Adélias Alkoven das strahlende Fest meines Lebens. Ich hatte ein Paar Hauspantoffeln mitgebracht – ich war ihr Herzenserwählter. Um halb zehn begleitete sie mich, mit wirrem Haar, in einen Flanellmorgenrock gehüllt und barfüßig, die rückwärtige Treppe hinunter und preßte mir auf jeder Stufe schmachtvoll einen langen Kuß auf die Lippen.

„Leb wohl, Delinha!"

„Sieh dich vor, liebster Schatz!"

Und ich begab mich, mein Glücksgefühl genießend, gemächlich heim zum Campo de Sant'Ana.

Der Sommer ging langsam dahin. Die ersten Herbstwinde trugen die Schwalben und das Blattwerk vom Campo de Sant'Ana fort; und im Oktober, unverhofft, wurde mein Leben leichter, inhaltsreicher. Die Titi ließ mir einen Frack schneidern, und ich weihte ihn ein, indem ich, mit ihrer Erlaubnis, im São Carlos der Aufführung des „Polyeucte" beiwohnte, einer Oper, die Doktor Margaride empfohlen hatte als „durchtränkt von religiösen Gefühlen und überquellend von erhabener Belehrung". Ihm schloß ich mich an, in weißen Handschuhen, geschniegelt. Tags darauf, beim Frühstück, erzählte ich der Titi die fromme Handlung, ich berichtete von den umgestürzten Götzen, von den hehren Gesängen, von den Damen in den Logen und welch entzückendes Samtkleid die Königin getragen hatte.

„Und raten Sie, Titi, wer mich angesprochen hat. Baron de Alconchel! Der steinreiche Onkel des jungen Mannes, der mein Kommilitone war. Er kam und drückte mir die Hand, wir unterhielten uns ein Weilchen im Salon . . . Er behandelte mich sehr achtungsvoll."

Der Titi schmeichelte diese Ehrenbezeigung.

Dann ereiferte ich mich, anklagend und grämig wie ein verbitterter Moralist, über eine unanständig dekolletierte Dame, die, mit nackten Armen und kaum verhülltem Busen, all dieses blendende unkeusche Fleisch zur Schau trug, das den Gerechten in Verzweiflung und die Kirche in Schauder versetzt.

„Jesus, Herr, wie schamlos! Titi, ehrlich, ich war erzürnt!"

Der Titi gefiel diese Entrüstung.

Etliche Tage später, nach dem Kaffee, als ich mich, noch in Hausschuhen, in die Kapelle begab, um kurz die Wundmale unseres goldenen Christus anzurufen, sprach die Titi, mit verschränkten Armen, schläfrig aus dem Schatten ihres Kopftuches hervor: „Also, wenn du willst, kannst du heute wieder das São Carlos aufsuchen. Überhaupt, genier dich nicht, wenn dir danach steht, du sollst ruhig ein bißchen Musik genießen ... Nun du ein Mann bist und offenbar gute Vorsätze hegst, darfst du von mir aus bis elf oder halb zwölf außer Haus bleiben ... Jedenfalls aber will ich, daß zu diesem Zeitpunkt die Tür verschlossen wird und wir unverzüglich mit dem Rosenkranz beginnen."

Sie merkte nicht das triumphierende Aufleuchten in meinen Augen. Ich murmelte schmachtend, geifernd vor frommem Verzücken: „Vom Rosenkranzbeten, Titi, von meinem geliebten Rosenkranzbeten vermag mich auch die allergrößte Vergnügung nicht abzuhalten ... Selbst wenn mich der König zum Tee in seinen Palast einlüde!"

Ich rannte wie irre, um den Frack überzustreifen. Und dies war der Beginn der ersehnten Freiheit, die ich unter Mühen gewonnen hatte, indem ich vor der Titi den Rükken gekrümmt und mir im Angesicht Jesu die Brust geschlagen. Freiheit im rechten Augenblick: Eleutério Serra war nach Paris gefahren, um dort seine Geschäfte abzuwickeln, und hatte Adélia allein, frei, schön, noch gebefreudiger, noch feuriger zurückgelassen.

O ja, pflichttreu, verständig, unterwürfig und fromm tuend, hatte ich das Vertrauen der Titi gewonnen. Was sie jedoch bewogen hatte, mir meine Stunden ehrbarer Erholung zu verlängern, das war, wie sie es dem Pater Casimiro gegenüber vertraulich gestand, die Gewißheit, daß ich mich „der Religion gemäß betrug und nicht hinter den Röcken her war".

Denn für Tante Patrocínio erschöpfte sich alles menschliche Tun außerhalb der Kirche darin, „den Hosen hinterdreinzulaufen" oder „den Röcken hinterdreinzulaufen";

diese beiden natürlichen und süßen Regungen waren ihr gleichermaßen verhaßt.

Altjüngferlich war sie und eingetrocknet wie ein Rebenzweig; nie hatte sie auf ihrer blassen Haut etwas anderes verspürt als die väterlichen ergrauten Schnurrbarthaare des Komturs G. Godinho; nimmermüde hatte sie aus den „Stunden der Andacht" vor dem nackten Christus von Liebe zu Gott durchtränkte Stoßgebete schluchzend gebrabbelt – und so hatte sich die Titi langsam mit einem neidvollen, bitteren Groll gegen die Freuden jedweder Art menschlicher Liebe aufgefüllt.

Die Senhora Dona Patrocínio das Neves begnügte sich nicht damit, die Liebe als profan zurückzuweisen: sie schnitt eine Grimasse und tat sie als schmutzige Sache ab. Ein seriöser, ernstlich liebender junger Mensch, so etwas galt ihr als „schweinisch!". War die Rede von einer Frau, die ein Kind geboren hatte, so spie sie aus und murrte: „Eklig!" Und fast zieh sie die Natur der Obszönität, daß diese zwei Geschlechter geschaffen hatte.

Obzwar reich und den Komfort schätzend, hatte sie nie einen Hausburschen gehabt, damit sich in der Küche und auf den Korridoren „Röcke und Hosen nicht streiften". Und obwohl Vicências Haar weiß wurde, die Köchin gebrechlich war und stotterte und das andere Dienstmädchen, Eusébia, keine Zähne mehr hatte, wühlte sie wild und unablässig in deren Koffern, und sogar in den Strohsäcken suchte sie nach Photographien von Männern, Briefen von Männern, Spuren von einem Mann, den Geruch von einem Mann.

Alles, was jungen Menschen Vergnügen bereiten konnte: ein artiger Spazierritt mit den Damen auf Eselchen, eine mit den Fingerspitzen dargebotene taubedeckte Rose, ein schicklicher Kontertanz am heiter fröhlichen Ostertag und andere noch unschuldigere Freuden, all das dünkte der Tante pervers, widerlich schmutzig, und sie nannte es Zügellosigkeit. Ihr gegenüber wagten nicht einmal die gesetzten Freunde des Hauses mit den anrührenden Geschichten aufzuwarten, die sie in Zeitschriften gelesen hatten und in denen Liebe als Beweggrund durchschimmerte, denn dies empörte sie so sehr wie die Zurschaustellung von Nacktheit.

„Pater Pinheiro!" schrie sie eines Tages zornig auf und musterte den unglücklichen Geistlichen mit flammenden Augen, als der von einer französischen Dienstmagd berichtete, die ihr Kind in die Kloake geworfen hatte. „Pater Pinheiro, wo bleibt Ihr Respekt mir gegenüber ... Es ist nicht wegen der Latrine, es ist wegen der anderen Schweinerei!"

Doch sie selbst war es, die immer wieder auf die Lüsternheiten und Sünden des Fleisches anspielte und sie voll Abscheu geißelte: dann warf sie jedesmal das Wollknäuel auf den Tisch und stach die Stricknadeln blindwütig mitten hinein, als durchbohrte sie das ruhelose weite Herz der Menschen und tötete es für immer. Und fast täglich wiederholte sie mit zusammengebissenen Zähnen, und meinte dabei mich, daß, falls jemand von ihrem Blute, der ihr Brot aß, Weiberröcken hinterherliefe und sich der Ausschweifung ergäbe, sie diesen mit dem Besen in der Hand wie einen Hund auf die Straße jagen würde.

Darum auch war ich jetzt so sehr darauf bedacht, daß Adélias Duft nicht an meiner Kleidung oder meiner Haut haftenblieb. Zu diesem Zweck verwahrte ich in meiner Jakkentasche lose Weihrauchstückchen. Ehe ich zu Hause die traurige Treppe hinaufeilte, schlüpfte ich in den leeren Pferdestall, in der Tiefe des Innenhofes, zündete in einer leeren Tonne ein bißchen von dem frommen Harz an, und da hockte ich und schwängerte die Schöße meines Jacketts und meinen mannhaften Bart mit dem reinigenden Wohlgeruch ... Dann stieg ich hinauf; und voll Genugtuung erlebte ich, wie die Tante sogleich genüßlich schnüffelte.

„Jesus, welch erlesener Kirchenduft!" stöhnte sie.

Bescheiden und mit einem Seufzer murmelte ich: „Ich bin es, Titi ..."

Um sie noch besser „von meiner Gleichgültigkeit gegenüber Weiberröcken" zu überzeugen, legte ich eines Tages auf den Fußboden im Korridor einen frankierten Brief, so als hätte ich ihn da verloren. Ganz gewiß würde ihn die fromme Dona Patrocínio, meine Herrin und Tante, sogleich gefräßig öffnen. Sie tat es und genoß ihn. Ich hatte das Schreiben an meinen Kommilitonen de Arraiolos adressiert. Darin sagte ich, in nobler Schrift, die folgenden erbaulichen Dinge: „Du weißt, daß ich mich mit Simões, dem aus der Philosophievorlesung, entzweit habe, weil er mich in ein unschickliches Haus einladen wollte. Beleidigungen dieser Art dulde ich nicht. Du entsinnst Dich gut, daß ich solche Ausschweifungen schon in Coimbra verabscheute. Ein perfekter Narr, wer sich eines flüchtigen Vergnügens wegen der Gefahr aussetzt, für ewig und immerdar, amen, im Höllenfeuer des Satans zu braten; Gott erbarme sich seiner! Nun, einer so ausgemachten Eselei werde ich niemals auf den Leim gehen. Herzlich Dein alter Freund. Raposo."

Die Titi las, und die Titi genoß es. Nun zog ich meinen Frack an und sagte ihr, ich wolle mir „Norma" anschauen, ich küßte inbrünstig ihre knochigen Finger – und enteilte zum Largo dos Caldas, zu Adélias Alkoven, um mich Hals über Kopf in die Seligkeiten des Lasters zu versenken. Da, im Dämmerlicht, das die Petroleumlampe des Wohnzimmers durch die Glastür warf, nahmen die Batistvorhänge und die auf Bügel gehängten Röcke das ätherische Weiß von Wolken an; der Duft des Reispuders war süßer als der von mystischen Narzissen; ich fühlte mich im Himmel, ich war Sankt Teodoricus; und über die nackten Schultern meiner Geliebten wallten die Strähnen ihres dichten und wie der Schweif eines Streitrosses so strähnigen schwarzen Haars.

An einem dieser Abende trat ich mit Pralinen für meine Adélia aus einem Konfektladen am Rossio und prallte auf Doktor Margaride, der mich väterlich umarmte und rief, er sei unterwegs zum São Carlos, er wolle sich den „Propheten" ansehen.

„Und Sie, so im Frack, wollen natürlich auch hin ..."

Ich war verdattert. In der Tat, ich trug den Frack; der Tante hatte ich gesagt, ich wolle mir den „Propheten" zu Gemüte führen, eine Oper so voll Tugend wie eine Kirchenorgel ... Nun müßte ich ihn wirklich über mich ergehen lassen, eingepfercht auf der Galerie, in Tuchfühlung mit dem Knie des gelehrten Beamten, anstatt mich auf einem Liebeslager zu rekeln und meiner Göttin zuzuschauen, wie sie im Hemd ihre Pralinen verzehrte.

„O ja, auch ich bin unterwegs zum ‚Propheten'", murmelte ich, vernichtet. „Wie es heißt, ein sehr tugendvolles Musikstück ... Meine Absicht hat die Titi hoch erfreut."

Mit meiner unnützen Schachtel Pralinen schritt ich melancholisch neben Doktor Margaride die Rua Nova do Carmo hinauf.

Wir nahmen unsere Plätze ein. Im weiß und goldfarben gehaltenen strahlend hellen Saal dachte ich sehnsüchtig an Adélias schummrigen Alkoven und an das Gewirr ihrer Röcke, doch da fiel mir auf, daß aus einer Proszeniumsloge eine blonde, reife Dame, eine herbstliche Ceres, in strohfarbenem Seidengewand, bei jedem süßen Bogenstrich auf den Violinen mit ernsten, glänzenden Augen zu mir herüberschaute.

Gleich fragte ich Doktor Margaride, ob er jene Dame da kenne, „die ich freitags immer in der Graça sähe, wenn sie unseren Herrn vom Kreuzweg voll Eifer und Inbrunst aufsuchte ...".

„Der Mann hinter ihr, der mit dem offenen Mund, das ist der Vicomte de Souto Santos. Sie ist seine Gemahlin, die Vicomtesse de Souto Santos, oder aber seine Schwägerin, die Vicomtesse de Vilar-o-Velho ..."

Als wir die Vorstellung verließen, verharrte die Vicomtesse (de Souto Santos oder de Vilar-o-Velho) einen Augenblick am Ausgang, in einem weißen, mit Flaumfedern zart gesäumten Umhang wartete sie auf ihre Kutsche. Jetzt, so schien es mir, war ihr Antlitz eher hochmütig, als wäre sie nicht imstande, sich unbesonnen und bleich auf einem Liebespfühl zu wälzen; die strohfarbene Schleppe schleifte über das Pflaster; sie sah blendend aus, sie war durch und durch eine Vicomtesse, und einmal mehr suchten und durchdrangen mich ihre ernsten, glänzenden Augen.

Die Nacht war sternenübersät. Schweigend lief ich den

Chiado hinab, neben mir Doktor Margaride. Wenn alles Gold der Titi einmal mir gehörte und meine Person golden schmückte, so dachte ich, dann konnte ich eine Vicomtesse de Souto oder de Vilar-o-Velho kennenlernen, und nicht in ihrer Loge, sondern in meinem Alkoven; der große weiße Umhang wäre schon zu Boden geglitten, sie des strohfarbenen Seidengewandes entkleidet, weiß nur noch im Glanz ihrer Nacktheit, und sie würde in meine Arme drängen ... Ach, wann endlich, süßer denn sonsteine, nahte die Todesstunde der Titi?

„Wollen wir auf einen Tee ins ‚Martinho' einkehren?" fragte Doktor Margaride, als wir auf den Rossio einbogen. „Haben Sie das Toastbrot im ‚Martinho' schon mal probiert? ... Der beste Toast von Lissabon."

Im schon stillen „Martinho" dämmerte das Gaslicht zwischen den matten Spiegeln; lediglich an einem der hinteren Tische saß ein trauriger junger Mann, den Kopf zwischen den Fäusten vergraben, vor einer Limonade.

Doktor Margaride bestellte den Tee, und als er mich unruhig auf die Zeiger der Uhr starren sah, versicherte er, ich käme schon zeitig genug nach Hause, um mit der Titi meine rührende Andacht zu verrichten.

„Der Titi macht es jetzt nichts mehr aus, wenn ich später eintreffe ... Die Titi hat jetzt, gelobt sei Gott, mehr Vertrauen zu mir."

„Verdientermaßen ... Und tun Sie ihr den Gefallen, sie ist verständig ... Die Titi hat Sie, wie Casimiro mir versicherte, so nach und nach ins Herz geschlossen."

Mir fiel da die alte Freundschaft ein, die Doktor Margaride mit Pater Casimiro verband, dem Vermögensverwalter und eifrigen Beichtvater der Tante Patrocínio. Ich faßte die Gelegenheit beim Schopfe, seufzte leicht und schüttete dem Mann meine Seele aus, wie einem Vater.

„Stimmt, sie hat mich ins Herz geschlossen ... Aber glauben Sie mir, hochverehrter Doktor Margaride, zuweilen bange ich um meine Zukunft ... Sehen Sie, ich hab schon erwogen, mich um ein Richteramt zu bewerben. Und sogar nachgeforscht habe ich, ob Aussichten bestehen auf einen

Posten als Zollexpedient. Zwar ist die Tante reich, sehr reich, und ich bin ihr Neffe und einziger Blutsverwandter, der einzige Erbe, jedoch ..."

Ängstlich schaute ich zu Doktor Margaride auf, der, dank dem gesprächigen Pater Casimiro, das Testament der Titi vielleicht kannte ... Das ernste Schweigen, in das er sich hüllte, mit über der Tischplatte verschränkten Armen, schien mir unheilvoll. In dem Augenblick kam der Kellner lächelnd mit dem Teetablett, er beglückwünschte den Richter zu seiner Genesung vom Katarrh.

„Deliziöser Toast!" murmelte der Doktor.

„Exzellenter Toast!" seufzte ich höflich.

Hin und wieder stocherte Doktor Margaride in einem Backenzahn, wischte sich den Mund ab und die Finger, kaute dann betulich weiter, voll Feingefühl und Inbrunst.

Ich riskierte eine weitere zage Anfrage: „Es ist schon wahr, die Titi hat mich ins Herz ..."

„Die Titi hat Sie ins Herz geschlossen", fiel er mir mit vollem Mund in die Rede, „und Sie sind der einzige Verwandte ... Doch darum handelt es sich nicht, Teodorico. Sie haben einen Rivalen."

„Den bring ich um", schrie ich mit blitzenden Augen und donnerte mit der Faust auf die Marmorplatte des Tisches."

Der traurige junge Mann im Hintergrund hob den Kopf von seiner Limonade. Und Doktor Margaride rügte streng meine Unbeherrschtheit.

„Diese Redensart schickt sich nicht für einen Kavalier und wohlerzogenen jungen Mann aus gutem Hause. In der Regel bringt man niemanden um ... Im übrigen, Teodorico, ihr Rivale ist kein Geringerer als unser Herr Jesus Christus!"

Unser Herr Jesus Christus? Ich begriff erst, als der berühmte Jurist, nun schon ruhiger, mir eröffnete, daß sich die Titi noch im letzten Jahr meines Studiums mit der Absicht getragen habe, das Vermögen, Liegenschaften und Häuser, ihr nahestehenden Bruderschaften zu hinterlassen als auch einzelnen Priestern, die sie verehrte.

„Ich bin verloren“, murmelte ich.

Meine Augen schweiften in die Tiefe des Raumes ab, bemerkten dort den jungen Mann vor seiner Limonade. Wie ein Bruder kam er mir vor oder wie ich in eigener Person, Teodorico, schon enterbt, schmutzig, mit schiefgetretenen Absätzen, bei Nacht, vor einer Limonade.

Doktor Margaride hatte nun seinen Toast aufgegessen. Er streckte die Beine bequem von sich und tröstete mich, freundlich und klug.

„Nicht alles ist verloren, Teodorico“, sprach er, einen Zahnstocher im Mund. „Mir scheint, noch ist nicht alles verloren ... Denkbar, daß die Senhora, Ihre Tante, die Absicht geändert hat ... Sie betragen sich gut, muntern die Titi auf, lesen ihr die Zeitung vor, beten mit ihr den Rosenkranz ... All das wirkt. Allerdings, der Rivale ist stark.“

Ich stöhnte: „Umwerfend stark!“

„Stark, jawohl. Und ich muß hinzufügen: würdig allen Respekts ... Jesus Christus hat für uns gelitten, er ist Staatsreligion, da kann man sich nur verbeugen ... Wollen Sie meine Meinung hören? Also, frank und unverhüllt, damit sie Ihnen als Richtschnur diene: Sie werden alles erben, wenn Dona Patrocínio, Ihre Tante und meine geschätzte Freundin, die Überzeugung gewinnt, daß es, wenn sie das Erbe dem Neffen hinterläßt, so ist, als hinterließe sie es der heiligen Mutter Kirche ...“

Der Richter bezahlte den Tee, nobel. Auf der Straße, schon in seinen Paletot gehüllt, meldete er sich noch einmal leise: „Ehrlich, wie war der Toast?“

„In ganz Lissabon unübertroffen, Doktor Margaride.“

Er drückte mir herzhaft die Hand, und wir gingen auseinander, just, als die alte Uhr vom Largo do Carmo Mitternacht schlug.

In der Rua Nova da Palma beschleunigte ich den Schritt. Nun wurde mir der Trugschluß meines Lebens sehr klar und sehr bitter bewußt ... Der Trugschluß, jawohl! Bis hierhin hatte meine aufwendige, mühevolle Frömmigkeit, mit der ich der Titi und ihrem Gold zu gefallen versuchte, lediglich den Eindruck von Normalem und beileibe nicht von Übereifer gemacht. Was bedeutete es schon, anstandslos einen Rosenkranz vor der Muttergottes zu murmeln? O nein! Vor der Muttergottes in all ihren Inkarnationen hatte ich, und das ganz offen, damit ich die Titi wirklich beeindruckte, mit viel Geschick eine in frommer Liebe lichterloh brennende Seele zu spielen, einen geschundenen, bußfertigen, von den Spitzen des Marterhemds verwundeten Leib ... Bis zu diesem Tag konnte die Tante zustimmend sagen: „Er ist exemplarisch." Aber damit ich erbte, hatte sie eines Tages mit gefalteten Händen winselnd auszurufen: „Er ist ein Heiliger!"

Jawohl! Ich hatte mich dermaßen mit den kirchlichen Dingen in eins zu setzen, hatte mich so gewaltig in sie zu versenken, daß die Titi mich allmählich nicht mehr unterscheiden konnte von diesem abgestandenen Sammelsurium von Kreuzen, Bildnissen, Brevieren, ärmellosen Überwürfen, Fackeln, Skapulieren, Palmzweigen und Traggerüsten, das für sie gleichbedeutend mit Religion und mit Himmel war; und meine Stimme sollte sie für das heilige Lateingewisper der Messe halten; und mein schwarzer Überzieher sollte ihr bereits wie von Sternen besät dünken und durchscheinend wie die Tunika der Glückseligkeit. Dann, freilich, würde sie die Erbschaft mir geben, in der Gewißheit, sie Christus zu vermachen und der holden Mutter Kirche!

Denn jetzt war ich fest entschlossen, das stattliche Vermögen des Komturs G. Godinho nicht Jesus, dem Sohn der Maria, zufließen zu lassen. Wie denn! Langten dem Herrn nicht seine unübersehbaren Schätze: die düsteren marmornen Kathedralen, davon die Erde voll und traurig; die Kreditverschreibungen und Pfandbriefe, die das menschliche Erbarmen fortwährend in seinem Namen ausfertigt; die goldenen Schaufeln, die ihm die Staaten ehrerbietig zu seinen von Nägeln durchbohrten Füßen legen; die Schmuckstücke, die Kelche und die diamantenen Manschettenknöpfe, die er in seiner Graça-Kirche am Hemd trägt? Und nun gar verdrehte er von oben, vom Querbalken her, seine Augen noch gefräßig nach einer silbernen

Teekanne und ein paar läppischen Grundstücken in der Unterstadt. Wohlan, streiten wir uns um diese schnöden, vergänglichen Güter – du, Sohn eines Zimmermanns, indem du der Titi die Wunden zeigst, die du für sie eines Abends in einer barbarischen Stadt Asiens empfangen hast, und ich, indes ich diese Wunden anbete, mit lautem Getue und so viel Gepränge, daß die Titi nicht unterscheiden kann, bei wem das Verdienst liegt, ob bei dir, der du starbst, weil du uns grenzenlos geliebt, oder bei mir, der ich sterben will, weil ich dich nicht genugsam zu lieben vermag! ... Solches dachte ich, während ich in der Stille der Rua de São Lázaro scheel zum Himmel aufblickte.

Zu Hause angekommen, merkte ich, daß die Titi in der Kapelle war, allein, beim Beten. Ich schlüpfte in mein Zimmer, zog die Schuhe aus, streifte den Frack ab, verwirrte meinen Schopf, warf mich auf die Knie, und so kroch ich über den Korridor, stöhnend, mir die Haare raufend, mir die Brust schlagend, und rief verzweifelt Jesus, meinen Herrn, an ...

Als die Titi in der Stille des Hauses das düstere Gejammer des auf dem Fußboden daherkriechenden Büßers vernahm, tauchte sie erschrocken in der Tür der Kapelle auf.

„Teodorico, mein Junge, was soll das? Was hast du?"

Ich warf mich flach auf den Boden, schluchzend, erdrückt vom göttlichen Leiden.

„Verzeihen Sie, Titi ... Ich war mit Doktor Margaride im Theater, wir haben beide noch einen Tee getrunken und sprachen von der Titi ... Und als ich nach Hause schritt, überfällt mich in der Rua Nova da Palma jäh der Gedanke, daß ich sterben werde, und ich denke an die Erlösung meiner Seele und an all das, was Jesus Christus für uns gelitten hat, und da spüre ich den Drang zu weinen ... Bitte, möge die Titi so lieb sein und mich ein Weilchen allein lassen in der Kapelle, damit ich wieder Erleichterung finde ..."

Wortlos und tief beeindruckt, zündete sie nacheinander alle Altarkerzen an. Sie rückte das Bildnis des heiligen Joseph näher an den Rand, damit er als erster den heißen Schwall der Gebete abbekam, die meinem überquellenden, bangen Herzen tumultartig entweichen würden. Sie hieß mich eintreten, und ich kroch herbei. Dann zog sie sich schweigend zurück und schloß sanft den Vorhang.

Da hockte ich, auf dem Kissen der Titi, scheuerte mir die Knie, seufzte laut – und dachte an die Vicomtesse de Souto Santos oder de Vilar-o-Velho, an die ungestümen Küsse, die ich ihr auf die makellosen, fleischigen Schultern geben würde, wenn ich sie einen Augenblick lang besitzen könnte, und sei es hier, in der Kapelle unter den Goldfüßen Christi, meines Retters!

Ich unterzog meine Frömmigkeit einer Korrektur, machte sie vollkommen. Ich fand, daß mir der Stockfisch am Freitag nicht hinreichend Reinigung war; an diesem Tag, und vor den Augen der Titi, trank ich asketisch ein Glas Wasser und knabberte einen Kanten Brot; den Stockfisch speiste ich zu Abend in Gestalt eines mit Zwiebeln angerichteten Beefsteaks nach englischer Art im Hause meiner Adélia. Mein Kleiderschrank beherbergte in diesem harten Winter kaum mehr denn einen alten Paletot, so sehr drängte es mich, zu zeigen, in welchem Maße ich meinem Fleisch die schuldvollen Annehmlichkeiten versagte; doch es erfüllte mich mit Stolz, daß ich, zur Veredlung der groben Gespinste, auf meinen ärmellosen violetten Überwurf der Bruderschaft Unseres Herrn vom Kreuzweg als auch auf das fromme graue Habit des Tertiarierordens des heiligen Franziskus zurückgreifen konnte. Auf der Kommode, vor der kolorierten Lithographie Unserer Lieben Frau, brannte ein Ewiges Lämpchen; ich setzte der Muttergottes jeden Tag in einer Vase frische Rosen vor, um die Luft ringsum zu parfümieren. Und wenn die Titi kam, um in meinen Schrankfächern zu kramen, hatte sie ihre Schutzheilige vor sich und konnte sich nicht schlüssig werden, ob ich dieses ehrende Licht und den Aromlobpreis der Jungfrau oder indirekt ihr widmete. An die Wände hängte ich Bilder der erlesensten Heiligen, als eine Galerie spiritueller

Ahnen, die ich mir für die beschwerlichen Tugenden zu Dauervorbildern erkor; übrigens gab es im heiligen Himmel nicht eine einzige Gestalt, und wäre sie noch so unbekannt gewesen, der ich nicht ein duftendes Zweiglein blühender Vaterunser gewidmet hätte. Ich war es, der die Tante vertraut machte mit dem heiligen Telesphorus, der heiligen Secundina, dem seligen Antonius Estronconius, der heiligen Restituta, der heiligen Umbelina, Schwester des großen heiligen Bernhard, und mit unserer vortrefflichen liebreizenden Landsmännin, der heiligen Basilissa, die zusammen mit dem heiligen Hypatius an jenem festlichen Augusttag verehrt wird, an dem die Pilger sich nach Atalaia begeben.

Unvorstellbar meine fromme Betriebsamkeit! Ich eilte zu Frühmessen, ich eilte zu Abendmessen. Ob Kirche oder Wallfahrtskapelle, überall war ich zugegen, wo man gerade das Heilige Herz Jesu anbetete. Bei allen Zurschaustellungen des Allerheiligsten war ich zugegen, auf Knien. An allen Sakramentsbußen nahm ich begierig teil. Ich betete bei so vielen Novenen, wie der Himmel Lichter hat. Und dem Septenarium der Sieben Schmerzen Mariä galt meine besondere Liebe.

Es gab Tage, da rannte ich ohne Ruhepause atemlos durch die Straßen, ich eilte zur Siebenuhrmesse von Sant'Ana, zur Neunuhrmesse in die Kirche São José und zur Mittagsmesse in die Kapelle von Oliveirinha. Ich verschnaufte einen Augenblick an einer Ecke, mit dem Brevier unter dem Arm, sog eilig an einer Zigarette, dann lief ich zum ausgestellten Allerheiligsten in die Parochialkirche Santa Engrácia, zum Rosenkranzbeten ins Kloster der heiligen Johanna, zur Segnung des Sakraments in die Kapelle Unserer Lieben Frau von den Dornen, zur musikalischen Novene der Wunden Christi in die Kirche gleichen Namens. In der Mietsdroschke des Pingalho besuchte ich dann vielleicht noch flugs die Kirchen Mártires und São Domingos, die Kirche des Klosters zur Sühne und die Kirche Mariä Heimsuchung bei den Salesianerinnen, die Kapelle Monserrate in der Amoreiras und die Glória in der Cardal da Graça, auch die Fläminnen und die Albertinerinnen, die Pena, das Rato und auch die Kathedrale!

Abends bei Adélia saß ich so schlapp, grämig und lendenlahm in der Sofaecke, daß sie mir mit den Fäusten auf die Schultern trommelte und wütend rief: „Wach auf, du Trankopf!"

Weh mir! Ich war so erschöpft vom Dienst am Herrn, daß ich ihr beim Aufschnüren des Korsetts kaum mehr behilflich sein konnte, nichtsdestoweniger aber ihr meine unersättlichen Lippen auf den Hals preßte; und es kam der Tag, an dem Adélia mich zurückstieß, mich statt Trankopf „Zecke" nannte ... Das passierte zur Zeit der fröhlichen Vespern des heiligen Antonius, als das Basilienkraut zu sprießen begann, im fünften Monat meiner perfekten Devotion.

Adélia begann gedankenversunken und unaufmerksam umherzulaufen. Manchmal, wenn ich sie ansprach, antwortete sie mit einem so seltsamen „Hä?" und blickte so vage und abwesend drein, daß es mir das Herz zusammenkrampfte. Eines Tages dann unterließ sie die Liebkosung, die mir am meisten gefiel – den köstlichen lauten Schmatz auf mein Ohr.

Zwar gab sie sich weiter gefühlvoll ... Noch legte sie meinen Paletot mütterlich zusammen, noch nannte sie mich „Liebling", noch begleitete sie mich im Hemd die Treppe hinunter und tat bei der Abschiedsumarmung jenen schweren Seufzer, der mir der wertvollste Beweis ihrer Leidenschaft war, doch belohnte sie mich nicht mehr mit dem Schmatz aufs Ohr.

Wenn ich erhitzt bei ihr eintraf, war sie gerade beim Anziehen oder beim Kämmen, phlegmatisch, verschlafen und mit Ringen um die Augen. Lieblos streckte sie mir die Hand hin, gähnte, griff träge nach der Gitarre, und während ich, Zigaretten rauchend, stumm in einer Ecke wartete, daß sich die Glastür ihres Alkovens öffnete und mir den Himmel auftat, lag die herzlose Adélia langgestreckt auf dem Sofa, hatte die Pantoffeln auf den Teppich fallen lassen, zupfte die Saiten und summte, unterbrochen von langen Seufzern, seltsam sehnsuchtsvolle Liedchen.

In einem Anflug von Zärtlichkeit wollte ich mich neben ihr hinknien. Prompt hieß es hart und eisig: „Zecke, bleib ruhig!"

Und immer versagte sie mir ihre Liebe. Einmal sagte sie: „Ich kann nicht, ich habe Sodbrennen", ein andermal: „Adieu, ich habe Seitenstechen."

Ich klopfte mir den Staub von den Knien, eilte heim zum Campo de Sant'Ana – beraubt, todunglücklich, und in der Finsternis meiner Seele weinte ich den unsäglichen Zeiten nach, in denen sie mich noch einen Trankopf nannte.

An einem sternenübersäten und wie schwarzer Samt so milden Juliabend traf ich vorzeitig bei ihr ein und fand die Tür offen. Die Petroleumlampe im Flur tauchte den Treppenaufgang in helles Licht, und da sah ich Adélia, weißgewandet, im Gespräch mit einem jungen Burschen in ärmlicher spanischer Capa und mit blondem Schnurrbärtchen. Sie wurde blaß, und er duckte sich, als er mich kommen sah: stattlich, bärtig, mit meinem Spazierstock bewehrt. Dann aber lächelte Adélia, lauter und rein, ohne ein Zeichen von Verwirrung; sie stellte mir ihren „Neffen Adelino" vor. Er sei der Sohn ihrer Schwester Ricardina aus Viseu und der Bruder des kleinen Teodorico ... Ich zog den Hut und drückte in meiner breiten ehrlichen Hand die scheuen Finger des Herrn Adelino.

„Es ist mir eine Ehre, Ihre Bekanntschaft zu machen, Senhor. Ihre Mama und Ihr Bruder wohlauf?"

An diesem Abend machte Adélia ein strahlendes Gesicht, sie nannte mich wieder Trankopf, gab mir wieder den Schmatz aufs Ohr. Und die ganze Woche war so köstlich wie Honigmond. Der Sommer glühte; und in der Conceição Velha begann die Novene für den heiligen Joachim. Ich verließ das Haus zur geruhsamen Stunde, da die Straßen besprengt wurden, und ich fühlte mich zufriedener als die zwitschernden Vögel in den Bäumen am Campo de Sant'Ana. Im hellen kleinen Zimmer, dessen Sessel alle mit weißem Barchent bedeckt waren, fand ich meine Adélia im

Morgenmantel vor, frisch gebadet, nach Eau de Cologne und den schönen roten Nelken duftend, die sie umgaben; nach den heißen Vormittagen mochte nichts idyllischer sein als unser Erdbeerimbiß in der Küche, indessen wir durch das geöffnete Fenster auf Gartengrün und nasse Beinkleider schauten, die auf der Leine zum Trocknen hingen ... Eines Nachmittags jedoch, während wir uns so ergötzten, bat sie mich um acht Libras.

Acht Libras! ... Später schritt ich im Dunkel der Rua da Madalena dahin und überlegte, wer sie mir großzügig und ohne Schuldschein leihen könnte. Der gute Casimiro befand sich in Torres und der hilfsbereite Grünspecht in Paris ... Schon dachte ich an Pater Pinheiro, für dessen Nierenleiden ich stets Mitgefühl bekundet hatte, da sah ich aus einem dieser unreinen Gäßchen, wo die käufliche Venus haushält, José Justino, den frommen Sekretär der Bruderschaft vom heiligen Joseph und erztugendsamen Notar der Titi, unseren José Justino geduckt hervorschleichen.

Sogleich rief ich: „Guten Abend, lieber Justino!" Und beruhigt kehrte ich heim zum Campo de Sant'Ana, genoß schon im voraus den fetten Schmatz, den Delinha mir geben würde, wenn ich ihr lachend die acht Goldmünzen überbrachte. Tags darauf, in aller Frühe, eilte ich in Justinos Büro, nach São Paulo, und erzählte ihm die Jammergeschichte von meinem lungenkranken, auf dem Stroh in einer stinkenden Pension nahe dem Largo dos Caldas elendiglich daniederliegenden Kommilitonen.

„Entsetzlich, Justino! Nicht einmal für eine warme Brühe hat er Geld ... Ich helfe ihm zwar, aber, Teufel noch mal, im Moment bin ich abgebrannt ... Ich leiste ihm Gesellschaft, tue, was ich kann: ich lese ihm Gebete vor und ‚Exerzitien aus dem christlichen Leben'. Gestern abend kam ich gerade von dort her ... Und glauben Sie mir, Justino, ungern gehe ich zu so später Stunde durch diese Gassen da ... Mein Gott, diese Gassen, das Unanständige, diese Unmoral. Diese Treppengäßchen, nicht wahr? ... Gestern abend merkte ich sehr wohl, daß Sie voll Schauder waren; ich genauso ... Heute früh nun passierte es, während ich in der Kapelle der Tante für meinen Kommilitonen beten wollte, unseren Herrn bitten wollte, ihm zu helfen, ihm etwas Geld zukommen zu lassen, da vermeinte ich, von oben, vom Kreuz her, eine Stimme zu hören, die zu mir sprach: ‚Setz dich mit Justino ins Benehmen, rede mit unserem Justino, er möge dir acht Libras für den Jungen aushändigen.' Da war ich unserem Herrn unsäglich dankbar. Und hier bin ich nun, Justino, auf sein Geheiß."

Justino hörte mir zu, weiß im Gesicht wie seine Umlegekragen, er ließ die Gelenke traurig knacken, dann schob er mir über die Tischplatte wortlos die acht Goldstücke zu, eines nach dem anderen. So diente ich meiner Adélia.

Doch flüchtig nur war mein Ruhm!

Etliche Tage darauf saß ich behaglich im „Montanha" und genoß ein Eis, da meldete mir der Kellner, draußen an der Ecke warte auf mich ein brünettes Dienstmädchen mit Schal, die Senhora Mariana. Heiliger Gott! Mariana, das Dienstmädchen von Adélia. Ich lief aufgeregt hin, sicherlich litt meine Allerliebste an schrecklichem Seitenstechen. Schon erwog ich, den „Rosenkranz der Achtzehn Erscheinungen Unserer Lieben Frau von Lourdes" zu beten, den die Titi bei Seitenstechen oder für den Fall, daß ein Stier entwischt ist, als äußerst wirkungsvoll schätzt.

„Was ist los, Mariana?"

Sie führte mich auf einen Innenhof, in dem es übel roch; und da, mit geröteten Augen und wütend an ihrem Schal zerrend, erzählte sie mir, noch heiser von ihrem Streit mit Adélia, lauter dumme, scheußliche, schmutzige Sachen. Adélia betrog mich! Der Senhor Adelino war nicht ihr Neffe, sondern ihr Geliebter und Zuhälter. Sobald ich das Haus verließ, fand er sich ein: Adélia warf sich ihm an den Hals, wie närrisch; und dann nannten sie mich Zecke, Mucker, Sündenbock, bedachten mich mit schwärzesten Schmähungen, bespieen mein Bild. Die acht Libras waren für Adelino gewesen, damit er sich einen Sommeranzug kaufen konnte; und noch war so viel Geld übriggeblieben, daß sie die Kirchweih von Belém aufsuchen konnten, in offener Kutsche, und mit Gitarre ... Adélia war irrsinnig in ihn verschossen: Sie verzärtelte ihn, und ihre Seufzer der Ungeduld, wenn er sich verspätete, hörten sich an wie das Röhren einer Hirschkuh in den heißen Waldfluren zur Maienzeit! Ob ich es etwa bezweifelte? Zur Vergewisserung sollte ich in dieser Nacht, spät, nach ein Uhr, an Adélias Tür klopfen!

Bleich lehnte ich an der Mauer und wußte nicht, ob der Geruch, der mich zu ersticken drohte, aus dem finsteren Winkel des Innenhofes kam oder von dem schmutzigen Zeug herrührte, das aus Marianas Mund quoll wie aus einem geborstenen Kloakenrohr. Ich wischte mir den Schweiß ab und murmelte, der Ohnmacht nahe: „Schon gut, Mariana, besten Dank, wir werden sehen, geh mit Gott . . ."

Ich kam so finsteren Blicks und so zerknittert zu Hause an, daß die Titi grinsend fragte, ob ich „unter das Pferd geraten" sei.

„Pferd? . . . Keineswegs, Titi, ich war in der Graça . . ."

„Du kommst so bleich daher und so zittrig auf den Beinen . . . Sah unser Herr heute hübsch aus?"

„Ach, Titi, wundervoll! . . . Aber ich weiß nicht, wieso, er schien mir recht traurig, recht traurig . . . Zu Pater Eugénio sagte ich gar: ‚Eugénio, Bester, der Herr hat heute Kummer?' Und er erwiderte: ‚Ganz gewiß, guter Freund! Viel Schurkerei auf dieser Welt muß er mit ansehen!' O ja, Titi! Viel Undank muß er sehen, viel Falschheit, viel Verrat!"

Ich fauchte wütend, ich ballte die Faust, als wollte ich sie strafend und schrecklich auf die grenzenlose Perfidie der Menschen niederfahren lassen. Doch ich bezähmte meinen Zorn, knöpfte meine weite zweireihige Jacke bedächtig zu und unterdrückte einen Schluchzer.

„Ja, so ist es, Titi . . . Die Trauer des Herrn rührte mich dermaßen, daß ich selber ziemlich deprimiert war. Obendrein habe ich noch einen weiteren Kummer: einem Kommilitonen von mir geht es gesundheitlich äußerst schlecht, mit dem Ärmsten steht es auf der Kippe."

Und abermals, wie schon vor Justino – ich bediente

mich vorteilhaft der Erinnerungen an Xavier als auch an die Rua da Fé –, breitete ich das Gerippe eines Mitschülers auf dem verfaulten Strohsack hin. Ich erwähnte die Waschschüssel mit dem blutigen Auswurf, sprach von der fehlenden Hühnerbrühe ... „Welch Elend, Titi, welch ein Elend! Dabei ist er ein braver Junge, der die heiligen Dinge hoch in Ehren hält und in der ‚Nação' so vortreffliche Artikel schrieb."

„Ein Unglück", murmelte die Tante Patrocínio, dabei mit den Stricknadeln hantierend.

„Wahrhaftig, Titi, ein Unglück. Und da er keine Angehörigen hat und die Mieter im Haus sich nicht um ihn kümmern, haben wir Kommilitonen uns in die Pflege geteilt. Heute nun bin ich an der Reihe. Und darum möchte ich die Titi um Erlaubnis bitten, bis gegen zwei Uhr nachts außer Haus bleiben zu dürfen ... Anschließend ist ein anderer Freund an der Reihe, ein sehr beschlagener, er ist Abgeordneter."

Tante Patrocínio erlaubte es und erbot sich sogar, den Patriarchen Sankt Joseph zu bitten, meinem Kommilitonen einen friedvollen, glücklichen Tod zu bescheren.

„Damit täten Sie ihm einen großen Gefallen, Titi. Macieira heißt er ... Der schielende Macieira. Nur damit der heilige Joseph Bescheid weiß."

Den ganzen Abend irrte ich durch die unter sanftem Julimond schlummernde Stadt. Und wo ich auch ging, unablässig begleiteten mich, geisternd und durchscheinend, zwei Gestalten: die eine im Hemd, die andere in einer spanischen Capa; und eng umschlungen, küßten sie sich wild, lösten ihre Lippen voneinander nur, um laut über mich zu lachen und mich einen Mucker zu nennen.

Ich gelangte just in dem Augenblick zum Rossio, als die Uhr vom Largo do Carmo die erste Stunde schlug. Ich verweilte unschlüssig unter den Bäumen und rauchte noch eine Zigarette. Dann lenkte ich meine Schritte zag, in Angst, zu Adélias Haus. Ihr Fenster leuchtete in mattem, siechem Schein. Ich packte den dicken Türklopfer, doch zögerte ich entsetzt vor der Gewißheit, die ich, entschieden und unabwendbar, hier finden wollte ... O Gott! Am Ende hatte Mariana meine Adélia aus Rache verleumdet! Noch tags zuvor hatte Adélia mich „mein Liebling" genannt, glutvoll! War es nicht wagemutiger und nutzbringender, wenn ich ihr vertraute, wenn ich die flüchtige Hinneigung zu dem Senhor Adelino duldete und selbstsüchtig weiter den Schmatz aufs Ohr einstrich?

Dann aber kam mir der entsetzliche Gedanke, daß sie auch den Senhor Adelino aufs Ohr küßte und daß dieser ebenfalls „Ah! Ah!" stöhnte wie ich, und mich packte der wilde Drang, sie voll Verachtung mit Fausthieben tot niederzustrecken, auf diese Treppenstufen, die so oft unser zärtliches Abschiedsgurren vernommen hatten. Viehisch donnerte ich mit der Faust gegen die Tür, so als wäre es schon ihre zerbrechliche, undankbare Brust.

Ich hörte, wie der Fensterriegel hastig zurückgeschoben wurde. Im Hemd tauchte sie auf, das schöne Haar ganz zerwühlt.

„Was ist das für ein Krach!"

„Ich bin es, mach auf."

Sie erkannte mich, das Licht drin erlosch, und es war, als würde der verglimmende Docht auch meine Seele in kalte, ewighin leere Finsternis tauchen. Ich fühlte mich in eisige Einsamkeit gestoßen, Witwer, ohne ein Tun und ohne Heim. Auf dem Fahrweg stehend, starrte ich zu den schwarzen Fenstern hinauf und murmelte: „Ach, ich sterbe!"

Wieder erschien das weiße Hemd Adélias, auf der Veranda diesmal.

„Ich kann nicht aufmachen, ich habe spät gegessen, ich bin müde."

„Mach auf!" schrie ich und hob verzweifelt die Arme. „Mach auf, oder ich komme nie mehr her."

„Zum Teufel mit dir! Und liebe Grüße an die Tante!"

„Und du bleib mir gestohlen, du versoffenes Stück!"

Nachdem ich ihr diese harte Beschimpfung wie einen Stein entgegengeschleudert hatte, schritt ich die Straße hinunter, sehr steif, sehr würdevoll. Aber an der Ecke ließ ich mich vor Schmerz auf eine Torschwelle fallen, zerstört, aufgelöst in Schluchzen.

Schwer lastete hinfort die geruhsame Melancholie der Sommertage auf meinem Herzen ... Ich hatte der Titi gesagt, ich sei dabei, zwei fromme Artikel für den „Almanach der Unbefleckten Empfängnis" auf das Jahr 1878 zu schreiben, schloß mich den ganzen Vormittag über in mein Zimmer ein, indessen die Steine auf meinem Balkon in der Sonne Funken sprühten. Ich schlurfte in Pantoffeln über den besprengten Fußboden und hing seufzend Erinnerungen an Adélia nach; oder ich betrachtete vor dem Spiegel die weiche Stelle meines Ohrs, dahin sie mir immer den Schmatz gegeben hatte ... Dann vernahm ich das Geräusch eines sich öffnenden Fensters, hörte ihren beleidigenden Schrei: „Zum Teufel mit dir!" Irr und zerzaust bearbeitete ich das Kopfkissen mit Faustschlägen, die ich nicht der schmächtigen Brust des Senhor Adelino verabreichen konnte.

Am späten Nachmittag, wenn es kühler wurde, schlenderte ich durch die Unterstadt. Aber jedes dem erfrischenden Lufthauch aufgetane Fenster und jede gestärkte Musselingardine erinnerte mich an Adélias lauschigen kleinen Alkoven; bei jedem einfachen Paar Strümpfe, sonstwo im Schaufenster, dachte ich voll Sehnsucht an ihre makellosen Beine; alles Strahlende erinnerte mich an ihre Augen; und sogar das Erdbeereis im „Martinho" ließ mich auf den Lippen die köstliche Süße ihrer Küsse spüren.

Abends, nach dem Tee, flüchtete ich mich in die Kapelle, gleichsam in eine heilige Festung, schmachtend heftete ich meine Augen auf den goldenen Leib des Christus, der da an das hübsche Kreuz aus Schwarzholz geschlagen war. Doch dann verblaßte das goldgelbe Leuchten des Metalls langsam, nahm die Bleiche fiebernden, zarten Fleisches an; die mageren, knochigen Glieder des Messias rundeten sich zu göttlich vollen, schönen Formen; aus der Dornenkrone hervor schlängelten sich, gekräuselt und schwarz, laszive Haarlocken; auf der Brust, über den beiden Wunden, stachen zwei straffe, wundervolle Brüste hervor, mit je einer kleinen rosa Knospe auf der Spitze – sie war es, meine Adélia, die da am Kreuz hing, nackt, stolz, lächelnd, siegstrahlend und den Altar entweihend, indem sie mir die Arme entgegenstreckte!

Mich dünkte das nicht eine Versuchung durch den Teufel, sondern eher die Güte des Herrn. Ich begann die Worte meiner Gebete sogar mit meinem Liebesgejammer zu mengen. Vielleicht übte der Himmel Dankbarkeit: möglich, daß die unzähligen Heiligen, die ich mit Novenen, Vaterunsern und Ave-Marias berannt hatte, mir meine Zuvorkommenheit lohnen wollten und mir an Liebkosungen zurückgaben, was der grausame Mann in spanischer Capa mir geraubt hatte. Noch mehr Blumen stellte ich auf die Kommode vor Unserer Lieben Frau, ich beichtete ihr die Ängste meines Herzens. Hinter dem blank geputzten Glas des Bildrahmens war sie, mit niedergeschlagenen, leiderfüllten Augen, die Vertraute meiner fleischlichen Qual, und Abend für Abend vor dem Schlafengehen, in langen Unterhosen, wisperte ich ihr begierig zu: „Mach, o meine liebe Muttergottes, daß Adèlinha mich wieder mag!"

Sodann nutzte ich Titis Gunst bei ihren Freunden, den Heiligen – beim über alles geliebten verzeihenden Sankt Joseph und beim heiligen Luís Gonzaga, der den jungen Menschen so wohlgesonnen ist. Ich bat sie, sich wegen eines meinerseits geheimen, gleichwohl absolut lauteren Begehrs für mich zu verwenden. Sie willigte freudig ein; und ich, durch den Kapellenvorhang spähend, fand es ergötzlich, wie die steife Senhora, den Rosenkranz in der Hand, auf Knien, die keuschesten Patriarchen anflehte, Adélia möchte mir doch wieder den Schmatz aufs Ohr geben.

Eines Abends, spät, ging ich mich überzeugen, ob der Himmel die so wertvollen Gebete erhört hatte. Ich fand mich vor Adélias Tür ein und betätigte, am ganzen Leibe zitternd, demutsvoll den Klopfer. Senhor Adelino schaute aus dem Fenster, in Hemdsärmeln.

„Ich bin es, Senhor Adelino", brabbelte ich niederträchtig und zog den Hut. „Ich möchte gern Adèliazinha sprechen."

Er schnarrte nach innen, zum Alkoven hin, meinen Namen. Mir schien, er sagte sogar „Mucker". Und meine Adélia, aus der Tiefe, hinter den Gardinen, wo ich sie ganz zerrauft und schön erahnte, schrie zornig: „Schütt ihm den Schmutzeimer über den Buckel."

Ich rannte davon.

Ende September kehrte Grünspecht aus Paris zurück, und an einem Sonntag, gegen Abend, als ich aus der São-Caetano-Kapelle von einer Novene kam und ins „Martinho" trat, fand ich ihn da, umringt von jungen Leuten und im Begriff, schwadronierend seine kühnen Unternehmungen und Liebesabenteuer in Paris zu erzählen. Kummervoll drückte ich mich auf eine Bank und hörte dem Grünspecht zu. Mit rubinbesetztem Hufeisen an der Krawatte, dem an langer Schnur hängenden Monokel und der gelben Rose im Knopfloch beeindruckte er gewaltig, wie er da durch den Rauch seiner Zigarre Ruhmeserlebnisse zum besten gab: „Eines Abends im ‚Café de la Paix', beim Diner mit der Cora, der Valtesse und einem sehr eleganten jungen Mann, einem Prinzen . . ." Was der Grünspecht alles gesehen hatte! Was der Grünspecht alles genossen hatte! Popotte, eine italienische Gräfin, verrücktes Huhn und Verwandte des Papstes, deren altes Wappen zwei gekreuzte Hörner darstellte, hatte ihn geliebt, hatte ihn in ihrer Viktoria über die Champs-Elysées gefahren. Er hatte in Restaurants zu Abend gespeist, die von goldenen Leuchtern erhellt waren, und die verhärmten, ernsten Bediensteten nannten ihn respektvoll „Monsieur le Comte". Und der „Alcazar" mit Gaslicht und Girlanden zwischen den Bäumen, desgleichen Pauline mit entblößten Armen, die die „Bratwurst von Marseille" gesungen hatte, dies alles hatte ihm gezeigt, was Wahrheit, was Größe der Zivilisation war.

„Hast du Victor Hugo gesehen?" fragte ein Jüngling mit dunkler Brille, der an den Nägeln kaute.

„Nein, er hat sich in dem eleganten Kreis nie blicken lassen."

Die ganze Woche über geisterte mir die Idee, Paris zu besuchen, irrlichternd im Kopf herum, verführerisch und voll süßer Versprechen. Und weniger war es der Appetit auf Befriedigung meines Stolzes und jener Fleischeslüste, die der Grünspecht ausgekostet hatte, denn der innere Drang, Lissabon den Rücken zu kehren, wo Kirchen und Läden, klarer Fluß und heller Himmel, wo mich alles an Adélia erinnerte, an den widerlichen Burschen in der spanischen Capa und an den für immer verlorenen Schmatz aufs Ohr ... Ach, würde mir doch die Titi ihren Beutel aus grüner Seide öffnen, mich die Hände da hineinstecken, Gold grapschen und nach Paris fahren lassen!

Allein, in den Augen der Senhora Dona Patrocínio war Paris eine abscheuliche Weltgegend, voll Lüge, voll Gefräßigkeit, wo ein Volk, ohne Heilige und die Hände vom Blut seiner Erzbischöfe befleckt, bei Tageslicht und im Schein der Gaslaternen fortgesetzt in Zügellosigkeit lebte. Wie konnte ich der Titi meinen unbescheidenen Wunsch nahebringen, daß ich diesen Ort des Schmutzes und der finsteren Unmoral aufsuchen wollte?

Noch an diesem Sonntag indes, während die geliebten Freunde am Campo de Sant'Ana zu Abend speisten, ergab es sich, daß man über dem Suppenfleisch auf einen gelehrten Studiengefährten von Pater Casimiro zu sprechen kam, der jüngst erst die friedvolle Ruhe seiner Klause in Varatojo jäh aufgegeben hatte, um sich dem an Arbeitsmühen reichen Bistum Lamego anzuvermählen. Unseren bescheidenen Casimiro befremdete solche Gier nach einer von eitlen Steinen gezierten Mitra; er hingegen sah die Erfüllung religiösen Lebens darin, mit seinen sechzig Jahren gesund und munter zu sein, ohne Gelüste und ohne Ängste, und den wohlschmeckenden Reis aus der Bratröhre der Senhora Patrocínio das Neves zu speisen.

„Denn lassen Sie es mich sagen, meine verehrte Senhora, dieser Ihr Reis ist schlichtweg köstlich. Und der Wunsch, stets einen solchen Reis zu haben als auch Freunde, die ihn zu schätzen wissen, dieser Wunsch dünkt mir höchst legitim und einer gerechten Seele unübertrefflich."

Und so kam man auf die Sehnsüchte zu sprechen, die ein jeder, ohne den Herrgott zu beleidigen, in seinem Herzen hegen mochte. Notar Justino wünschte sich ein kleines Landgut am Minho, mit Rosenbüschen und Weinreben, wo er in Hemdsärmeln friedvoll seine Tage beschließen könnte.

„Aber etwas, Justino, würde Ihnen da gewiß fehlen: Ihre Messe in der Conceição Velha", bemerkte die Titi. „Denn hat man eine bestimmte Messe erst einmal liebgewonnen, vermag keine andere einen zu trösten ... Nähme man mir die von Sant'Ana, ich glaube, ich würde es nicht überleben ..."

Es war nämlich Pater Pinheiro, der sie zelebrierte; gerührt legte ihm die Titi einen weiteren Hühnerflügel auf den Teller, und auch Pater Pinheiro verriet seinen Lieblingswunsch. Dieser war hehr und heilig: Gern sähe er den Papst wieder auf dem starken, fruchtbaren Stuhle Petri, auf dem Leo X. vordem so glanzvoll gethront hatte.

„Wenn sie wenigstens mehr Mitleid mit ihm hätten!" rief die Titi aus. „Aber der Allerheiligste Vater, der Stellvertreter unseres Herrn, in einem Verlies, in Lumpen, auf Stroh ... Das Werk von Kaiphassen, von Juden!"

Sie trank einen Schluck lauwarmen Wassers, dann ging sie in sich, zu stillem Exerzitium, betete wie stets das Ave-Maria, für die Gesundheit des Pontifex und das baldige Ende seiner Gefangenschaft.

Doktor Margaride tröstete sie: Er glaube nicht, daß der Pontifex auf Stroh schlafe. Sachkundige Reisende versicherten, daß der Heilige Vater, wenn er es wünschte, sogar eine Kutsche benutzen könnte.

„Was ist das schon! Bei weitem nicht alles, was dem Träger der Tiara zukommt; aber eine Kutsche, meine Senhora, das ist immerhin eine große Annehmlichkeit ..."

Lächelnd begehrte da unser Casimiro, zumal alle ihre geheimen Wünsche offenlegten, zu wissen, wonach es dem gelehrten hochwürdigen Doktor Margaride stand.

„Ja, verraten Sie den Ihren, Doktor Margaride. Verraten Sie uns den Ihren!" riefen alle, sympathiegewogen.

Er lächelte bedeutungsvoll.

„Gestatten Sie, meine hochverehrte Dona Patrocínio, meine Senhora, daß ich mich zuvor mit dem Zungenragout bediene, das da auf uns zukommt und mir köstlich zu sein scheint."

Nachdem dies getan war, gestand der verehrte Jurist, daß er gern Pair des Königreichs wäre. Nicht der hohen Ehre und der Prachtgewänder wegen, sondern um für das heilige Prinzip der Autorität zu fechten.

„Nur darum", betonte er energisch. „Denn auch ich möchte, ehe ich sterbe, dem Atheismus und der Anarchie, die verehrte Dona Patrocínio möge mir den Ausdruck gestatten, einen tödlichen Knüppelhieb verabreichen. Und was für einen!"

Alle, voll Eifer, erklärten Doktor Margaride eines so hohen gesellschaftlichen Ranges für würdig. Er dankte tiefernst. Dann wandte er sein majestätisches blasses Antlitz mir zu. „Und unser Teodorico? Unser Teodorico hat uns seinen Lieblingswunsch noch nicht verraten."

Ich errötete. Und sogleich blitzte in der Tiefe meiner Sehnsüchte Paris auf. Paris mit seinen goldenen Leuchtern, mit seinen Gräfinnen und Papstnichten, mit seinem schäumenden Champagner, der beseelte, berauschte, alle Schmerzen einschläferte ... Aber ich senkte den Blick; ich gab vor, ich wünschte weiter nichts, als meine Rosenkränze zu beten, an der Seite der Titi, zu frommem Nutzen und friedvoll ...

Doktor Margaride legte das Besteck hin und beharrte: Ihn deuchte es nicht Mangel an Gottesfurcht noch Undankbarkeit gegenüber der Titi, wenn ich, ein intelligenter, gesunder, guterzogener Mann und Bakkalaureus, auch irgendeinen ehrenwerten begehrlichen Wunsch hegte.

„Und ob ich ihn hege!" rief ich da, aus dem Häuschen geratend. „Und ob, Doktor Margaride! Liebend gern möchte ich Paris sehen!"

„Himmel!" schrie die Senhora Dona Patrocínio entsetzt. „Nach Paris will er!"

„Um die Kirchen zu sehen, Titi!"

„Um hübsche Kirchen zu sehen, braucht man nicht so weit zu fahren", entgegnete sie schnippisch. „Was Orgelspiel betrifft, ein luxuriös geschmücktes Allerheiligstes, eine prächtige Straßenprozession und schöne Stimmen, Respekt und köstliche Bilder, da sind wir Portugiesen unübertrefflich!"

Ich schwieg vernichtet. Der rühmliche Doktor Margaride pflichtete dem religiösen Patriotismus der Titi bei. Jawohl, nicht in einer gottlosen Republik habe man die kultische Pracht zu suchen.

„O nein, Senhora, um die großartigen Dinge unserer heiligen Religion zu genießen, würde ich nicht nach Paris gehen ... Wissen Sie, wohin ich ginge, meine hochverehrte Dona Maria do Patrocínio?"

„Unser Doktor eilte stracks nach Rom ...", sagte Pater Pinheiro dazwischen.

„Keineswegs, Pater Pinheiro! Keineswegs, meine teure Senhora!"

Wie denn? Weder dem guten Pinheiro noch der Titi schien es denkbar, daß es etwas Höheres geben konnte als das päpstliche Rom! Da hob Doktor Margaride feierlich seine buschigen, tiefschwarzen Brauen.

„Ins Heilige Land würde ich reisen, Dona Patrocínio! Nach Palästina, meine Senhora! Jerusalem würde ich aufsuchen, und den Jordan. Gern stünde auch ich einen Augenblick auf Golgatha, wie einst Chateaubriand, den Hut in der Hand, meditierte, berauschte mich an allem und riefe ‚Salve!'. Ich würde Aufzeichnungen mitbringen, meine Senhora, ich würde historische Impressionen veröffentlichen. Dorthin also würde ich fahren ... nach Zion!"

Lendenbraten wurde aufgetragen; und über den Tellern herrschte, nach Erwähnung des Heiligen Landes, wo der Herr gelitten, religiöse Sammlung. Ich sah mich in weiter Ferne, in Arabien, am Ziel einer mühevollen, viele Tage währenden Reise, auf dem Rücken eines Kamels, sah einen

Haufen Ruinen rings um ein Kreuz; ein düsterer Bach floß da zwischen Ölbäumen, stumm und traurig spannte sich der Himmel, wie ein Grabgewölbe. So mochte Jerusalem sein.

„Hübsche Reise!" murmelte unser Casimiro nachdenklich.

„Ohne Zweifel", brummte Pater Pinheiro, so als brabbelte er ein Gebet. „Unser Herr Jesus Christus ist davon sehr angetan und ist sehr dankbar für Besuche an seinem Heiligen Grab."

„Wer dahin reist", sagte Justino, „dem sind gar die Sünden vergeben. Nicht wahr, Pinheiro? Ich hab's im ‚Panorama' gelesen ... Von dort kehrt man blitzeblank gereinigt zurück!"

Pater Pinheiro, der leidvoll den von ihm als schwerverdaulich erachteten Blumenkohl zurückgewiesen hatte, gab Aufhellung. Wer als frommer Pilger ins Heilige Land kam, der erhielt über dem Marmor des Heiligen Grabes aus den Händen des Patriarchen von Jerusalem und gegen Bezahlung der üblichen Gebühren vollen Sündenerlaß.

„Nicht nur für sich selber, wie ich gehört habe", fügte der wohlinformierte Geistliche hinzu, „sondern auch für eine geliebte und fromme Person der Familie, sofern diese erwiesenermaßen an der Reise gehindert ist ... Bei, versteht sich, Entrichtung der doppelten Gebühr ..."

„Also zum Beispiel", rief Doktor Margaride eingebungsvoll und schlug mir kräftig auf die Schulter, „für eine so gute Titi, eine angebetete Titi, eine engelhafte, durch und durch tugendsame, generöse Titi ...!"

„Versteht sich, bei Entrichtung der doppelten Gebühr", beharrte Pater Pinheiro.

Die Tante sagte kein Wort; ihre Augengläser wanderten vom Priester zum Beamten, sie schienen seltsam vergrößert, und ihr Funkeln wurde von einem Gedankenblitz in ihrem Innern noch verstärkt. Ein bißchen Röte legte sich auf ihr grünliches Gesicht. Vicência brachte den Milchreis. Wir verrichteten unser Dankgebet.

Später in meinem Zimmer beim Entkleiden fühlte ich

mich traurig, unendlich traurig. Nie im Leben würde mir die Tante erlauben, das unanständige Land Frankreich zu besuchen, hier blieb ich eingesperrt, in diesem Lissabon, wo mir alles ein Graus war, wo selbst der ärgste Straßentrubel die Einsamkeit in meinem Herzen nur verschlimmerte, wo sogar die Reinheit des klaren Sommerhimmels mich an die üble Perfidie jener einen erinnerte, die für mich Stern und Königin der Anmut gewesen war . . . Nach diesem Tag, diesem Abendessen erschien mir die Titi noch unbeugsamer, noch härter, noch zäher, viele Jahre noch würde sie Herrin des grünen Seidenbeutels sein, der Grundstücke und der Contos des Komturs G. Godinho . . . Ich Ärmster! Wie lange noch hatte ich mit der verhaßten Alten den widerwärtigen Rosenkranz zu beten, dem Herrn vom Kreuzweg den Fuß zu küssen, den von diesem so überaus edelfräulichen Mund besudelten Fuß, Novenen abzulaufen und mir vor dem mageren und von Wunden übersäten Leib Gottes die Knie aufzuscheuern? O einzig bitteres Leben! Und nun fehlten mir, um mich über den lästigen Dienst an Jesus zu trösten, auch noch Adélias dralle Arme.

Am Morgen darauf – das Pferd schon gesattelt und ich gespornt – fragte ich meine Titi, ob sie irgendeine fromme Botschaft an den heiligen Rochus habe, da dies der Tag seiner Wunder sei. In dem kleinen Zimmer, das der himmlischen Herrlichkeit des heiligen Joseph geweiht war, saß die Tante in einer Ecke des Sofas mit dem Tongkingschal um die Schultern und prüfte das auf ihren Knien aufgeschlagene große Rechnungsheft; und vor ihr, mit den Händen auf dem Rücken, stand der gute Casimiro und starrte lächelnd nachdenklich auf die Blumentapete.

„Kommen Sie, kommen Sie!“ rief er, kaum daß ich in der Tür auftauchte und den Buckel krümmte. „Hören Sie die Neuigkeit! Sie sind ein Schmuckstück, Teodorico, Sie respektieren das Alter, Sie verdienen von Gott und von Ihrer Frau Tante das Beste. Kommen Sie, umarmen Sie die Titi!“

Ich lächelte verwirrt. Die Tante schlug ihr Heft zu.

„Teodorico!“ hob sie an und verschränkte stolz und steif die Arme. „Teodorico, ich habe mich hier mit Pater Casimiro beraten. Und mein Beschluß ist, daß jemand, der mir nahesteht und der meines Blutes ist, in meinem Auftrag eine Pilgerreise ins Heilige Land unternimmt ...“

„Na? Sie Glückspilz!“ murmelte Casimiro strahlend.

„So ist es gedacht“, setzte die Tante fort, „und du wirst mir Jerusalem und alle heiligen Stätten aufsuchen. Erspare dir den Dank, du tust es mir zuliebe und um Jesu Christi Grab zu ehren, schon da ich selber nicht hinfahren kann ... Gottlob hab ich die Mittel, du wirst eine Reise mit allen Bequemlichkeiten machen; und damit du nicht lange zweifelst und unserem Herrn baldmöglichst zu Gefallen bist, sollst du noch in diesem Monat aufbrechen ... Nun geh, ich muß mit Pater Casimiro reden. Besten Dank, dem heiligen Rochus ist nichts mitzuteilen, ich habe mich schon mit ihm ins Benehmen gesetzt.“

Ich stammelte: „Vielen lieben Dank, Titi; leben Sie wohl, Pater Casimiro.“ Verwirrt tappte ich durch den Korridor.

In meinem Zimmer eilte ich vor den Spiegel, um mir, ganz baff, dieses Gesicht und diesen Bart anzuschauen, auf die sich in Bälde Jerusalems Straßenstaub legen würde ... Dann ließ ich mich auf das Bett fallen.

„Mann, was für ein schlimmer Reinfall!“

Nach Jerusalem reisen! Wo war dieses Jerusalem? Ich hastete zum Koffer, der meine Nachschlagewerke und meine alten Kleider barg; ich zog den Atlas hervor, schlug ihn auf der Kommode auf, vor Unserer Lieben Frau, und begann Jerusalem zu suchen, nach der Seite hin, wo die Ungläubigen wohnen, wo dunkle Karawanen dahinschaukeln und wo ein bißchen Wasser in einem Brunnen wie ein wertvolles Gottesgeschenk ist.

Mein umherirrender Finger spürte schon die Müdigkeit einer langen Tageswanderung; und ich verharrte am gewundenen Ufer eines Flusses, der gewiß der verehrungswürdige Jordan war. Die Donau war es ... Der Name Jerusalem aber tauchte in einer weiten weißen Öde auf, schwarz, ohne weitere Namen, ohne Linien, alles Sand, nackt, in der Nähe des Meeres. Da also war Jerusalem! Mein Gott, wie fern, wie einsam, wie trist!

Doch dann überlegte ich, daß ich, um zu diesem Erdenfleck der Buße zu gelangen, liebliche Gegenden durchqueren mußte, voller Weiblichkeit und voller Feste. Zuallererst das schöne Andalusien, Land der Allerheiligsten Maria, duftend nach Apfelsinenblüten, wo die Frauen, allein schon, indem sie sich zwei Nelken ins Haar stecken und einen scharlachroten Schal umlegen, das ungebärdigste Herz besänftigen – gebenedeit sei ihre Grazie! Anschließend kam Neapel und seine dunklen, glühenden Gassen, mit Altarbildern der Jungfrau Maria, und nach Frau riechend wie die Korridore eines Bordells. Und noch weiter weg war Griechenland; im Rhetorikunterricht hatte ich es mir immer als heiligen Lorbeerhain vorgestellt, mit weißschimmernden Tempelfassaden drin und schattigen Stellen, wo die Tauben gurrten und jählings Venus erschien, in der Farbe des Lichts und der Rose, und allem, was Lippe, ob Tier oder Gottheit, liebkosend ihre unsterblichen Brüste darbot. Venus weilte schon nicht mehr in Griechenland, doch die Frauen dort hatten den Glanz ihrer Gestalt und den Zauber ihrer Unkeuschheit bewahrt ... Jesus, wie wollte ich da genießen! Ein Blitz zuckte mir durch die Seele. Ich donnerte mit der Faust auf den Atlas, daß die erzkeusche Maria und alle Sterne ihrer Krone erzitterten, und rief: „Caramba, wie will ich mich daran vollfressen!"

Vollfressen, jawohl! Und gleich da, aus Furcht, daß die Titi, weil sie mit ihrem Golde geizte oder aber an meiner Frömmigkeit zweifelte, von dieser so viel Genuß versprechenden Pilgerreise abkäme, beschloß ich, sie übernatürlich, vermöge göttlichen Befehls, zu binden. Ich ging in die Kapelle, verwirrte mein Haar, wie wenn mir ein himmlischer Wind hindurchgeblasen, dann rannte ich ins Zimmer der Titi, mit verdrehten Augen und fuchtelnden Armen.

„Titi! Titi! Was mir da grad widerfahren ist! Ich war in der Kapelle, zum Dankgebet, plötzlich glaubte ich die

Stimme unseres Herrn zu vernehmen, oben vom Kreuz her; ohne sich zu rühren, spricht er leise zu mir: ‚Gut tust du, Teodorico, gut tust du, mein Heiliges Grab zu besuchen ... Mit deiner Tante bin ich sehr zufrieden ... Deine Tante ist eine der meinen!'"

Sie faltete die Hände in stürmischer Aufwallung. „Gelobt sein allerheiligster Name! ... Hat er das wirklich gesagt? Ach, gut möglich, daß unser Herr wußte, daß ich dich ihm zur Ehrung hinschicke ... Noch einmal gelobt sein allerheiligster Name! Gelobt sei er auf Erden und im Himmel! Geh, mein Sohn, geh und bete zu ihm ... Säume nicht, säume nicht!"

Ich ging, ein Ave-Maria auf den Lippen. Sie kam mir noch bis an die Tür nachgelaufen, überschwenglich. „Und hör zu, Teodorico, denk auch an die Leibwäsche ... Vielleicht brauchst du noch ein paar Unterhosen mehr ... Bestelle, mein Sohn, bestelle, dank Unserer Lieben Frau vom Rosenkranz bin ich vermögend, und ich will, daß du schicklich gekleidet bist und an Gottes liebem kleinem Grab guten Eindruck machst! ..."

Ich bestellte. Und nachdem ich einen „Reiseführer durch den Orient" und einen Korkhelm gekauft hatte, informierte ich mich über die vergnüglichste Route nach Jerusalem bei Benjamim Sarrosa & Co., einem versierten Juden, der jedes Jahr mit Turban zum Rindereinkauf nach Marokko reiste. Benjamim zeichnete mir meinen grandiosen Reiseweg detailliert auf ein Papier. Ich solle mich auf der „Málaga" einschiffen, einem Dampfer des Hauses Jadley, der brächte mich via Gibraltar und Malta über ein immerwährend blaues Meer in das alte Land Ägypten. Dort im festlichen Alexandria eine sinnliche Erholungspause eingelegt, dann mit dem Postdampfer der Levante, der die biblische Küste Syriens hinauffahre, Jaffa, die Stadt der grünenden Obsthaine, anlaufen; von da auf einer asphaltierten Straße mit braver Stute in zügigem Trab einen Tag und eine Nacht unterwegs, und ich sähe zwischen traurigen Hügeln Jerusalems Mauern schwarz auftauchen.

„Teufel noch mal, Benjamim ... Das scheint mir viel Meer und viel Postdampfer. Also nicht ein Zipfelchen Spanien? Mann, ich möchte was genießen."

„Das tun Sie in Alexandria. Da ist alles zu haben, Billard, Kutschen, Spielhöllen, Weiber ... Vom Besten. Dort können Sie genießen!"

Und schon sprach man im „Montanha" und in Britos Tabakladen über mein heiliges Unternehmen. Eines Morgens las ich, glühend vor Stolz, im „Jornal das Novidades" folgende ehrenvolle Zeilen: „Zu einem Besuch Jerusalems und aller heiligen Stätten, an denen der Erlöser für uns litt, bricht in Kürze unser Freund Teodorico Raposo auf, Neffe der ehrwürdigen und begüterten Senhora Dona Patrocínio das Neves, die als ein Muster an christlichen Tugenden gilt. Gute Reise!" Die Titi, ganz hingerissen, verwahrte die Zeitungsnummer in der Kapelle, unter dem Postament des heiligen Joseph; ich indes jubilierte bei dem Gedanken, wie sehr Adélia, die eine treue Leserin des „Jornal" war, sich ärgern mochte, wenn sie mich, befreit von ihr und goldbestückt, in diese muselmanischen Länder ziehen sah, wo man bei jedem Schritt auf ein schweigendes, nach Rose duftendes Serail unter Sykomoren stößt ...

Am Vorabend meiner Abreise war im Salon mit den Damastvorhängen viel Erhebung und Feierlichkeit. Justino betrachtete mich wie eine Persönlichkeit von geschichtlichem Rang.

„Unser Teodorico ... Welch eine Reise! ... Lange noch wird man darüber sprechen!"

Pater Pinheiro murmelte, an mich gewandt, salbungsvoll: „Eine Eingebung des Herrn! Und es wird Ihrer Gesundheit sehr zuträglich sein!"

Dann zeigte ich meinen Korkhelm vor. Unser Casimiro kratzte sich nachdenklich das Kinn und bemerkte, ein Zylinder würde mir gewiß größere Seriosität verleihen.

Die Tante pflichtete bekümmert bei: „Hab ich ihm auch schon gesagt! Wenig feierlich dieser Helm für die Stadt, in der unser Herr gestorben ist ..."

„Aber Titi, ich habe es Ihnen doch erklärt! Dieser Helm

ist für die Wüste! ... In Jerusalem, na klar, und an all den heiligen Orten trage ich Zylinder ..."

„Einem feinen Herrn allemal gemäßer", bestätigte Doktor Margaride.

Pater Pinheiro begehrte inständig zu wissen, ob ich mich für den Fall von Darmbeschwerden in diesen verlassenen biblischen Gefilden mit Arznei eingedeckt hätte ...

„Ich habe alles mit. Benjamim gab mir eine Liste ... Sogar Leinsamen, sogar Arnika!"

Die träge Uhr im Korridor schlug zehn; ich hatte zeitig aufzustehen; und Doktor Margaride, tiefbewegt, schlang bereits seinen Seidenschal um den Hals. Da fragte ich meine treuen Freunde, noch vor den Abschiedsumarmungen, welche „Mitbringsel" sie sich aus diesen fernen Ländern wünschten, in denen der Herr gelebt hatte. Pater Pinheiro erbat sich ein Fläschchen Jordanwasser. Justino, der mich in der Fensternische bereits um ein Päckchen türkischen Tabak gebeten hatte, wünschte sich im Beisein der Tante lediglich einen kleinen Olivenzweig vom Ölberg. Doktor Margaride begnügte sich mit einer schönen Photographie vom Grabe Jesu Christi, um sie einzurahmen.

Mit aufgeschlagenem Notizbuch wandte ich mich, als diese frommen Wünsche vermerkt waren, sodann lächelnd, liebevoll und bescheiden der Titi zu.

Steif und starr in ihrem Sonntagssatin, sprach sie aus der Mitte des Sofas wie von einem Altar her: „Was mich betrifft, ich wünsche mir, daß du diese Reise mit frommster Hingabe machst, daß du mir jeden Stein küßt, keine Novene ausläßt und mir auch am kleinsten Ort den Rosenkranz betest ... Im übrigen wünsche ich ebenfalls, daß du gesund bleibst."

Ich wollte ihr auf die von Ringen funkelnde Hand einen innigen Dankeskuß drücken. Sie wehrte ab, noch steifer und trockener: „Bis jetzt warst du folgsam, hast die Gebote geachtet, hast dich nicht den Ausschweifungen hingegeben ... Drum ist dir das Glück beschieden, aus dem geliebten Jordan Wasser zu trinken und die Ölbäume zu sehen, unter denen unser Herr Blut schwitzte ... Aber, sollte mir zu Ohren kommen, daß du auf dieser Reise schlimme Gedanken gehegt und dich einer Ausschweifung hingegeben hast oder hinter Schürzen her warst, so sei versichert: auch wenn du mein einziger Blutsverwandter bist und Jerusalem besucht hast und Generalvergebung genießt, ich werde dich auf die Straße jagen wie einen Hund, ohne einen Kanten Brot!“

Ich neigte angstvoll das Haupt. Die Tante strich sich mit dem Spitzentüchlein über die dünnen Lippen und fuhr noch autoritärer fort, in wachsender Erregung, die ihrem flachen Mieder flüchtig den Anschein gab, als bebte darunter eine menschliche Brust: „Laß dir für dein Tun nun noch eine einzige Sache gesagt sein! ...“

Alle hatten wir uns erhoben, untertänig, im Bewußtsein, daß die Titi zur Verkündung eines höchsten Wortes ansetzte. In dieser Stunde der Trennung, umgeben von ihren Priestern, umgeben von ihren Magistratspersonen, würde Dona Patrocínio das Neves nun gewiß enthüllen, aus welchem geheimen Grund sie mich als Neffen und Pilger nach Jerusalem schickte. Endlich erfuhr ich, so klar und unbezweifelbar wie auf ein Pergament geschrieben, was – ob ich schlief oder wachte – die edelste meiner Vorsorgen in den Gefilden des Evangeliums zu sein hatte!

„Dies ist es!“ erklärte die Tante. „Wenn du meinst, daß ich einen Dank verdiene für all das, was ich dir Gutes getan seit dem Tode deiner Mutter, indem ich dich aufzog, kleidete, dir ein Pferd zum Flanieren kaufte und über deine Seele wachte, so bringe mir von diesen heiligen Stätten eine heilige Reliquie mit, eine wunderträchtige Reliquie, die ich bei mir haben werde, an die ich mich in meinem Kummer allzeit klammern kann und die mich von meinen Krankheiten heilt.“

Und zum erstenmal, seit fünfzig Jahren Dürre, löste sich unter Titis dunkler Brille eine Träne und rann ihr über das fratzenhafte Gesicht.

Doktor Margaride, außer sich, drang in mich: „Teodorico, wie unsäglich die Titi Sie liebt! Suchen Sie diese Ruinen auf, durchstöbern Sie diese Gräber! Bringen Sie der Titi eine Reliquie!"

Ich rief im Überschwang der Gefühle: „Titi, Ehrenwort eines Raposo und Oberfuchses, ich bringe Ihnen eine gewaltige Reliquie!"

Durch den strengen Salon mit den Damastvorhängen wallte lautstark und bewegend die Erregung unserer Herzen. Ich spürte Justinos vom Toast noch geschmeidig weichen Lippen auf meinem Bart . . .

Am Sonntag, dem 6. September und Tag der heiligen Libania, in aller Frühe, klopfte ich sacht an die Tür der Titi, die noch in ihrem erzkeuschen Bett schlummerte. Über den Teppich hörte ich matt ihre Pantoffeln herbeischlurfen. Züchtig öffnete sie die Tür einen Spalt, sicherlich im Nachthemd, und streckte mir ihre fleischlose, bleiche, nach Schnupftabak riechende Hand entgegen. Am liebsten hätte ich sie gebissen; ich drückte einen von Geifer nassen Kuß drauf, und die Tante flüsterte: „Adieu, mein Junge . . . Und viele Grüße an den Herrn!"

Ich stieg die Treppe hinab, mit Korkhelm und unter dem Arm meinen „Reiseführer durch den Orient". Vicência hinter mir schluchzte.

Mein neuer Koffer aus Leder und mein praller Segeltuchsack füllten das Coupé von Pingalhos Droschke voll aus. Noch zwitscherten die verspäteten Schwalben auf den Dachrinnen; die Kapelle von Sant'Ana läutete zur Messe. Und ein Sonnenstrahl, vom Orient her, aus Palästina mir entgegeneilend, umspülte einladend und lächelnd, gleichsam eine Liebkosung des Herrn, mein Gesicht.

Ich schloß den Wagenschlag, machte es mir bequem und rief: „Auf geht's, Pingalho!"

Und als wohlgerüsteter Pilger, den Rauch meiner Zigarette in die Morgenbrise blasend, verließ ich das Heim meiner Tante, nach Jerusalem.

II

Sonntag war es und der Tag des heiligen Hieronymus, als meine lateinischen Füße endlich, am Kai von Alexandria, die Erde des sinnlichen biblischen Orients betraten. Ich dankte dem Herrn der Guten Reise. Und mein Weggenosse, der illustre Topsius, deutscher Doktor der Universität zu Bonn, Mitglied des „Kaiserlichen Instituts für historische Grabungen", murmelte, indessen er seinen riesigen grünen Sonnenschirm aufspannte, wie in ernster Beschwörung: „Ägypten! Ägypten! Sei mir gegrüßt, du schwarzes Ägypten! Möge mir zugetan sein dein Gott Ptah, Gott der Gelehrsamkeit, Gott der Geschichte, Inspirator des Kunstwerkes und des Werkes der Wahrheit! ..."

Dieses wissenschaftsvolle Gewisper hüllte mich in einen lauen Hauch, gleich dem eines Ofens, ich fühlte mich wohlig umfangen von Düften nach Sandelholz und Rosen. Am flirrenden Kai lag, zwischen Wollballen, die nüchterne, schmutzige Zollbaracke. Aber weiter entfernt flogen die weißen Tauben um die weißen Minarette, der Himmel gleißte. Von gestrengen Palmen umringt, dämmerte ein Palast am Wassersaum; und in die Ferne hin streckten sich die Sandflächen des antiken Libyen, hoben sich ab von der heißen, wallenden Staubwolke, in der Farbe einem Löwenfell gleichend.

Gleich schloß ich dieses Land der Trägheit, des Schlafs und des Lichts in mein Herz. Ich schwang mich in eine mit Kattun ausgeschlagene Kalesche, die uns ins „Hotel zu den Pyramiden" bringen sollte, und rief, den gebildeten Doktor aus Bonn nachahmend, die Gottheiten an: „Ägypten! Ägypten! Sei mir gegrüßt, du schwarzes Ägypten! Möge mir ..."

„Nein, Dom Raposo, Ihnen möge Isis, die liebreizende Kuh, zugetan sein!" rief der erzgelehrte Mann lächelnd, meine Hutschachtel umfassend.

Ich verstand nicht, schätzte es jedoch. Ich hatte Topsius in Malta kennengelernt, an einem kühlen Morgen, gerade als ich einer Blumenfrau, in deren großen Augen bereits ein muselmanisches Schmachten lag, Veilchen abkaufen wollte. Topsius maß da mit seinem Sonnenschirm gewissenhaft die trutzigen klösterlichen Mauern des Großmeisterpalastes.

Ich war überzeugt, es gehöre zu den geistigen und wissenschaftlichen Pflichten, in diesen an Geschichte so reichen Gefilden der Levante die Monumente der Antike zu vermessen; ich zog mein Taschentuch hervor und führte es in der Art einer Elle über die gestrenge Steinkunst. Topsius spießte mich über den Rand seiner goldenen Brille sogleich mit mißtrauischem, eifersüchtigem Auge auf. Doch dann, beim Anblick meines heiteren, platt diesseitigen Gesichts, meiner nach Moschus duftenden Handschuhe und meines läppischen kleinen Veilchenstraußes gewann er die Ruhe wieder und lüpfte von seinem maisgelben, strähnigen Haupthaar höflich sein Käppi aus schwarzer Seide. Ich schwenkte meinen Korkhelm, und wir stellten uns einander vor. Ich sagte meinen Namen, nannte mein Vaterland und auch die heiligen Gründe, die mich nach Jerusalem führten. Er erzählte, er stamme aus dem ruhmreichen Deutschland, sei ebenfalls nach Judäa unterwegs und wolle anschließend nach Galiläa; eine Reise zu wissenschaftlichen Zwecken, um für sein groß angelegtes Werk, „Die Geschichte der Herodes-Dynastie", Notizen zu sammeln. Doch mache er in Alexandria Zwischenstation, um die grundlegenden Materialien für ein weiteres monumentales Buch zusammenzutragen: „Die Geschichte der Lagiden" ... Denn diese zwei unruhigen Familien, die Herodesse als auch die Lagiden, waren persönliches Eigentum des erzgelehrten Topsius.

„Die nämliche Wegstrecke, Doktor Topsius! Wir sollten uns kameradschaftlich zusammentun."

Er, hochaufgeschossen, dürr und langbeinig, in einem Rock aus Glanzseide, der vollgestopft war mit Manuskripten, willigte freudig ein: „Also schließen wir Freundschaft, Dom Raposo! Das bringt uns vergnügliche Ersparnis!"

Den Kopf tief im Kragen, das Haar straff gekämmt, die Nase spitz und denkerisch, die Hose enganliegend – so glich mein gelehrter Freund eher einem lächerlichen, vielwissenden Storch mit goldener Brille auf der Schnabelspitze. Aber schon machte meine Animalität vor seiner Hochgelehrtheit Kratzfüße; und wir gingen Bier trinken.

Die Klugheit dieses Burschen war ererbt. Sein Großvater mütterlicherseits, der Naturforscher Schlock, hatte eine berühmte Abhandlung in acht Bänden über den „physiognomischen Ausdruck der Eidechsen" verfaßt, die Deutschland in ehrfürchtiges Staunen versetzte. Und sein Onkel, der denkwürdige Ägyptologe Topsius, diktierte hochbetagt, mit siebenundsiebzig Jahren, von seinem Sessel aus, an den ihn die Gicht fesselte, sein geniales, leicht hingesetztes Buch „Monotheistische Synthese der ägyptischen Theogonie, unter besonderer Berücksichtigung der Beziehungen des Gottes Ptah und des Gottes Imhotep zu den Triaden der Nomen".

Der Vater von Topsius fiel leider aus dem Rahmen dieser hohen hauseigenen Wissenschaft, er brachte es nur zum Kornettspieler einer Münchner Blaskapelle. Mein Kamerad indes nahm die Tradition wieder auf; glänzend geklärt hatte er schon mit zweiundzwanzig Jahren mittels neunzehn im „Wochenblatt für historische Grabungen" erschienener Artikel die für die Zivilisation lebensentscheidende Frage bezüglich einer Ziegelmauer, die König Pi-Sibkme, aus der einundzwanzigsten Dynastie, in der legendären Stadt Tanis um den Tempel von Ramses II. errichtet hatte. Im gesamten gelehrten Deutschland strahlt heute Topsius' Auffassung bezüglich dieser Mauer unabweisbar hell wie die Sonne.

An Topsius bewahre ich nur holde, erhabene Erinnerungen. Ob auf den gepeitschten Wellen des Meeres von Tyrus, ob in Jerusalems finsteren Gassen, ob im Zelt an seiner Seite schlafend, neben den Ruinen von Jericho, ob auf Galiläas grünen Straßen – stets zeigte er sich wissend und mitteilsam, dienstbar, geduldig und diskret. Selten nur verstand ich seine klingenden und wie edle Goldmünzen wohlgeprägten Sentenzen, doch verharrte ich vor ihm in Ehrfurcht wie vor der undurchschreitbaren Pforte eines Heiligtums, denn mir war bewußt, daß da drin, im Schatten, die reine Essenz der Idee blitzte. Bisweilen knurrte auch Doktor Topsius einen schweinischen Fluch, dann spann sich zwischen ihm und meinem schlichten Bakkalaureusintellekt ein von mir voll Dankbarkeit empfundenes Einvernehmen. Er blieb mir sechs Moedas schuldig, aber diese paar Münzen stehen in keinem Verhältnis zu der gewaltigen Woge an Geschichtswissen, mit der er meinen Geist befruchtete. Eines nur, abgesehen von seinem Gelehrtengeräusper, mißfiel mir an ihm: er bediente sich meiner Zahnbürste.

Auch war er unausstehlich stolz auf sein Vaterland. Andauernd, und mit tönender Stimme, pries er Deutschland, die geistige Mutter der Völker; hernach bedrohte er mich mit dessen unwiderstehlichen Waffen. Deutschlands Allwissen! Deutschlands Allmacht! Ein riesiges, hinter Folianten verschanztes Kriegslager, wo die waffenstarrende Metaphysik Wache hält und „Halt, wer da!" ruft – so regierte Deutschland. Mir, dem Selbstbewußten, schmeckte dieses Geprahle nicht. Als man uns im „Hotel zu den Pyramiden" ein Buch vorlegte, damit wir unsere Namen und das Herkunftsland eintrügen, schrieb mein gelehrter Freund sein „Topsius" und darunter großspurig in Buchstaben, so steif und diszipliniert wie Rekruten: „Deutsches Kaiserreich." Ich entriß ihm die Feder, und mit dem Gedanken an den bärtigen João de Castro, Hormus in Flammen, Adamastor, die Kapelle des heiligen Rochus, den Tejo und andere glorreiche Dinge schrieb ich geschwungen und geschwollener denn die Segel einer Galeone: „Raposo, Portugiese von diesseits und jenseits des Meeres." Prompt meldete sich aus der Ecke ein magerer, welker, hinfällig schwächlicher Bursche mit einem Seufzer: „Falls der Herr irgend etwas benötigen, Alpedrinha ist zur Stelle!"

Ein Landsmann! Während er meinen Koffer auspackte, erzählte er mir seine finstere Geschichte. Aus Trancoso war er und vom Unglück geschlagen. Er hatte Studien absolviert, hatte einen Nekrolog verfaßt, kannte gar die bewegendsten Verse „unseres Soares de Passos" auswendig.

Doch kaum daß sein Mütterlein gestorben und er einen Landsitz geerbt, war er ins verhängnisvolle Lissabon geeilt, um das Leben zu genießen; in der Travessa da Conceição hatte er alsbald – reinstes Idyll – eine wunderbar entzükkende Spanierin kennengelernt, mit dem süßen Namen Dulce. Mit ihr reiste er nach Madrid; dort machte ihn das Glücksspiel arm, das Mädchen Dulce betrog ihn, ein Chulo jagte ihm ein Messer zwischen die Rippen. Wieder genesen, kam er abgezehrt nach Marseille, und über Jahre hin lebte er wie ein Ausgestoßener, in unsäglichem Elend. In Rom war er Mesner, in Athen Bartscherer. Auf dem Peloponnes in einer Kate an einem Sumpf wohnend, hatte er sich zu der schauerlichen Arbeit als Blutegelfänger verdingt; und mit Turban bot er in Smyrnas Gassen Wasser aus schwarzen Schläuchen feil. Das fruchtbare Ägypten hatte ihn schon immer angezogen, unwiderstehlich ... Und hier arbeitete er nun im „Hotel zu den Pyramiden" als Gepäckträger ... und war traurig.

„Und falls der Herr vielleicht eine Zeitung aus unserem Lissabon mitgebracht haben, ich wüßte gern, was die Politik macht."

Großzügig überließ ich ihm alle Exemplare des „Jornal de Notícias", in die ich meine Halbstiefel eingewickelt hatte.

Besitzer des Hotels war ein Grieche aus Lakedaimon, mit wildem Schnauzbart; er sprach „un poquitito el castellano". Höflich steif in seinem mit einer Medaille verzierten Überrock führte er uns persönlich in den Speisesaal. „La más preciosa, sin duda, de todo el Oriente, caballeros!"

Auf dem Tisch ein großer Strauß halbwelker scharlachroter Blumen; im Ölfläschchen schwammen heimisch etliche Fliegenkadaver; die Schlappen des Dieners platschten über eine alte weinfleckige Nummer des „Journal des Débats", das, noch von anderen gefühllosen Pantoffeln getreten, seit dem Vorabend da am Boden lag; an der Decke hatte der stinkige Rauch der Messingleuchter den von Engeln und Schwalben umschwirrten rosafarbenen

Wolken schwarzes Gewölk zugesellt. Unter der Veranda spielten eine Fiedel und eine Harfe die „Mandolinata". Und während Topsius Bier in sich hineinkippte, fühlte ich auf seltsame Weise in mir die Liebe zu diesem Land der Trägheit und des Lichts wachsen.

Nach dem Kaffee machte sich mein hochgelehrter Freund mit dem Notizstift in der Rocktasche davon, Antiquitäten und Steine aus der Zeit der Ptolemäer zu erkunden. Ich zündete mir eine Zigarre an und rief nach Alpedrinha; ich vertraute ihm an, daß ich unverzüglich beten gehen wolle – und lieben. Beten auf Anweisung der Tante Patrocínio, deretwegen ich ein Stoßgebet an den heiligen Joseph zu richten hatte, sobald ich ägyptische Erde beträte, die seit der Flucht der Heiligen Familie auf dem Rükken eines Eselchens ein so verehrungswürdiger Boden war wie der einer Kathedrale. Lieben, weil es mein sehnsuchtsvolles, entflammtes Herz gar sehr danach drängte. Alpedrinha zog schweigend die Rollos hoch und wies auf einen hellen Platz, den in der Mitte eine bronzene Heldenfigur auf einem Streitroß aus Bronze zierte; ein heißer Luftstoß wirbelte über zwei trockene Zisternen träge Staubwolken auf, und ringsum hoben sich vor dem blauen Himmel hohe Gebäude ab, dabei ein jedes die Fahne seines Heimatlandes hißte, gleichsam feindliche Zitadellen über einem einzigen Besiegten. Dann zeigte mir der traurige Alpedrinha eine Ecke, wo ein altes Weib Zuckerrohr verkaufte, die friedliche Straße der Zwei Schwestern. Dort, so murmelte er, würde ich über der Tür eines unauffälligen Ladens eine klobige violettgestrichene Holzhand sehen und darüber, auf einem schwarzen Schildchen in goldenen Lettern, die einladenden Worte: MISS MARY, HANDSCHUHE UND WACHSBLUMEN. Dies Refugium also empfahl er meinem Herzen. Am Ende der Straße, nächst einer murmelnden Quelle unter Bäumen, harrte eine neue Kapelle, in der meine Seele Tröstung und Erfrischung fände.

„Und sagen Sie der Miss Mary, daß Sie auf Empfehlung des ‚Hotels zu den Pyramiden' kommen."

Ich steckte mir eine Rose ins Knopfloch und brach jubelnd auf. Gleich beim Betreten der Straße der Zwei Schwestern gewahrte ich die jungfräuliche kleine Einsiedelei, die dort hinten unter Platanen im sanften Straßenlärm ihren keuschen Schlaf hielt. Der allerliebste Patriarch Sankt Joseph freilich mochte zu dieser Stunde inständigere Stoßgebete, und von nobleren Lippen, empfangen, ich wollte den allergütigsten Heiligen nicht belästigen und blieb vor der violettgestrichenen Holzhand stehen, die sich mir da entgegenstreckte, als wollte sie mein Herz pakken.

Ich trat aufgeregt ein. Sie saß hinter einem lackierten Ladentisch, mit einer weißen Katze im Schoß, und las die „Times". Neben sich eine Vase mit Rosen und Magnolien. Was mich auf den ersten Blick fesselte, das waren ihre hellblauen Augen – ein Blau, wie man es nur auf Porzellanen findet; simples Himmelblau, das ich bei keiner dunklen Lissabonnerin je gesehen. Noch entzückender aber waren ihre frischen, zu goldigen Krauslocken frisierten Haare, so süß und fein, daß man sie am liebsten ewig und andachtsvoll mit zitternden Fingern gestreichelt hätte. Und unwiderstehlich war die profane Aureole, die ihr rundliches Gesicht hell umhüllte; ein Gesicht, so weiß wie Milch, auf dem ein hauchzartes, lebendiges Karmesinrot verfloß. Gefühlvoll senkte sie die dunklen Wimpern und erkundigte sich mit einem Lächeln, ob ich „Glacé" wünsche oder „Wildleder".

„Ich bringe Ihnen liebe Grüße von Alpedrinha", sagte ich leise und schob mich lüstern an den Ladentisch heran.

Sie zog aus dem Strauß eine zage Rosenknospe und überreichte sie mir mit den Fingerspitzen. Stürmisch bedeckte ich diese mit Küssen. So viel Liebeshunger schien ihr zu gefallen, noch heißeres Blut entflammte ihr Gesicht, und sie nannte mich flüsternd „kleiner böser Schelm". Vergessen waren der heilige Joseph und das Stoßgebet – und unsere Hände, einen Augenblick vereint, damit sie mir den hellen Handschuh überzöge, ließen einander nicht mehr los während all der Wochen, die ich in der Stadt der Lagiden verweilte, in festlichen muselmanischen Wonnen.

Sie stammte aus York, jener heldischen Grafschaft des alten England, in der die Frauen gut und kräftig gedeihen, wie die Rosen in den königlichen Gärten. Weil sie so zärtlich sein konnte und so goldig lachte, sobald ich sie kitzelte, gab ich ihr den galanten, koketten Namen Marikokkelchen. Topsius, der sie schätzte, nannte sie „unsere symbolische Kleopatra". Sie liebte meinen kräftigen schwarzen Bart; und nur um die Wärme ihrer Röcke nicht zu missen, verzichtete ich darauf, Kairo und den Nil zu sehen und die ewige Sphinx, die am Eingang der Wüste lagert und über die eitle Menschheit grinst.

In lilienweißem Anzug lehnte ich an Marys Ladentisch, streichelte respektvoll der Katze den Rücken und genoß unvergeßliche schöne Vormittage. Mary war schweigsam, doch schon ihr Lächeln bei verschränkten Armen oder ihre entzückende Art, in der „Times" zu blättern, erfüllten mein Herz mit lichter Freude. Sie brauchte mich noch nicht einmal „mein tapferer kleiner Portugiese, mein Biesterchen" zu nennen. Es langte, wenn ihre Brust bebte; daß ich dieser süßen, schmachtenden Woge ansichtig wurde und erleben konnte, wie meine Küsse ihre Begehrlichkeit entfachten, dies allein schon schien mir Grund genug, von so weit her nach Alexandria gekommen zu sein und noch weiter zu laufen, ohne Unterlaß und zu Fuß bis hin, wo die Wasser des Nils weiß sind!

Nachmittags unternahmen wir, von unserem hochgelehrten Topsius begleitet, in der Kattunkalesche gemächliche Liebesspazierfahrten den Mahmudija-Kanal entlang. Unter den ausladenden Bäumen, dicht an den Mauern des Serails, atmete ich das betörende Arom der Magnolien und andere mir unbekannte feurige Düfte. Zuweilen fiel mir eine violette oder weiße Blüte in den Schoß. Seufzend streichelte ich mit dem Bart meinem Marikockelchen über das weiche Gesicht, und sie erschauerte gefühlvoll. Im Wasser lagen die schweren Barken, die den wohltätigen heiligen Nil aufwärts fahren, bei den Tempelruinen ankern und die grünen Inseln umschiffen, wo die Krokodile schlafen. Langsam kam der Abend. Gemächlich rollten wir im duftschwangeren Schatten. Topsius murmelte Verse von Goethe. Und die Palmen am Horizont hoben sich gegen den gelben Abendhimmel wie Bronzereliefs auf einem Goldblech ab.

Marikockelchen aß zu Abend immer mit uns im Hotel; und Topsius entfaltete in ihrer Gegenwart alle Blüten seiner liebenswerten Gelehrtheit. Er erzählte uns von den Festabenden im alten Alexandria zu Zeiten der Ptolemäer, am Kanal, der nach Kanopos führte und zu dessen beiden Seiten Paläste und Gärten prangten; die Barken, mit Sonnendächern aus Seide, wiegten sich zum Klang der Lauten; die Priester des Osiris, in Leopardenfellen, tanzten unter den Apfelsinenbäumen; und auf den Terrassen lüfteten Alexandrias Damen ihre Schleier, tranken auf die assyrische Venus aus Lotosblütenkelchen. Ungetrübte Sinnenlust weitete ihre Seelen. Selbst die Philosophen waren ausschweifend.

„Und“, so fuhr Topsius mit träumerischem Blick fort, „in ganz Alexandria gab es eine einzige sittsame Dame, die ihren Homer kannte, und das war die Tante Senecas. Eine einzige!“

Marikockelchen seufzte. Welch ein Zauber, in jenem Alexandria zu leben und nach Kanopos zu schiffen, in einer Barke mit seidenem Sonnendach.

„Ohne mich?“ rief ich eifersüchtig.

Sie schwor, nicht einmal im Himmel wolle sie ohne ihren tapferen kleinen Portugiesen sein.

Ich, geschmeichelt, bezahlte den Champagner.

Und so eilten die Tage dahin, beschwingt, in Muße, genüßlich, gewürzt von Küssen, bis der düstere Vorabend unserer Abreise nach Jerusalem heran war.

„Der Senhor müßte hier im lieben, schönen Alexandria bleiben und es sich gütlich tun“, sagte Alpedrinha noch am Morgen, während er mir meine Stiefel wichste.

Ach, hätte ich doch bleiben können! Aber unumgänglich waren die Gebote der Titi. Und aus Liebe zu ihrem Gold hatte ich nach dem düsteren Jerusalem zu reisen, hatte ich niederzuknien vor vertrockneten Ölbäumen, hatte ich zu Füßen kalter Gräber fromme Rosenkränze zu brabbeln.

„Bist du jemals in Jerusalem gewesen, Alpedrinha?" fragte ich und streifte mir untröstlich die Unterhose über.

„Nein, Senhor, aber ich weiß ... schlimmer als Braga!"

„O weh!"

Unsere Abendmahlzeit mit Marikockchen in meinem Zimmer war angefüllt von Schweigen, von Seufzern; die Kerzen blakten melancholisch wie Pechfackeln; der Wein benebelte uns wie der Krätzer zu Begräbnissen. Topsius war mit generösen Tröstungen zur Hand.

„Schöne Dame, schöne Dame, unser Raposo wird wiederkehren ... Ich bin gewiß, daß er aus dem heißen Syrien, dem Land der Venus und der Braut der Lieder, in seinem Herzen eine Flamme mitbringen wird, die noch feuriger, noch jünger sein wird ..."

Ich biß mir auf die Lippen und sagte mit erstickter Stimme: „Na klar! Und wir werden in der Kalesche wieder den Mahmudija-Kanal entlangfahren ... Nichts wie hin, etliche Vaterunser auf dem Kalvarienberg gebetet und ... Es wird mir sogar guttun ... Zum Stier geworden, kehr ich zurück."

Nach dem Kaffee lehnten wir uns über die Verandabrüstung und betrachteten schweigend Ägyptens prachtvolle Nacht. Die Sterne glichen einer großen Staubwolke aus Licht, die der liebe Gott beim einsamen Spaziergang über die Himmelsstraßen da oben aufgewirbelt hatte. Die Stille war von der Feierlichkeit eines Heiligtums. Unten auf den dunklen Terrassen regte sich hin und wieder schemenhaft eine helle Gestalt und ließ erkennen, daß da ebenfalls Lebewesen waren, die am Glanz des Äthers stumm ihre Seele verzückten; und in dieser diffusen Religiosität, gleich der einer Menge, die gebannt auf die Lichter des Hochaltars starrt, fühlte ich die Süße eines Ave-Marias mir unabwendbar zu den Lippen aufsteigen ...

In der Ferne schlief das Meer. Und im heißen Gefunkel der Sterne konnte ich auf einer Landzunge, fast vom Wasser überspült, ein verlassenes Haus erkennen, klein, strahlend weiß, poesievoll zwischen zwei Palmen ... Mir kam der Gedanke, daß ich, sobald die Titi gestorben und ihr Gold mir gehörte, diesen süßen Ruhesitz kaufen könnte, um ihn mit hübschen Seidenstoffen zu drapieren und dort an der Seite der Handschuhverkäuferin zu leben, türkisch gekleidet, frisch, geruhsam, frei von allen Beunruhigungen durch die Zivilisation. Sühnegebete ans Heilige Herz Jesu wären mir so nebensächlich wie die Kriege zwischen den Königen. Am Himmel interessierte mich lediglich das indigoblaue Licht, das meine Fensterscheiben badete; und auf der Erde nur die in meinem Garten erblühten Blumen, die mit ihrem Duft meine Freuden schwängerten. Ich würde die Tage auf einem weichen orientalischen Faulbett verbringen und den reinen Latakia rauchen; Gitarre würde ich spielen und dieses nie endende Gefühl vollkommenen Glücks empfinden, das Mary mir schon bescherte, indem sie ihren Busen wallen ließ und mich ihren „tapferen kleinen Portugiesen“ nannte.

Ich drückte sie an mich, hätte sie am liebsten in mich eingesogen. Ganz nah an ihrem Ohr, das von der Helle einer weißen Muschel war, wisperte ich unaussprechliche Namen; ich nannte sie „Dickileinchen“, nannte sie „Schnukkelchen“. Sie erbebte und richtete die leiderfüllten Augen auf die goldfarbene Staubwolke. „Was für Sterne! Gebe Gott, daß morgen das Meer friedlich ist!“

Bei dem Gedanken an diese langen Wellen, die mich in das rauhe Land des Evangeliums entführen würden, so weit fort von meiner Mary, umschnürte unendlicher Schmerz meine Brust – und unbezwingbar, in gelallten und schmachtend gejammerten Seufzern entschlüpfte es meinen Lippen ... Ich sang. Den Sternen zugewandt, ließ ich über die schlafenden Terrassen des muselmanischen Alexandria hinweg meiner kummervollen Stimme freien Lauf; und mit den Fingern über das Brustteil meines Jacketts streichend, wo die Saiten der Geige sein müßten, die meine Klagelaute schön weinerlich machten, jaulte ich den herzergreifendsten Fado, den die portugiesische Sehnsucht kennt:

„Mit meiner Seele bleibst du hie,
Ich zieh allein, mit Ach und Weh,
Und alles sagt mir, o Marie,
Daß ich dich nie mehr wiederseh.“

Ich hielt ein, vom Gefühlsüberschwang fast erstickt. Der gelehrte Topsius begehrte zu wissen, ob diese süßen Verse von Luís de Camões seien. Ich erklärte ihm weinerlich, daß ich sie in Dafundo gehört, von Calcinhas gesungen.

Topsius ging, um sich zum großen Dichter Calcinhas eine Notiz zu machen. Ich schloß das Fenster; und nachdem ich auf dem Korridor insgeheim und flugs das Kreuz geschlagen hatte, lockerte ich begierig und zum letztenmal die Korsettverschnürung meiner knusprigen Allerliebsten.

Kurz, geizig kurz war diese Sternennacht Ägyptens!

Früh, bitter früh kam der Grieche aus Lakedaimon und teilte mir mit, daß der Postdampfer, mit dem wilden Namen „Kaiman“, in der rauhen windigen Bucht schon tüchtig qualmte, um mich zu Israels Traurigkeiten fortzuschiffen.

Topsius, der Frühaufsteher, saß schon unten, aß gemächlich seine Eier mit Schinken und trank seine große Kanne Bier. Ich nahm lediglich einen Schluck Kaffee zu mir, im Zimmer an eine Ecke der Kommode gelehnt, hemdsärmlig, mit geröteten Augen unter einem Tränenschleier. Mein stattlicher Lederkoffer, schon verschlossen und verschnallt, sperrte den Korridor; Alpedrinha aber verstaute noch eilig die Schmutzwäsche in einen Segeltuchbeutel. Und Marikockelchen, die verzweifelt am Bettrand saß, mit ihrem mohnblütengeschmückten, entzückenden Hut und ihren tiefen blauen Ringen unter den Augen, sie verfolgte das Verschnüren der Flanellsachen in einer Weise, als wären es Stücke ihres Herzens, die auf Nimmerwiedersehen in die Tiefe eines Sackes tauchten.

„Du führst so viel schmutzige Wäsche mit, Teodorico!“

Vom Schmerz zerrissen, stammelte ich: „Ich lasse in Jerusalem waschen, mit der Hilfe unseres Herrn!“

Ich hängte mir meine Weihblättchen um den Hals. In diesem Augenblick spähte Topsius zur Tür herein, Pfeife im Mund, seinen geschlossenen riesigen Sonnenschirm unter dem Arm, an den Füßen große Galoschen gegen die Nässe auf Deck – und in der Tasche seiner Glanztaftjacke eine dicke Bibel. Als er mich noch ohne Weste sah, schalt er die Säumigkeit der Liebenden.

„Aber ich begreife, schöne Dame, ich kann's nachfühlen!" setzte er, an Mary gewandt, höflich hinzu, hochaufgeschossen, mit welligem Haar und der Brille auf der Nasenspitze. „Es schmerzt, aus Kleopatras Armen zu scheiden ... Ihretwegen verlor Antonius Rom und die Welt ... Ich selbst, ganz in Anspruch genommen von meiner Mission, Dunkelecken der Geschichte aufzuhellen, nehme liebe Erinnerungen an diese Tage in Alexandria mit ... Köstlich unsere Spazierfahrten am Mahmudija! ... Gestatten Sie mir, schöne Dame, Ihren Handschuh zu küssen ... Und sollte ich nie mehr wiederkehren in dieses Land der Ptolemäer, so werde ich die Straße der Zwei Schwestern dennoch nie vergessen ... ‚Miss Mary, Handschuhe und Wachsblumen'. Perfekt. Erlauben Sie mir, daß ich Ihnen meine ‚Geschichte der Lagiden' zuschicke, wenn sie vollendet ist ... Sie enthält äußerst pikante Einzelheiten ... Als Kleopatra sich in Herodes verliebte, den König von Judäa ..."

Alpedrinha rief vom Bettrand her aufgeregt: „Senhor, hier ist ja noch ein Stück Schmutzwäsche!"

Er hatte unter den zerwühlten Bettdecken gesucht und ein langes Spitzenhemd mit Schleifchen aus heller Seide gefunden. Er schwenkte es, und das Utensil verbreitete ein schwelgerisches Arom nach Veilchen und Liebe ... Ach! Marys Nachtgewand, aus meinen Armen noch warm!

„Miss Mary, Ihres."

„Dein Nachthemd, Liebling!" stöhnte ich, während ich die Hosenträger anlegte.

Meine kleine Handschuhverkäuferin erhob sich zitternd und bleich – und jäh bekam sie eine poetische Anwandlung: sie rollte das Nachthemd zusammen und drückte es mir so leidenschaftsvoll in die Arme, als wäre darin ihr Herz eingeschnürt.

„Ich schenke es dir, Teodorico! Nimm es mit auf den Weg, Teodorico! Es trägt noch die Knitterspuren unserer Zärtlichkeiten! ... Nimm es, du sollst es im Schlaf an deiner Seite haben, so als wäre ich es ... Warte, warte einen Augenblick, Schatz! Ich will ihm einige Worte beigeben, eine Widmung!"

Sie eilte zum Tisch, wo noch Reste des geduldigen Papiers lagen, das, der Titi zur Kenntnis, die erbauliche Geschichte meiner Fasten in Alexandria aufgenommen als auch all meiner Nächte, die ich mich am Evangelium gelabt hatte ... Ich, mit dem duftschwangeren Hemdchen in den Armen, spürte zwei Zähren in meinen Bart rinnen. Beklommen suchte ich ringsum nach einem Gegenstand, der diese wunderbare Reliquie der Liebe verwahren könnte. Die Koffer waren verschlossen, die Segeltuchtasche prallvoll.

Topsius, ungeduldig, zückte aus der tiefen Brusttasche seine silberne Uhr. Unser Lakedaimonier in der Tür knurrte: „Senhor Teodorico, es ist spät, sehr spät ..."

Doch schon schwenkte meine Liebste das Papier, darauf ein Wortlaut, so gewaltig, stürmisch und offenherzig, wie es ihre Liebe war: „Meinem Teodorico, meinem stattlichen kleinen Portugiesen, zum Gedenken, wie sehr wir genossen!"

„O Schätzchen! Und wo bringe ich das jetzt unter? Ich kann doch das Hemd nicht nackt und bloß im Arm mitführen!"

Alpedrinha schnallte im Knien eilends den Tuchsack auf. Doch da ergriff Marikockelchen in feiner Eingebung einen Bogen graues Papier, vom Fußboden hob sie ein schmales rotes Band auf, und ihre geübten Handschuhmacherfinger wickelten das Hemdchen zu einem runden, bequemen, entzückenden Paket, das ich unter den Arm nahm und wild entflammt an mich drückte.

Dann folgten ungestüme Seufzer, Küsse und Zärtlichkeiten ...

„Mary, mein geliebter Engel!"
„Teodorico, mein Schatz!"
„Schreib mir nach Jerusalem ..."
„Denk hin und wieder an dein niedliches Kitzekätzchen ..."

Hals über Kopf stolperte ich die Treppe hinab. Und da entführte mich die Kalesche, in der ich, mit Mary in meinen Armen, so oft unter den duftenden Bäumen am Mahmudija-Kanal spazierengefahren war; da entführte mich das weiße Zweigespann im Trab, entriß mein Herz dem Glück, mitsamt den Wurzeln, die nun, zerfetzt in der Stille meiner Brust, ihr Blut verströmten.

Und schon brabbelte der gelehrte Topsius unter seinem grünen Sonnenschirm gleichmütig sein Altertumswissen daher. Ob ich etwa wüßte, wo entlang wir rollten? Über die edle Pflasterstraße der Sieben Stadien, die der erste der Lagiden gebaut hatte, zur Sicherung der Verbindung mit der in Homers Versen gepriesenen Insel Pharos. Ich, in der Kalesche nach hinten gebeugt, hatte für solches kein Ohr, ich schwenkte mein schmerzgebadetes Taschentuch. Auch Marikockelchen, das süße Wesen, vor dem Hoteleingang neben Alpedrinha, schön anzusehen unter ihrem mohnblütengeschmückten Hut, ließ ihr liebevolles, zärtliches Tüchlein flattern: einen Augenblick lang winkten die zwei Batisttücher in der warmen Luft einander die Glut unserer Herzen zu. Dann sank ich wie tot in den Kattunsitz zurück.

Sobald wir uns auf dem „Kaiman" eingeschifft, eilte ich in die Kajüte, um dort meinen Schmerz zu vergraben. Topsius hielt mich noch am Ärmel fest, um mir Örtlichkeiten aus der Glanzzeit der Ptolemäer zu zeigen, den Hafen von Eunotos und die Marmorbucht, wo Kleopatras Galeeren einst ankerten. Ich entfloh; die Stiege hinab rutschte ich aus, fast fiel ich auf eine Barmherzige Schwester, die ängstlich heraufkam, den Rosenkranz zwischen den Fingern. Ich brummte: „Entschuldigung, meine kleine Heilige." Und endlich sank ich nieder auf die Pritsche; über dem Schnürbündel aus Graupapier ließ ich meinen Klagen freien Lauf: es war das einzige, was mir von dieser an Glanz unvergleichlichen Leidenschaft verblieben war, der ich auf ägyptischer Erde gefrönt hatte.

Zwei Tage und zwei Nächte stampfte der „Kaiman" durch die Riesenwellen des Meeres von Tyrus. In eine Decke gehüllt und Marys Päckchen fest in den Armen, wies ich haßvoll den Zwieback zurück, den mir der rührend fürsorgliche Topsius brachte. Und ohne ein Ohr für die gelehrten Dinge, die er mir unerschütterlich über dieses von den Ägyptern das Große Grüne genannte Meer erzählte, suchte ich in der Erinnerung, allerdings vergeblich, nach Bruchstücken eines Gebets zur Besänftigung zornentbrannter Wellen, das ich aus dem Munde der Titi vernommen hatte.

Eines Abends, bei Einbruch der Dunkelheit, lag ich mit geschlossenen Augen da, plötzlich war mir, als spürte ich festen Boden unter mir, steiniges Land, das nach Rosmarin roch; unbegreiflicherweise sah ich mich einen rauhen Hügel hinanschreiten, in Begleitung Adélias als auch meiner blonden Mary, die dem Wickelpaket entstiegen war, frisch, rein, sogar die Mohnblüten ihres Hutes waren unversehrt. Dann kam hinter einem Fels ein riesiger geschwärzter Mann hervor, nackt und mit Hörnern; seine roten runden Augen strahlten wie die Scheiben einer Laterne; und sein über den Boden schleifender endloser Schwanz machte das Geräusch einer aufgescheuchten Schlange, die sich durch raschelndes Blattwerk schlängelt. Grußlos begann er neben uns herzulaufen, in aufdringlicher Art. Ich spürte sehr wohl, es war der Teufel, doch fühlte ich weder Skrupel noch Angst. Die unersättliche Adélia musterte verstohlen seine kräftigen Muskeln. Entrüstet sagte ich: „Hündin, sogar auf den Teufel bist du scharf?"

So schritten wir dahin und gelangten auf die Spitze eines Berges, wo sich eine zerzauste Palme über einen schweigenden, finsteren Abgrund neigte. Vor uns, weit in die Ferne hin, breitete sich der Himmel wie eine riesige gelbe Stoffbahn; und vor diesem lebhaften Hintergrund, von der

Farbe des Eidotters, hob sich ein tiefschwarzer Hügel ab, auf dem sich drei strichhaft schlanke, kleine Kreuze reihten. Der Teufel spie aus, zerrte mich am Ärmel und flüsterte: „Das mittlere ist das von Jesus, dem Sohn des Joseph, auch Christus geheißen, wir kommen gerade recht, um die Himmelfahrt mitzuerleben." In der Tat! Das mittlere Kreuz, das des Christus, löste sich vom Hügel wie ein vom Sturmwind aufgewirbelter Busch, es begann sich in die Lüfte zu heben, langsam, schwoll an und verdeckte den Himmel. Gleich flogen aus allen Richtungen, rasch wie die Tauben, wenn sie zur Fütterung eilen, Schwärme von Engeln herbei, um es zu stützen; die einen zerrten von oben, an Tauen aus Seide, die sie um das Mittelteil geschlungen hatten, andere schoben von unten her – und wir sahen, wie ihnen die Arme vor krampfhafter Anstrengung bläulich anliefen. Hin und wieder löste sich, gleich einer überreifen Kirsche, vom Holz ein dicker Blutstropfen; ein Seraph fing ihn mit seinen Händen auf und setzte ihn hoch in den Zenit, wo er hängenblieb und sternenhell strahlte. Ein riesiger Greis in weißer Tunika, dessen Gesichtszüge unter der wirren Mähne und den schneeweißen Bartsträhnen schlecht zu erkennen waren, kommandierte, zwischen Wolken lagernd, diese Auffahrt in einer Sprache, die dem Latein ähnelte und hallend wie das Rattern von hundert Streitwagen tönte. Jäh verschwand alles. Der Teufel schaute herüber und sprach nachdenklich: „Consummatum est, guter Freund! Noch ein Gott mehr! Noch eine Religion mehr! Und diese nun wird Erde und Himmel unsäglichen Überdruß bescheren."

Dann führte mich der Teufel den Hügel hinab und fing an, mir eifrig von den Kulten, den Festen, den Religionen zu erzählen, die in seiner Jugend in Blüte gewesen waren. Diese ganze Küste des Großen Grünen, von Byblos bis Karthago, von Eleusis bis Memphis, war damals voll von Göttern. Einige beeindruckten durch ihre makellose Schönheit, andere durch ihre vertrackte Wildheit. Alle aber mengten sie sich ins menschliche Leben, vergöttlichten es. Sie reisten in Triumphwagen, atmeten die Blütendüfte, tranken die Weine, deflorierten die schlummernden Jungfrauen. Darum wurden sie in einem Maße geliebt, wie es nie wieder sein wird. Auswandernde Völkerschaften mochten ihre Herden zurücklassen oder die Flüsse vergessen, aus denen sie getrunken, ihre Götter aber führten sie zärtlich im Busen mit sich. „Der Freund war wohl noch nie in Babylon?" fragte er. „Dort strömten alle Frauen, ob Matrone oder junges Mädchen, an einem bestimmten Tag in die heiligen Haine, um sich zu Ehren der Göttin Myllita den Männern darzubieten. Die Wohlhabendsten kamen in silberverzierten Wagen, die von Büffeln gezogen und von Sklavinnen begleitet wurden; die Ärmsten trugen einen Strick um den Hals. Die einen legten eine Matte auf dem Rasen aus und kauerten sich wie ein geduldiges Rind nieder; andere – aufrecht, nackt, weiß, das Gesicht unter einem schwarzen Schleier verborgen – glichen blendenden Marmorstatuen zwischen Espenstämmen. Und so warteten sie, daß irgendeiner ihnen eine Silbermünze mit den Worten zuwarf: „Im Namen der Venus!" Da folgten sie ihm, ob er ein Prinz aus Susa mit einer Perlentiara war oder ein Händler, der in seinem lederbespannten Boot den Euphrat hinabgefahren. Und die ganze Nacht hindurch stöhnte in der Finsternis des Buschwerks die Raserei der rituellen Ausschweifung. Sodann sprach der Teufel von Molochs Menschenscheiterhaufen, von den Mysterien der Guten Göttin, wo die Lilien mit Blut besprengt wurden, und von dem feurigen Begräbnis des Adonis . . .

Er blieb stehen und fragte lächelnd: „War der Freund jemals in Ägypten?" Ich bejahte und fügte hinzu, daß ich dort die Bekanntschaft von Marikockchen gemacht hatte. Und der Teufel, höflich: „Es war nicht Marikockchen, es war Isis!" Wenn die Überflutung Memphis erreichte, bedeckten heilige Schiffe die Wasser. Eine heroische Freude, die zur Sonne aufstieg, machte die Menschen den Göttern gleich. Osiris mit seinen Ochsenhörnern ritt Isis; und unter den gellenden Klängen der bronzenen Harfen vernahm man überall auf dem Nil das Liebesgestöhn der göttlichen Kuh.

Dann erzählte mir der Teufel, wie mild und schön in Griechenland die Naturreligionen in Glanz gestanden hatten. Dort war alles weiß, glänzend, rein, licht und heiter: Harmonie atmeten die marmornen Formen, die Städtebilder, die Redekunst in den Akademien und die Körperbeherrschung der Athleten; zwischen den Ionischen Inseln, im lauen, stummen Meer, schwammen, Blütenkörben ähnlich, die Nereiden, sie klammerten sich an die Schiffsbrüstungen, um den Geschichten der Reisenden zu lauschen; die Musen, aufrecht stehend, sangen in den Tälern, und die Schönheit der Venus war gleichsam die Inkarnation von Hellas Schönheit.

Doch dann war dieser galiläische Zimmermann erschienen – und alles hatte sein Ende gehabt! Das Menschenantlitz war seither bleich, voll von Selbstpeinigung. Ein düsteres Kreuz lastete auf der Erde, nahm den Rosen den Glanz und den Küssen die Süße; und dem neuen Gott war die Häßlichkeit der Formen lieb.

Luzifer machte mir einen traurigen Eindruck, ich versuchte ihn zu trösten: „Nicht grämen! Noch wird es auf dieser Welt viel Stolz, viel Prostitution, viel Blut, viel blindes Wüten geben! Trauern Sie Molochs Scheiterhaufen nicht nach, es wird noch Judenscheiterhaufen geben." Er erschrocken: „Ich mich grämen! Die einen oder die anderen, was schert's mich, Raposo! Sie vergehen, ich aber bleibe!"

So im Gespräch mit dem Satan, fand ich mich unversehens am Campo de Sant'Ana wieder. Wir waren stehengeblieben, damit er die Hörner aus dem Geäst eines Baumes löste, da hörte ich neben mir einen Aufschrei: „Schau an, Teodorico in Begleitung des Dreckschweins!" Ich wandte mich um. Die Titi! Die Titi, bleich und schrecklich, das Meßbuch erhoben, um mich mit Schlägen zu verscheuchen! Schweißgebadet wachte ich auf.

Topsius stand in der Kajütentür und rief freudig: „Aufstehen, Raposo! Palästina in Sicht!"

Der „Kaiman" hatte gestoppt. Und in dem Schweigen hörte ich das Wasser wie ein Liebesraunen sanft gegen die

Schiffswandung platschen. Warum hatte ich, Jerusalem nahend, von den falschen Göttern, von ihrem Bezwinger Jesus und von dem wider alle aufbegehrenden Dämon geträumt? Welche oberste Offenbarung hielt der Herr für mich bereit?

Ich schälte mich aus der Decke. Wie betäubt, schmutzig, ohne Marys kostbares Päckchen aus dem Arm zu geben, stieg ich, in meine Jacke gehüllt, auf Deck. Ein feiner, herber Wind fächelte mich lieblich, trug ein Arom nach Berg und Apfelsinenblüte herbei. Das Meer, nun stumm, war in der Frische des Morgens eitel Bläue. Und vor meinen sündigen Augen lag das Land Palästina, sandig und eben – mit einer von Obstgärten umgebenen düsteren Stadt, über deren Zinnen die Sonnenpfeile wie eine strahlende Heiligenaureole gleißten.

„Jaffa!" rief Topsius mir zu und schwenkte seine Tonpfeife. „Hier, Dom Raposo, haben Sie die älteste Stadt Asiens, das uralte, vorsintflutliche Joppe! Ziehen Sie Ihre Mütze, grüßen Sie diese an Legenden und Geschichte reiche Greisin der Zeiten ... An diesem Ort baute der total betrunkene Noah seine Arche!"

Ich grüßte fassungslos.

„Caramba! Grad kommen wir an, und schon fallen Ihnen biblische Dinge ein!"

Ich blieb barhäuptig, denn der „Kaiman", der im Angesicht des Heiligen Landes vor Anker ging, hatte das Andächtige einer Kapelle angenommen, voll von frommem, inbrünstigem Tun. Ein Lazarist, in langer Soutane, spazierte mit seinem Brevier gesenkten Blicks meditierend auf und ab. Zwei Nonnen unter ihren schwarzen Kapuzen aus Glanzseide ließen die Rosenkranzperlen durch ihre bleichen Finger gleiten. An der nassen Reling starrten Pilger aus Abessinien und zottige griechische Patres aus Alexandria auf Jaffas sonnenbekränztes Häusergewirr wie auf ein illuminiertes Heiligtum. Und die Glocke auf dem Achterschiff bimmelte in der salzigen Brise so süß und fromm wie Meßgeläut.

Doch da sah ich eine dunkle Barkasse auf den „Kaiman"

zurudern, ich eilte in die Kajüte, um mir meinen Korkhelm aufzustülpen und die schwarzen Handschuhe überzustreifen; ich wollte die Erde meines Retters in gesittetem Aufzug betreten. Als ich geschniegelt und parfümiert zurückkehrte, war das Boot schon übervoll. Aufgeregt stieg ich hinter einem bärtigen Franziskaner hinab, da entglitt Marys geliebtes Paketchen meinen zartfühlenden Armen, es hüpfte die Treppe wie ein Ball hinunter, streifte den Bootsrand ... würde ins Bittwasser fallen! Ich tat einen Schrei. Eine der Nonnen fing es auf, leichthin und voll Erbarmen.

„Danke, verehrte Senhora!" rief ich blaß. „Es ist ein Wäschepäckchen! Bei der heiligen Liebe Mariä, danke!"

Sie flüchtete bescheiden in den Schatten ihrer Kapuze; und da ich es mir in etlicher Entfernung zwischen Topsius und einem nach Knoblauch riechenden bärtigen Franziskaner bequem machte, barg dieses heilige Wesen das Bündel in ihrem reinen Schoß und breitete gar noch den Rosenkranz darüber.

Der Bootsführer, das Ruder in der Hand, rief: „Allah ist mächtig! Vorwärts, los!", und die Araber legten sich singend in die Riemen.

Die Sonne stieg über Jaffa empor; ich, auf meinen Regenschirm gestützt, betrachtete die schamhafte Nonne, die auf ihrem Schoß Marys Nachtgewand dem Land der Keuschheit entgegenführte.

Jung war sie, und unter der traurigen schwarzen Vermummung aus Glanzseide dünkte einen ihr ovales Gesicht, über das die langen Wimpern einen Schatten von schmerzerfüllter Melancholie warfen, aus Elfenbein. Die Lippen hatten all ihre Farbe, all ihre Wärme eingebüßt, waren für immer unnütz, waren nur erkoren, die bläßlich violetten Füße eines toten Gottes zu küssen. Verglichen mit Mary, der Rose von York, der blühenden, Alexandria mit ihrem Duft erfüllenden sinnlichen Rose, war diese gleichsam eine noch geschlossene und in der Feuchte der Kapelle schon verwelkte Lilie. Sicherlich war sie zu irgendeinem Spital des Heiligen Landes unterwegs. Leben, das hieß für sie gewiß: immerzu Mull auf Wunden legen oder das Leichentuch über tote Gesichter breiten. Und sicherlich war es Gottesfurcht, die ihr diese Blässe gab.

„Eine Törin!“ murmelte ich.

Eine bedauernswerte sterile Kreatur. Ahnte sie im mindesten, was dieses graue Paket enthielt? Nahm sie dessen seltsames, berauschendes Parfüm nach Vanille und nach verliebter Haut wahr, das sich im Dämmer ihrer Kapuze ausbreitete? Und die Wärme des zerwühlten Bettes, die noch in den Spitzen des Nachthemds haftete, strahlte sie vielleicht durch das Papier und umfing wohlig ihre Knie? Wer weiß! Einen Moment schien es mir, als belebte ein Tropfen frischen Bluts ihr bleiches Antlitz rosig und als bebte ihre Brust unter dem Ordensgewand, auf dem ein Kreuz prangte. Ich meinte sogar zu erkennen, daß unter ihren Wimpern hervor ein zager Blick flüchtig meinen schwarzen Vollbart suchte. Doch war es nur ein kurzes Aufglimmen. Das Gesicht unter der Kapuze verfiel wieder der Kälte heiligen Marmors, und auf der erdrückten Brust lastete eifersüchtig und eisern das Kreuz. Die dickliche, bebrillte Nonne neben ihr schaute versonnen auf das grüne Meer und lächelte dem gelehrten Topsius zu – ein Lächeln, das aus dem Frieden ihres Herzens kam und ihr ein Grübchen auf das Kinn setzte.

Sobald wir auf Palästinas Sand ausgestiegen, trat ich, den Korkhelm in der Hand, ritterlich und galant an die Nonne heran, um ihr zu danken.

„Schwester, ich bin Ihnen über die Maßen verbunden . . . Der Verlust dieses kleinen Pakets hätte mich äußerst verdrossen! . . . Es ist von meiner Tante, ein Auftrag für Jerusalem . . . Ich sage Ihnen! . . . Die Titi hält die heiligen Dinge hoch und vergeht vor Mildtätigkeit . . .“

Stumm unter ihrer Kapuze, reichte sie mir das Päckchen mit den Fingerspitzen, die zerbrechlich aussahen und durchscheinender als die Unserer Lieben Frau von der Agonie. Und die beiden schwarzen Gewänder tauchten zwischen den frischgekalkten, blendenden Mauern in ein treppauf führendes Gäßchen, wo unter einem Schwarm

Schmeißfliegen ein Hundekadaver verweste. Ich murmelte noch: „Welch eine Törin!"

„Als ich mich wieder umdrehte, unterhielt sich Topsius im Schatten seines Sonnenschirms mit einem vortrefflichen Mann, der unser Reiseführer durch die biblischen Gefilde sein sollte. Jung war er, braungebrannt, hochaufgeschossen, mit im Wind bebendem prächtigem Schnurrbart; er trug eine Jacke aus Halbsamt und weiße Reitstiefel; die silbernen Knäufe zweier Pistolen, die aus einer schwarzen Wollschärpe ragten, zierten ihm heldisch die starke Brust; und um den Kopf trug er ein mit den Fransenenden nach hinten weisendes Tuch aus schillernder gelber Seide. Paulo Pote war sein Name und Montenegro seine Heimat; und Syriens gesamte Küste kannte ihn als den „fidelen Pote". Himmel, war das ein vergnüglicher Reisegefährte! Fröhlichkeit seine blitzenden hellblauen Augen, Fröhlichkeit sein singender Mund mit den blendendweißen Zähnen, Fröhlichkeit seine quirligen Hände, Fröhlichkeit seine tönenden Stiefelabsätze. Von Askalon bis zu Damaskus' Basaren, vom Karmel bis zu Engedis Obstgärten war er der fidele Pote. Großzügig hielt er mir seinen Beutel mit parfümiertem Tabak hin. Topsius war entzückt von seinem Bibelwissen. Ich klatschte mir vor Vergnügen auf den Bauch und rief aus: „Prachtjunge!" Und nach kräftigem Händedruck begaben wir uns zur Vertragsunterzeichnung ins „Hotel Josaphat", wo wir ein ordentliches Bier tranken.

Der kreuzfidele Pote organisierte im Nu für uns eine Karawane zur Stadt des Herrn. Ein Maulesel trug das Gepäck, der arabische Treiber, in einen blauen Fetzen gekleidet, war so anmutig und schön, daß ich unwiderstehlich und unablässig die Liebkosung seiner samtenen dunklen Augen suchte; und um dem orientalischen Luxus Genüge zu tun, folgte uns, als Eskorte, ein alter katarrhgeplagter Beduine in graugestreiftem Kamelhaarburnus und mit einer rostigen quastengeschmückten Lanze.

In einem Quersack hatte ich sorgfältig das empfindliche kleine Paket mit Marys Nachthemdchen verwahrt. Dann, als wir dem langbeinigen Topsius die Steigbügel verlängert hatten und endlich im Sattel saßen, schwang Pote ausgelassen die Reitpeitsche und stieß den alten Ruf der Kreuzfahrer und des Richard Löwenherz aus: „Auf nach Jerusalem! Gott gebietet's!" Und im Trab, mit brennenden Zigarren, ritten wir durch Jaffas Markttor zur Stadt hinaus – just als im Hospiz der Lateinischen Patres die Glocke zur Vesper zart läutete.

In der wohligen Helle des Spätnachmittags zog sich die Straße durch Obstpflanzungen, Gemüsegärten, Apfelsinenhaine, Palmwäldchen – durch das lichte, liebliche Land der Verheißung. Unter den Myrtensträuchern verlor sich das flüchtige Gemurmel des Wassers. Der Raum in Gänze war voll von unsäglicher Süße, von einem Duft nach Jasmin und Limonenblüten, gleichsam als wäre Gottes auserwähltem Volk bessere Atemluft gegeben. Das gemessene und friedvolle Ächzen der Schöpfräder zwischen den in Blüte stehenden Granatapfelbäumen verstummte nach getanem Tagwerk. Hoch in der Bläue flog lautlos ein großer Adler.

Vergnügt hielten wir vor einer in roten und schwarzen Marmor gefaßten Quelle an, im Schatten von Sykomoren, auf denen Turteltauben gurrten. Daneben stand ein Zelt, mit einer Matte davor auf dem Rasen, auf der ein weißbärtiger Greis Weintrauben und Näpfe mit Milch feilbot; mit der Vornehmheit eines Patriarchen grüßte er uns im Namen Allahs. Das Bier hatte mich durstig gemacht; ein junges Mädchen, schön wie Rahel, mit einem weißen, zahmen Lämmchen am Saum ihrer Tunika, labte mich aus ihrem Krug von biblischer Form, lächelnd, mit entblößter Brust und geschmückt mit zwei großen Ohrringen, die gegen ihr gebräuntes Antlitz schlugen.

Der Abend kam, stumm und golden, als wir in die Ebene von Saron gelangten, die in der Heiligen Schrift von Rosen angefüllte. Durch das Schweigen hallte der Glöckchenklang einer Herde schwarzer Ziegen, die ein Araber, nackt wie der heilige Johannes, hütete. Die dunklen Berge von Judäa dort im Hintergrund, berührt von den Strahlen der ins Meer von Tyrus sinkenden Sonne, wirkten in ihrer

Bläue und herben Süße schön wie Sündenträume. Dann tauchte alles in Finsternis. Zwei Sterne von unendlichem Glanz leuchteten auf und wanderten vor uns her, hin nach Jerusalem.

Unser Zimmer im „Hotel Mittelmeer" zu Jerusalem mit seinem weißgetünchten Gewölbe und dem Ziegelfußboden glich der strengen Zelle eines rauhen Klosters. Eine dünne, mit blauem Blumenmuster tapezierte Zwischenwand trennte unser Zimmer vom Nachbarraum, in dem wir eine frische Stimme die Ballade „Der König in Thule" trällern hörten. Im Zimmer stand ein Kleiderschrank aus Mahagoni, der Bequemlichkeit und Zivilisation ausstrahlte und den ich wie ein Reliquiar öffnete, um mein gepriesenes Paketchen darin unterzubringen.

Die beiden Eisenbettchen verschwanden hinter den jungfräulichen Vorhängen aus weißem Batist; die Zimmermitte nahm ein Tisch aus Pinienholz ein, auf dem Topsius die Palästinakarte studierte, während ich in Pantoffeln auf und ab spazierte und meine Nägel mit der Feile bearbeitete. Es war der andachtsvolle Freitag, an dem die verzückte Christenheit das Andenken der heiligen Märtyrer von Évora ehrt. Wir hatten die Stadt des Herrn am Nachmittag bei tristem Nieselregen erreicht; Topsius hob gelegentlich den Blick von Galiläas Straßen, musterte mich mit verschränkten Armen und brummte gewogen: „Nun, Freund Raposo, jetzt sind Sie in Jerusalem."

Ich blieb vor dem Spiegel stehen, betrachtete meinen sprießenden Bart und das sonnenverbrannte Gesicht und murmelte angenehm berührt: „O ja, da ist er, der schmucke Raposo, mitten in Jerusalem!"

Und neugierig wandte ich meinen Blick durch die trüben Fenster hinaus zum göttlichen Zion. Im melancholischen Regen ragten vis-à-vis die weißen Wände eines stummen Klosters auf, mit geschlossenen grünen Fensterläden, und an den Ecken je eine riesige Regentraufe aus Zink, deren eine sich geräuschvoll in ein leeres Gäßchen entleerte, indessen das Wasser der anderen das weiche

Erdreich eines mit Kohl bepflanzten Gartens näßte, in dem ein Esel schrie. Nach dieser einen Seite hin war es ein unüberblickbar weites Panorama von lehmfarbenen, düsteren Terrassendächern mit kleiner Ziegelkuppel in der Form eines Backofens und langen Stangen zum Wäschetrocknen; fast alle waren baufällig, mit brüchigem Putz, armselig, sie schienen sich in dem Wasser aufzulösen, das träge auf sie niederrieselte. Nach der anderen Seite erhob sich ein Hügel, über und über bedeckt mit schmutzigen Hütten und mit Gartengrün, das sich in der Nebelnässe verschwommen und struppig abzeichnete; mittendurch schlängelte sich ein schmaler Treppenpfad, den Priester in Bastschuhen und unter Regenschirmen, finstere, langlokkige Juden und gelegentlich ein seinen Burnus schürzender bedächtiger Beduine auf und ab liefen. Über alledem lastete der dunkelgraue Himmel. Dies also war, von meinem Fenster aus, das alte Zion, die wohlgegründete, vor Helle strahlende, freudvolle, schönste unter den Städten!

„Topsius, das ist ja der reinste Schauder! Alpedrinha hatte recht! Schlimmer als Braga! Keine Bummelpromenade, kein Billard, kein Theater! Nichts! Topsius, was hat sich unser Herr da bloß für eine Stadt zum Leben ausgesucht!"

„Oh, zu seiner Zeit war sie aber vergnüglicher", murmelte mein gelehrter Freund.

Und gleich schlug er mir vor, wir sollten am Sonntag zu den Ufern des Jordan aufbrechen, wohin ihn seine Herodesstudien riefen. Da könne ich mich den ländlichen Vergnügungen ergeben – könne baden in den heiligen Wassern, könne Wachteln jagen in Jerichos Palmenhainen. Freudig stimmte ich zu. Wir gingen zum Essen hinunter, von einem klösterlichen Sterbeglöckchen gerufen, das im Dämmer des Treppenaufgangs bimmelte.

Auch das Refektorium war ein Gewölbe, mit einer Spartograsmatte auf dem Ziegelfußboden. Wir beide, der gelehrte Herodesforscher und ich, saßen allein an einem traurigen Tisch, den Papierblumen in gesprungenen kleinen Vasen zierten. Ich kaute die Nudeln einer faden Suppe und murmelte niedergeschlagen: „Mein Gott, Topsius, wie öd!" Aber da tat sich im Hintergrund sacht eine Glastür auf, und sogleich rief ich begeistert: „Caramba, Topsius, was für ein prachtvolles Weib!"

Prachtvoll, in der Tat! Kernig, gesund, wie ich; hellhäutig, von der Weiße oft gewaschenen Leinens, und mit Sommersprossen, gekrönt von einem feurigen Schwall kastanienbraunen welligen Haars; eingezwängt in ein blaues Sergekleid, das ihre straffen Brüste fast zum Bersten brachte – so trat sie herein, verbreitete frischen Duft nach Seife Marke Windsor und nach Eau de Cologne, und schon hüllte der Glanz ihres Fleisches und ihrer Jugend das ganze Refektorium in helles Licht ... Der wortgewandte Topsius verglich sie mit der bärenstarken Göttin Kybele.

Kybele nahm an der Stirnseite des Tisches Platz, ernst und stolz. Ihr zur Seite ließ sich ein friedfertig aussehender, kahlköpfiger Herkules mit wucherndem graumeliertem Bart nieder, unter dessen schwergewichtigen Gliedern der Stuhl aufächzte; schon seine Art, die Serviette umzulegen, drückte Geldallmacht und Kommandiergewohnheit aus. Ein geflüstertes Yes aus ihrem Mund verriet mir, daß sie Marikockchens Heimatland entstammte. Und mir kam die Erinnerung an die Engländerin des Herrn Barons.

Neben ihren Teller hatte sie ein aufgeschlagenes Buch gelegt, augenscheinlich einen Gedichtband; der wie ein Löwe majestätisch lässig kauende Graubart seinerseits blätterte schweigend im „Reiseführer durch den Orient". Ich vergaß mein Hammelragout und betrachtete gierig jede einzelne ihrer Vollkommenheiten. Hin und wieder hob sie den dichten Vorhang ihrer Wimpern, und bang harrte ich auf das Geschenk dieses klaren, sanften Blicks, doch sie verschwendete ihn an die gekalkten Wände, an die Papierblumen und tauchte ihn sodann wieder, teilnahmslos und kalt, in die Seiten ihres Poems.

Nach dem Kaffee küßte sie dem Graubart die behaarte Hand; sie verschwand durch die Glastür und entführte Jerusalems Wohlgeruch, Licht und Freude. Der Herkules zündete sich gemächlich die Pfeife an; er befahl dem Kellner, ihm „Ibrahim, den Reiseführer, zu schicken", dann erhob er sich, kraftvoll, schwerfällig. Neben der Tür stieß er Topsius' Regenschirm um, den Schirm des verehrungswürdigsten Topsius, Deutschlands Ruhmesfigur und Mitglied des „Kaiserlichen Instituts für historische Grabungen"; und er verschwand, ohne ihn aufzuheben, mit hochmütig darüber hinwegschauendem Blick.

„So ein Flegel!" knurrte ich zornsprühend.

Mein gelehrter Freund, mit der Unterwürfigkeit des disziplinierten Deutschen, hob seinen Regenschirm auf, wischte die Stoffbespannung ab und murmelte mit bebender Stimme, daß der Graubart vielleicht ein Herzog ...

„Ach was, Herzog! Ich kenne keine Herzöge! Ich bin Raposo, einer von den Raposos aus dem Alentejo ... Ich hätte ihn in Stücke gerissen!"

Doch der Abend nahte, und wir hatten dem Grabmal unseres Herrn den Ehrenbesuch abzustatten. Ich eilte in mein Zimmer, um mich, wie ich es der Titi versprochen, mit dem Zylinder zu schmücken; gerade erreichte ich den Korridor, da sah ich Kybele aus ihrer Tür treten, unmittelbar neben der unseren, in grauem Umhang und einer mit zwei weißschimmernden Möwenfedern geschmückten Kopfbedeckung. Mein Herz raste im Wahn einer großen Hoffnung. Sie also war es, die die Ballade vom „König in Thule" geträllert hatte. Unsere Betten nur von der zerbrechlich dünnen, blaugeblümten Tapetenwand getrennt! Ich streifte mir noch nicht einmal die schwarzen Handschuhe über; wie der Wirbelwind rannte ich wieder hinunter, in der Gewißheit, daß ich ihr am Grab Christi begegnen würde; und schon hatte ich entschieden, in die Trennwand ein Loch zu bohren, durch das mein verliebtes Auge sich an ihren hingebungsvollen Schönheiten satt sehen konnte.

Noch regnete es trübsinnig. Kaum wateten wir im Schlamm der Via Dolorosa, gepfercht zwischen lehmfarbenen Mauern, rief ich Pote herbei unter meinen Regenschirm und fragte ihn, ob ihm im Hotel meine stramme, sommersprossige Kybele aufgefallen wäre. Der fidele Pote hatte sie bereits bewundert. Und durch Ibrahim, seinen lieben Gevatter, wußte er, daß der Graubart Schotte war und mit Gerbstoffen handelte.

„Da sehen Sie, Topsius!“ rief ich. „Gerbstoffhändler! ... Von wegen Herzog! Ein Banause! Ich hätte ihn in Stücke gerissen. In Dingen der persönlichen Ehre bin ich eine Bestie. Ich hätte ihn in Stücke gerissen!“

Die Tochter, die mit den dicken Zöpfen, so erzählte mir Pote, habe einen wie Edelstein strahlenden Namen: sie heiße Ruby – Rubin. Sie sei eine Pferdenärrin und kühn; in Obergaliläa, von wo die Reise sie hierhergeführt, habe sie einen Schwarzadler getötet ...

„Hier, meine Herren, das Haus des Pilatus ...“

„Mann, bleib mir fort mit dem Haus des Pilatus! Und was sagt dieser Ibrahim sonst noch? Los, Pote, erzähl!“

Die Via Dolorosa verengte sich an dieser Stelle, war überwölbt wie ein Katakombengang. Zwei von Wunden übersäte Bettler, da in den Schlamm geduckt, kauten grunzend Melonenschalen. Ein Hund heulte. Und der lächelnde Pote berichtete, Ibrahim habe Miss Ruby gar oft von der Schönheit der syrischen Männer entzückt gesehen; abends, während ihr Vater dem Bier zusprach, rezitierte sie vor dem Zelt Gedichte und schaute dabei zu den blinkenden Sternen auf. Ich dachte: Caramba, dieses Weib ist mir sicher!

„Und nun befinden sich die Herren vor dem Heiligen Grab ...“

Ich schloß meinen Regenschirm. In der Tiefe eines Kirchplatzes, mit losen Steinplatten, ragte die Fassade einer baufälligen, tristen, niedergedrückten Kirche mit zwei Bogenportalen auf: eines der Portale war mit Geröll und Kalk zugemauert, gleichsam überflüssig; das andere, scheu und furchtsam, war halb geöffnet. Und an die schwachen Flanken dieses schwermütigen Tempels in Ruinenfarbtönen drückten sich zwei Gebäude – das eine für den lateinischen und das andere für den griechischen Ritus –, von denen der Putz abgebröckelt war, wie zwei verängstigte Töchter, die der Tod eingeholt hat und die sich in den Schoß der ebenfalls schon halbtoten, erkalteten Mutter flüchten.

Da nun streifte ich meine schwarzen Handschuhe über. Und schon umringte uns ein gefräßiger Schwarm schmutziger Männergestalten und bot schreiend Reliquien feil: Rosenkränze, Kreuze, Skapuliere, Bretterstückchen, die der heilige Joseph gehobelt hatte, Medaillons, Weihblättchen, Fläschchen mit Jordanwasser, Kerzen, Agnus Dei, Passionslithographien, Papierblumen aus Nazareth, geweihte Steine, Olivenkerne vom Ölberg und Tuniken, „wie die Jungfrau Maria sie trug". Vor der Schwelle der Grabeskirche, die ich, dem Wunsch der Titi gemäß, auf Knien, stöhnend und den Rosenkranz betend, zu überqueren hatte, mußte ich einen verhungerten, sich rasend gebärdenden Schurken mit Eremitenbart niederboxen, weil er sich winselnd an meine Jacke gehängt hatte und flehte, ich solle ihm aus einer Planke der Arche Noah gefertigte Zigarettenspitzen abkaufen.

„Pfui, Caramba! Verschwinde, du Untier!"

Derweise fluchend, stürzte ich mich mit triefendem Regenschirm hinein ins erhabene Heiligtum, drin die Christenheit das Grabmal ihres Christus birgt. Doch dann blieb ich wie angewurzelt stehen: überrascht schnupperte ich das angenehme, köstliche Arom syrischen Tabaks. Auf geräumigem, zu einem Diwan aufgeplusterten Podium mit Teppichen aus Karaman und alten Seidenkissen, hockten drei bärtige Türken und schmauchten gemessen ernst aus langen Kirschholzpfeifen. Ihre Waffen hatten sie an die Wand gehängt. Der Fußboden war schwarz von ihrem Auswurf. Und vor ihnen harrte ein in Lumpen gekleideter Diener, in jeder Hand eine Tasse dampfenden Kaffees.

Mein Gedanke ging dahin, daß der vorausschauende Katholizismus zur Labung seiner Pilger hier an der Schwelle des göttlichen Ortes eine Schankstube mit Erfrischungsgetränken und Schnaps eingerichtet hatte. Zu Pote sagte ich leise: „Geniale Idee! Ich sollte mir auch ein Kaffeechen genehmigen."

Doch der fidele Pote erklärte mir, daß diese pfeifebewehrten seriösen Männer muselmanische Soldaten waren, die bei den Christenaltären Polizeidienst versahen, damit die rivalisierenden Priester, die hier ihre rivalisierenden Kulte abhielten, sich aus Aberglaube und Fanatismus als auch aus Neid vor den Schmuckgaben der anderen an Jesu Grab nicht gegenseitig zerfleischten: Katholiken wie Pater Pinheiro; orthodoxe Griechen, deren Kreuz vier Arme hat; Abessinier und Armenier; Kopten, die Nachfahren derer waren, die zu anderen Zeiten in Memphis den Stier Apis anbeteten; Nestorianer aus Chaldäa, Georgier vom Kaspischen Meer, Maroniten aus dem Libanon – sie alle Christen, alle intolerant, allesamt blindwütig! Gar dankbar grüßte ich da diese ernsten Soldaten Mohammeds, die, auf daß die fromme Andacht rings um den toten Christus gewahrt bliebe, am Eingang pfeifeschmauchend und bewaffnet Wache hielten.

Gleich hinter der Schwelle blieben wir vor einer in den dunklen Fliesenboden eingelassenen quadratischen Steinplatte stehen, die so glatt poliert und von so süßem Perlmuttschimmer war, daß sie dem reglosen Wasser einer Zisterne glich, in dem sich Lampenlicht spiegelt. Pote zerrte mich am Ärmel, gemahnte, daß es Sitte sei, dieses Stückchen Fels zu küssen; es habe sich, heiliger denn sonsteines, vormals im Garten des Joseph von Arimathia befunden.

„Ich weiß, ich weiß ... Soll ich küssen, Topsius?"

„Nur zu!" sprach der kluge Historiograph der Herodesse. „Es wird schon nichts an Ihnen klebenbleiben, überdies sind Sie Ihrer Frau Tante zu Gefallen."

Ich küßte nicht. In langer Reihe gelangten wir schweigend unter eine geräumige Kuppel, die so sehr im Dämmer verschwamm, daß die wie ein Perlenkranz um eine Tiara im Kreis angeordneten Dachluken auf dem Sims nur matte Helligkeit verstrahlten; die Stützsäulen, so schmächtig und so eng stehend wie Zaunlatten, schraffierten den Schatten ringsum – eine jede gekrönt vom roten siechen Schein einer Bronzelampe. Mitten aus dem hallenden Fliesenboden ragte, spiegelnd und weiß, ein Mausoleum aus Marmor auf, mit Reliefs und Blumenornamenten, darüber sich, ähnlich einem Zelt, ein mit verblichener Goldstickerei besetztes altes Damasttuch spannte. Eine Doppelreihe Fakkeln bereitete ihm eine Straße aus Totenlichtern bis hin zu einer spaltartig schmalen Tür, die mit etwas Blutrotem verdeckt war. Ein armenischer Pater, unter weitem schwarzem Umhang und nach vorn gerutschter Kapuze, nebelte das Mausoleum schläfrig und stumm mit Weihrauch ein.

Wieder zupfte mich Pote am Ärmel. „Das Grab!"

O fromme Seele mein! O Titi! Dies also war es, das Grab des Herrn, meinen Lippen zum Berühren nah! Sogleich zwängte ich mich wie ein Schäferhund durch die lärmende Meute der Mönche und Pilger und hielt spähend Ausschau nach dem rundlichen Sommersprossengesicht und dem Hut mit Möwenfedern. Lange irrte ich wie betäubt herum, prallte gegen einen mit einem Strick aus Spartogras gegürteten Franziskaner, wich einem koptischen Mönch aus, der wie ein sanfter Schatten daherglitt, ihm voraus Diener, die heilige Tamburine wie zur Zeit des Osiris schlugen. Hier stieß ich auf ein weißes Kleiderbündel, das auf den Fliesen lag und Jammerlaute der Zerknirschung von sich gab; dort stolperte ich über einen splitternackten Neger, der am Fuße einer Säule selig schlief. Hin und wieder dröhnte das heilige Brausen einer Orgel, hallte zwischen den Marmorwänden des Schiffes, erstarb wie eine auslaufende Woge. Und weiter weg, zitternd und bang, ertönte ein armenischer Cantus, der die strengen Mauern wie der Flügelschlag eines gefangenen, zum Licht strebenden Vogels streifte. Vor einem Altar trennte ich zwei nach Zwiebel riechende, fette Sakristane, einen griechischen und einen lateinischen, die sich wutschnaubend gegenseitig einen Lumpen schimpften, und ich lief auf einen Haufen russischer Pilger mit struppigen Mähnen auf, die sicherlich vom Kaspischen Meer kamen, die schmerzenden Füße mit Lappen umwickelt; von Gottesfurcht wie betäubt, standen sie wie angegossen da und drehten in den Händen ihre mit dicken Rosenkränzen aus Glasperlen behängten Filzbarette. Zerlumpte Kinder spielten im Schummer der Arkaden, andere bettelten. Der Weihrauchduft benahm einem den Atem; die Patres der rivalisierenden Glaubensrichtungen zerrten mich an der Jacke, um mir rivalisierende Reliquien zu zeigen, heldische wie göttliche – Gottfrieds Sporen die einen, ein Stück vom Grünen Rohr die anderen.

Verwirrt reihte ich mich ein in eine Büßerprozession, wo ich, weiß und stolz zwischen den schwarzen Reueschleiern, die zwei Möwenfedern zu erspähen hoffte. Eine Karmeliterin vornan brabbelte eine Litanei und verhielt bei jedem Schritt. Zuhauf standen wir in frommem Entsetzen vor den Eingängen höhlenartiger Kapellen, die den Erduldungen des Herrn gewidmet waren – vor jener der „Verspottung", die an die Geißelung der des Herrn gemahnte, und vor jener der „Tunika", die an die Entkleidung des Herrn erinnerte. Dann stiegen wir, mit einer Fackel in der Hand, eine in den Fels gehauene finstere Treppe hinauf; plötzlich warf sich der ganze fromme Haufe auf die Knie, heulte, raufte sich die Haare, stöhnte, schlug sich die Brust, flehte düster und delirierend zum Herrn. Wir befanden uns auf dem Kalvarienfelsen.

Die ihn umhüllende Kapelle erstrahlte in heidnisch sinnlichem Luxus. An der stahlblauen Decke glänzten silberne Sonnen, Tierkreiszeichen, Sterne, Engelsflügel, Purpurblumen. Und von diesem Himmelsgepränge herab hingen an Perlschnüren die alten Symbole der Fruchtbarkeit: die Straußeneier, die heiligen goldenen Eier der Astarte und des Bacchus. Auf dem Altar ragte ein rotes Kreuz mit einem grobgearbeiteten, goldbemalten Christus auf, der zu vibrieren schien, lebendig schien in dem diffusen Licht der gebündelten Kerzen, des blinkenden Zierats, des in Bronzegefäßen qualmenden Räucherwerks. Spiegelblanke Kugeln auf Postamenten aus Ebenholz reflektierten den Geschmeideglanz der Altaraufsätze, das Gefunkel der mit Jaspis, Perlmutt und Achat verkleideten Wände. Und auf dem Boden, mitten in diesem wundervollen Schein von Edelsteinen und Licht, ragte aus den weißen Marmorplatten ein Stück roher, wilder Fels hervor, mit einer von den Küssen der Jahrhunderte und frommen Liebkosungen polierten langen Bruchspalte. Ein griechischer Archidiakon mit schmutzigem Bart schrie: „In diesen Fels wurde das Kreuz gesenkt! Das Kreuz! Das Kreuz! Miserere! Kyrie eleison! Christus! Christus!" Die Gebete überstürzten sich, wurden noch flammender, von Schluchzern begleitet. Ein Jammergesang schwang im Raum, begleitet vom Klappern der Weihrauchgefäße. Kyrie eleison! Kyrie eleison! Die Diakone huschten vorbei, gierig, mit riesigen samtenen Taschen, in deren Tiefe sich klingend die Spenden der Einfältigen häuften.

Ich entfloh kopflos, verwirrt. Der gelehrte Historiker der Herodesse spazierte, auf seinen Regenschirm gestützt, im Atrium umher und atmete die feuchte Luft. Wieder überfiel uns die hungernde Meute der Reliquienverkäufer. Ich stieß sie grob zurück. Ich verließ die heilige Stätte so, wie ich sie betreten: in Sünde und fluchend.

Im Hotel zog sich Topsius gleich auf das Zimmer zurück, um seine Eindrücke vom Grabe Jesu niederzulegen; ich blieb im Innenhof, trank mit unserem gefälligen Pote Bier und rauchte. Als ich spät hinaufstieg, schnarchte mein vortrefflicher Freund schon, bei brennender Kerze und neben sich aufgeschlagen ein Buch, das ich aus Lissabon mitgebracht hatte, um mich im Lande des Evangeliums zu ergötzen; sein Titel: „Der Mann mit den drei Kniehosen." Ich streifte die vom verehrungswürdigen Schlamm der Via Dolorosa schmutzigen Stiefel ab und war in Gedanken bei meiner Kybele. In welchen erzheiligen Ruinen hatte sie geweilt? Unter welchen Bäumen, die göttlich geworden, weil sie einstens dem Herrn Schatten gespendet, hatte sie diesen nebligen Jerusalemer Nachmittag verbracht? War sie im Kidrontal gewesen? War sie beim weißen Grabmal der Rahel gewesen? ...

Ich seufzte verliebt und erschöpft, und gähnend schlug ich die Bettdecke auf, da hörte ich jenseits der dünnen Trennwand jemanden klar vernehmlich Wasser in eine Waschschüssel gießen. Ich spitzte die Ohren, freudig erregt. Und dann, in dieser schwarzen, leidvollen Stille, die Jerusalem jederzeit umhüllt, drang das sanfte Geräusch eines ins

Wasser gedrückten Schwammes an mein Ohr. Ich lief und preßte das Gesicht gegen die blaugeblümte Tapete. Weiche nackte Füße liefen über die Matte, die den Ziegelfußboden bedeckte, und das Wasser plätscherte leicht, wie von einem Arm bewegt, der seine Temperatur prüft. Dann, heftig erregt, vernahm ich all die intimen Geräusche eines langen, langsamen, gemächlichen Waschens: wie sie den Schwamm auspreßte, wie die schaumige Hand weich über die Glieder strich; das wohlig befreiende Aufseufzen des Körpers, der sich unter der Liebkosung des lauwarmen, mit einem Tropfen Parfüm versetzten Wassers entspannt ... In meinem Kopf pulste das Blut, verzweifelt suchte ich die Trennwand nach einem Loch, einem Spalt ab. Mit der Schere versuchte ich hineinzustechen; bei dem harten Mörtel brachen die feinen Spitzen. Wieder plätscherte das Wasser, rann vom Schwamm, ich zitterte förmlich, ich vermeinte zu sehen, wie die Tropfen zage durch die Furche zwischen diesen zwei Brüsten rannen, die ihr Sergekleid fast zum Bersten brachten.

Ich konnte mich nicht mehr beherrschen; barfuß, in Unterhosen huschte ich auf den nächtlichen Korridor hinaus, und durch das Schlüsselloch ihrer Tür starrte ich mit so gewaltigem und flammendem Auge, daß ich fast fürchtete, sie mit der blutvollen verzehrenden Lohe in Brand zu stekken ... In einem hellen Rund gewahrte ich ein auf die Matte herabgefallenes Handtuch, einen roten Morgenrock, einen Zipfel ihres weißen Bettvorhangs. Und so vorgebeugt, mit schweißnassem Hals, wartete ich darauf, daß sie nackt und blendend durch diesen kleinen Lichtkreis schritte, als plötzlich hinter mir eine Tür knarrte und ein heller Schein die Wand badete. Der Graubart war es, in Hemdsärmeln, mit einem Leuchter in der Hand! Und ich, unglücklicher Raposo, konnte nicht fliehen: auf der einen Seite er, auf der anderen der massive Mauerabschluß des Korridors.

Bedächtig und ohne ein Wort, mit Methode, setzte der Herkules den Leuchter auf dem Fußboden ab, schwang seinen harten, zwiefach besohlten Stiefel und gerbte mir die Lenden ... Ich fauchte: „Sie Unmensch!" Er knurrte: „Pscht!" Und weiter drosch er; mich ins Mauereck gepfercht, bearbeitete er mir mit seinem bestialischen eisenbeschlagenen Stiefel meine Flanken, Hinterbacken, Schienbeine, all mein sorgsam gepflegtes, wertvolles Fleisch! Dann nahm er seinen Leuchter gelassen wieder auf. Ich, bleich, in Unterhosen, rief ihm prangend vor Würde zu: „Bilden Sie sich nichts darauf ein, Sie Mister Beefsteak! Weil wir hier am Grabe Christi sind, will ich, meiner Tante zuliebe, den Skandal vermeiden ... Wären wir in Lissabon, außerhalb der Stadt, an einem Fleck, den ich gut kenne, da würde ich Sie in Stücke reißen! Sie ahnen ja nicht, wie glimpflich Sie davongekommen sind. Jawohl, in Stücke hätte ich Sie gerissen!"

Und sehr würdevoll hinkte ich ins Zimmer zurück, um mir leidend geduldig Einreibungen mit Arnika zu machen. So verbrachte ich meine erste Nacht in Zion.

Am nächsten Morgen, in aller Frühe, begab sich der weise Topsius zum Ölberg, zur klaren Quelle von Siloah. Ich, vor Schmerzen zum Reiten nicht imstande, blieb auf dem gestreiften Sofa liegen, in der Hand den „Mann mit den drei Kniehosen". Und um dem schändlichen Graubart nicht erst zu begegnen, blieb ich dem Refektorium fern, indem ich Trauer und Mattigkeit vorschützte. Doch als die Sonne ins Meer von Tyrus sank, war ich wieder wohlauf und quicklebendig. Pote hatte für diesen Abend ein sinnbetäubendes Fest im Hause von Fatme arrangiert, der sehr gastlichen Matrone, die im armenischen Viertel einen süßen Taubenschlag hielt; wir sollten uns dort Palästinas berühmte Tänzerin anschauen, die „Rose von Jericho", die, aus den Hüften schwingend, jenen bewußten „Tanz der Biene" vorführte, der selbst den kältesten Mann in Glut versetzte und den lautersten verdarb.

Fatmes geheimes Türchen, mit einem verdorrten Rebenstrunk kenntlich gemacht, tat sich in der Ecke einer schwarzen Mauer nahe dem Davidsturm auf. Fatme erwartete uns, beleibt und majestätisch, gehüllt in weiße Schleier, mit Korallenschnüren in den Flechten und mit nackten Armen, deren jeder eine dunkle Pockennarbe trug. Sie ergriff unterwürfig meine Hand, führte sie an ihr öliges Haupt, führte sie an die scharlachrot geschminkten Lippen und geleitete mich zeremoniös vor einen schwarzen Vorhang mit Goldfransen in der Art eines Sargtuchs. Ich erschauerte förmlich, als ich endlich in die augenblendenden Geheimnisse eines lautlosen, nach Rosen duftenden Serails hineingeführt wurde.

Ein frischgekalkter Raum war es, mit schmalen roten Baumwollvorhängen über dem Gitterfenster; und an der Wand entlang streckte sich ein mit gelber Seide bespannter weicher Diwan, ausgebessert mit Flicken von hellerer Seide. Auf einem Stückchen Perserteppich ruhte ein Kohlebecken aus Messing, erloschen, mit einem Häufchen Asche drin; und da lag vergessen ein mit Flitter besetzter Pantoffel aus Samt. Von der grauweißen Holzdecke, an der sich ein Wasserfleck breitmachte, hing an zwei mit Quasten geschmückten Schnüren eine Petroleumlampe. In der Ecke zwischen den Kissen schlummerte eine Mandoline. In der lauen Luft hing ein schwerer, süßlicher Geruch nach Schimmel und Benzoe. An den Backsteinen unterhalb des Fenstersimses krochen Hirschkäfer.

Ich ließ mich bedächtig, ernst an der Seite des Geschichtsschreibers der Herodesse nieder. Eine Dongolanegerin, in scharlachfarbenem Gewand, mit klimpernden silbernen Armreifen, servierte uns einen aromatischen Kaffee; und gleich darauf rückte Pote kleinlaut mit der Meldung heraus, wir könnten den berühmten „Tanz der Biene“ nicht genießen. Die „Rose von Jericho“ müsse anderweitig auftreten, vor einem deutschen Prinzen, der an diesem Morgen in Zion eingetroffen war, um am Grabe des Herrn zu beten. Demutsvoll öffnete Fatme ihr Herz, rief Allah an, wollte unsere Sklavin sein. Es sei eine fatale Sache! Die „Rose von Jericho“ bei einem blonden Prinzen, der zu Pferd und federgeschmückt aus dem Land der Germanen gekommen war!

Ich bemerkte verärgert, ich sei kein Prinz, doch meine

Tante verfüge über prächtige Besitztümer; die Raposos gälten als Creme des Alentejaner Adels und „die Blume von Jericho“ sei das Angemessene, um meine katholischen Augen zu entzücken; deshalb empfände ich es als eine Schmähung meiner Person, daß man sie einem gepanzerten Pilger aus dem ketzerischen Deutschland zugeschanzt habe.

Der gelehrte Topsius verzog die Schnute und knurrte anmaßend, Deutschland sei die geistige Mutter der Völker ...

„Der Glanz, den der deutsche Helm verstrahlt, Dom Raposo, ist das Licht, das der Menschheit leuchtend den Weg weist!“

„Quatsch Helm! Ich lasse mir von niemandem den Weg weisen! Ich bin Raposo, von den Raposos aus dem Alentejo! ... Mich soll keiner führen außer unser Herr Jesus Christus ... Und Portugal hat große Männer, hat einen Afonso Henriques, hat einen Herculano ... Quatsch!“

Ich richtete mich auf, furchterregend. Der erzgelehrte Topsius zitterte bang. Pote eilte herbei. „Gebt Frieden, Christenfreunde, gebt Frieden!“

Topsius und ich hockten uns wieder auf den Diwan nieder, nachdem wir einander schneidig und würdevoll die Hand gereicht hatten.

Fatme unterdessen rief beschwörend, Allah sei groß und sie sei unsere Sklavin. Und wenn wir sie mit sieben Piaster beschenkten, wollte sie uns als Ersatz für die „Rose von Jericho“ ein unschätzbares Schmuckstück anbieten, eine Tscherkessin, weißer als der Vollmond und anmutiger als die Lilien, die in Gilgal sprießen.

„Soll sie kommmen, die Tscherkessin!“ rief ich stürmisch. „Caramba, ich bin zu den heiligen Stätten gereist, um zu genießen ... Möge die Tscherkessin kommen! Gib ihr die Piaster, Pote! Wohlan, das Fleisch soll sein Ergötzen haben!“

Fatme schob sich rückwärts hinaus. Pote machte es sich zwischen uns bequem und öffnete seinen Beutel mit parfümiertem Tabak aus Aleppo. Dann knarrte leicht ein verborgenes Türchen in der einen Ecke der Kalkwand, und herein trat verschleiert, vage, nebelhaft eine Gestalt. Weite türkische Pluderhosen aus karmesinfarbener Seide bauschten sich leicht von ihren ausladenden Hüften bis zu den Knöcheln herab, wo ein goldenes Band sie raffte. Ihre beschwingten bleichen Füßchen fanden nur schlecht Halt in den Pantoffeln aus gelbem Maroquin; und durch den Gazeschleier, der ihr Haupt, Brust und Arme einhüllte, funkelten Reliefstickerei, blinkendes Geschmeide und die zwei schwarzen Augensterne. Ich rekelte mich lüstern.

Fatme, hinter ihr stehend, hob mit den Fingerspitzen langsam, ganz langsam den Schleier, und aus der Wolke aus Gaze hervor tauchte ein abgezehrtes, langnasiges, gipsfarbenes Gesicht, mit Schielauge und faulen Zähnen, die sich schwarz abhoben in ihrem schmachtvollen, dümmlich lächelnden Mund.

Pote sprang vom Diwan auf und beschimpfte Fatme. Sie rief Allah an und schlug sich gegen die Brüste, die wie schlecht gefüllte Weinschläuche tönten. Beide verschwanden, hochrot, von wildem Zorn fortgetragen. Die Tscherkessin tat geziert mit ihrem ekelerregenden Lächeln, sie streckte uns ihre schmierige Hand entgegen, bettelte mit rauher Schnapsstimme um ein „Geschenkchen". Ich wies sie wütend ab. Sie kratzte sich den Arm, dann die Hüfte, nahm ihren Schleier wieder auf und schlurfte in ihren Pantoffeln hinaus.

„O Topsius! Ist das eine Frechheit!" knurrte ich.

Der Gelehrte stellte Betrachtungen über die Wollust an. Da sei allemal Betrug im Spiel. Das strahlende Lächeln verdecke den von Karies zerfressenen Zahn. Von den menschlichen Küssen bleibe nur die Bitternis übrig. Wenn der Körper in Ekstase geriete, senkte Trauer sich über die Seele ...

„Seele? Von wegen Seele! Eine riesige Frechheit! In der Rua do Arco do Bandeira hätte diese Fatme schon längst ein paar in der Fresse ... Verdammt noch mal!"

Ich verspürte wilden Grimm, hätte am liebsten die Mandoline in Stücke gehauen ... Doch dann kam Pote zurück, zwirbelte sich den Schnurrbart und sagte, für weitere neun Goldpiaster sei Fatme bereit, uns ihr geheimstes Wunder zu zeigen, eine Jungfrau vom Nil, aus dem oberen Nubien, und so schön wie die schönste Nacht des Orients. Und er habe sie gesehen, beteuerte er, sie sei so viel wert wie der Tribut einer blühenden Provinz.

Ich, nicht stur noch nachtragend, willigte ein. Eine nach der anderen fielen die neun Goldmünzen klingend in Fatmes fleischige Hand.

Wieder knarrte die weißgetünchte Tür, ging auf und schloß sich – und vor dem Bleiweiß hob sich in ihrer bronzenen Nacktheit eine blendend schöne Frau ab, vollkommen wie eine Venus. Vom Licht und vom Anblick der Männer verwirrt, verharrte sie, stumm, sacht über ihre Knie streichend. Ein weißer Lendenschurz bedeckte ihre ausladenden, wiegenden Hüften. Die Haare waren struppig, mit Öl glänzend gemacht, da hineingeflochten Goldzechinen; und sie wallten ihr wie eine Löwenmähne über den Nacken. Um ihren Hals schlang sich eine Schnur mit blauen Glasperlen und senkte sich in die Furche zwischen den zwei straffen, makellosen, ebenholzfarbenen Brüsten. So stand sie einen Augenblick da, plötzlich stieß sie, mit flatternder Zunge, ein verzweifeltes Geheul aus: „Lu – lu – lu – lu – lu!“ Sie duckte sich auf alle viere, lag da, ernst und reglos vor dem Diwan, in der Haltung einer Sphinx, und musterte uns durchdringend mit großen, finsteren Augen.

„Na?“ sagte Pote und stieß mich mit dem Ellbogen an . . . „Sehen Sie, dieser Körper! . . . Diese Arme! Wie sie den Buckel krümmt! Ein Pantherweib!“

Und Fatme verdrehte die Augen, küßte ihre Fingerspitzen, drückte aus, welch himmlische Genüsse uns die Liebe dieser Nubierin bescherte! Da sie so gefesselt meinen starken Bart anstarrte, erhob ich mich vom Diwan und näherte mich ihr vorsichtig, wie einer sicheren Beute. Ihre Augen, unruhig und sprühend, verengten sich. Ich nannte sie freundlich „mein kleines Schmuckstück“ und streichelte ihre kalte Schulter. Bei der Berührung mit meiner weißen

Haut wich sie schaudernd mit dem erstickten Aufschrei einer verwundeten Gazelle zurück. Das schmeckte mir nicht. Aber ich wollte mich freundlich zeigen. Väterlich sagte ich: „Ah, wenn du mein Heimatland kennen würdest! ... Ich bin imstande und nehme dich mit! Lissabon, das ist etwas! Man geht nach Dafundo, speist zu Abend bei ‚Silva' ... Dies hier ist das reinste Pack! Und Mädchen wie du werden dort gut behandelt. Man begegnet ihnen zuvorkommend, die Zeitungen schreiben über sie, und sie heiraten reiche Männer."

Noch andere tiefsinnige, süße Dinge murmelte ich ihr daher. Sie verstand meine Sprache nicht, und in ihren starren Augen wogte die große Sehnsucht nach ihrem nubischen Dorf, nach den Büffelherden, die im Schatten der Tamarinden dösen, nach dem großen Fluß, der ewig und friedvoll zwischen den Ruinen der Religionen und den Gräbern der Dynastien hinfließt.

Da dachte ich mir, daß ich ihr Herz mit der Flamme des meinigen entfachen könnte und riß sie lüstern an mich. Sie floh in eine Ecke, duckte sich zitternd, vergrub das Gesicht in die Hände und begann zu weinen, lang anhaltend.

„Verdammte sinnlose Plackerei!" schrie ich bleich.

Ich schnappte meinen Korkhelm und rannte hinaus, in meinem Zorneseifer riß ich den mit Goldfransen besetzten schwarzen Vorhang beinahe mit. Wir gelangten in eine übelriechende Kammer mit Ziegelfußboden. Und da erhob sich zwischen Pote und der fettglänzenden Matrone jäh ein gewaltiger Krach um die Bezahlung dieses strahlenden orientalischen Festes. Sie forderte weitere sieben Goldpiaster; Pote, mit gesträubtem Schnurrbart, fauchte ihr Verwünschungen auf arabisch ins Gesicht, so grobe, polternde wie Felsbrocken, die zu Tal donnern. Und wir verließen diesen Ort der Wonne, verfolgt von Fatmes Schreien, die vor Wut geiferte, ihre pockennarbigen Arme schwang und uns verfluchte, unsere Eltern und die Gebeine unserer Großeltern, die Erde, die uns gezeugt, und das Brot, das wir speisten, und die Schatten, die sich auf uns senken würden! Auf der finsteren Straße liefen uns noch eine Weile zwei Hunde mit kläglichem Gebell hinterdrein.

Ganz in süßen Gedanken an mein anmutsvolles Heimatland betrat ich das „Hotel Mittelmeer". Da mich dieses düstere, feindliche Zion der Genüsse beraubt hatte, sehnte ich mich desto leidenschaftlicher nach jenen, die das beschwingte, liebenswerte Lissabon für mich bereithielte, wenn ich nach dem Tode der Titi deren klingenden Beutel aus grüner Seide erbte! . . . Da würde ich nicht auf nächtlichen Korridoren an einen gestrengen, bestialischen Stiefel geraten! Da flöhe kein barbarischer Körper mehr unter Tränen die Liebkosungen meiner Finger. War meine Liebe vom Golde der Titi erst einmal veredelt, so würde sie nicht mehr beleidigt, würde meine Lüsternheit nie mehr abgewiesen. O mein Gott! Daß es mir doch gelänge, durch meine Frömmigkeit die Tante zu fangen! . . .

Sogleich setzte ich mich hin und schrieb der gräßlichen Senhora diesen ausnehmend zärtlichen Brief:

„Allerliebste Titi! Immer heftiger spüre ich die Tugend in mir. Und ich rechne es dem Wohlgefallen unseres Herrn zu, mit dem er diesen meinen Besuch an seinem heiligen Grab betrachtet. Tag und Nacht meditiere ich über Christi Passion und gedenke der Titi. Soeben kehre ich heim von der Via Dolorosa. O herzbewegendes Erlebnis! Sie ist eine fromme, gar so fromme Straße, daß ich es kaum wage, sie mit meinen Stiefeln zu betreten. Gestern konnte ich nicht an mich halten, ich kauerte hin und küßte die süßen Steinchen! Heute abend habe ich fast in Gänze damit verbracht, zu Unserer Lieben Frau zu beten, die hier in Jerusalem bei jedermann höchstes Ansehen genießt. Sie hat einen entzükkenden Altar, doch so sehr ich ihn schätze, meine gute Tante hatte dennoch recht (wie sie ja in allem recht hat), als sie sagte: niemand ist tauglicher für Feste und Prozessionen als unsere Portugiesen. Nun, heute abend, kaum hatte ich mich vor der Kapelle der Muttergottes hingekniet und sechs Salve regina gebetet, wandte ich mich dem schönen Bildnis zu und sprach: ‚Was gäb ich doch drum, zu wissen, wie es meiner Tante Patrocínio geht!‘ Und glauben Sie mir, Titi, die Jungfrau redete mit ihrem göttlichen Mund zu mir, und ich kann das Gesagte sogar wortwörtlich wiederholen, weil ich es auf die Manschette niedergeschrieben habe: ‚Meiner lieben Schutzbefohlenen geht es gut, Raposo, und sie hofft, dich glücklich zu machen!‘ – Solches ist kein außerordentliches Wunder, denn hier erzählen mir alle Familien von Stand, mit denen ich Tee zu trinken pflege, daß die Jungfrau Maria und ihr göttlicher Sohn stets ein paar nette Worte an all jene richten, die ihnen den Besuch machen. Und verraten will ich noch, daß ich schon etliches an Reliquien erworben habe, so ein Hälmchen aus der Krippe und ein Brettchen, das der heilige Joseph gehobelt hat. Mein deutscher Reisegefährte, der, wie ich der Titi bereits in meinem Schreiben aus Alexandria andeutete, sehr fromm und sehr gelehrt ist, konsultierte die Bücher, die er mitgebracht hat, und bestätigte mir, daß es eines der Brettchen ist, die der heilige Joseph in seinen freien Stunden zu hobeln pflegte. Was die große Reliquie betrifft, die ich mitbringen will, damit die Titi von all ihren Leiden geheilt wird und ihre Seele Rettung findet und damit ich ihr auf diese Weise vergelte, was sie mir Gutes getan, so hoffe ich diese in Kürze zu erhalten. Momentan kann ich noch nichts Genaues sagen ... Liebe Grüße unseren Freunden, deren ich oft gedenke und die ich ständig in mein Gebet einschließe; insbesondere unserem tugendhaften Casimiro. Möge die Titi mit ihrem Segen den treuen Neffen bedenken, der sie hoch verehrt, sich unsäglich nach ihr sehnt und ihr gute Gesundheit wünscht.

Teodorico

PS: Ach, Titi, wie hat mich doch heute das Haus des Pilatus von Abscheu erfüllt! Sogar ausgespien habe ich! Und die heilige Veronika hier ließ ich wissen, daß die Titi ihr sehr ergeben ist. Mir schien, die heilige Senhora wäre ungemein entzückt ... Das ist es, was ich hier allen Geistlichen und Patriarchen sage: ‚Erst wer die Titi kennt, weiß, was Tugend bedeutet!‘ “

Bevor ich mich schlafen legte, preßte ich das Lauschohr an die geblümte Zwischenwand. Die Engländerin schlummerte selig und ahnungslos. Ich schwang die geballte Faust. „Bestie!“ knurrte ich. Dann öffnete ich den Kleiderschrank, holte mein geliebtes Paket mit Marys Nachthemdchen hervor und drückte ihm dankbar einen Kuß auf.

Früh, im Morgengrauen, brachen wir auf zum frommen Jordan.

Langweilig, einschläfernd war unser Ritt durch Judäas Berge. Bleich und rund wie Totenschädel, ausgedörrt, ausgelaugt vom Wind der Verfluchung, so folgt ein Hügel auf den anderen. Nur gelegentlich an einem Hang kriecht schmächtiger Stechginster hinan, der in dem unerbittlichen Hitzeflimmern von weitem wie abgestandener, alter Schimmel aussieht. Der Boden, kalkfarben, sprüht Funken. Das leuchtende Schweigen ist von einer Trauer, wie sie einen beim Anblick eines Gruftgewölbes befällt. Über uns, am gleißenden Himmel, kreiste langsam und schwarz ein Geier ... Als die Sonne sank, spannten wir unsere Zelte in den Ruinen von Jericho auf.

Genußvoll war es da, auf weichen Matten zu ruhen und in der Süße des hereinbrechenden Abends Limonade zu schlürfen. Die Frische eines munteren Bächleins, das nah unserem Lager zwischen den wilden Büschen murmelte, mischte sich mit dem Duft der ginsterartig gelben Blüten, die da sprossen; weiter weg grünte eine Wiese mit hohen Kräutern, belebt durch das Weiß stolzer, schmachtender Lilien; längs des Wassers spazierten paarweis nachdenkliche Störche. Nach Judäa hin türmte sich der Einsiedlerberg, grimmig, grau vor Trauer über die ewige Buße; und nach der Seite von Moab hin verloren sich meine Augen in dem alten heiligen Land Kanaan, einer aschigen, trostlosen Fläche, die sich wie das bleiche Leichentuch einer vergessenen Rasse bis hin zu den Einöden des Toten Meeres streckt.

Im Morgengrauen hatten wir uns mit prallen Quersäkken auf diese Pilgerreise begeben. Es war Dezember; dieser Winter in Syrien war von durchscheinender Süße, und an meiner Seite über den feinen Sand reitend, erzählte der gelehrte Topsius, wie diese Ebene von Kanaan zu anderer Zeit voll belebter Städte gewesen war, mit weißen Pfaden zwischen den Weingärten und Bewässerungsgräben, deren Wasser den Mauern der Scheuern Kühlung gab; die Frauen, anemonengeschmückt, kelterten singend die Trauben; dem Himmel waren die Gartendüfte genehmer als der Weihrauch; und die Karawanen, die von Segor her ins Tal kamen, fanden hier den Überfluß des reichen Ägypten vor – und sie sagten, daß in Wahrheit dies der Garten des Herrn sei.

„Dann, eines Tages", so setzte Topsius lächelnd und mit unendlichem Sarkasmus hinzu, „hatte der Allmächtige dies satt und riß alles ein."

„Warum? Warum denn?"

„Bah, aus übler Laune, Grausamkeit ..."

Die Gäule wieherten, sie spürten die Nähe der fluchbeladenen Wasser, und bald tauchten diese auf, streckten sich hin bis zu den reglosen, stummen, einsam unter einsamem Himmel glänzenden Bergen von Moab. O unvergleichliche Traurigkeit! Man begreift, daß auf diesen Wassern noch Gottes Zorn lastet, zumal sie so daliegen seit vielen Jahrhunderten – ohne ein erholsames Seebad wie Cascais, ohne gereihte helle Segeltuchzelte am Strand, ohne Regatten, ohne Anglervergnügen, ohne zartfühlende Damen in Galoschen, die poetischen Sinns Muschelchen im Sand auflesen, und ohne zu den Sternenstunden von den Geigern einer Festgesellschaft und durch Gasbeleuchtung Aufheiterung zu erfahren. Da liegen sie tot und eingesargt zwischen zwei Gebirgen wie in einer Grabeinfriedung.

„Dort drüben befand sich die Stadt Machärus", erklärte der gelehrte Topsius ernst, in den Steigbügeln stehend und mit dem Sonnenschirm auf den bläulichen Küstensaum zeigend. „Dort lebte einer meiner Herodesse, Antipas, der Tetrarch von Galiläa, Sohn von Herodes dem Großen; dort auch, Dom Raposo, wurde der Täufer geköpft."

Und während wir im Schritt auf den Jordan zuritten und

der fidele Pote uns Zigaretten aus gutem Aleppo-Tabak drehte, erzählte mir Topsius die leidige Geschichte. Machärus, Asiens stolzeste Feste, ragte auf einem schrecklichen Basaltfelsen empor. Die Mauern waren hundertfünfzig Ellen hoch; selbst die Adler gelangten kaum bis zu den Turmspitzen hinauf. Außen war die Feste schwarz und düster, drin aber strahlte sie von Elfenbein, Jaspis und Alabaster, und die an den hohen Zederndecken hängenden langen goldenen Schilde muteten wie Gestirne am sommerlichen Himmel an. Im Mittelpunkt des Berges, in einem unterirdischen Raum, waren die zweihundert Stuten des Herodes eingestellt, die prächtigsten der Erde: weiß wie Milch, Mähnen, schwarz wie Ebenholz, gefüttert mit Honigkuchen und so leichtfüßig, daß sie über eine Lilienwiese laufen konnten, ohne ihr Makel anzutun. Endlich, noch tiefer, in einem Verlies, lag Johannes, den die Kirche „den Täufer" nennt.

„Aber wie, trefflicher Freund, geschah denn das Unglück?"

„Nun, es war folgendermaßen, Dom Raposo: Mein Herodes hatte in Rom Herodias kennengelernt, seine Nichte, die Frau seines Bruders Philippos, der in Italien lebte, dem lateinischen Luxus zugetan, träge und ohne mehr an Judäa zu denken. Herodias aber war auf blendende, finstere Weise schön! ... Antipas Herodes entführte sie auf einer Galeere nach Syrien; er verstößt seine Gemahlin, eine vornehme Moabiterin, Tochter des Königs Aretas, der über die Wüste und die Karawanen gebietet, und schließt sich auf inzestuöse Weise in dieser Festung Machärus ein. Das ganze fromme Judäa ist von Zorn erfaßt über diese sündige Verletzung des Gottesgesetzes! Und da läßt Antipas Herodes, der Hinterlistige, den Täufer holen, der im Jordantal predigt."

„Warum denn das, Topsius?"

„Eben darum, Dom Raposo ... Er wollte sehen, ob der geschmeichelte, gehätschelte, vom Lobpreis als auch von Sichems gutem Wein weichgemachte, ehemals rauhe Prophet diese dunkle Liebschaft billigte und sie kraft seines überzeugenden Wortes in den Augen der Gläubigen Judäas und Galiläas so weiß malte, wie es der Schnee des Karmel ist. Leider aber, Dom Raposo, fehlte es dem Täufer an Originalität. Ein achtbarer Heiliger, ja, aber keine Originalität ... Er ahmte in allem sklavisch den großen Propheten Elia nach. Er lebte in einer Höhle wie Elia, kleidete sich in Felle wilder Tiere wie Elia, nährte sich von Heuschrekken wie Elia, wiederholte die klassischen Verwünschungen wie Elia – und wie Elia gegen den Inzest des Ahab gewettert hatte, so wetterte der Täufer gegen den Inzest mit Herodias. Glatte Nachahmung, Dom Raposo!"

„Und der Kerker brachte ihn zum Schweigen!"

„O nein! Er schrie noch wilder, noch schrecklicher! Und Herodias verbarg ihr Haupt im Mantel, um nicht diese Verwünschungen zu hören, die aus der Tiefe des Berges drangen."

Am Lid eine nässende Träne, stammelte ich: „Und Herodes befahl, unseren lieben heiligen Johannes zu enthaupten!"

„Mitnichten! Antipas Herodes war ein Schwächling, ein weichlicher Mensch ... Lüstern, o ja, unendlich lüstern, Dom Raposo! Aber gar unentschlossen! ... Überdies, wie alle Galiläer, besaß er eine verborgene Schwäche: eine unheilbare Sympathie für Propheten. Und letztlich fürchtete er die Rache des Elia, des Beschützers und Freundes von Johannes ... Denn Elia ist nicht gestorben, Dom Raposo. Er wohnt im Himmel, in Fleisch und Blut, noch in Lumpen, unerbittlich, scheltend und furchteinflößend ..."

„Alle Wetter!" murmelte ich, vom Schauder gepackt.

„Nun, so war es ... Johannes lebte fort, wetterte weiter. Aber gewunden und fein ist der Haß einer Frau, Dom Raposo. Es kam da, im Monat Sebat, der Geburtstag des Herodes ... In Machärus war ein großes Fest angesetzt, an dem Vitellius, damals auf Reisen durch Syrien, teilnahm. Sie wissen ja, der dicke Vitellius, nachmals Weltherrscher ... Nun, zu der Stunde, da man nach Gepflogenheit der tributpflichtigen Provinzen auf das Wohl Roms und des Caesaren anstieß, trat zum Klang der Tamburine jäh eine wundervolle Jungfrau in den Raum und tanzte nach babylonischer Art. Es war Salome, die Tochter der Herodias und des Philippos, die auf Geheiß der Mutter insgeheim in Caesarea erzogen worden war, in einem Hain nahe dem Tempel des Herkules. Salome tanzte nackt und betörend. Antipas Herodes, entflammt und irr vor Begierde, versprach ihr, für einen Kuß von ihren Lippen alles zu geben, was immer sie sich wünsche ... Sie griff zu einem goldenen Tablett und forderte, nachdem sie einen Blick mit ihrer Mutter gewechselt, den Kopf des Täufers. Der entsetzte Antipas bot ihr die Stadt Tiberias, Schätze, die hundert Ortschaften des Genezareth ... Sie lächelte, schaute dabei die Mutter an: noch einmal, unsicher und stammelnd, erbat sie den Kopf des Johannes ... Freudig schrien da alle Gäste, die Sadduzäer, Schriftgelehrten, reichen Männer der Dekapolis, selbst Vitellius und die Römer: ‚Du hast es versprochen, Tetrarch! Du hast es geschworen, Tetrarch!‘ Kurz darauf, Dom Raposo, trat ein Neger aus Idumäa herein, in der einen Hand trug er einen Krummsäbel und in der anderen an den Haaren den Kopf des Propheten. So endete der heilige Johannes, dem zu Ehren man in einer linden Juninacht Lieder singt und Holzfeuer anzündet ...“

Während wir im Schritt ritten und begierig dieser uralten Begebenheit lauschten, gewahrten wir in der Ferne, im goldrötlichen Sand, eine bräunliche Hecke, durchsetzt von traurigem Grün. Pote rief: „Der Jordan! Der Jordan!“, und ungestüm galoppierten wir auf den biblischen Fluß zu.

Der fidele Pote kannte am Saum des Taufgewässers einen für eine christliche Siesta über die Maßen ergötzlichen Fleck. Und dort, gemütlich auf einer Matte, verbrachten wir die heißen Stunden und tranken Bier, nachdem wir es in den heiligen Wassern gut gekühlt. Der Fluß weitet sich an dieser Stelle zu einer lichten, sanften Bucht, er lädt nach träger, glutvoller Reise vom See in Galiläa her durch die Wüste zum Ausruhen ein, ehe er für immer in die Bitternis des Toten Meeres taucht. Dort fließt er gemächlich und breit über den feinen Sand, durchscheinend klar, rollt murmelnd die funkelnden Kiesel seines Bettes und schläft an den kühlsten Stellen reglos und grün im Schatten der Tamarinden ... Über unseren Köpfen rauschten die Blätter der hohen persischen Pappeln, zwischen den Gräsern wiegten sich unbekannte Blumen, die einst an den Morgen der Weinlese die Flechten der Jungfrauen von Kanaan schmückten; und in der tiefen Schattendüsternis der Zweige, wo Jahwes Donnerstimme schon nicht mehr erschreckte, sangen friedlich die Grasmücken. Vor uns erhoben sich, blau und fleckenlos, wie aus einem einzigen Edelsteinblock, die Berge von Moab. Der weiße, stumme, einsame Himmel schien sich von dem heftigen Tumult wohlig zu entspannen, der ihn vormals bewegte, als dort zwischen Gebet und Menschengemeuchel das finstere Volk Gottes lebte. Beruhigend wirkte es, daß an ebenjenem Ort, wo damals die Flügel der Seraphim schlugen und die Gewänder der von dem Allerhöchsten verzückten Propheten flatterten, jetzt lediglich ein Schwarm wilder Tauben flog, hinwärts zu den Obsthainen von Engedi.

Ich befolgte die Empfehlung der Titi, entkleidete mich und nahm ein Bad in den Wassern des Täufers. In frommer Gemütsbewegung zunächst schritt ich voll Ehrfurcht über den Sand, wie über einen Teppich am Hochaltar; und mit verschränkten Armen, nackt, indessen die mähliche Strömung meine Knie badete, gedachte ich des lieben heiligen Johannes und murmelte ein Vaterunser. Dann aber lachte ich, genoß dieses bukolische Bad unter Bäumen. Pote warf mir meinen Schwamm zu; ich seifte mich in der heiligen Flut ein und trällerte Adélias Lieblingsfado.

Als es kühler wurde und wir weiterritten, stieg eine Beduinensippe von Gilgals Hügeln herab, trieb ihre Kamelherden zur Tränke an den Jordan; die weißen, flauschigen Jungtiere liefen blökend nebenher; die Hirten mit langer Lanze stießen Kriegsschreie aus und galoppierten mit wehendem Burnus. Es war, als erstünde in dem ganzen Tal beim Glanz des hereinbrechenden Abends eine biblische Hirtenszene jener Zeiten, da Hagar ein junges Mädchen war. Ich saß steif im Sattel, die Zügel fest angezogen, und mich überrieselte ein heldischer Schauer; ich wünschte mir sehnlichst ein Schwert, ein Gesetz und einen Gott, für den ich streiten könnte... Langsam weitete sich über die heilige Ebene trunkene Stille. Und der höchste Gipfel von Moab hüllte sich in eine eigentümliche rosafarbene und goldige Helle, als zeichnete sich auf ihm, während wir vorbeizogen, flüchtig das Antlitz des Herrn ab! Topsius hob die gelehrte Hand. „Diese erleuchtete Spitze dort, Dom Raposo, ist der Nebo, wo Moses starb."

Ich erschauerte. Und durchdrungen von den göttlichen Strahlungen dieser Wasser und dieser Berge, fühlte ich mich stark, den kräftigen Männern des damaligen Exodus gleich. Ich fühlte mich einer der Ihren, Jahwe zugehörig und mit den Sandalen in den Händen aus dem schwarzen Ägypten hier eingetroffen... Dieser Seufzer der Erleichterung, den die Brise herüberwehte, kam von den Stämmen Israels, die endlich das Ende der Wüste erreicht hatten. Von einer Engelseskorte begleitet, stieg die goldene Bundeslade auf den Schultern der in Leinen gehüllten singenden Leviten schaukelnd von den Hängen drüben herab. Auf den ausgetrockneten Sandflächen grünte das Land der Verheißung wieder auf, weiß hob sich Jericho aus den Saaten, und durch die dichten Palmenhaine hallten Josuas Posaunen im Marschrhythmus.

Ich konnte mich nicht bezähmen, ich riß den Korkhelm vom Kopf und brachte über Kanaan diesen frommen Schrei aus: „Hoch unser Herr Jesus Christus! Hoch die gesamte Heerschar des Himmels!"

Tags darauf, es war ein Sonntag, brach der nimmermüde Topsius, wohlversehen mit Notizstift und Sonnenschirm, zeitig zum Studium der Ruinen von Jericho auf, dieser alten Stadt der Palmen, die Herodes mit Thermen, Tempeln, Gärten und Statuen versehen und wo er sein vertracktes Liebesabenteuer mit Kleopatra gehabt hatte... Ich, vor unserem Zelt rittlings auf einer Kiste, begnügte mich mit Kaffeetrinken und dem geruhsamen Anblick unseres Rastplatzes. Der Koch rupfte Hühnchen; der traurige Beduine scheuerte am Wasser seinen friedfertigen Krummsäbel; unser hübscher Maultiertreiber vergaß den Tieren ihre Ration vorzusetzen und schaute den Störchen nach, die am strahlenden Saphirhimmel paarweise in Richtung Samaria flogen.

Anschließend stülpte ich mir den Korkhelm auf und streunte in der Süße des Morgens umher, Hände in den Taschen und einen zärtlichen Fado trällernd. In Gedanken war ich bei Adélia und dem Senhor Adelino ... Wie sie im Alkoven hockten, sich ungestüm küßten und mich vielleicht einen Mucker nannten, während ich hier auf den einsamen Fluren der Heiligen Schrift spazierenging! Zu dieser Stunde mochte die Titi, in schwarzem, kurzem Umhang, mit der ihr eigenen Trägheit zur Messe von Sant'Ana aufbrechen; die Kellner des „Montanha", mit wirrem Haar und pfeifend, bürsteten das Tuch der Billardtische, und Doktor Margaride, am Fenster zur Praça da Figueira, setzte die Brille auf die Nase und blätterte im „Diário de Notícias". O du mein holdes Lissabon! ... Aber näher noch, jenseits der Wüste von Gaza, im grünen Ägypten, steckte mein Marikockelchen in diesem Augenblick Magnolien und Rosen in die Balkonvase; und ihre Katze schlief in dem samtenen Sessel; seufzend gedachte sie ihres „tapferen kleinen Portugiesen". Ich seufzte gleichfalls, und noch trauriger kam der traurige Fado über meine Lippen.

Als ich mich so umschaute, fand ich mich unverhofft wie verloren, an einem Fleck von großer Einsamkeit und Melancholie, fern vom Fluß und von den gelbblühenden, duftenden Sträuchern. Schon sah ich unsere weißen Zelte nicht mehr, um mich her eine bleiche sandige Kahlfläche, gänzlich umringt von senkrecht wie Brunnenwände aufragenden glatten Felsen und so düster, daß sich das gelbe Licht des warmen Orientmorgens dort in ohnmächtige, tödliche, farblos matte, leiderfüllte Blässe wandelte. Ich war an ebenso trostlose Gravüren erinnert, auf denen ein Eremit mit langem Barthaar meditierend über einem Folianten sitzt, neben sich einen Totenschädel. Doch kein

Einsiedler nichtete hier sein Fleisch in heroischer Kasteiung. Lediglich in der Mitte des grausamen Runds, einsam und stolz, mit einem Aussehen nach Rarheit und Reliquie, als drängten sich die Felsen hier zusammen, um ihm den Schutz eines Allerheiligsten zu geben, erhob sich ein so widerwärtiger Baum, daß mir der Rest meines traurigen Fados auf den Lippen erstarb ...

Ein gedrungener, festgekeilter Stamm ohne Wurzelauswüchse, einem riesigen Prügel gleich, der sich in den Sand gebohrt hat, die glatte Rinde vom öligen Glanz einer schwarzen Haut; und aus seinem geschwollenen Kopfende, von der Farbe erloschener Glut, stachen wie lange Spinnenbeine flaumig klebrige und dornenbewehrte schwarze Zweige, acht Zweige meiner Zählung nach ... Schweigend starrte ich dieses Monstrum an, dann lüpfte ich bedächtig meinen Helm und murmelte: „Sollst leben!"

Mit Sicherheit befand ich mich hier vor einem berühmten Baum! Einen Zweig wie diesen hier – vielleicht den neunten – hatte ein römischer Zenturio der Garnison von Jerusalem einst zu einer Krone geflochten und einem zum Tode verurteilten Zimmermann aus Galiläa am Tage der Hinrichtung hohnvoll aufs Haupt gesetzt. Einem, den sie verurteilt hatten, weil er durch friedliche Dörfer und die heiligen Tempelhöfe gewandert, sich als Sohn Davids und als Sohn des Herrn ausgegeben und wider die alte Religion, die alten Institutionen, die alte Ordnung, die alten Formen gepredigt hatte! So also ist dieser Zweig, indem er die ungepflegten Haare des Rebellen berührte, göttlich geworden, erstieg er die Altäre, bewirkt er von der Höhe des geschmückten Traggestells, daß bei seinem Vorbeizug die gerührten Massen auf dem Steinpflaster niederknien ...

Dienstags und sonnabends in der Internatsschule der Isidoros sprach der schmierige Pater Soares und stocherte dabei in seinen Zähnen: „Da gab es, Kinder, an einem Ort in Judäa ..." Hier war das! „... einen Baum, vor dem es einen, dem Zeugnis der Schriften nach, richtig gruseln mußte ..." Der hier war es! Vor meinen lüsternen Bakkalaureusaugen hatte ich den erzheiligen Dornenbaum!

Und wie eine göttliche Erleuchtung kam mir da ein Gedanke: der Titi einen von diesen Zweigen mitbringen! Den flaumigsten, dornigsten, als wundertätige Reliquie, der sie ihre devote Inbrunst zuwenden und vertrauensvoll himmlische Gnaden abfordern konnte! „Wenn du meinst, daß ich einen Dank verdiene für all das, was ich dir Gutes getan, so bringe mir von diesen heiligen Stätten eine heilige Reliquie ..." So hatte die Senhora Dona Patrocínio das Neves am Abend vor meiner frommen Reise gesagt, vor Kirche und Magistratur, indessen sie auf ihrem roten Damast thronte und eine Zähre unter ihren gestrengen Brillengläsern vergoß. Konnte ich sie mit etwas Heiligerem, Rührenderem, Wirksamerem bescheren denn mit einem Zweig vom Dornenbaum, den ich im Jordantal an einem hellen, rosigen Morgen zur Stunde der Messe abgebrochen hatte?

Doch dann befiel mich quälende Ungewißheit ... Wenn die Fibern dieses Stammes nun aber tatsächlich göttliche Heilkraft besaßen? Wenn die Titi, kaum daß ich einen dieser Dornenzweige in ihrer Hauskapelle zwischen Kerzen und Blumen angebracht, von ihrem Leberleiden genaß und wieder aufblühte? O grausiger Selbstbetrug! Ich wäre es, der ihr töricht das Wunderheilmittel brächte; ich wäre es, der sie widerstandsfähig machte, unzerstörbar, unbegrabbar, die Moneten des G. Godinho fest in ihrer geizigen Hand! Ich! Ich, der ich grad erst zu leben begänne, während sie am Wegsterben war!

Da schlich ich um den Dornenbaum herum und befragte ihn, finster und heiser: „Sag an, du Monstrum, bist du eine göttliche Reliquie mit übernatürlichen Kräften? Oder bist du lediglich ein grotesker Strauch mit lateinischem Namen in Linnés Klassifizierung? Sprich! Hast du, wie jener eine, dessen Haupt du zum Spott kröntest, die Gabe zu heilen? Höre: Wenn ich dich schon in eine hübsche portugiesische Hauskapelle mitnehme und dich von der Qual der Einsamkeit und der Schwermut in der Finsternis befreie und wenn ich dich dort mit einem Altar, dem belebenden Weihduft der Rosen, der huldigenden Flamme der Kerzen, dem Respekt gefalteter Hände und allen Herzenszärtlichkeiten beschenke, so geschieht es nicht, damit du mildtätig einem störenden Leben Verlängerung gibst und mir die baldige Erbschaft vorenthältst als auch die Genüsse, die meinem jugendlichen Fleisch zustehen! Vernimm: Falls du, ins Evangelium eingegangen, dir nun auch noch die kindischen Ideen von Mildtätigkeit und Erbarmen zu eigen gemacht hast und die Versuchung hegst, die Titi zu kurieren, dann bleib hier, zwischen diesen Felsstükken, gepeitscht vom Wüstensand, befleckt von den Exkrementen der Raubvögel, verkomme im ewigen Schweigen! ... Versprichst du indes, daß du den Flehgebeten der Titi gegenüber taub bleibst, ein vertrockneter, läppisch wirkungsloser Zweig, und daß du den ersehnten Niedergang ihres Fleisches nicht aufhältst, so wirst du in Lissabon liebevoll in einer damastverkleideten Kapelle aufgenommen, dir soll die Wärme der frommen Küsse zuteil werden und alles, was einem Idol Genugtuung gibt; von mir sollst du so viel Verehrung erfahren, daß du den Gott nicht beneiden wirst, den deine Dornen verletzten ... Sprich, du Monstrum!"

Das Monstrum blieb stumm. Doch da fühlte ich in meiner Seele, wie von tröstender frischer Sommerbrise durchdrungen, die beruhigende Ahnung, daß die Titi bald sterben und in ihrer Gruft verwesen würde. Der Dornenbaum ließ mich, in vager natürlicher Verbindung von seinem Saft in mein Blut herüberpulsend, den Tod der Senhora Dona Patrocínio erspüren – als hinlängliche Zusage, daß der Zweig, in die Hauskapelle überführt, mit keinem einzigen seiner Dornen verhinderte, daß dieser gräßlichen Frau die Leber aufschwoll und sich zersetzte ... Und dies war zwischen uns, hier in dieser Einöde, wie ein stillschweigender, fester, todbringender Pakt.

Aber war dies wirklich der Dornenbaum? Seine geschwinde Zusage ließ mich an seinen göttlichen Qualitäten zweifeln. Ich entschied, das Urteil des hochgelehrten, in diesen Dingen beschlagenen Topsius einzuholen.

Ich eilte zur Elisaquelle, wo er nach Steinen, Splittern und Müllresten Jerichos, der stolzen Stadt der Palmen, suchte. Ich fand ihn prompt, den leuchtenden Geschichtsschreiber, wie er da neben einem Wasserloch hockte, mit begierigen Brillengläsern, und an einem halb im Schlamm steckenden schwarzen Bruchstück eines Wandpfeilers herumkratzte. Nahebei stand ein Esel, der das Grasen vergessen hatte und mit schwermütig philosophischem Blick dem leidenschaftsvollen, eifrigen Gelehrten zuschaute, der auf der Erde herumkroch und die Thermen des Herodes suchte.

Ich erzählte Topsius von meinem Fund und bedeutete ihm meine Ungewißheit. Gleich stand er auf, gefällig, dienstfertig, bereit, für die hohe Wissenschaft zu fechten.

„Ein Strauch mit Dornen?" murmelte er und trocknete sich den Schweiß. „Es wird der Nabka sein ... In ganz Syrien an jeder Ecke zu finden! Hasselquist, der Botaniker, behauptet, daraus sei die Dornenkrone gefertigt worden ... Er hat sehr liebliche grüne Blättchen in Herzform, wie der Efeu ... Ah, hat er nicht? Richtig, dann ist es das Lycium spinosum. Der lateinischen Legende zufolge diente es für die Schmähkrone ... Meiner Auffassung nach eine belanglose Legende, und Hasselquist ist ein Ignorant, ein riesengroßer Ignorant ... Aber ich werde die Sache aufklären, Dom Raposo, unwiderlegbar aufklären, ein für allemal!"

Wir begaben uns dorthin. In dieser Einöde vor dem furchterregenden Baum hob Topsius die Nase wie ein Professor, zog sich einen Moment in die Lagerräume seines Wissens zurück, dann erklärte er, daß ich meiner erzfrommen Tante nichts Wertvolleres mitbringen könnte. Und seine Beweisführung war überwältigend. „Alle Instrumente der Kreuzigung", sprach er und entfaltete blütengleich seinen Sonnenschirm, „die Nägel, der Schwamm, das grüne Rohr, wandelten sich, nachdem sie als Materialien der göttlichen Tragödie für einen Augenblick eine Vergöttlichung erfahren hatten, aus zivilisatorischer Erfordernis sachte wieder in banale Gebrauchsgegenstände des Alltags ... So blieb der Nagel nicht per aeternum müßig auf den Altären, zur Gemahnung an die hochheiligen Wundmale: Die auf den Kommerz ausgerichtete katholische Menschheit ging stufenweise dazu über, den Nagel als wertvollen Eisengegenstand zu nutzen, und nachdem er die Hände des Messias durchbohrt, heftet er heute, dienlich und bescheiden, die höchst unreinen Sargdeckel fest ... Die ehrerbietigsten Brüder des Herren der Passion benutzen das Rohr zum Angeln; es ist Teilstück der fröhlich stimmenden Feuerwerksrakete; und sogar der Staat, der es in religiösen Dingen so genau nimmt, bedient sich seiner zu den nächtlichen Freudenfesten anläßlich von Regierungseinsetzungen oder Prinzenhochzeiten ... Der Schwamm, vormals mit dem Essig der Verhöhnung getränkt, dient heute der wenig religiösen Zeremonie der Körperwaschung, der von der Kirche stets haßvoll mißbilligten ... Sogar das Kreuz, die erhabenste Form, hat unter den Menschen seine göttliche Bedeutung verloren. Einst als Bekenntnis getragen, ist es der Christenheit heute äußerer Schmuck. Das Kreuz ist Brosche, das Kreuz ist Anhänger; es baumelt an Halskettchen, klimpert an Armbändern; es wird in Lacksiegel gedrückt, in Manschettenknöpfe inkrustiert – das Kreuz in diesem prunkvollen Jahrhundert gehört wahrlich mehr der Goldschmiedekunst denn der Religion ... Aber die Dornenkrone, Dom Raposo, die ist zu nichts anderem mehr verwandt worden!

Nein, zu nichts anderem. Die Kirche empfing sie aus den Händen eines römischen Prokonsuls – sie blieb abgesondert und für alle Ewigkeit in der Kirche, zum Gedenken an die Große Schmach. Für sie einzig zuträglicher Ort in diesem ganzen mannigfaltigen Universum ist das Halbdunkel der Kapellen; nur Zerknirschung vermag sie im Menschen zu bewirken. Kein Juwelier hat sie in Gold nachgebildet und mit Rubinen besetzt, damit sie eine blonde Haarfrisur schmücke; sie ist lediglich Marterinstrument; und mit Blutrinnseln auf den frisierten Locken der Bilder treibt sie einen unendlich zu Tränen ... Selbst der gewitzteste Produzent würde sie allenfalls nachdenklich in den Händen drehen und dann auf den Altar zurücklegen, als ein für Leben, Geschäft und Zivilisation untaugliches

Ding; sie ist nur Attribut der Passion, ein Gegenstand für Traurige, und vermag nur die Schwachen in Rührung zu versetzen. Sie allein unter dem Zubehör der Heiligen Schrift regt ernstlich zum Beten an. Wer, so betwütig er auch wäre, würde hinknien und sein Vaterunser vor einem in den Zuber gefallenen Schwamm oder vor einer Angelrute am Bachrand sprudeln? ... Doch der Dornenkrone recken sich allemal die gläubigen Hände entgegen; und das Gefühl, wie unmenschlich grausam sie ist, findet sogar noch in der Schwermut des Miserere seinen Ausdruck!"

Hätte ich der Titi ein gewaltigeres Wunder mitbringen können?

„O ja, Topsius, mein Lieber! ... Deine Reden sind lauteres Gold ... Aber die echte, die dazu gedient hat, könnte die von diesem Baum hier stammen? Hä, Freundchen?"

Der gelehrte Topsius faltete bedächtig sein kariertes Taschentuch und erklärte wider die belanglose lateinische Legende und den riesengroßen Ignoranten Hasselquist, daß die Dornenkrone aus der biegsamen Gerte eines Brombeerstrauchs gefertigt worden sei, der in den Tälern um Jerusalem reichlich vorkomme, zum Feueranfachen und als Hecke diene und der traurige und nicht duftende bläulichrote kleine Blüten habe ...

Ich murmelte enttäuscht: „Schade! Der Titi gefiele es gar zu sehr, sie wäre hieraus, Topsius! Die Titi ist so reich! ..."

Der scharfsinnige Philosoph begriff sofort, daß es, gleich der Staatsräson, auch eine Familienräson gibt, und er zeigte sich edel. Er hielt die Hand über den Baum, deckte ihn breit mit den Garantien seiner Wissenschaft ab und sprach diese denkwürdigen Worte: „Dom Raposo, wir sind gute Freunde geworden ... Nun, Sie dürfen Ihrer Tante versichern, von seiten eines Mannes, dem Deutschland in Fragen der kritischen Archäologie sein Ohr schenkt, daß der Zweig, den Sie ihr von hier mitnehmen werden, zu einer Krone gewunden, unbezweifelbar ..."

„Unbezweifelbar was?" schrie ich bang.

„Unbezweifelbar derselbe ist, der jenem Rabbi Jeschua

Natzarieh die Stirn blutig stach, den die Lateiner Jesus von Nazareth nennen, andere hingegen Christus! ..."

Das hohe germanische Wissen hatte gesprochen! Ich zog mein Sevillaner Messer hervor und schnitt einen der Zweige ab. Und während Topsius wieder daranging, im feuchten Gras die Festung Cypron und weitere Steinbauten des Herodes zu finden, kehrte ich triumphierend mit meinem wertvollen Schatz zu den Zelten zurück. Der vergnügliche Pote saß auf einem Sattel und mahlte gerade Kaffee.

„Herrlicher Zweig!" rief er. „Macht sich prächtig als Krone ... Bestens für Andachtsübungen! ..."

Gleich flocht der heitere Mensch mit einzigartiger Fingerfertigkeit den groben Zweig zu einer Krone. Der heiligen Krone so ähnlich! Und so rührend!

„Fehlen ihr nur noch die Blutstropfen", murmelte ich verzückt. „Jesus, die Titi wird sich glatt begeifern!"

Aber wie sollten wir dieses unbequeme Dornengebilde, das, kaum erst zu seiner Passionsform geflochten, schon begierig schien, unschuldiges Fleisch aufzureißen, über das Gebirge Juda nach Jerusalem transportieren.

Für den fidelen Pote war das keine Schwierigkeit; aus der Tiefe seines fülligen Tornisters zog er einen Bausch weicher Rohbaumwolle, in ihn wickelte er gefühlvoll die Krone der Schmach wie ein zerbrechlich zartes Geschmeide, dann, mit einem Bogen graues Papier und einem scharlachroten Band, machte er ein rundes, festes, handliches Paket daraus ... Ich drehte mir lächelnd eine Zigarette, dachte an jenes andere Paket mit Spitzen und Seidenschleifchen, das nach Veilchen und nach Liebe roch und, in Jerusalem verblieben, meiner harrte als auch der Gunst meiner Küsse.

„Pote, Pote!" rief ich strahlend. „Nicht einmal du ahnst, was für einen Batzen Geld mir dieses Zweiglein in diesem Paketchen bescheren wird!"

Als Topsius von der heiligen Elisaquelle zurück war, spendierte ich, um die schicksalhafte Begegnung mit der Großen Reliquie zu feiern, eine der Champagnerflaschen mit Goldhütchen, die Pote im Quersack mit sich führte. Topsius trank „auf die Wissenschaft". Ich trank „auf die Religion". Und in einem Schwall spritzte der Schaum des Moed et Chandon auf die Erde Kanaans.

Am Abend zündeten wir zwecks größerer Festlichkeit ein Lagerfeuer an, und die arabischen Frauen von Jericho kamen und tanzten vor unseren Zelten. Spät begab man sich zur Nachtruhe, als über Moab, nach Machärus hin, der Mond aufging: schmal und geschwungen, wie dieser goldene Krummsäbel, der Johannes den feurigen Kopf abgeschlagen hatte.

Das Päckchen mit der Dornenkrone lag neben meinem Feldbett. Das Feuer war erloschen, unser Lager schlummerte in der unendlichen Stille des biblischen Tales ... Friedvoll, behaglich schlief auch ich ein.

III

Seit zwei Stunden vielleicht lag ich auf dem Feldbett in schwerem Schlaf, da war mir, als dringe flackernde Helle, wie die einer qualmenden Fackel, in das Zelt und ich vernähme durch den Schein eine Stimme, die klagend und schmerzlich rief: „Teodorico, erhebe dich! Brich auf nach Jerusalem!"

Erschrocken warf ich die Decke zurück und sah den hochgelehrten Topsius, wie er im flackernden Licht der neben den Champagnerflaschen auf dem Tisch stehenden Kerze behende einen alten eisernen Sporn an seinen Fuß schnallte. Er war es, in Hast und Aufregung, der mich geweckt hatte.

„Auf, Teodorico! Aufgestanden! Die Pferde sind gesattelt! Morgen ist Passafest! Heute in aller Frühe müssen wir vor den Toren Jerusalems sein!"

Ich strich mir die Haare zurück, starrte den klugen, bedachtsamen Doktor entsetzt an und rief: „Aber Topsius, einfach Hals über Kopf losziehen, ohne unsere Quersäcke? Und die Zelte wie in heilloser Flucht zurücklassen?"

Der Gelehrte setzte seine goldene Brille auf, die einen mir ungewohnten, unwiderstehlichen Intellekt ausstrahlte. Ein weißer Umhang, den ich bei ihm noch nie gesehen, umhüllte seine gelehrte Magerkeit mit dem strengen und reinen Faltenwurf einer römischen Toga. Bedächtig, hochaufgerichtet und die Arme ausbreitend, sprach er, mit Lippen, die einen klassisch und marmorn dünkten: „Dom Raposo, dieses Morgenrot, das da aufflammen wird und bald die Gipfel des Hebron einhüllt, ist das des fünfzehnten Tages im Monat Nisan; und in der gesamten Geschichte Israels, seit Rückkehr der Stämme aus Babylonien, gab es und wird es bis an den Tag, da Titus zur letzten Belagerung des Tempels schreitet, keinen interessanteren Tag geben! Ich muß nach Jerusalem, ich will Augenzeuge sein dieser lebendigen, turbulent bewegten Seite des Evangeliums! Wir wollen das heilige Passafest im Hause Gamaliels erleben, einem Freund von Hillel als auch von mir, der die griechische Kultur gut kennt, ein fester Patriot ist und Mitglied des Hohen Rates. Er war es, der zu mir sagte: ‚Damit du dir die Qual des Zweifels ersparst, richte dich nach einer Autorität.' Also, frischauf, Dom Raposo!"

So sprach mein Freund leise und langsam, da vor mir stehend. Und ich, folgsam wie unter himmlischem Gebot, streifte mir schweigend meine wuchtigen Reitstiefel über. Dann, kaum hatte ich mich in meinen Burnus gehüllt, stieß er mich ungeduldig aus dem Zelt, ohne mir noch Gelegenheit zu geben, die Uhr einzustecken oder mein Sevillaner Messer, das ich zur Vorsicht nachts stets unter meiner Kopfrolle verwahrte. Das Kerzenlicht erstarb, rot und qualmend ...

Es mochte um Mitternacht sein. Zwei Hunde kläfften in der Ferne, dumpf, wie zwischen massiven Mauern eines Landgutes. Die milde, reine Luft roch nach Gartenrosen und Apfelsinenblüten. Israels Himmel schillerte in ungewohntem Glanz, und über dem Berg Nebo blinkte ein schöner, auffallend weißer Stern von göttlichem Gefunkel bang zu mir herüber, als versuchte er, gefangen in seiner Stummheit, meiner Seele ein Geheimnis mitzuteilen! Die Pferde mit ihren langen Mähnen warteten reglos. Ich schwang mich in den Sattel. Und da gewahrte ich, während Topsius noch umständlich an den Steigbügeln hantierte, in Richtung der Elisaquelle ein wundervolles Gebilde, das mich mit übersinnlichem Schrecken erfüllte.

Im diamantenen Schein der Sterne Syriens nahm es sich wie die weiße Mauer einer neuen Stadt aus! Tempelfassaden ragten hell aus den dichten heiligen Hainen; nach den fernen Hügeln hin streckten sich die schlanken Bögen eines Aquädukts. Eine Flamme brannte auf der Plattform eines Turmes; tiefer unten bewegten sich blitzende Lanzenspitzen; ein langer Hornstoß verhallte im Dunkel . . . Und im Schutze der nahen Bastionen schlummerte zwischen Palmen ein Dorf.

Topsius, nun auch im Sattel und aufbruchbereit, hatte die Hand in die Mähne des Pferdes versenkt.

„Da, das Weiße dort!“ murmelte ich tonlos.

Er sagte schlicht: „Jericho.“

Und er galoppierte los. Ich weiß nicht, wie lange ich stumm dem edlen Geschichtsschreiber der Herodesse folgte. Wir ritten auf schnurgerader Straße aus schwarzen Basaltplatten. Und es war kein rauher Weg wie jener, den wir nach Kanaan hinabgestiegen und der sich kalkfarbig glänzend über Hügel hinzog, deren spärlicher Stechginster in den Spiegelungen des Lichts abgestandenem, altem Schimmel glich. Auch kam mir ringsum alles verändert vor, die Form der Felsen, die Ausdünstungen der warmen Erde, sogar das Flimmern der Sterne . . . Welcher Wandel hatte sich in mir vollzogen? Welch ein Wandel war mit dem Universum geschehen? Manchmal schlugen die Hufeisen einen grellen Funken. Und ohne Rast galoppierte Topsius dahin, an die Mähne gekrallt, wobei die beiden Enden seines Umhangs wie zwei Fahnentücher flatterten.

Plötzlich aber hielt er inne. Wir befanden uns vor einem quadratischen Haus, das unter Bäumen ohne Licht und stumm dalag, mit einer Stange am First, darauf eine merkwürdige Storchfigur aus Blech prangte. Am Eingang glomm schwach ein Feuer; ich bewegte die Scheite, und im Schein der auflodernden kleinen Flamme erkannte ich, daß es sich um ein an antiker Straße gelegenes antikes Gasthaus handelte. Unterhalb des Storchs, über der schmalen Tür, glänzte in schwarzen Lettern auf weißem Grund und mit Nägeln bespickt das Aushängeschild mit der lateinischen Aufschrift: Ad Gruem Maiorem. Und daneben, einen Teil der Fassade füllend, war, grob in Stein gehauen, ein Text zu lesen, den ich nur unter Mühen entzifferte: Apoll versprach dem Gast Gesundheit, und der Wirt Septimanus verbürgte sich für freundliche Aufnahme, ein stärkendes Bad, kräftigen Wein aus Kampanien, frischen Weißwein aus Engedi, überhaupt „alle Bequemlichkeiten wie in Rom".

Ich murmelte ungläubig: „Wie in Rom?"

Was für seltsame Straßen bereiste ich hier? Was waren dies für Menschen, die, in Rede und Tracht anders als ich, hier unter dem Schirm anderer Götter aus Amphoren den Wein der Horaz-Zeit tranken?

Aber Topsius ritt weiter, bewegte sich hochaufgerichtet und verschwommen durch die Nacht. Dann war die dröhnende Basaltstraße zu Ende, und im Schritt stiegen wir einen in den Feis gehauenen Steilweg hinan, wo der grobe Kies rasselte und unter den Hufen dahinrollte wie im Bett eines Sturzbaches, das der träge August ausgetrocknet hat. Der gelehrte Doktor, im Sattel hin und her schaukelnd, schimpfte heiser auf den Hohen Rat und auf das starre jüdische Gesetz, die sich gegen alle geplanten Kultivierarbeiten des Prokonsuls aufwarfen. Jederzeit mit Groll betrachtete der Pharisäer den römischen Aquädukt, der ihm das Wasser brachte, die Römerstraße, die ihn in die Städte führte, die römische Therme, die seine Pusteln heilte ...

„Fluch dem Pharisäer!"

Schläfrig, mich alter Verwünschungen des Evangeliums entsinnend, knurrte ich, in meinen Burnus gehüllt: „Pharisäer, gekalktes Grab ... Verflucht sei er!"

Es war die lautlose Stunde, in der die Wölfe der Berge

zur Tränke kommen. Ich schloß die Augen; die Sterne verblichen.

Kurz hält der Herr die lauen Nächte des Monats Nisan, da zu Jerusalem das weiße Osterlamm verspeist wird; und zeitig überzog sich der Himmel nach Moabs friedvoller Seite hin mit Helligkeit.

Ich wachte auf. Schon blökte das Herdenvieh auf den Bergen. Die frische Luft roch nach Rosmarin. Und da gewahrte ich auf den die Wegstrecke überragenden Felsen einen in Schaffelle gekleideten seltsamen, wild aussehenden Menschen, der mich an Elia und alle biblischen Zornausbrüche erinnerte. Brust und Beine schienen aus rotem Granit; zwischen Schopf und Bart, die rauh und zerzaust wie eine Löwenmähne waren, blitzten irr seine Augen ... Er sah uns, hob dräuend die Arme, als würfe er Steine, und schleuderte uns alle Verwünschungen des Herrn entgegen. Er schalt uns „Heiden“, nannte uns „Hunde“, schrie: „Verflucht eure Mütter! Verdorren sollen die Brüste, die euch gesäugt haben!“ Schrecklich und voller schlimmer Vorhersagen donnerten seine Flüche aus Felsenhöh auf uns; und Topsius, beim langsamen Trott seines zurückgefallenen Pferdes, hüllte sich in seinen Umhang, als könnte er so dem unbarmherzigen Hagelgewitter entgehen. Schließlich geriet ich in Wut, ich drehte mich im Sattel um, schimpfte den Kerl einen Betrunkenen, warf ihm obszöne Flüche an den Kopf; da sah ich, wie sich unter seinen wild flammenden Augen der klagende schwarze Mund verzerrte und vor frommem Zorn geiferte.

Als wir jedoch aus der Schlucht tauchten, stießen wir auf die breite gepflasterte römische Straße, die nach Sichem führt. Und auf ihr trabten wir weiter und spürten erleichtert, daß wir endlich in eine kultivierte, barmherzige, von Menschengesetz regierte Region vorstießen. An Wasser herrschte kein Mangel, auf den Hügeln ragten neue Festungen empor, heilige Steine begrenzten die Äcker. Auf den weißen Tennen stampften mit Anemonen bekränzte Ochsen das zu Ostern geerntete Korn aus; in den Gärten, wo der Feigenbaum im vollen Blätterkleid stand, hockte der Sklave auf seinem gekalkten Turm und verjagte singend mit einer Rute die Wildtauben. Gelegentlich sahen wir einen Menschen in seinem Weingarten stehen oder neben den Bewässerungsgräben, die Schöße des Umhangs über den Kopf gezogen, die Augen gesenkt, beim heiligen Gebet Schma Israel. Ein Töpfer, der seinen mit Krügen aus gelbem Ton beladenen Esel stachelte, rief uns zu: „Gelobt seien eure Mütter! Ein gesegnetes Passafest!“ Und ein Leprakranker, der im Schatten des Olivenhains saß, wies stöhnend auf seine Wunden und fragte nach jenem Rabbi in Jerusalem, der Heilung geben konnte, und wo man die Barazwurzel finde.

Schon näherten wir uns Bethanien. Bei einer lieblichen Quelle im Schatten einer Zeder hielten wir an, um die Pferde zu tränken. Der gelehrte Topsius nestelte an einem Steigbügel und tat verwundert, daß wir der Karawane nicht begegnet waren, die sonst immer von Galiläa heraufzieht, um das Passafest in Jerusalem zu feiern; da plötzlich hallte vor uns auf der Straße träge das Marschgeräusch einer sich nähernden Truppe. Erschrocken gewahrte ich römische Soldaten, solche, wie ich sie, meinerseits oft verflucht, von Illustrationen zur Passionsgeschichte her kannte.

Bärtig, braungebrannt von Syriens Sonne, so marschierten sie mit festem Gleichschritt, Ochsen ähnlich, dabei die eisenbeschlagenen Sandalen auf dem Pflaster dröhnten. Alle trugen den in Segeltuch eingeschlagenen Schild geschultert, und ein jeder hielt hoch über der Schulter eine gabelförmige Stange, an der verschnürte Bündel, Bronzegefäße, Werkzeuge und Datteltrauben hingen. Etliche Reihen liefen barhäuptig, trugen den Helm wie einen Eimer. Andere schwenkten in ihren behaarten Händen einen Wurfspieß. Der dicke blonde Dekurio, gefolgt von einer zahmen und mit Korallenschnüren geschmückten Gazelle, döste, eingehüllt in einen scharlachroten Mantel, beim langsamen Trott des Pferdes. Und hinterdrein neben ihren mit Säcken voll Getreide und mit Holzbündeln bepackten Maultieren liefen die Treiber und sangen, begleitet von der Tonflöte eines fast nackten Schwarzen, der auf der Brust rot eingebrannt die Nummer der Legion trug.

Ich wich in den dunklen Schatten der Zeder zurück. Aber Topsius, wie ein unterwürfiger Germane, war flugs vom Pferd gestiegen, fast kniete er im Staub vor Roms Waffen, und er konnte nicht an sich halten, schwang Arme und Umhang und schrie: „Lang lebe Gaius Tiberius, dreifacher Konsul! Illyriens, Pannoniens und Germaniens; Kaiser, Befrieder und Augustus!"

Einige Legionäre lachten schallend. Und eng geschlossen, mit metallischem Klirren, zogen sie vorbei, während ein Hirte, weiter fort, seine Ziegen unter lautem Rufen zusammentrieb und zu den Berggipfeln hinauffloh.

Wieder galoppierten wir. Die Basaltstraße ging zu Ende, wir tauchten in einen Hain, umhüllt von Apfelblütenduft, Fülle und Frische.

O wie anders nun zeigten sich diese Wege und Hügel, die ich Tage zuvor rings um die Heilige Stadt vorgefunden hatte, von einem geisterhaften Wind ausgedörrt und von der bleichen Farbe der Gebeine ... Nun war alles grün, bewässert, von Leben und Schatten voll. Das Licht hatte nicht mehr jene leidige Tönung, jene Farbe aus Schmerz, in der sich Jerusalem meinen Augen dargeboten hatte; die Aprilblätter der Zweige entfalteten sich in einem jungen, zarten Blau, das wie sie von Hoffnung erfüllt war. Und immer wieder schweifte mein Blick über diese Gärten mit ihren Ölbäumen, Feigenbäumen und Rebstöcken, wo, blendender als ein König Salomo, wild die roten Feldlilien wuchsen.

Beschwingt ritt ich in zügigem Trab eine von Rosen durchwachsene Hecke entlang und trällerte mir ein Lied. Topsius aber hieß mich anhalten und zeigte mir auf einem Felsplateau vor einem dunklen Hintergrund aus Zypressen und Zedern ein Haus, das seinen weißen Portikus gen Orient, nach der Seite des Lichts, auftat. Es gehöre, so sagte er, einem Römer, einem Verwandten des Valerius Gratus, des vormaligen kaiserlichen Legaten in Syrien. Alles dort schien durchdrungen von lieblichem Frieden und Latiums

Grazie. Ein üppiger glatter Rasenteppich streckte sich hangab bis zu einer von Lavendelsträuchern gesäumten Allee, und mitten in sein Grün schrieben scharlachrote Blumen die Initialen des Valerius Gratus. Ringsum verstreut, in von Myrte gerahmten Rosen- und Lilienbeeten, ragten edle Vasen aus spiegelndem korinthischem Marmor auf, mit wallendem Bärenklau. Ein Sklave, in grauer Kapuze, stutzte eine Eibe auf die Form einer Urne zurecht, daneben ein hoher Buchsbaum, dem er bereits voll Geschick die Gestalt einer Lyra gegeben hatte. Hausgeflügel pickte auf dem mit scharlachfarbenem Sand bestreuten Boden einer Platanenallee, wo Efeu sich von Stamm zu Stamm rankte, in Girlanden, wie sie die Tempel schmücken; und Lorbeerzweige breiteten Schatten über die Nacktheit der Statuen. In einer Rebenlaube, beim Gesang verträumten Wassers, das sich murmelnd in ein Bronzebecken ergoß, saß friedvoll, lächelnd und glücklich ein in eine Toga gehüllter Greis neben einem Standbild des Äskulap und las in einer langen Papyrusrolle, während ein Mädchen, ganz in weißem Leinen und mit einem goldenen Pfeil in den Zöpfen, aus den Blumen in seinem Schoß einen Kranz flocht ... Als wir vorbeiritten, hob sie die hellen Augen. Topsius rief: „Oh, salve pulcherrima!" Ich rief: „Viva la gracia!" Und in den blühenden Granatapfelbäumen sangen die Amseln.

Weiter fort hielt mich der redselige Topsius abermals an, wies auf ein weiteres Landhaus, das dunkel und streng zwischen Zypressen lag, und verriet mir mit leiser Stimme, es gehöre Osanias, einem reichen Jerusalemer Sadduzäer aus der Priesterfamilie des Beothos und Mitglied des Hohen Rates. Keinerlei heidnisches Zierwerk profanierte seine Mauern. So quadratisch, verschlossen und steif, drückte es die Strenge des Gesetzes aus. Aber die geräumigen strohgedeckten Speicher, die Keltern und Weinberge verrieten, daß all dieser Reichtum von den harten Tributen herrührte: im Hof reichte ein Dutzend Sklaven kaum aus, die Getreidesäcke, Weinschläuche und rot markierten Schafe zu bewachen, die bei dem an diesem Passatag fälligen Zehnten als Abgabe eingenommen worden waren. An der

Straße, frisch geweißt und von protziger Frömmigkeit, strahlte in der Sonne zwischen Rosenbüschen das Grabmal der Familie.

Und weiterreitend, gelangten wir zu den Palmenhainen, in die Bethphage sich schmiegt. Auf einem Umgehungsweg, den Topsius kannte, stiegen wir den Ölberg hinan, bis zum „Kelter der Moabiterin“, einer Raststelle für Karawanen auf dieser endlosen uralten Königsstraße, die von Ägypten nach Damaskus, dem reich Bewässerten, führt.

Eine Sinnestäuschung schien es uns, als wir, auf den Bergrücken gelangt, in den Olivenhainen den Hang hinab bis ins Kidrontal, in der Obstpflanzung bis hin nach Siloah, mitten zwischen den neuen Gräbern der Opferpriester, und nach der Seite hin, wo die Straße von Hebron her ihren Staub aufwirbelt, eine ganze kampierende Völkerschaft beim lauten Erwachen vorfanden: schwarze Wüstenzelte aus Schafhäuten und von Steinen umgeben; Leinenzelte der Leute aus Idumäa, von der Sonne in all dem Grün hell angestrahlt; Laubhütten, darunter die Hirten aus Askalon Unterschlupf gesucht; Mattenzelte, wie sie die Pilger aus Naphthali an Zedernstangen befestigen – ganz Judäa hatte sich vor Jerusalems Toren niedergelassen, um das heilige Passafest feierlich zu begehen. Und da waren noch, rings um ein Anwesen, wo eine Legionärswache Posten hielt, die griechischen Händler der Dekapolis, die phönikischen Weber aus Tiberias als auch die Heidnischen, die über Samaria von Caesarea und vom Meer her gekommen waren.

Bedächtig und achtsam ritten wir dahin. Im Schatten der Ölbäume widerkäuten träge die von ihren Lasten befreiten Kamele, und die Stuten aus Peräa, mit gefesselten Beinen, ließen den Kopf mit den dichten, langen Mähnen hängen. Neben den Zelten, in deren Inneren man durch einen Tuchspalt aufgehängte Waffen oder irgendeinen emaillierten großen Teller gleißen sah, mahlten Mädchen mit nackten und von glänzenden Ringen geschmückten Armen zwischen zwei Steinen den Roggen, andere molken die Ziegen, überall wurden helle Feuer angefacht, und mit den

Kindern an der Hand und den schlanken Krug auf der Schulter stiegen Frauen in langer Schlange singend zur Siloahquelle hinunter.

Unsere Pferde stolperten über die straff gespannten Schnüre der Idumäerzelte. Dann endlich saßen wir ab, vor aufgeschlagenen Teppichen, auf denen ein Händler aus Caesarea in einem mit Blumenstickerei reichverzierten karthagischen Umhang ägyptische Leinen ausbreitete, Seidengewebe aus Kos feilbot, mit Intarsien geschmückte Waffen prangen ließ oder, ein Fläschchen in jeder Hand, die Vollkommenheiten der assyrischen Narde und der süßen Öle aus Parthien pries ... Die Menschen ringsum wichen vor uns zurück, musterten uns mit ihren glutvollen und stolz dreinblickenden Augen; hier und da preßte einer einen leisen Fluch hervor, oder der Kneifer des gelehrten Topsius reizte zu einem spöttischen Lachen, das inmitten rauhen schwarzen Barthaars scharfe Raubtierzähne freilegte.

Unter den Bäumen, an Mauern gelehnt, winselten Reihen von Bettlern, zeigten ihr Lumpenzeug und kratzten sich die Wunden. Vor einer Hütte aus Lorbeerzweigen rief ein dicker Alter, hochrot wie ein Silen, jungen Wein von Sichem aus und frische Aprilbohnen. Die dunkelhäutigen Wüstensöhne drängten sich um die Obstkörbe. Ein Hirte aus Askalon, auf Stelzen inmitten seiner Herde weißer Schafe, blies ein Horn und rief die Frommen zum Kauf des reinen Osterlamms. In der Menge, wo immer wieder Stöcke hochschwangen und es jähen Zank gab, machten römische Soldaten paarweise Streifengang, mild und väterlich, mit einem Ölzweig am Helm.

So kamen wir vor zwei dichtbelaubte hohe Zedern, um die herum weiße Tauben so rege flatterten, daß sie Apfelbäumen im Frühling glichen, von denen der Wind die Blüten weht. Topsius blieb ruckartig stehen und breitete die Arme aus, ich desgleichen, und stockenden Herzens standen wir da, wie geblendet, denn dort unten, im Licht, erstrahlte Jerusalem.

Jerusalem prunkhaft im Sonnenlicht gebadet! Eine gestrenge, stolze Mauer mit neuen Türmen und mit Toren, wo sich Steinmetzarbeit und Goldverzierung mischten, ragte über dem Steilhang des in der Hitze des Nisan schon versiegten Kidron auf und schlang sich, Zion umgürtend, nach der Seite von Hinnom hin, bis zum Höhenzug des Gareb. Und drin in der Stadt, gegenüber den Zedern, die uns beschatteten, auf seinen ewigen Fundamenten und gebaut aus poliertem Granit und mit Marmorzinnen versehen, prangte in erhabenem Glanz der Tempel, schien er ganz Jerusalem zu beherrschen – gleichsam blitzende Zitadelle eines Gottes!

Topsius, der Wissende, auf den Hals des Pferdes gestützt, zeigte mir den Tempelhauptplatz, genannt „Vorhof der Heiden", der ausreichend Raum bot, Israels Scharen aufzunehmen und all die Massen aus den heidnischen Landstrichen; der glatte Boden blendete wie der klare Wasserspiegel eines Weihers, und die Säulen aus Marmor von Paros, die ihn umgaben und die tiefe und angenehm erfrischende Säulenhalle Salomos bildeten, waren dicker als die Stämme in Jerichos Palmenwald. Inmitten dieses luftigen und sonnenhellen Platzes ragte mit glänzenden, alabasterähnlichen Freitreppen, silberbeschlagenen Pforten, Bögen und Türmen, um die herum Tauben schwirrten, eine prächtige Terrasse auf, die nur den Gesetzestreuen zugänglich war, Gottes auserwähltem Volk – das stolze „Atrium Israels". Dort erhob sich, mit ebenfalls hellen Freitreppen, eine weitere weiße Terrasse, das „Atrium der Priester"; in dem diffusen Glanz stand ein riesiger schwarzer Altar aus unbehauenen Steinen, an dessen Ecken jeweils ein düsteres bronzenes Horn emporragte, und zu beiden Seiten stieg je eine lange Rauchsäule senkrecht in die Höhe, tauchte in die Bläue mit der Erhabenheit eines ewigen Gebets. Und im Hintergrund, die Augen noch stärker blendend mit seinem Goldzierat über dem Marmorweiß, gleichsam aus lauterem Gold und reinem Schnee, blitzte wundervoll, sandte seinen hellen Schein zu den Bergen ringsum der Hieron – das Heiligtum der Heiligtümer, die Wohnstatt Jahwes. Über seiner Pforte hing der zu Babylon gewebte Mystische Schleier von der Farbe des Feuers und der Farbe der Meere; die Wände hinauf kletterte ein smaragdener Rebstock mit Traubenbüscheln aus anderem Edelgestein; die Kuppel war umgürtet von langen Lanzen aus Gold, die das Heiligtum sonnegleich in einen Strahlenkranz hüllten. Gleißend, triumphal, erhebend und kostbar reckte sich der Tempel auf zu diesem österlichen Himmel, bot er sich ihm gänzlich dar, als schönste und einzigartige Opfergabe der Erde!

Nahe dem Tempel und höher als dieser, ihn beherrschend mit der Strenge eines stolzen Adelsherrn, erhob sich, mir von Topsius ebenfalls angezeigt, die schwarze, wuchtige Burg Antonia, die uneinnehmbare Zitadelle der römischen Streitmacht. Auf der Plattform, zwischen den Zinnen, regten sich bewaffnete Gestalten; auf einer der Bastionen streckte eine kraftvolle Person im roten Mantel des Zenturios den Arm aus; und matte Hornsignale schienen zu rufen, Kommandos zu geben, nach anderen Türmen hin, die sich in der hellen Ferne bläulich abhoben und ringsum die Heilige Stadt in Fesseln legten. Caesar schien mir stärker als Jahwe!

Und Topsius zeigte mir, jenseits der Burg Antonia, auch noch die alte Davidsstadt: ein Haufen gedrungener, vor blauem Hintergrund kalkfarben sich abhebender Hütten, die wie eine Herde weißer Ziegen in ein noch schattenverhülltes Tal hinabstiegen, wo sich ein arkadenumsäumter geräumiger Platz auftat, von da gewundene Gäßchen, sich verstreuend, den gegenüberliegenden Hügel von Akra sich hinaufschlängelten, zerspellten, aufgingen in der reichen Burg mit ihren Palästen und runden Zisternen, die im strahlenden Licht stählernen Schilden glichen. Und noch weiter fort, jenseits der alten geschleiften Mauern, lag der im Aufbau befindliche neue Stadtteil Bezetha; dort wölbte auch der Zirkus des Herodes seine Bögen, und die Gärten des Antipas, sonnenbeschienen und frisch bewässert von den süßen Wassern des Rogelbrunnens, dehnten sich auf einem letzten Plateau hin, bis nahe an das Grab der Helena.

„O Topsius, welch eine Stadt!“ murmelte ich verzückt.

„Rabbi Elieser sagt, daß, wer Jerusalem nicht gesehen, noch nie eine schöne Stadt vor Augen hatte."

An uns vorbei indessen eilten freudig gestimmte Menschen, liefen auf die grüne Straße zu, die von Bethanien heraufführt. Und ein Greis, der seinen mit Palmbündeln beladenen Esel antrieb, rief uns zu, die Karawane aus Galiläa sei gesichtet, sei im Anmarsch. Da trotteten wir, neugierig, bis zu einem Erdhügel, neben einer Kaktushecke, wo sich schon Frauen mit Kindern auf dem Arm drängten, helle Schleier schwenkten und Willkommensgrüße und Worte des Segens riefen. Und dann sahen wir in einer langsam wallenden, von der Sonne vergoldeten Staubwolke den dichten Troß der Pilger aus Obergaliläa, Gischala und den Bergen kommen; in Anbetracht des weiten Wegs ziehen sie als letzte in Jerusalem ein. Gesänge erfüllten die festlichen Straßen. Um eine grüne Standarte herum wurden Palmwedel und blühende Mandelzweige geschwenkt, und die großen Lasten auf dem Rücken der Kamele schwankten zwischen den dichten weißen Turbanen im Gleichmaß des Marsches.

Sechs Reiter der babylonischen Garde des Antipas Herodes, Tetrarch von Galiläa, eskortierten die Karawane seit Tiberias. Sie trugen Mitren aus Filz, in Flechten geteilte lange Bärte, und die Beine umwunden mit gelben Lederriemen. Sie brachten ihre Pferde an der Spitze des Zuges zum Tänzeln, ließen die Kordelpeitsche knallen und warfen mit der anderen Hand blitzende Krummsäbel in die Höhe, die sie wieder auffingen. Hinterdrein folgte eine Abordnung von Leviten, mit ausgreifendem Schritt, gestützt auf blumengeschmückte Pilgerstäbe, die Gesetzesrollen an die Brust gedrückt, und sie psalmodierten kraftvoll Zions Lobpreis. Und rings um sie bliesen robuste Jünglinge mit geröteten Plusterbacken ihre gewundenen, gen Himmel gerichteten Bronzehörner.

Aber aus der am Straßenrand stehenden Menge erscholl nun ein Jubelruf. Es war ein Alter, ohne Turban, mit wirrem Haar, der sich einreihte und frenetisch tanzte, in den fuchtelnden Händen klappernde Kastagnetten. Er schlenkerte mit dem einen Bein, dann mit dem anderen, und sein bärtiges König-David-Gesicht glühte wie innerlich erleuchtet. Hinter ihm hüpften junge Mädchen rhythmisch auf den Sandalenspitzen und zupften mit Schmerzgesichtern leichte Harfen, andere drehten sich im Kreis und schlugen laut die Tamburine – und ihre silbernen Fußringe glänzten im Staub, den ihre Sohlen unter dem Rund der wallenden Tuniken aufwirbelten ... Dann stimmte die Masse jäh den alten Gesang der Ritenfesttage an und die Psalmen der Pilgerreise.

„All meine Schritte, o Jerusalem, lenk ich zu dir! Du bist vollkommen! Wer dich liebt, der kennt den Überfluß!"

Ich, gleichfalls mitgerissen, schrie aus vollem Halse: „Du, o Jerusalem, bist des Herrn Palast und Hort meines Herzens!"

Langsam und geräuschvoll zog die Karawane vorbei. Die Frauen der Leviten, auf Eseln, verschleiert und verhüllt, glichen großen weichen Säcken. Die Ärmsten unter ihnen, zu Fuß, trugen in ihren Schößen Früchte und Haferkorn. Die Vorausschauenden hatten sich bereits mit dem Opfer für den Herrn versehen und zerrten, am Gürtel befestigt, ein weißes Lamm hinter sich her; die Stärksten hatten die Kranken untergefaßt, deren weit aufgerissene Augen in den ausgemergelten Gesichtern begierig Ausschau hielten nach den Mauern der Heiligen Stadt, wo jedes Leiden Heilung findet.

Pilger und fröhlich gestimmte Menge wechselten laut und begeistert Segenswünsche; einige erkundigten sich nach den Nachbarn, nach dem Stand der Saaten oder nach den Großeltern, die daheim im Dorf geblieben waren, im Schatten ihres Weinbergs. Als ein neben mir stehender Alter, mit Abrahamsbart, erfuhr, daß man ihm seinen Mahlstein gestohlen hatte, warf er sich auf die Erde, raufte sich die Haare, zerriß sich die Tunika. Aber dann endete der Zug, schon kamen die von Glöckchen gezierten Maultiere, beladen mit Holz und mit Schläuchen voll Öl; und hinterdrein eine Meute Fanatiker, die sich in der nahen Umgebung, in Bethphage und in Rephaim der Karawane angeschlossen hatten, mit geleerten Weinkalebassen um sich warfen, Messer schwenkten, „Tod den Samaritern!“ riefen und das Heidenvolk tätlich bedrohten.

Da folgte ich Topsius, wir ritten über den Berg zurück zu den von weißen Tauben umschwirrten Zedern, und in dem Augenblick gewahrten auch die Pilger, aus der Biegung marschierend, Jerusalem, das da unten herrlich und licht in seinem Weiß strahlte ... Jäh war es ein vielstimmiges, loderndes, heiliges Verzücken! Die Menge sank auf die Knie, schlug die Stirn gegen die harte Erde. Ein Gemurmel von Gebeten, vermischt mit dem gellenden Schrei der Menge, stieg zum reinen Himmel auf; die Frauen hoben die Kinder in die Höhe, boten sie ungestüm dem Herrn dar! Einige Männer standen da wie entsetzt vor Zions so gewaltigem Glanz, und heiße Tränen des Glaubens und der frommen Liebe rollten über ihre barbarischen wilden Bärte. Die Alten wiesen mit dem Finger auf die Terrassen des Tempels, auf die alten Gassen, die heiligen Stätten der Geschichte Israels: „Da ist das Ephraimtor, dort ist der Ofenturm, jene weißen Steine dort sind Rahels Grab ...“ Und die da dicht gedrängt lauschten, klatschten in die Hände und riefen: „Gesegnet seist du, Zion!“ Andere, ganz verwirrt, mit gelöstem Gürtel, hasteten, stolperten über die Zeltschnüre, über die Obstkörbe, eilten davon, römisches Geld zu tauschen und das Opferlamm zu kaufen. Zwischen den Bäumen zuweilen schwang hell, fein und unschuldsvoll ein Lied – die Erde schien einen Augenblick zu lauschen, und auch der Himmel. Friedvoll glänzte Zion, vom Tempel stiegen die zwei Rauchsäulen langsam auf, ohne Ende, wie ein ewig währendes Gebet ... Dann erstarb der Gesang, wieder hallten laut die Segensrufe. Juda versenkte sich mit ganzer Seele in den Glanz des Heiligtums, und magere Arme streckten sich frenetisch empor, Jahwe zu umarmen.

Plötzlich packte Topsius mein Pferd an den Zügeln, denn fast unmittelbar neben mir sprang hinter einem Ölbaum ein Mann hervor, mit irrem Blick, in safranfarbener Tunika; er schwang ein Schwert, sprang auf einen Stein und schrie verzweifelt: „Männer aus Galiläa, zu Hilfe! Und ihr, Männer aus Naphthali! ..."

Pilger liefen herbei, Stöcke schwingend; und die Frauen kamen aus den Zelten, bleich, drückten die Kinder an die Brust. Der Mann ließ das Schwert in der Luft blitzen, er selber zitterte am ganzen Leib, und abermals schrie er, verzweifelt: „Männer aus Galiläa, sie haben Rabbi Jeschua festgenommen! Männer aus Naphthali, sie haben Rabbi Jeschua in Hannas' Haus entführt!"

„Dom Raposo", sprach Topsius, mit funkelnden Augen, „sie haben besagten Mann gefangengesetzt, und er ist bereits vor dem Hohen Rat erschienen! ... Geschwind, geschwind, Freund, auf nach Jerusalem, zu Gamaliels Haus!"

Und zur Stunde, da im Tempel das Duftopfer dargebracht wurde und die Sonne schon hoch über Hebron stand, tauchten Topsius und ich, im Schritt reitend, durch das Fischtor in eine Gasse des alten Jerusalem. Diese war abschüssig, gewunden, staubig, mit niederen ärmlichen Ziegelhäusern; über den Türen und über den schmalen Gitterfenstern hingen, mit Riemen verzurrt, als Osterschmuck grünes Laub und geflochtene Palmwedel. Auf den von Ballustraden umgebenen Terrassen schüttelten emsige Frauen die Fußmatten, siebten Getreide, andere hängten zur rituellen Illuminierung Tonlampen an Girlanden und schwatzten dabei.

Neben uns her lief müde ein ägyptischer Harfenspieler mit einer scharlachroten Feder in der frisierten Perücke; ein weißes Leinen umhüllte seine schlanken Hüften, an den Armen hingen massive Reife, und die Harfe auf dem Rücken, gekrümmt wie eine Sichel, war mit Lotosblütenintarsien verziert. Topsius fragte ihn, ob er aus Alexandria käme. Und ob man in den Tavernen des Eunostos noch die Schlacht bei Aktium besänge. Der Mann zeigte mit traurigem Lachen seine langen Zähne, setzte sogleich die Harfe ab und wollte die Saiten zupfen ... Wir gaben den Pferden die Sporen und erschreckten zwei Frauen, die, in gelben

Schleiern und mit Taubenpärchen unter ihrem Mantel, anscheinend eilig zum Tempel strebten, beschwingt und leicht, mit klingenden Glöckchen an ihren Sandalen.

Hier und da brannte ein Feuer mitten auf der Straße, darüber auf Dreifüßen Kasserollen, denen widerlicher Knoblauchgeruch entströmte. Kinder mit dicken Bäuchen wälzten sich nackt im Staub, knabberten hungrig an Kürbisschalen und musterten uns erschrocken mit langwimprigen, großen Augen, um die herum Fliegen schwärmten. Vor einer Schmiede wartete ein Trupp struppiger Hirten aus Moab, während drin, von Funken umsprüht, die Gesellen ihnen neue Eisen für ihre Lanzen hämmerten. Ein Neger, dessen krauses Haar ein Schmuckkamm in Gestalt einer Sonne zierte, bot mit rauher Stimme Roggengebäck von obszönen Formen feil.

Schweigend überquerten wir einen hellen, gepflasterten Platz, der gerade instand gesetzt wurde. Im Hintergrund ein modernes Badehaus, eine römische Therme, prunkhaft und langweilig, mit weiten Portikusbögen aus Granit; im Innenhof, unter Frische spendenden Platanen, an deren Zweigen Sonnensegel aus weißem Leinen hingen, eilten nackte, schweißig glänzende Sklaven hin und her, trugen Gefäße mit Essenzen und Mengen von Blüten; die vergitterten Öffnungen im Fliesenfußboden verströmten einen lieblichen, nach Rose duftenden Gluthauch. Und vor einer der Säulen der Vorhalle, wo ein Schild aus Onyx den Eingang für Frauen anzeigte, stand aufrecht, unbeweglich, sich wie ein Idol den Wünschen darbietend, ein wundervolles weibliches Wesen; über ihrem runden Gesicht von dem Weiß eines Vollmonds, mit wulstigen, blutroten Lippen, türmte sich die gelbe Mitra der babylonischen Prostituierten. Von ihren starken Schultern, über ihre prallen, spitzen Brüste herab, fiel in straffen Brokatfalten eine schwarze, mit leuchtenden goldgestickten Blumen besetzte Tunika. In der Hand hielt sie eine Kaktusblüte; und ihre schweren Lider, mit dichten Wimpern, öffneten und schlossen sich rhythmisch zu den Schwingungen eines Fächers, den eine singend zu ihren Füßen hockende Negersklavin hin und her bewegte. Wenn sich ihre Augen schlossen, schien ringsum alles in Dunkelheit zu versinken; und hob sich der schwarze Vorhang ihrer Wimpern, dann verstrahlten ihre Pupillen einen hellen Schein, wie die mittägliche Wüstenlohe, die zugleich traurig stimmt. So bot sie sich dar, wundervoll anzusehen ihre straffen, marmorähnlichen Glieder und ihre goldrote Mitra, die an die Riten der Astarte und des Adonis erinnerte, lasziv und hohepriesterlich.

Ich faßte Topsius am Arm und murmelte, bleich: „Caramba! Mir ist jetzt nach Bad!"

Topsius, trocken und steif in seinem weißen Umhang, entgegnete schroff: „Auf uns wartet Gamaliel, Sohn des Simeon. Und die Weisheit der Rabbis sagt, daß die Frau der Weg des Bösen ist!"

Unverhofft bog er in ein finsteres, gänzlich überdachtes Gäßchen ein. Die Hufe unserer Pferde dröhnten auf dem Pflaster, Hunde bellten uns an, Bettler, die zuhauf da im Dunkel hockten, verwünschten uns. Dann passierten wir durch eine Bresche die alte Mauer des Hiskia, kamen vorbei an einer alten ausgetrockneten Zisterne, wo die Eidechsen schliefen, trotteten durch den losen Staub einer langen Gasse, zwischen getünchten, hellen Mauern und geteerten Toren. Wir hielten vor einem vornehmeren Portal in Bogenform, das mit einem niedrigen Messinggitter versehen war, damit die Skorpione abgehalten wurden: Es war Gamaliels Haus.

In der Mitte eines mit Ziegeln gepflasterten Hofs, der in der Sonne glühte, schirmte ein Zitronenbaum das klare Wasser eines Bassins. Ringsherum, auf Marmorpilastern, eine stille, kühle Veranda, von der hier und da ein blumenbestickter assyrischer Teppich hing. Im Zenit glänzte ein strahlendes Blau. Und in der Ecke unter einem Vordach hockte, wie ein Tier mit Stricken an einen eisenbeschlagenen Pflock angebunden, ein narbenbedeckter Neger und drehte langsam den ächzenden großen Mahlstein der Hausmühle.

Im Dunkel einer Tür erschien ein bartloser, dicker

Mann, fast so gelb wie die schlaffe Tunika, die ihn ganz einhüllte. In der Hand hielt er einen Elfenbeinstab, und nur schwer konnte er die Augenlider offenhalten.

„Dein Herr?“ rief Topsius ihm zu und stieg vom Pferd.

„Tretet ein“, sprach der Mann mit einer flüchtigen Stimme, so fein wie das Zischeln einer Schlange.

Über eine reichverzierte Treppe aus schwarzem Granit gelangten wir zu einem Treppenabsatz, wo zwei Kandelaber aufragten, schlank wie zwei blattlose Stämme, die sie in Bronze darstellten, und zwischen ihnen stand Gamaliel, Sohn des Simeon, und erwartete uns. Er war sehr groß, sehr hager, und der geschniegelte, parfümierte Bart hing ihm auf die Brust herab, auf der an einem scharlachfarbenen Band ein Korallensiegel prangte. Sein mit Perlenschnüren verzierter weißer Turban gab einen Streifen Pergament frei, der ihm an der Stirn klebte und mit heiligen Texten vollbeschrieben war. Unter diesem Weiß wirkten die tiefliegenden Augen wie ein kaltes, hartes Blitzen. Seine lange blaue Tunika fiel ihm herab bis auf die Sandalen, und ihre Fransen schleiften den Boden. An die Ärmel genäht, um den Puls herum, trug er weitere Pergamentstreifen mit rituellen Texten in schwarzer Schrift.

Topsius grüßte ihn nach ägyptischer Art, indem er seine Hand langsam bis zur Kniebeuge seiner Glanztafthose senkte. Gamaliel streckte die Arme vor und murmelte psalmodierend: „Tretet ein, seid willkommen, speist und vergnügt euch ...“

Und hinter Gamaliel, über einen hallenden Mosaikfußboden, traten wir in einen Saal, in dem wir drei Männer vorfanden. Einer, der sich von dem Fenster löste, um uns zu empfangen, war von erhabener Schönheit: er hatte kastanienbraune, lange Haare, die sich ihm lieblich um den kräftigen, weichen und wie korinthischer Marmor so weißen Hals kringelten. Aus der schwarzen Schärpe, die seine Tunika umschloß, ragte der mit Edelsteinen besetzte goldene Knauf eines Kurzschwertes. Der andere, glatzköpfig, aufgedunsen, augenbrauenlos und mit so bleichem Gesicht, daß es von Mehl bestreut schien, blieb auf seiner mit

Riemen bespannten Liege hocken, eingehüllt in einen weinroten Mantel, unter jedem Arm ein purpurnes Kissen. Und er grüßte mit einer oberflächlichen Geste, die hochmütiger wirkte, als würde man einem Fremden ein Almosen hinwerfen. Aber Topsius hatte sich fast auf die Knie geworfen, um ihm die runden, mit Goldfäden verschnürten Schuhe aus gelbem Leder zu küssen, denn dieser Mann war der hochverehrte Osanias aus der hohenpriesterlichen Familie des Beothos und entfernt noch vom königlichen Geblüt des Aristobulos! Den anderen Mann grüßten wir nicht, ebensowenig nahm er von uns Notiz; er hockte in einer Ecke, das Gesicht unter einer Tunika verborgen, die heller war als frischer Schnee, und wie in ein Gebet versunken; nur gelegentlich bewegte er sich, wischte er die Hände an einem Tuch vom zarten Weiß der Tunika ab, das ihm an einem nach Mönchsart um die Taille gebundenen und mit Knoten besetzten dicken Strick hing.

Während ich meine Handschuhe abstreifte, nahm ich die Decke des Saals in Augenschein, die gänzlich aus Zedernholz war und scharlachfarben bemalt. Das glatte, leuchtende Blau der Wände war die Fortsetzung jenes heißen und reinen Orienthimmels, der zum Fenster hereinstrahlte, in dessen Geviert, draußen im vollen Licht an der Mauer hängend, ein einsamer Geißblattzweig prangte. Auf einem Dreifuß mit Perlmuttintarsien ruhte ein Weihrauchgefäß, in dem ein aromatisches Harz qualmte.

Gamaliel war herangetreten. Er musterte streng meine Reitstiefel und sprach bedächtig: „Der Weg vom Jordan hierher ist lang, ihr werdet sehr hungrig sein . . ."

Ich verneinte leise und höflich. Er indes, so gemessen, als rezitierte er einen Text, fuhr fort: „Die Mittagsstunde ist dem Herrn die liebste. Joseph sprach zu Benjamin: ‚Du wirst mit mir zu Mittag speisen.' Doch genauso hat der Allerhabene, Allmächtige Gefallen an der Freude des Gastes . . . Ihr seid geschwächt, begebt euch zu Tisch, auf daß eure Seele mich segne."

Er klatschte in die Hände; ein Sklave, dessen Haare ein metallenes Diadem zusammenhielt, brachte eine Kanne warmen, nach Rosen duftenden Wassers, darin ich mir die Hände reinigte; ein weiterer bot mir Honigkügelchen auf üppig grünen Rebenblättern an, ein dritter servierte in glänzenden Tonbechern starken dunklen Wein aus Emmaus. Und damit der Gast nicht allein äße, teilte er einen Granatapfel, und mit geschlossenen Lidern führte er einen Napf an die Lippen, in dem zwischen Apfelsinenblüten Eisstückchen schwammen.

„Nun, jetzt habe ich eine Grundlage bis zum Mittagessen", sagte ich und leckte mir die Finger ab.

„Möge deine Seele sich freuen!"

Ich steckte mir eine Zigarette an und neigte mich aus dem Fenster. Gamaliels Haus lag auf einer Anhöhe, sicherlich hinter dem Tempel, auf dem Ophelhügel; dort war die Luft so süß und weich, daß allein schon ihre Liebkosung einem das Herz mit Frieden erfüllte. Unterhalb zog sich die von Herodes dem Großen erbaute Mauer hin, und jenseits blühten Gärten und Obstanlagen, spendeten dem Tal des Rogelbrunnens Schatten und stiegen bis zum Hügel hinan, auf dem weiß und frisch die getünchten Häuser von Siloah schimmerten. Durch einen Spalt, zwischen dem Berg des Ärgernisses und dem Hügel der Grabmale, sah ich fern das Tote Meer leuchten, wie ein Silbertablett, dahinter wogten sanft die Berge von Moab, von ein bißchen tieferem Blau als das des Himmels; und etwas Weißes, das im Hitzeflimmern mitzuschwingen schien, das mußte die Zitadelle von Machärus sein, auf ihrem Fels, an der Grenze zu Idumäa. Auf der grasbedeckten Terrasse eines Hauses, zu Füßen der Mauer, verharrte im Schatten eines hohen und mit Glöckchen behängten Sonnenschirms reglos eine Gestalt und schaute gleich mir hinein in diese Weiten Arabiens. Neben ihr stand, leicht und schlank, ein Mädchen mit erhobenen nackten Armen und lockte einen Schwarm Tauben, die um sie herumschwirrten. Die geöffnete Tunika gab ihren kleinen, vollen Busen frei; sie war dunkelhaarig, sonnengebräunt und so hübsch, daß ich ihr in der Stille der Luft beinahe einen Kuß zugeworfen hätte ... Doch ich drehte mich um, als ich Gamaliel mit den Worten jenes in den Purpurmantel gehüllten Mannes vom Ölberg sagen hörte: „Jawohl, vergangene Nacht haben sie in Bethanien Rabbi Jeschua festgenommen ..."

Dann, mit halbgeschlossenen Augen und an seinen langen Barthaaren nestelnd, fügte er bedächtig hinzu: „Aber Pontius hatte Skrupel ... Es widerstrebte ihm, einen Mann aus Galiläa zu verurteilen, der ja ein Untergebener des Antipas Herodes ist ... Und da der Tetrarch zum Passafest nach Jerusalem gekommen ist, hat Pontius den Rabbi zu dessen Sitz geschickt, nach Bezetha ..."

Die gelehrten Brillengläser von Topsius blitzten erschrocken.

„Merkwürdig!" rief er und breitete seine mageren Arme aus. „Pontius mit Skrupeln! Pontius, der Pedant! Seit wann respektiert ein Pontius die Rechtsprechung des Tetrarchen? Hat er doch eine Menge armer Galiläer ohne Einverständnis des Tetrarchen umbringen lassen, damals, beim Aufstand um den Aquädukt, als römische Schwerter auf Geheiß des Pontius in den Tempelhöfen das Blut der Männer aus Naphthali zum Blut der Opferstiere mischten!"

Gamaliel murmelte finster: „Der Römer ist grausam, jedoch bis zum Äußersten ein Sklave des Gesetzes."

Darauf sagte Osanias, Sproß des Beothos, mit einem weichen Lächeln seines zahnlosen Mundes und indem er über dem Purpur der Kissen die von Ringen glänzenden Hände leicht bewegte: „Oder vielleicht, weil die Frau des Pontius den Rabbi unter ihrem Schutz hat."

Gamaliel fluchte dumpf die Schamlosigkeit der Römerin. Und weil Topsius' Brillengläser den verehrten Osanias fragend anschauten, tat der verwundert, daß der Doktor nichts wußte von diesen Dingen, die im Tempel so sehr Tagesgespräch waren, daß selbst die Hirten, die aus Idumäa kamen, um ihre Opferlämmer zu verkaufen, darüber schwätzten. Nämlich immer, wenn der Rabbi in der Säulenhalle Salomos, neben dem Susator, predigte, erschien Claudia in einem schwarzen Schleier auf der Terrasse der Burg Antonia, um ihn von da aus zu sehen ... Menahem, der im Monat Tebeth die Freitreppe der Edlen bewachte, war Zeuge gewesen, wie die Frau des Pontius dem Rabbi mit ihrem Schleier zuwinkte. Und vielleicht war Claudia – überdrüssig Capreias, aller Wagenlenker des Zirkus, aller Possenreißer Suburras als auch der Spiele in Atalante, die dem Sänger Accius die Stimme raubten – nach Syrien gekommen, um auszuprobieren, wie die Küsse eines Propheten aus Galiläa schmeckten ...

Der Mann im weißen Leinen hob plötzlich das Gesicht, schüttelte die Kapuze vom wirren Schopf; seine großen blauen Augen waren ein grelles Blitzezucken im Raum, das aber gleich wieder verlosch unter den demutsschwer niedersinkenden Lidern ... Er murmelte gemessen und ernst: „Osanias, der Rabbi ist keusch!"

Der Alte lachte behäbig. Keusch, der Rabbi! Und diese Galiläerin aus Magdala, die im Stadtviertel Bezetha wohnte und sich zu den Purimfesten vor den Toren des Herodestheaters unter die griechischen Prostituierten mischte? ... Und Johanna, die Frau des Khosna, eines der Köche des Antipas. Und eine weitere aus Ephraim, Susanna, die eines Nachts, auf eine Geste des Rabbis hin, einem Wink seiner Begierde folgend, den Webstuhl verließ, die Kinder zurückließ und ihm, mit den Ersparnissen des Hauses im Mantelschoß verborgen, bis Caesarea gefolgt war? ...

„O Osanias!" rief da der schöne Mann mit dem edelsteinbesetzten Schwert und klatschte belustigt in die Hände. „Du Sohn des Beothos, wie kennst du doch eine um die andere alle Zügellosigkeit irgendeines galiläischen Rabbi, Sohn der Erdengräser und elender denn diese selbst. Immerhin handelt es sich nicht um Aelius Lamma, unseren kaiserlichen Legaten, den der Herr mit Plagen strafen möge!"

Osanias' Augen, klein wie zwei Rosenkranzperlen aus schwarzem Glas, funkelten scharf und durchtrieben.

„O Manasse! Es ist ja nur, damit ihr anderen, die Patrioten, die reinen Erben des Judas aus Gaulanitis, uns nicht fortgesetzt beschuldigt, uns Sadduzäer, daß wir lediglich wissen, was sich im Atrium der Priester und auf den Terrassen von Hannas' Haus tut ..."

Ein rauher Husten unterbrach ihn für einen Moment und verhallte unter dem Saum des Mantels, in den er sich fest einhüllte. Dann, hinfälliger, mit blauroten Flecken im mehlig bleichen Gesicht, fuhr er fort: „In Wahrheit haben wir dies just im Hause des Hannas erfahren, von Menahem, während wir alle gemeinsam unter den Rebstöcken spazierten ... Und er erzählte sogar, daß dieser Rabbi aus Galiläa in seiner Schamlosigkeit so weit ging, heidnische Frauen zu berühren und noch andere, unreinere als die Schweine ... Ein Levit war Zeuge, wie er sich auf der Straße nach Sichem mit einer Frau aus Samaria hinter einer Brunnenbrüstung gluterhitzt erhob!"

Der in weißes Leinen gehüllte Mann richtete sich plötzlich hoch auf, bebend, mit einem Schrei, in dem der ganze Schauder dessen hervorbricht, der Zeuge einer Altarschändung wurde.

Gamaliel aber musterte ihn mit herrischem, mit hartem Blick und rief: „O Gad! Dreißig Jahre ist der Rabbi und nicht verheiratet! Was ist seine Arbeit? Wo ist das Feld, das er bestellt? Hat einer jemals seinen Weinberg gesehen? Auf Straßen vagabundiert er und lebt von dem, was ihm diese ausschweifenden Weiber geben! Und was anderes tun denn diese bartlosen Burschen von Sybaris und Lesbos, die den ganzen Tag auf der Gerichtsstraße umherspazieren und die ihr, die Essener, dermaßen verabscheut, daß ihr, wenn einer von denen euch gestreift hat, eure Gewänder sogleich in einer Zisterne wascht? ... Du hast es gehört, Osanias, Sohn des Beothos ... Einzig Jahwe ist groß! Wahrlich, ich sage dir, wenn der Rabbi Jeschua, das Gesetz mißachtend, einer Ehebrecherin die Sünde vergibt und dadurch die Einfältigen in Rührung versetzt, so ist seine laxe Moral dafür der Grund und nicht etwa ein Übermaß an Erbarmen."

Mit flammendem Gesicht und hocherhobenen Armen schrie Gad: „Aber der Rabbi hat Wunder vollbracht!"

Es war der famose Manasse, der gelassen und verächtlich dem Essener antwortete: „Beruhige dich, Gad, auch andere haben Wunder vollbracht. Simeon aus Samaria tat Wunder, und Apollonius, und Gabienus ... Und was sind die Wunder deines Galiläers, verglichen mit denen der Töchter des Oberpriesters Anius und denen des Rabbi Chekina?"

Osanias verspottete Gads Naivität: „Was, in Wahrheit, lernt ihr Essener in eurer Oase von Engedi? Pah, Wunder! Wunder bringen sogar die Heiden zustande! Schau dich in Alexandria um, im Hafen des Eunostos, rechter Hand, wo die Papyrusfabriken sind, da zaubern dir Magier für eine Drachme Wunder, für den Preis eines Tagelohns. Wenn das Wunder der Beweis für Göttlichkeit ist, dann ist göttlich der Fisch Oannes, der Flossen aus Perlmutt hat und in Vollmondnächten an den Ufern des Euphrat predigt!"

Gad lächelte stolz und süß. Ein Gefühl riesiger Verachtung hatte seinen Unmut fortgewischt. Er tat zage einen Schritt vor, dann noch einen, betrachtete mitleidig diese dünkelhaften, verhärteten, hohnvollen Männer und sprach: „Ihr redet, redet in der vergeblichen Art summender dicker Fliegen. Ihr redet und habt ihn doch nicht gesehen! In Galiläa, dem so fruchtbaren, so grünen Landstrich war es, sobald er sprach, als flösse ein Milchbach durch ein Land des Hungers und des Durstes, sogar das Licht schien einem ein größeres Geschenk! Die Wasser des Genezareth nahmen Sanftmut an, um ihm zu lauschen; und aus den Augen der Kinder, die ihn umringten, strahlte der Ernst eines bereits gefestigten Glaubens ... Er sprach, und Tauben gleich, die ihre Flügel ausbreiten und zur Tür eines Heiligtums hinausfliegen, so lösten sich von seinen Lippen und schwebten hin über die Völker der Welt alle erdenklichen edlen und heiligen Dinge: die Mildtätigkeit, die Brüderlichkeit, die Gerechtigkeit, das Erbarmen als auch die schönen, neuen, göttlich schönen Formen der Liebe!"

Sein Antlitz leuchtete, blickte auf zu den Himmeln, so als folgte es dem Flug dieser neuen göttlichen Botschaften. Doch schon fiel Gamaliel, der Schriftgelehrte, ihm hart in die Flanken: „O Mann, was ist denn schon so besonders und originell an all diesen Ideen? Hat der Rabbi sie etwa aus seinem überreichen Herz gezogen? Unsere Lehre ist voll davon! ... Wenn du von Liebe, von Mildtätigkeit, von Gerechtigkeit reden hören willst, dann lies das Buch des Jesus, Sohnes des Sirach ... Dies alles hat Hillel gepredigt, dies alles hat Semaja gesagt! So richtige Dinge finden sich in den heidnischen Büchern, die sich unseren Büchern gegenüber ausnehmen wie der Schlamm, verglichen mit dem reinen Quellwasser Siloahs ... Sogar ihr, die Essener, habt bessere Gebote! ... Die Rabbis von Babylon und Alexandria haben jederzeit saubere Gesetze der Gerechtigkeit und Gleichheit gelehrt! Und gelehrt hat sie dein Freund Jochanan, den ihr den Täufer nennt und der da so jämmerlich endigte in einem Verließ von Machärus ..."

„Jochanan!" rief Gad erschauernd, gleichsam unsanft geweckt aus einem Traum.

Seine leuchtenden Augen waren feucht geworden. Er beugte sich vor, mit ausgebreiteten Armen, und wiederholte dreimal den Namen Jochanan, als riefe er jemanden unter den Toten an. Dann, mit zwei Tränen, die ihm in den Bart perlten, flüsterte er so geheimnisvoll, daß er ganz von Schrecken und Glauben erfüllt schien: „Ich war es, der nach Machärus hinaufstieg und das Haupt des Täufers holte! Und als ich den Weg herabkam, das Haupt in meinen Mantel gehüllt, da rekelte sich die andere, Herodias, auf der Mauerbrüstung wie ein fauchendes, laszives Tigerweibchen und rief mir Schmähungen hinterdrein! ... Drei Tage und drei Nächte marschierte ich über Galiläas Straßen, trug ich an den Haaren das Haupt des Gerechten mit mir ... Manchmal flog hinter einem Fels ein ganz in Schwarz gehüllter Engel hervor, ließ sich an meiner Seite nieder und begann neben mir einherzuschreiten ..."

Wieder neigte er den Kopf vor, die harten Knie schlugen auf die Fliesen, und da hockte er, betete er angstvoll, die Arme über Kreuz.

Gamaliel pflanzte sich vor dem gelehrten Topsius auf, wie eine Tempelsäule, die Ellbogen in die Seite gepreßt, die dürren Handflächen nach oben. Und er sprach: „Wir haben ein Gesetz, und unser Gesetz ist klar. Es ist das Wort des Herrn, und der Herr spricht: ‚Ich bin Jahwe, der Ewigliche, bin Anfang und Ende, bin derjenige, der anderen weder seinen Namen leiht noch seinen Ruhm. Vor mir war kein Gott, und nach mir wird kein Gott sein . . .' So spricht der Herr. Und weiter spricht der Herr: ‚Drum, wenn unter euch ein Prophet erscheint, ein Phantast, der Wunder vollbringt und einen anderen Gott einführen will und die Einfältigen aufruft, diesem Gott zu huldigen, so soll dieser Prophet und Phantast sterben!' Dies ist das Gesetz, dies ist die Stimme des Herrn. Nun aber hat sich der Rabbi von Nazareth in Galiläa, in den Synagogen, in Jerusalems Straßen und in den heiligen Höfen des Tempels zum Gott erklärt . . . Der Rabbi muß sterben."

Diesmal verfinsterte sich der warme Blick des trefflichen Manasse wie ein Himmel, der gewittern wird, er trat zwischen den Schriftgelehrten und den Historiker der Herodesse. Vornehm wies er die buchstäbliche Grausamkeit der Lehre zurück. „Nein und nochmals nein! Was besagt es schon, wenn die Grablampe behauptet, sie sei die Sonne? Was besagt es, wenn ein Mann die Arme ausbreitet und schreit, er sei ein Gott? Unsere Gesetze sind mild, und wegen solcher Geringfügigkeit wird man nicht gleich den Henker aus seiner Höhle im Gareb holen . . ."

Ich, der Milde zugetan, wollte Manasse Lob sprechen. Doch schon schrie er leidenschaftlich wild: „Und doch muß dieser Rabbi aus Galiläa sterben, denn er ist ein schlechter Bürger und ein schlechter Jude! Riet er uns nicht, dem Caesaren den Tribut zu zahlen? Der Rabbi streckt Rom die Hand hin, der Römer ist nicht sein Feind. Drei Jahre schon predigt er, aber nie hörte ihn einer reden von der heiligen Notwendigkeit, den Fremdling zu verjagen. Wir harren eines Messias, der ein Schwert trägt und Israel befreit, dieser indes, töricht und geschwätzig, erklärt, er bringe lediglich das ‚Brot der Wahrheit'! Solang ein römischer Prätor in Jerusalem sitzt, solang römische Lanzen vor den Pforten unseres Gottes wachen, was redet uns dieser Phantast vom Brot des Himmels und vom Wein der Wahrheit? Die einzig dienliche Wahrheit ist: es darf keine Römer mehr geben in Jerusalem!"

Osanias schaute unruhig auf das blendend helle Fenster, durch das Manasses Drohungen vibrierend und frei davonflogen. Gamaliel lächelte kalt, und der entflammte Schüler des Judas von Gamala rief leidenschaftlich zornig: „Wahrlich, ich sage euch, den Seelen die Hoffnung auf ein Reich des Himmels eingeben, das hieße sie ihre vorrangige Pflicht dem irdischen Reich gegenüber vergessen machen, diesem Land Israel gegenüber, das in Ketten liegt und weint und nicht getröstet sein will! Der Rabbi ist ein Verräter am Vaterland! Der Rabbi muß sterben!"

Bebend hatte er zum Schwert gegriffen. Und wild blitzte sein Blick, so als riefe er begierig zum Kampfe und als wäre diese Hinrichtung eine ruhmvolle Angelegenheit.

Da erhob sich Osanias, auf einen Stock mit goldenem Knauf gestützt. Quälende Sorge schien jetzt die Unbeschwertheit seines Alters zu umwölken. Und traurig sanft begann er zu reden wie jemand, der über die Begeisterung und die Lehre hinweg das unumgängliche Gesetz der Notwendigkeit anspricht: „Gewiß, gewiß, wenig sagt's, wenn ein Phantast sich Messias nennt und Sohn Gottes und dabei noch droht, das Gesetz und auch den Tempel zu zerstören. Der Tempel und das Gesetz, in ihrer Gewißheit, daß sie ewig währen, werden es lächelnd verzeihen ... Manasse, unsere Gesetze sind mild; und ich meine nicht, daß man den Henker aus Gareb rufen sollte, nur weil ein Rabbi aus Galiläa sich der gekreuzigten Söhne des Judas Gamala von erinnert und beim Umgang mit den Römern zu Vorsicht und Schläue rät. O Manasse, robust sind deine Hände, aber vermagst du mit ihnen den Jordan aus dem Land Kanaan ins Land Trachonitis umzuleiten? Nein. Auch wirst du nicht verhindern können, daß des Caesars Legionen, die Griechenlands Städte besetzten, ebenso das Land Judäa besetzt halten! Weise und stark war Judas Makkabäus, doch er setzte sich mit Rom ins Benehmen ... Denn Rom ist auf Erden wie ein Sturmwind der Natur; jeder Unvernünftige, der ihm die Brust bietet, wird umgeworfen, allein der Vorsichtige zieht sich in sein Haus zurück und verhält sich ruhig. Unbezwingbar war Galatien; Philippos und Perseus hatten Armeen in der Ebene; Antiochus der Große befehligte hundertzwanzig Elefanten und unzählige Kampfwagen... Rom brauste drüber hinweg. Was ist von ihnen geblieben? Tributzahlende Sklaven ..."

Er hatte sich vorgebeugt, wie der Ochse unter dem Joch. Dann, die unerbittlichen und kalt blitzenden kleinen Augen auf uns geheftet, fuhr er immer noch sanft und scharfsinnig fort: „Wahrlich, ich sage euch, dieser Rabbi aus Galiläa muß sterben! Wer irdische Güter besitzt, dessen Pflicht ist es, mit der Sandale den Funken auszutreten, der ihm auf der Tenne die Getreidegarben in Brand zu setzen droht ... Angesichts der Römer in Jerusalem ist jeder, der sich wie ebendieser Galiläer als Messias ausgibt, für Israel schädlich und gefährlich. Der Römer hat keinen Sinn für das Himmelreich, das dieser Mann verspricht, doch sieht er, wie dessen Predigten und religiöse Ereiferungen das Volk in den Säulenhallen der Tempel auf finstere Weise anstacheln. Woraufhin der Römer sagt: ‚Im Grunde untergräbt dieser Tempel mit seinem Gold, seinen Menschenmassen und seinem großen Geeifer die Autoriät des Caesars in Judäa ...' Und nach und nach nimmt er dem Tempel die Kraft, indem er seinen Reichtum und die Privilegien der Priesterschaft mindert. Schon werden, zu unserer Erniedrigung, die priesterlichen Gewänder im Staatsdepot der Burg Antonia verwahrt, und morgen wird es der goldene Leuchter sein! Schon hat der Prätor, um uns ärmer zu machen, das Korban-Geld für sich ausgegeben! Morgen werden dann der Zehnte von der Ernte, vom Vieh, das Opfergeld, der Posaunenobulus, die rituellen Tribute, alle Besitztümer der Priesterschaft, sogar das Opferfleisch, kurzum alles, nicht mehr unser sein, sondern dem Römer gehören! Uns bleibt der Bettelstab, um auf Samarias Straßen zu lungern, in Erwartung der reichen Händler der Dekapolis ... Wahrlich, ich sage euch, wenn wir die Ehre und die Schätze, die uns nach dem alten Gesetz zustehen und Israels Glanz ausmachen, behalten wollen, so haben wir dem Römer, der uns im Auge hat, einen polizeibewachten, friedlichen, unterwürfigen, zufriedenen Tempel vorzuzeigen, frei von Ereiferungen – und ohne Messias! ... Der Rabbi muß sterben!"

So sprach vor mir Osanias, Sohn des Beothos und Mitglied des Hohen Rates.

Der Geschichtsschreiber der Herodesse kreuzte daraufhin unterwürfig die Arme über der Brust und verneigte sich dreimal vor diesen redegewandten Männern. Gad saß reglos da und betete. Im Blau des Fensters summte eine goldfarbene Biene um die Blüte des Geißblattes herum. Und Topsius sprach geschwollen: „Männer, die ihr mich empfangen habt! So reich an Wahrheit ist euer Geist, wie der Weinstock an Trauben reich! Ihr seid drei Türme, die Israel unter den Völkern beschützen: der eine verteidigt die Einheit der Religion, der andere hält das patriotische Gefühl hoch, und der dritte, du, o geehrter Sohn des Beothos, vorbedacht und dich windend wie die Schlange, die Salomo liebte, du verteidigst eine noch edlere Sache: die Ordnung! Ihr seid drei Türme, und gegen einen jeden erhebt der Rabbi aus Galiläa den Arm und wirft den ersten Stein! Ihr aber wacht schützend über Israel und seinen Gott und seine Güter, ihr dürft euch nicht umwerfen lassen! ... Wahrlich, nun erkenne ich, Jesus und das Judentum könnten nie miteinander auskommen."

Gamaliel, mit einer Geste, als bräche er einen dünnen Stab, bleckte seine weißen Zähne und sprach: „Darum kreuzigen wir ihn!"

Mir war, als bohrte sich eine blitzende stählerne Schneide in meine Brust. Ich zerrte den gelehrten Historiker am Ärmel und rief atemlos: „Topsius! Topsius! Wer ist denn dieser Rabbi, der in Galiläa predigte und Wunder vollbrachte und nun gekreuzigt werden soll?"

Der kluge Doktor machte so entgeisterte Augen, als hätte ich gefragt, was das für ein Stern sei, der von jenseits der Berge das Morgenlicht brachte. Er antwortete trocken: „Rabbi Jeschua bar Josepha, der aus dem galiläischen Nazareth Gekommene, den einige Jesus nennen, andere hingegen Christus."

„Unser Christus!" rief ich zag, wie verwirrt.

Und fast schlugen meine katholischen Knie auf die Fliesen, mit dem Drang, dort hockenzubleiben, ich da in meinem Erschrecken und verzweifelt für ewig und immer betend. Doch dann, einer Lohe gleich, spürte ich in allen Fasern den Drang, ihm entgegenzulaufen, meine sterblichen Augen auf den Leib des Herrn zu heften, auf seinen wirklichen Menschenkörper, diesen nach Menschenart in Leinen gehüllten und vom aufwirbelnden Staub der Menschenwege bedeckten Körper! ... Zugleich zitterte meine Seele in finsterem Entsetzen ärger als ein heftig flatterndes Blatt – im Entsetzen des saumseligen Dieners vor seinem gerechten Herrn! Hatte ich mich genugsam geläutert mit Fasten und Rosenkranzgebeten, um dem blitzenden Antlitz meines Gottes begegnen zu können? Nein! O schäbiges, bitteres Ungenügen meiner Frömmigkeit! Nie hatte ich hinreichend liebevoll seinen schmerzenden violetten Fuß in seiner Graç-Kirche geküßt! Weh mir! An gar vielen Sonntagen, zu den einstigen Fleischeszeiten, da Adélia, Sonne meines Lebens, mich rauchend und im Hemd in der Travessa dos Caldas erwartete, hatte ich die lange Dauer der Messen und die Monotonie der Septenarien verflucht! Ich, dergestalt vom Scheitel bis zur Sohle mit dicker Kruste von Sünde bedeckt, wie sollte mein Körper da, schon verworfen, schon schwarz, nicht zu Boden stürzen, wenn die zwei Augäpfel des Herrn, gleichsam zwei Hälften des Himmels, sich langsam mir zuwandten?

Jesus sehen! Sehen, wie seine Haare waren, was für Falten seine Tunika warf und was auf Erden vorging, wenn sich seine Lippen auftaten! ... Jenseits dieser Dachterrassen, wo die Frauen den Tauben Körner zuwarfen, in einer dieser Gassen, von da aus hell und melodiös die Rufe der ungesäuertes Brot feilbietenden Verkäufer hochhallte – dort schritt vielleicht in diesem bangen Augenblick zwischen bärtigen Männern, zwischen ernsten römischen Soldaten, Jesus, mein Erretter, die Hände mit einem Strick gefesselt. Der sanfte Hauch, der vor dem Fenster den Geißblattzweig bewegte und seinen Duft verstärkte, streifte am Ende vielleicht die von den Dornen schon blutig geschrammte Stirn meines Gottes! Ich brauchte nur diese Zederntür aufzustoßen, den Innenhof zu überqueren, wo der Mahlstein der Hausmühle ächzte – und schon sähe ich draußen auf der Straße körperhaft gegenwärtig meinen Herrn Jesus, so wirklich und so gut, wie ihn der heilige Johannes und der heilige Matthäus gesehen hatten. Folgen würde ich seinem heiligen Schatten an der weißen Wand, auf die auch mein Schatten fiele. Auf selbigem Staub, den meine Sohlen träten, würde ich die noch warme Spur seiner Füße küssen. Und mit beiden Händen das laute Pochen meines Herzens erstickend, könnte ich aus seinem unsäglichen Mund ein Ach vernehmen, einen Schluchzer, ein Stöhnen, ein Versprechen. Da wüßte ich ein neues Wort Christi, das nicht im Evangelium stand – und nur mir wäre das priesterliche Recht gegeben, es den auf den Knien daliegenden Massen zu verkünden. Meine Autorität in der Kirche wäre die eines brandneuen Testaments. Ich, ein ungedruckter Augenzeuge der Leidensgeschichte. Ich, der Evangelist Sankt Teodorico!

Da schrie ich so verzweifelt begierig, daß ich diese vornehm zurückhaltenden Orientalen nachgerade erschreckte: „Wo kann ich ihn sehen? Wo ist Jesus von Nazareth, mein Herr?“

In diesem Augenblick kam ein Sklave leis auf Sandalenspitzen herein, fiel vor Gamaliel auf die Fliesen nieder, küßte ihm den Saum der Tunika, seine fleischlosen Rippen gingen auf und nieder; schließlich murmelte er atemlos: „Herr, der Rabbi ist im Praetorium!“

Gad tauchte sprunghaft wie ein wildes Tier aus seinem Gebet, er schnürte seinen Knotenstrick um die Lende und rannte davon, mit wehender Kapuze und umwallt von seinen wirren blonden Haaren. Topsius warf sich den weißen Umhang über, diese Art römische Faltentoga, die ihm das feierliche Aussehen eines Marmorstandbildes gab; und nachdem er Gamaliels Gastlichkeit mit der des Abraham verglichen hatte, rief er triumphierend: „Auf, zum Praetorium!"

Lange folgte ich Topsius durch das alte Jerusalem, in ermüdendem Marsch und ganz meinen wirren Gedanken hingegeben. Wir kamen vorbei an einem prachtvollen, verschwiegenen Rosengarten aus der Zeit der Propheten, den zwei Leviten mit goldenen Lanzen bewachten. Dann war es eine von Parfümläden ganz in Arom gehüllte frische Gasse, geziert mit Aushängeschildern in Form von Blumen und Mörsern; feine Matten über den Türen hielten die Sonne ab, der Boden war mit Wasser besprengt und bestreut mit Duftgräsern und Anemonenblättern; und im Halbdunkel lungerten müßige junge Burschen mit Lidschatten, die Haare zu Locken frisiert, an den Händen protzige Ringe, und kaum vermochten sie die raschelnde Seide ihrer kirsch- und goldfarbenen Tuniken zu heben. Diese friedvolle Gasse mündete auf einen in der Sonne glühenden Platz mit dicker weißer Staubschicht, in der die Füße versanken; einsam in dessen Mitte streckte eine alte Palme ihre Wedel von sich, reglos und wie aus Bronze; und im Hintergrund hoben sich im Licht die dunklen Granitsäulengänge des alten Herodespalastes ab. Dort war das Praetorium.

Vor dem Portalbogen, unter dem zwei syrische Legionäre mit schwarzen Federn auf leuchtenden Helmen wachend auf und ab schritten, bot eine Schar Mädchen, die hinter dem Ohr eine Rose trugen und Kopfnetze aus Spartogras, laut rufend ungesäuertes Brot feil. Unter einem in den Erdboden gerammten riesigen Sonnenschirm aus Federn saßen Männer mit Filzmitren, mit Tabletts auf den Knien und Waagen, und wechselten das römische Geld ein. Wasserverkäufer mit ihren behaarten Schläuchen riefen gellend. Wir betraten das Praetorium, und gleich erfaßte mich das Entsetzen.

Es war ein heller, marmorgefliester Innenhof, zum blauen Himmel hin offen, rings umgeben von Arkaden mit Brüstung und Terrasse, das Gemäuer kühl und hallend wie in einem Kloster. Von der Arkade vor der hoch aufragenden gestrengen Front des Palasts hing, abgestützt mit zwei in einer Lotosblume endenden Masten aus Sykomorenholz, ein Sonnensegel aus scharlachfarbenem und mit Goldfransen besetztem Stoff, das einen harten rechteckigen Schatten warf.

Dort drängte sich ein Haufen Menschen, vermischten sich die blaugesäumten und mit einem Strick gegürteten Tuniken der Pharisäer, das grobe Wollgewebe der Handwerker, die weiten grau und weiß gestreiften Burnusse der Männer aus Galiläa und der karminrote Kapuzenumhang der Händler aus Tiberias; einige Frauen, bereits außerhalb des Sonnensegelschattens, reckten sich auf die Spitzen ihrer gelben, flachen Schuhe und schirmten das Gesicht mit einer Falte ihres leichten Überwurfs ab; diese Menge verströmte einen muffigen Geruch nach Schweiß und Myrrhe. Weiter weg, hinter den wuchernden weißen Turbanen blinkten Lanzenspitzen. Und im Hintergrund, auf einem Thron, saß ein Würdenträger, gehüllt in die edlen Falten einer römischen Purpurtoga. Regloser als eine Marmorfigur saß er da, das Kinn mit dem dichten angegrauten Bart auf die starke Faust gestützt; seine tiefliegenden, verschlafen wirkenden Augen blickten wie teilnahmslos drein, ein scharlachfarbenes Band umspannte seine Frisur, und hinter ihm, auf einem Sockel, der den Rücken seines Amtssessels bildete, hielt das Bronzestandbild der Römischen Wölfin ihr gefräßiges Maul schief geöffnet. Ich fragte Topsius, wer dieser melancholische Würdenträger sei.

„Ein gewisser Pontius, genannt Pilatus, ehemals Präfekt in Batavia."

Langsam schritt ich durch den Hof, dabei bemüht, wie in einem Gotteshaus meine Sohlen möglichst unterwürfig und respektvoll knarren zu lassen. Vom gleißenden Himmel fiel lastende Stille; nur gelegentlich tönten von der Seite der Gärten her rauh und traurig die Schreie der Pfaue. Längs der Balustrade lagen dösende Neger, ließen sich die Sonne auf den Bauch scheinen. Eine Alte hockte vor ihrem Fruchtkorb und zählte Kupfermünzen. Auf einem an einer Säule hochgezogenen Gerüst waren Handwerker beim Decken des Daches. Und in einer Ecke spielten Kinder mit eisernen Plättchen, die auf den Fliesen klimperten.

Dem Geschichtsschreiber der Herodesse klopfte plötzlich jemand vertraulich auf die Schulter – der schöne Manasse; und in seiner Begleitung war ein stattlicher Greis von priesterlichem Adel, dem Topsius, ehrerbietig wie ein Sohn, den mit grünen Rebenblättern bestickten Ärmel seines weißen Obergewandes küßte. Dessen schneeblanker, von Öl glänzender Bart reichte ihm bis zur Gürtelschärpe; und sein unter dem Turban hervorquellendes weißes Haupthaar wallte über die breiten Schultern, glich einem königlichen Hermelinkragen. Die eine Hand, voller Ringe, stützte sich auf einen soliden Stock aus Elfenbein; und an der anderen Hand führte er ein blasses Kind mit, dessen Augen schöner glänzten als Sterne und das neben dem Greis wie eine Lilie im Schatten einer Zeder anmutete.

„Steigt auf die Galerie! Da ist Ruhe und Frische“, riet uns Manasse.

Wir folgten dem Patrioten, und ich fragte Topsius leise, wer denn der andere, so edel wirkende alte Mann sei.

„Rabbi Robam“, murmelte achtungsvoll mein gelehrter Freund. „Eine Leuchte des Hohen Rates, mehr denn alle beredsam und scharfsinnig, und ein Vertrauter des Kaiphas ...“

Höflich grüßend verneigte ich mich dreimal vor Rabbi Robam, der sich nachdenklich auf eine Marmorbank gesetzt hatte, den Flachsschopf des Kindes gegen seine breite Vorväterbrust gedrückt. Anschließend schlenderten wir über die helle, hallende Galerie; an ihrem äußersten Ende prunkte eine Zederntür mit Silberbeschlägen, vor der, auf seinen hohen Weidenrutenschild gelehnt, ein Prätorianer aus Caesarea schläfrig Wache hielt. Innerlich bewegt, trat ich just an die Brüstung, und meine vergänglichen Augen gewahrten dort unten ... die leibhafte Gestalt meines Gottes!

Jedoch, o unstete Seele, überraschenderweise verspürte

ich weder Begeisterung noch Schrecken. Als wären meiner Erinnerung langwährende, mühvolle Jahrhunderte der Geschichte und der Religion abhanden gekommen. Ich hatte noch nicht einmal den Gedanken, daß dieser hagere, dunkelhäutige Mann der Erlöser der Menschheit war ... Ich fühlte mich unbegreiflich in eine ferne Vorzeit versetzt. Schon war ich nicht mehr Teodorico Raposo, Christ und Bakkalaureus, ich hatte mein Ich irgendwie verloren, gleich einem Mantel, der mir bei dem bangen Lauf von Gamaliels Haus hierher von der Schulter geglitten. Alles Altertümliche war in mich gedrungen, hatte mich zu einem Teil seiner selbst gemacht; nun war ich gleichfalls ein antiker Mensch. Ich war Theodoricos, ein Lusitaner, der, auf einer Galeere von den klingenden Gestaden des großen Vorgebirges kommend, zur Regierungszeit des Tiberius Roms tributpflichtige Länder bereiste. Und dieser Mensch da war nicht Jesus, nicht Christus, nicht der Messias, sondern lediglich ein junger Mann aus Galiläa, der, von einem großen Traum erfüllt, aus seinem grünen Dorf herabsteigt, eine ganze Welt zu verändern und einen ganzen Himmel zu erneuern, und da stößt er an einer Ecke auf einen Nethenin, einen Tempeldiener, Tempels, der ihn fesselt und ihn an einem Audienzmorgen zum Prätor bringt, zwischen einem Dieb, der auf der Straße nach Sichem einen Raub beging, und einem anderen, der bei einem Streit in Hammath Messerstiche ausgeteilt hat.

Auf einem Fliesenmosaik, vor dem Amtssessel des Prätors unter der Römischen Wölfin, stand Jesus aufrecht, die Arme lose über Kreuz gebunden mit einem Strick, der den Boden schleifte. Ein weiter Burnus aus grober Wolle, grau gestreift und mit blauen Fransen, hing ihm bis zu den Füßen, die in mit Riemen geschnürten, auf den Wüstenwegen bereits abgelaufenen Sandalen steckten. Auf seinem Kopf vermißte ich die bluttreibende, unmenschliche Dornenkrone, von der ich in den Evangelien gelesen hatte. Er trug einen weißen Turban aus langen eingerollten Leinenstreifen, dessen Enden ihm über die Schultern hingen; eine Schnur hielt ihn unterhalb des gekräuselten, spitzen Bartes fest. Die trockenen, über die Ohren nach hinten geführten Haare fielen ihm in Locken über die Schultern; und aus seinem hageren, sonnenverbrannten Gesicht, hervor unter den dichten, strichhaft ineinander übergehenden Augenbrauen stach schwarz, von unendlicher Tiefe, der Glanz seiner Augen. Stark, gefaßt und reglos stand er vor dem Prätor. Nur ein gelegentliches Zittern der gefesselten Hände verriet den Aufruhr seines Herzens; und hin und wieder atmete er tief, als drohte seine an die freie, klare Luft der Berge und Seen von Galiläa gewöhnte Brust zwischen diesen Marmorwänden, unter dem lastenden römischen Sonnensegel und in der formalistischen Enge des Gesetzes zu ersticken.

Neben ihm stand Sareas, Abgeordneter des Hohen Rates; er hatte seinen Mantel und seinen goldenen Stab auf den Boden gelegt, entrollte eine dunkle Pergamentrolle und begann mit einschläfernder Leierstimme zu lesen. Der römische Beisitzer hockte auf einem Schemel, erstickte beinahe in der Gluthitze des Nisan und fächelte sich mit einem Büschel trockener Efeublätter das glattrasierte, gipsern bleiche Gesicht. Ein alter, fettglänzender Schreiber an einem Steintisch voller Tabularien und bleierner Lineale spitzte gewissenhaft seine Schreibrohre. Zwischen beiden stand der Dolmetscher, ein bartloser Phöniker, der lächelnd in die Höhe blickte, mit den Händen im Gürtel, die Brust aufgeplustert, und dessen Leinenjacke ein aufgemalter roter Papagei zierte. Um das Sonnensegel herum flatterten unaufhörlich Tauben. So also sah ich den gefangenen Jesus aus Galiläa vor Roms Prätor stehen.

Unterdessen hatte Sareas das dunkle Pergament um den Eisenstab gewunden, grüßte Pilatus, küßte einen Siegelring, den er am Finger trug, um seinen Lippen den Stempel der Wahrheit aufzuprägen, und sogleich begann er eine wortreiche und schmeichlerische, mit Zitaten versehene Ansprache. Er erwähnte Galiläas Tetrarchen, den edlen Antipas, lobte dessen Klugheit, pries dessen Vater, Herodes den Großen, den Wiedererbauer des Tempels . . . Der Ruhm des Herodes erfüllte die Erde, gefürchtet war er gewesen, und den Caesaren stets treu ergeben; sein Sohn Antipas war klug und stark! ... Doch gerade weil er dessen Weisheit kenne, wundere es ihn, daß der Tetrarch sich weigere, das vom Hohen Rat über Jesus gefällte Todesurteil zu bestätigen ... Gründete sich dieser Richtspruch etwa nicht auf die von Gott gegebenen Gesetze? Der gerechte Hannas hatte den Rabbi vernehmen wollen, der aber hatte sich in ein erpresserisches Schweigen gehüllt. War das die geziemende Art, dem weisen, lauteren, mitleidvollen Hannas auf seine Fragen zu antworten? Darum auch hatte ein Frommer sich nicht beherrschen können und dem Rabbi die Hand ins Gesicht geschlagen ... Wo war der Respekt vor den alten Zeiten, wo die Hochachtung gegenüber dem Hohenpriesteramt?

Seine hohle, gedehnte Stimme hallte nicht endend. Ich gähnte, müde geworden. Unter uns saßen zwei Männer im Schneidersitz, aßen Datteln aus Bethabara, die sie in ihren Gewändern trugen, und tranken aus einem Flaschenkürbis. Pilatus, das Kinn auf die Faust gestützt, schaute schläfrig auf seine mit Goldsternen verzierten scharlachfarbenen Schnürstiefel herab.

Und Sareas nun forderte Recht dem Tempel, denn diese erwählte Heimstätte des Herrn war der Stolz der Nation! Caesar Augustus selbst hatte ihm Dukaten und Goldgeschirr geweiht ... Wie hingegen respektierte der Rabbi den Tempel? Er hatte gedroht, ihn zu zerstören: „Ich werde den Tempel Jahwes abbrechen und ihn in drei Tagen wieder aufbauen!“ Lautere Ohrenzeugen dieser Ruchlosigkeit hatten sich Asche aufs Haupt gestreut, um den Zorn des Herrn abzuwenden ... Dennoch, die gegen das Heiligtum geschleuderte Blasphemie schlug hoch bis in Gottes Schoß!

Die Pharisäer, Schreiber, Tempelnethenins und schmutzigen Sklaven unter dem Sonnendach fauchten wie ein durch wilde Büsche streichender Wind. Jesus aber verharrte reglos, in sich gekehrt, mit geschlossenen Augen, so als wollte er seinen endlosen schönen Traum fern der harten, befleckenden und vergeblichen Dinge schirmen. Da erhob sich der römische Beisitzer, legte seinen Blätterfächer auf den Schemel, warf sich kunstvoll die blaugesäumte Richterrobe über, grüßte dreimal den Prätor, seine Hand wogte durch die Luft und ließ ein Schmuckstück aufblitzen.

„Was sagt er?"

„Außerordentlich geschickte, kluge Dinge", murmelte Topsius. „Er ist ein Pedant, aber er hat recht. Er sagt, der Prätor ist kein Jude, weiß darum nichts von Jahwe, noch schert ihn ein Prophet, der sich gegen Jahwe erhebt, und daß des Caesaren Schwert keine Götter rächt, die den Caesaren nicht schützen! ... Ein Fuchs, dieser Römer!"

Außer Atem ließ sich der Beisitzer auf den Schemel nieder; dann sprach wieder Sareas, der mit den Armen in Richtung des Pharisäerhaufens ruderte, wie um ihren Protest zu schüren und sein Heil in deren Stärke zu finden. Desto tönender bezichtigte er Jesus zwar nicht des Aufbegehrens gegen Jahwe und den Tempel, wohl aber der Hoffart, Prinz des Hauses David sein zu wollen! Waren doch alle Jerusalemer erst vor vier Tagen Zeuge gewesen, wie er in falschem Triumph, unter grünen Palmwedeln und umringt von einer Menge Galiläer, die „Hosianna dem Sohn Davids, Hosianna dem König Israels!" schrie, durch das Goldene Tor Einzug gehalten hatte.

„Er ist Davids Sohn, der uns zum Besseren bekehrt!" hallte von fern Gads Stimme, in fester Überzeugung und Liebe.

Aber plötzlich preßte Sareas die spitzenbesetzten Ärmel an den Körper, stand stumm da und steifer als ein Lanzenschuh. Der römische Schreiber, im Stehen, die Arme auf die Tischplatte gestützt, beugte den fettglänzenden Nakken unterwürfig, und der Beisitzer lächelte aufmerksam. Es war der Prätor, der den Rabbi befragen würde; erschauernd sah ich, wie ein Legionär Jesus anstieß, und Jesus hob den Blick.

Leicht vorgebeugt zum Rabbi, die Arme geöffnet, so als wollten sie alles Interesse an diesem von spitzfindigen Sektierern betriebenen rituellen Prozeß von sich weisen, murmelte Pontius verärgert und vage: „Du also bist der König der Juden ... Mir hergebracht von den Leuten deines Volkes ... Was hast du getan? ... Wo ist dein Reich?"

Der Dolmetscher, der da aufgeblasen vor dem Marmorthron stand, wiederholte das Gesagte mit sehr lauter Stimme in der althebräischen Sprache der heiligen Bücher; und weil der Rabbi stumm blieb, schrie er es auch auf chaldäisch, das in Galiläa gesprochen wird.

Da trat Jesus einen Schritt vor. Und ich hörte seine Stimme. Sie war klar, gefaßt, beherrschend und ruhig: „Mein Reich ist nicht von dieser Welt. Wäre ich durch meines Vaters Wille König von Israel, so stünde ich nicht hier vor dir mit gefesselten Händen ... Mein Reich ist nicht von dieser Welt!"

Unbeherrscht schrie einer: „Dann entfernt ihn aus dieser Welt!"

Als setzte der Funke einen Scheiterhaufen in lodernden Brand, so brach es unmutsvoll aus den Pharisäern und Tempeldienern hervor: „Kreuzigt ihn! Kreuzigt ihn!"

Hochtrabend wiederholte der Dolmetscher dem Prätor auf griechisch und auf syrisch, in Judäas Umgangssprache, die ausgestoßenen wilden Rufe. Pontius stampfte mit dem Schnürstiefel auf den Marmor. Die zwei Liktoren reckten die obenauf mit einer Adlerfigur geschmückten Rutenbündel in die Höhe, der Schreiber schrie den Namen Gaius Tiberius; nun erst fielen die zornigen Arme herab, wie in Schrecken vor der Majestät des Populus Romanus.

Wieder sprach Pontius, schleppend und vage: „Du sagst also, du seist König ... Was suchst du dann hier?"

Jesus tat einen weiteren Schritt auf den Prätor zu. Seine Sandale trat fest auf die Fliesen, als nähme sie eigens die Erde in Besitz. Und was da über seine zitternden Lippen kam, schien mir blitzend durch die Luft zu zucken, gleich dem Glanz aus seinen schwarzen Augen.

„Ich bin auf diese Erde gekommen, die Wahrheit zu bezeugen. Wer Wahrheit wünscht, wer der Wahrheit teilhaftig werden will, der höre meine Stimme!"

Pilatus musterte ihn einen Augenblick nachdenklich,

zuckte die Achseln und sprach: „Aber Mann, was ist das, die Wahrheit?“

Jesus von Nazareth verstummte, und im Praetorium wurde es so still, als hätten aller Herzen, plötzlich voll von Ungewißheit, aufgehört zu schlagen.

Da schürzte Pilatus gemächlich seine weite Toga und stieg die vier Bronzestufen herab. Ihm voraus die Liktoren, und gefolgt vom Beisitzer, trat er in den Palast unter dem Salut der Legionäre, die ihre eisernen Lanzen donnernd gegen die Bronzeschilde schlugen. Gleich war der ganze Hof wie vom Gesumm eines aufgescheuchten Bienenschwarms erfüllt. Sareas zeterte und schwang mitten unter den entsetzt die Hände ballenden Pharisäern den Stock. Andere zogen sich zurück und flüsterten mit düsteren Mienen. Ein großer Alter rannte mit flatterndem schwarzem Umhang im Praetorium umher, zwischen den in der Sonne Schlafenden und den Verkäufern von ungesäuertem Brot, und schrie bang: „Israel ist verloren!“ Und ich sah, wie fanatische Leviten sich wie bei einem nationalen Unglück die Troddeln von den Tuniken rissen.

Gad tauchte vor uns auf, mit jubelnd ausgebreiteten Armen, und rief: „Der Prätor ist gerecht, er wird den Rabbi freigeben!“

Strahlenden Gesichts verriet er uns seine innigste Hoffnung: Der Rabbi, kaum freigelassen, würde Jerusalem den Rücken kehren, weil hier die Herzen härter waren als die Steine. Bewaffnete Freunde harrten seiner in Bethanien, und sobald der Mond aufgegangen, würden sie nach der Oase von Engedi aufbrechen. Dort lebten jene, die ihn liebten. War Jesus etwa nicht Sohn der Essener? Wie sie predigte der Rabbi den Verzicht auf irdische Güter, Liebe gegenüber den Armen und die unvergleichliche Schönheit von Gottes Reich.

Ich, leichtgläubig, freute mich, doch dann brach auf der Galerie, die ein Sklave gerade mit Wasser besprengt hatte, ein Tumult los. Ein finsterer Haufe von Pharisäern bewegte sich zur Marmorbank, wo Rabbi Robam, liebevoll die flachsblonden Haare des Kindes kringelnd, mit Manasse im Gespräch saß. Topsius und ich eilten zu der aufgebrachten Menge. Schon sprach Sareas gebeugt in ihrer Mitte, jedoch mit der Entschiedenheit dessen, der intimen Umgang pflegt: „Rabbi Robam, es ist dringlich, daß du zum Prätor sprichst und unser Gesetz rettest!"

Und dann war es von allen Seiten ein flehendes Bitten: „Rabbi, sprich mit dem Prätor! Rabbi, rette Israel!"

Bedächtig erhob sich der Alte, majestätisch wie ein großer Mose. Ein sehr bleicher Levit kniete vor ihm nieder und murmelte zitternd: „Rabbi, du bist gerecht, weise, vollkommen und stark vor dem Herrn!"

Rabbi Robam hob die geöffneten Hände gen Himmel, und alle verneigten sich, als senkte Jahwes Geist, der stummen Anrufung Folge leistend, sich herab, um dieses gerechte Herz zu erfüllen. Dann, mit der Hand des Kindes in der seinen, machte er sich schweigend auf; hinter ihm her über die Marmorfliesen schlurften weich die Sandalen des Haufens.

Wir hielten dichtgedrängt vor der Zederntür, die ein Prätorianer mit der Lanze versperrte, nachdem er die silbernen Klopfer bedient hatte. Die schweren Angeln knarrten; ein Tribun des Palastes trat heraus, in der Hand eine lange Weinrebe. Hinter der Tür war ein kalter, schlecht beleuchteter, streng wirkender Saal, mit dunklem Stuck an den Wänden. Mitten im Raum stand eine bleiche Augustusstatue auf einem von Lorbeergirlanden und Votivzweigen umkränzten Sockel; in den Ecken, im Schatten, blinkten zwei große goldbronzene Fackelhalter.

Keiner der Juden trat ein, denn am Passafest heidnischen Boden zu betreten, das war eine unreine Handlung vor dem Herrn. Sareas kündigte dem Tribun hochfahrend an: „Einige Männer des Volkes von Israel warten an der Tür des Palastes ihrer Väter auf den Prätor." Furchtschwangeres, lastendes Schweigen breitete sich aus.

Doch dann kamen zwei Liktoren, und hinter ihnen mit langen Schritten, die weite Toga gegen die Brust gedrückt, erschien Pilatus.

Alle Turbane verneigten sich, grüßten den Prokurator

von Judäa. Er blieb neben der Statue des Augustus stehen. Und die noble Geste der Marmorfigur gleichsam wiederholend, streckte er die Hand aus, in der er eine Pergamentrolle hielt, und sagte: „Friede sei mit euch und mit euren Worten ... Sprecht!"

Sareas, Mitglied des Hohen Rates, trat vor, erklärte, daß all ihre Herzen wahrhaftig von Frieden erfüllt seien ... Doch da der Prätor das Praetorium verlassen habe, ohne den Urteilsspruch des Hohen Rates gegen Jesus ben Joseph zu bestätigen noch aufzuheben, dünkten sie sich wie der Mann, der in seinem Weinberg eine Traube hängen sehe, die nicht vertrockne und nicht ausreife!

Pontius schien mir durchdrungen von Rechtsgefühl und Milde.

„Ich habe euren Häftling befragt", sprach er, „und ich fand bei ihm keine Schuld, die der Prokurator von Judäa zu bestrafen hätte. Antipas Herodes, der klug und stark ist, der euer Gesetz praktiziert und in eurem Tempel betet, hat ihn ebenfalls befragt und bei ihm keinerlei Schuld gefunden ... Dieser Mann redet schlicht ungereimtes Zeug, wie einer, der im Traum spricht ... Doch seine Hände sind von Blut frei; auch ist mir nicht zu Ohren gekommen, daß er die Mauer seines Nachbarn erstiegen hätte ... Der Caesar ist kein unerbittlicher Herr ... Und dieser Mann da ist schlicht ein Phantast."

In finsterem Gemurmel wichen alle zurück, nur Rabbi Robam blieb auf der Schwelle des römischen Saals stehen. Ein Diadem flimmerte an der Spitze seiner Tiara, seine weißen Haare fielen ihm auf die breiten Schultern und krönten ihn majestätisch wie der Schnee den Berg, und die blauen Fransen seines Überwurfs berührten ringsum die Fliesen. Bedächtig ernst, so als lehrte er seine Schüler das Gesetz, hob Rabbi Robam die Hand und sprach: „Gesandter des Caesaren, Pontius, du sehr Gerechter und sehr Weiser! Der Mann, den du einen Phantasten nennst, beleidigt seit Jahren all unsere Gesetze und lästert unseren Gott. Aber wann erst haben wir ihn gefangengesetzt und ihn dir vorgeführt? Erst als wir ihn im Triumph durch das Goldene Tor einziehen sahen, bejubelt als König von Judäa. Judäa aber hat keinen anderen König außer Tiberius; und nur ein Abtrünniger revoltiert gegen den Caesaren. Beeilen wir uns darum, bestrafen wir ihn! So handeln wir, die wir nicht vom Caesaren geschickt sind noch aus dessen Staatskasse bezahlt werden. Du aber, Gesandter des Caesaren, willst nicht, daß dieser wider deinen Herrn Revoltierende bestraft wird? ..."

Das breite, schläfrig weiche Gesicht des Pontius blitzte auf, nun blutvoll lebendig. Diese Gewundenheit der Juden, die Rom haßten, hier aber lautstark Eifer für den Caesaren bekundeten, um im Namen seiner Autorität ihrem priesterlichen Haß Sättigung zu geben, erboste den gradlinigen Römer, und diese dreiste Ermahnung war seinem Stolz unerträglich. Abweisend, mit einer Geste, die alle erzittern ließ, rief er: „Schluß jetzt! Des Caesaren Prokuratoren werden nicht in die Barbarenkolonien Asiens geschickt, um von denen ihre Pflichten gegenüber dem Caesaren zu erlernen!"

Manasse an meiner Seite, der sich bereits ungeduldig den Bart zupfte, wich aufgebracht zurück. Ich zitterte. Doch der stolze Rabbi Robam, vom Zorn des Pontius weniger beeindruckt als vom Blöken eines zum Opferaltar geschleiften Lamms, fuhr fort: „Was täte des Caesaren Prokurator in Alexandria, wenn ein Phantast aus Bubastis sich zum König von Ägypten proklamierte? Er täte das, was du nicht tun willst in diesem Barbarenland Asiens! Dein Herr vertraut dir einen Weinberg an, und du läßt es geschehen, daß Fremde in ihn eindringen und Ernte halten? Wozu bist du in Judäa? Wozu sitzt die sechste Legion in der Burg Antonia? Unsere Gesinnung dagegen ist einhellig, und unsere Stimme, Pontius, ist klar und laut genug, damit der Caesar sie höre! ..."

Pontius tat langsam einen Schritt zur Tür. Mit blitzenden Augen musterte er diese Juden, die ihn hinterhältig in das feine Netz ihrer religiösen Zwistigkeiten einspinnen wollten. „Ich fürchte eure Intrigen nicht!" preßte er tonlos hervor. „Aelius Lamma ist mein Freund! ... Und der Caesar kennt mich gut!"

„Du siehst Dinge, die nicht in unseren Herzen sind!" sprach Rabbi Robam besonnen, als unterhielte er sich im Schatten seines Gartens. „Wir aber erkennen sehr wohl, was in deinem Herzen ist, Pontius! Was schert dich das Leben oder der Tod eines Vagabunden aus Galiläa? ... Wenn du, so wie du sagst, keine Götter zu rächen gedenkst, die dir nicht heilig sind, wie kannst du da einen Propheten retten, an dessen Prophezeiungen du nicht glaubst? ... Römer, dein Hintergedanke ist dies: Du willst Juda zerstören!"

Wilde Erregung aus Zorn und frommem Eifer hatte die Pharisäer erfaßt. Etliche tasteten die Brust ihrer Tunika ab, als griffen sie nach einer Waffe. Rabbi Robam fuhr, den Prätor anklagend, ruhig und gemessen fort: „Du willst den Mann, der den Aufruhr predigte und sich in einer Provinz des Caesaren zum König proklamierte, nicht bestrafen, damit durch solche Unterlassung andere zu noch ärgeren Leidenschaften angestachelt werden, ein weiterer Judas von Gamala verleitet wird, Samarias Garnisonen anzugreifen. So schaffst du einen Vorwand, uns mit dem kaiserlichen Schwert zu schlagen und das nationale Leben Judäas gänzlich auszulöschen. Du benötigst eine Revolte, um sie im Blut zu ersticken und dich dem Caesaren als siegreichen Soldaten und klugen Regenten zu beweisen, würdig eines Prokonsulats oder eines Statthalterpostens in Italien! Nennst du das etwa römische Treue? Ich bin nie in Rom gewesen, doch weiß ich, daß man dies dort die punische Treue nennt ... Allein, halte uns nicht für so dumm wie einen Hirten aus Idumäa! Wir sind im Einvernehmen mit dem Caesaren und tun unsere Pflicht, indem wir den Mann, der gegen ihn revoltierte, aburteilen. Willst du etwa deine Pflicht nicht erfüllen und dieses Urteil bestätigen? Nun gut! Wir werden Abgesandte nach Rom schicken, die unseren Richtspruch als auch deine Weigerung hinbringen, und nachdem wir vor dem Caesaren unsere Verantwortlichkeit bewiesen, werden wir dem Caesaren zeigen, wie in

Judäa jener verfährt, der das Gesetz des Imperiums vertritt! ... Jetzt, Prätor, magst du zurückkehren in dein Praetorium."

„Und erinnere dich der Votivschilde, vielleicht erfährst du ein zweites Mal, wem der Caesar recht gibt!" schrie Sareas.

Pontius senkte verwirrt den Blick. Sicherlich sah er schon im Geiste, wie auf einer hellen Strandterrasse von Capreae Seianus, Cesonius und alle seine Feinde dem Caesaren Tiberius ins Ohr flüsterten und auf die Abgesandten des Tempels wiesen ... Der argwöhnende, stets unruhige Caesar würde da sicherlich einen Pakt mit diesem „König der Juden" vermuten, zur Aufwiegelung einer reichen Provinz des Imperiums ... So konnten ihn sein Gerechtigkeitssinn und sein Stolz, falls er darauf beharrte, das Prokonsulat von Judäa kosten! Stolz und Gerechtigkeitssinn in seiner schlaffen Seele waren da wie jähe hohe Wellen, die gegeneinanderschlagen und verfließen. Er trat bis an die Türschwelle vor, zögernd, das Gesicht weißer als seine Toga, wie gedrängt zu großmütiger Vergebung, und sprach: „Seit sieben Jahren regiere ich Judäa. Habt ihr mich jemals ungerecht gefunden oder den geschworenen Versprechungen abtrünnig? ... Eure Drohungen zwar beeindrucken mich nicht ... Der Caesar kennt mich gut ... Doch zwischen uns darf es zum Vorteil des Caesaren keinen Zwiespalt geben. Stets habe ich euch Konzessionen gemacht! Mehr als sonst ein Prokurator seit Coponius habe ich eure Gesetze respektiert ... Als die zwei Männer aus Samaria euren Tempel schändeten, habe da nicht ich sie hinrichten lassen? Zwischen uns soll es nicht Meinungsverschiedenheit noch bittere Worte geben ..."

Er stockte einen Augenblick, rieb sich nachdenklich die Hände, schüttelte sie, als hätte er sie mit unreinem Wasser benäßt, dann fuhr er fort: „Ihr wollt also das Leben dieses Phantasten? Wohlan, ihr könnt es haben ... Und Auspeitschung reicht euch nicht? Ihr wollt ihn kreuzigen? Nun, so kreuzigt ihn ... Aber nicht ich bin es, der dieses Blut vergießt!"

Ein verhärmter Levit schrie fanatisch: „Wir sind es, auf unser Haupt falle dieses Blut!"

Einige erschauderten in dem Glauben, daß alle Worte eine übernatürliche Kraft besäßen und das Gedachte wahr machten.

Pontius zog sich zurück. Der Dekurio salutierte und schloß die Zederntür. Da drehte sich Rabbi Robam um, würdevoll, strahlend wie ein Gerechter, und vornan schreitend unter den Pharisäern, die sich hinabbeugten, um den Saum seiner Tunika zu küssen, murmelte er ernst und beseligt: „Eher soll ein Vereinzelter leiden denn ein ganzes Volk!"

Ich wischte mir den Schweiß der Erregung von der Stirn und sank im Praetorium zitternd auf eine Bank. In meiner Erschöpfung sah ich verschwommen zwei Legionäre mit gelöstem Gürtel aus einem großen eisernen Napf trinken, den ihnen ein Neger aus seinem geschulterten Schlauch auffüllte; davor in der Sonne saß eine dralle, schöne Frau mit nackten Brüsten und stillte ihre zwei Kinder; weiter weg lachte ein in Felle gehüllter Hirte und zeigte seinen blutbefleckten Arm. Ich schloß die Augen; einen Moment dachte ich an die Kerze, die ich im Zelt zurückgelassen hatte, mit rotem Licht und rauchend neben meinem Feldbett, dann fiel ich in einen leichten Schlaf... Als ich aufwachte, war der Amtssessel des Prätors noch immer verwaist, lediglich das abgeschabte, von seinen Füßen eingedrückte purpurne Kissen lag da auf dem Marmor; und eine noch dichtere Menge, mit einem Krach wie bei einem Volksfest, füllte das vormalige Atrium des Herodes. Rauhe Männer sah ich in kurzen Umhängen aus grobem Wollgewebe, die so staubig waren, als hätten sie auf den Steinplatten eines Platzes gelegen. Einige trugen Waagen mit sich oder Taubenkäfige, und die schmutzigen, hageren Frauen in ihrer Begleitung riefen dem Rabbi von weitem mit drohend erhobenen Armen Verwünschungen zu. Andere indessen, die auf den Sandalenspitzen liefen, boten mit leiser Stimme kleine wertvolle Dinge feil, die sie zwischen den Falten ihrer Gewänder am Busen trugen: geröstete Haferkörner, Salböl, Korallen, filigranzarte Armreifen aus Sidron. Ich befragte Topsius, und mein gelehrter Freund polierte seine Brillengläser und erklärte, es handle sich wohl um die Händler, gegen die Jesus am Vorabend des Passafestes den Stock erhoben hatte, als er die strenge Handhabung des Gesetzes forderte, das im Tempelbezirk profanen Handel außerhalb der Säulengänge des Salomo untersagte.

„Noch so eine Unbedachtheit des Rabbi, Dom Raposo!" murmelte der kluge Historiker ironisch.

Nun die sechste jüdische Stunde angebrochen war und das Tagwerk beendet, kamen auch Handwerker aus Färbereien der Umgebung, mit scharlachroten und blauen Flecken, und Schreiber der Synagogen mit ihren Pulten unter dem Arm, Gärtner mit geschulterter Sichel und einem Myrtenzweig am Turban, Schneider mit einer am Ohr baumelnden langen Eisennadel ... Phönikische Spielleute in einer Ecke stimmten ihre Harfen, entlockten ihren Tonflöten Seufzer, und vor uns spazierten zwei griechische Prostituierte aus Tiberias, mit gelben Perücken, sie zeigten einem die Zungenspitze und schwenkten ihre weiten Tuniken, die einen Duft nach Majoran verströmten. Die Legionäre mit vor die Brust gehaltenen Lanzen zogen einen eiseren Ring um Jesus; und jetzt konnte ich den Rabbi zwischen dieser brausenden Menge, wo die rauhen Konsonanten Moabs und der Wüste gegen das träge weiche Chaldäisch anbrandeten, nur noch schwer erkennen.

Unter der Galerie her tönte ein trauriges Glöckchen: ein Gärtner bot in einem Henkelkorb aus Spartogras und in Weinblätter gebettet aufgeschnittene Feigen aus Bethphage an. Von meinen Gemütserregungen geschwächt, fragte ich ihn, über die Brüstung gebeugt, nach dem Preis dieses zarten Geschenks der Gärten, das die Evangelien so sehr loben. Der Mann streckte freudestrahlend die Arme aus, so als hätte er den Erwarteten seines Herzens gefunden, und rief: „Zwischen dir und mir, o Wesen der Fülle, der du von jenseits des Meeres kommst, was bedeuten diese paar Feigen? Jahwe gebietet den Brüdern,

Geschenke und Segenswünsche auszutauschen! Diese Früchte habe ich im Garten gepflückt, eine um die andere, zu der Stunde, da der Tag über Hebron beginnt, sie sind saftig und tröstend; sie könnten auf Hannas' Tafel bestehen! ... Doch wozu leere Worte wechseln zwischen mir und dir, da unsere Herzen sich einig sind? Nimm diese Feigen, die besten von Syrien, und möge der Herr jene, die dich geboren hat, mit Gütern bedenken!"

Ich wußte, daß dieses Anbieten bei Kauf und Verkauf seit Patriarchenzeit geheiligte Höflichkeit war. Darum tat auch ich der Zeremonie Genüge: Jahwe, der Allmächtige, habe mir aufgetragen, so erklärte ich, mit dem von den Fürsten geprägten Geld Landesfrüchte zu bezahlen ... Da verneigte sich der Gärtner, kam der göttlichen Weisung nach, er stellte den Korb auf die Fliesen, nahm in seine erdverschmierten schwarzen Hände je eine Feige und rief: „Wahrlich, Jahwe ist der stärkste! Wenn er befiehlt, so habe ich diesen Früchten seiner Güte, die süßer sind als die Lippen des Eheweibs, einen Preis zu geben. Recht ist es darum, o Mann der Fülle, wenn du mir für diese beiden so duftenden, frischen, aus meinen Händen quellenden Feigen einen ordentlichen Traphik zahlst."

O wunderbarer Gott von Juda! Der redegewandte Hebräer verlangte, nach Währung meines Heimatlandes, für jede einzelne Feige einen königlichen Tostão! Ich schrie: „Ach geh, du Dieb!" Dann brachte mich der Appetit doch in Versuchung, ich bot ihm eine Drachme für so viele Feigen, wie in die weite Höhlung eines Turbans paßten. Der Mann hob die Hände an die Brust, um sich, unendlich erniedrigt, seine Tunika zu zerreißen. Gerade wollte er Jahwe, Elia und alle seine Schutzpropheten anrufen, als der gelehrte Topsius, verärgert, ihm barsch dazwischenfuhr, ihm eine kleine Eisenmünze mit einer erblühten Lilie darauf zeigte und sprach: „Wahrlich, Jahwe ist groß! Du aber bist laut und hohl wie ein windgeblähter Weinschlauch! Also für den ganzen Korb Feigen gebe ich dir diese Meah. Und wenn du nicht magst, ich kenne den Weg zu den Gärten so gut wie den zum Tempel, und ich weiß, wo die süßen Wasser der Rogelquelle die besten Baumpflanzungen tränken ... Los!"

Gleich kletterte der Mann ängstlich auf die Marmorbrüstung und füllte mir Feigen in meinen Burnus, den ich ihm würdevoll, mürrisch entgegenhielt. Er entblößte die Zähne und murmelte grinsend, wir seien wohltätiger als der Tau des Karmel!

Schmackhaft und seltsam fand ich diese Vesper von Feigen aus Bethphage im Palast des Herodes. Doch kaum hatten wir es uns mit den Früchten im Schoß bequem gemacht, gewahrte ich unten einen mageren, kleinen Greis, der uns mit verschleiertem Blick aus seinen klagenden und gänzlich müden Augen demutsvoll anstarrte. Mitleidig wollten wir ihm Feigen und eine Ptolemäer Silbermünze zuwerfen, da fuhr seine zittrige Hand in die Lumpen, die ihm die haarige Brust schlecht verdeckten, und hielt mir unterwürfig einen blinkenden Stein hin: einen ovalen Alabaster, in den das Bild eines Tempels geritzt war. Und während Topsius ihn gelehrt examinierte, zog der Alte aus seinem Busen weitere Steine aus Marmor, Onyx und Jaspis hervor, mit Abbildungen des Tabernakels in der Wüste, den eingekerbten Namen der Stämme und einem Durcheinander von Figuren in Reliefform, das die Schlachten der Makkabäer darstellen sollte ... Dann stand er da mit gekreuzten Armen, und aus seinem von Sorgen zerfurchten Gesicht sprach ein zweifelndes Bangen, so als erwartete er von uns lediglich Barmherzigkeit und Vertröstung.

Topsius vermutete in ihm einen von den Gebern, von jenen in den Künsten bewanderten Feueranbetern, die barfuß und mit brennenden Fackeln bis nach Ägypten ziehen, um auf die Sphinx das Blut eines schwarzen Hahns zu spritzen. Doch der Alte verneinte schaudernd, und mit traurigem Gemurmel erzählte er uns seine Geschichte. Er, ein Steinmetz aus Nain, hatte am Tempel gearbeitet und an den Bauten, die Antipas Herodes in Bezetha errichtete. Die Peitsche der Aufseher zerschnitt ihm das Fleisch; dann hatte ihm die Krankheit die Kraft geraubt, so wie der Frost dem Apfelbaum die Frucht nimmt. Und jetzt, ohne Arbeit, hatte er die Kinder seiner Tochter zu ernähren, er suchte seltene Steine in den Bergen, ritzte in sie heilige Namen und heilige Stätten und verkaufte sie im Tempel an die Gläubigen. Am Tag vor dem Passafest aber war ein Rabbi aus Galiläa gekommen und hatte ihm voll Zorn sein Brot genommen!

„Der da!" stammelte er mit erstickter Stimme und wies auf Jesus.

Ich widersprach. Wie konnte es sein, daß dieser Rabbi mit dem göttlichen Herzen Ungerechtigkeit und Schmerz zeugte, er, der beste Freund der Armen?

„Also du hast im Tempel verkauft?" sagte der makelfreie Historiker der Herodesse.

„Ja", seufzte der Alte. „Dort konnte ich zu den Festen das Brot eines langen Jahres verdienen! An diesen Tagen stieg ich zum Tempel hinauf, entbot dem Herrn mein Gebet, und nahe dem Susator, vor der Säulenhalle des Königs, breitete ich meine Matte aus und bot meine Steine feil, die in der Sonne glänzten ... Freilich, ich war nicht befugt, dort einen Stand einzurichten; wie auch hätte ich dem Tempel die Miete für eine Elle Fußboden bezahlen können von meiner Hände Arbeit! Alle, die da im Schatten der Säulenhalle auf Ständen aus Zedernholz ihre Waren ausrufen, sind reiche Händler, die sich eine Lizenz leisten können. Manch einer bezahlt einen Goldschekel; ich mit hungrigen Kindern zu Hause kann das nicht ... Darum blieb ich in einer Ecke, außerhalb der Säulenhalle, am ungünstigsten Fleck. Dort saß ich geduckt und leise, ich beklagte mich nicht einmal, wenn rohe Menschen mich rempelten oder mir mit dem Stock auf den Kopf schlugen. Und neben mir waren noch andere, ebenso arme wie ich: Eboim aus Joppe, der ein Haarwuchsöl anbot, und Oseas aus Rama, der Tonflöten verkaufte ... Die Soldaten der Burg Antonia, die ihren Streifengang machten, kamen vorbei und wandten den Blick ab. Sogar Menahem, der zum Passafest meistens Wachdienst hat, sagte nur: ‚Schon gut, ihr könnt bleiben, aber ihr dürft nicht laut ausrufen!' Alle wußten, daß wir arm sind, die Elle Fußboden nicht bezahlen können und daheim hungernde Kinder haben ... Zum Passafest und zum Laubhüttenfest kommen aus fernen Gegenden Pilger nach Jerusalem; und alle kauften sie mir ein Bild vom Tempel ab, um es in ihrem Dorf vorzuzeigen, oder einen von den Mondsteinen, die den Teufel fernhalten ... An manchem Tag hatte ich bis zum Abend drei Drachmen eingenommen; ich füllte mein Gewand mit Linsen und stieg hinab zu meiner Hütte, freudig und den Herrn preisend!"

Vor Ergriffenheit vergaß ich meine Vesper. Der Alte ließ seiner langen Klage freien Lauf und fuhr fort: „Aber da erscheint vor etlichen Tagen dieser Rabbi aus Galiläa im Tempel, mit wilden, zornigen Worten, stürzt sich, den Prügel schwingend, auf uns, schreit: dies sei das Haus seines Vaters und wir befleckten es! ... Er warf alle meine Steine durcheinander, so daß ich sie nicht mehr fand. Und sie waren mein Brot! Auf dem Plattenfußboden zerschlug er die Ölfläschchen des Eboim aus Joppe, der vor Schreck nicht einmal aufschrie ... Die Tempelwache eilte herbei. Auch Menahem kam gelaufen, und zornig sprach er zum Rabbi: ‚Du gehst sehr hart mit den Armen um. Welches Recht hast du dazu?' Und der Rabbi sprach von ‚seinem Vater' und schrie uns das harte Tempelgesetz ins Gesicht. Menahem senkte den Blick ... Wir mußten fliehen und wurden noch verhöhnt von den reichen Händlern, die feist dahockten auf ihren babylonischen Matten und gut bezahlten Mietsflächen und dem Rabbi Beifall klatschten ... Ja, gegen diese konnte der Rabbi nichts vorbringen; sie sind reich, sie hatten bezahlt! ... Und da steh ich nun! Meine Tochter ist Witwe und krank, sie kann nicht arbeiten, liegt in ihre Lumpen gehüllt in einer Ecke. Und die kleinen Kinder meiner Tochter haben Hunger, sie schauen mich an, sehen mein trauriges Gesicht und weinen noch nicht einmal. Was habe ich denn verbrochen? Stets war ich bescheiden, ich heilige den Sabbat, suche die Synagoge meines Viertels von Nain auf, und die paar Krumen, die von meinem Brot übrigblieben, sammelte ich ein, um sie denen zu geben, die auf Erden noch nicht einmal Krumen haben ... Tat ich unrecht, daß ich verkaufte? Worin habe ich den Herrn beleidigt? Stets küßte ich die Fliesen des Tempels, ehe ich die Matte ausbreitete, und jeder Stein war mit geweihtem Wasser gereinigt ... Wahrlich, Jahwe ist groß und allwissend ... Aber mich hat der Rabbi vertrieben, nur weil ich arm bin!"

Er hielt inne, und mit seinen mageren, von magischen Tätowierungen gezeichneten Händen wischte er sich bebend die Tränen vom Antlitz.

Ich schlug mir verzweifelt die Brust. Schmerz erfüllte mich, daß Jesus in seiner heftigen Geistigkeit sich dieses Unglücks nicht bewußt war, das seine barmherzigen Hände ungewollt verschuldet hatten, wie das wohltätige Wasser, das die Saaten zum Sprießen bringt, zuweilen aber eine vereinzelte Blume knickt und tötet. Darum, damit sein Leben frei von Makel blieb und er keinerlei Klage auf Erden zurückließ, beglich ich Jesu Schuld – wie sein Vater mir die meine vergeben möge! –, indem ich dem Alten beträchtliches Geld in den Schoß seines Gewandes warf: Drachmen, griechische Crysos des Philippos, römische Goldstücke mit dem Bildnis des Augustus, sogar eine große Münze aus der Kyrenaika, die ich sehr schätzte, weil darauf ein Kopf des Zeus Ammon prangte, der mir ähnelte. Topsius fügte diesem Schatz ein Lepton bei, das in Judäa den Gegenwert eines Hirsekorns hat.

Der alte Steinmetz aus Nain erbleichte, die Luft blieb ihm weg. Er verbarg das Geld in einer Falte seines Gewandes, drückte es fest gegen die Brust und murmelte scheu und fromm, die noch feuchten Augen gen Himmel gerichtet: „Vater, der du bist in den Himmeln, erinnere dich des Gesichts dieses Mannes, der mir das Brot vieler Tage gegeben hat!"

Und schluchzend tauchte er in die Menge, die nun lärmend aus dem ganzen Innenhof herbeieilte und sich rings um die hohen Masten des Sonnensegels scharte. Der Schreiber erschien, noch röter im Gesicht, und wischte sich die Lippen. Neben dem Rabbi und den zwei Tempelwächtern postierte sich Sareas, auf seinen Stab gestützt. Dann, zwischen aufblitzenden Waffen, erschienen die weißen Rutenbündel der Liktoren; und abermals stieg Pontius, bleich und schwer, in seiner weiten Toga die Bronzestufen hinan, nahm wieder Platz auf seinem Amtssessel.

Es wurde still, so aufmerksam still, daß fern auf dem Mariamneturm die Hörner zu hören waren. Sareas entrollte sein dunkles Pergament, breitete es auf dem Steintisch zwischen den Tabularien aus, und ich sah die dicken, langsamen Hände des Schreibers eine Linie ziehen und ein Siegel auf die roten Schriftzüge drücken, die Jesus aus Galiläa, meinen Herrn, zum Tode verurteilten ... Dann bestätigte Pontius Pilatus, den nackten Arm lediglich leicht anhebend, mit träger Würde im Namen des Caesaren „den Urteilsspruch des Hohen Rates, der zu Jerusalem Recht spricht".

Sogleich zog Sareas einen Mantelschoß über seinen Turban und verharrte betend, die Hände zum Himmel erhoben. Die Pharisäer triumphierten, zwei der Greise neben uns küßten einander schweigend auf den weißen Bart, andere fuchtelten mit den Stöcken in der Luft oder riefen höhnisch die vor römischen Gerichten übliche Beifallsbekundung: „Bene et belle! Non potest melius!"

Plötzlich aber war der Dolmetscher auf einen Schemel gestiegen, reckte seine Brust mit dem flammenden Papagei in die Höhe. Die Menge verstummte überrascht. Und der Phöniker, nachdem er sich mit dem Schreiber verständigt hatte, streckte lächelnd seine von Korallenbändern geschmückten Arme aus und rief auf chaldäisch: „Vernehmt! An diesem eurem Passafest pflegt der Prätor von Jerusalem, seit Valerius Gratus es so verfügte, mit Billigung des Caesaren jeweils einem Verbrecher zu vergeben ... Der Prätor schlägt euch vor, diesen hier zu begnadigen ... Und vernehmt weiter: Ihr selbst habt das Recht, unter den Verurteilten zu wählen ... Der Prätor hält in den Verliesen des Herodes noch einen weiteren zum Tode Verurteilten ..."

Er stockte, beugte sich vom Schemel herab, befragte

abermals den Schreiber, der aufgeregt seine Papyri und seine Tabularien hin und her schob. Sareas riß den Mantelschoß, der sein Gebet verbarg, vom Haupte, schaute entsetzt auf den Prätor, mit erhobenen, gespreizten Händen. Doch schon reckte der Dolmetscher das lächelnde Gesicht höher hinaus und rief: „Einer der Verurteilten ist Rabbi Jeschua, den ihr hier vor euch habt und der sich Sohn Davids nennt ... Ihn schlägt der Prätor vor. Der andere, im Bösen verhärtet, wurde gefangengesetzt, weil er bei einem Streit am Xystos einen Legionär heimtückisch getötet hat. Sein Name ist Barabbas ... Wählt!"

Aus der Mitte der Pharisäer erscholl ein jäher hohler Schrei: „Barabbas!"

Hier und dort im Innenhof erscholl wirr der Name Barabbas. Und ein Tempelsklave in gelbem Umhang hüpfte bis zu den Stufen des Throns vor und schrie Pontius mit wildem Schenkelklopfen ins Gesicht: „Barabbas! So höre! Barabbas! Das Volk will nur Barabbas!"

Der Lanzenschaft eines Legionärs schlug ihn zu Boden. Doch schon rief die Menge, leichter entflammbar als das Stroh eines Schobers, nach Barabbas; stürmisch wild die einen, indem sie mit den Sandalen und den eisenbewehrten Hirtenstäben aufschlugen, wie um den Prätor gewaltsam zu gewinnen, während andere, weit hinten träge in der Sonne sitzend, lediglich einen Finger hoben. Die argwöhnischen Tempelhändler schwenkten ihre eisernen Waagen, klingelten mit Glöckchen, verwünschten den Rabbi, schrien: „Barabbas ist der Beste!" Sogar die wie Götzenbilder zinnoberrot geschminkten Prostituierten aus Tiberias kreischten: „Barabbas! Barabbas!"

Wenige kannten Barabbas, und viele hier haßten den Rabbi keineswegs, doch alle stimmten sie laut in den Krach ein, denn sie spürten, daß der Ruf nach jenem, der den Legionär angegriffen hatte, einer Schmähung des römischen Prätors gleichkam, der da in der Toga erhaben zu Gericht saß. Pontius jedoch malte gleichmütig Buchstaben auf ein großes Pergament über seinen Knien. Und um ihn herum hallten im Chor die geeinten Rufe wie dreinschlagende

Dreschflegel auf der Tenne: „Barabbas! Barabbas! Barabbas!“

Da drehte sich Jesus langsam nach dieser rohen, aufbegehrenden Menge um, die ihn verurteilte; in seinen feuchtglänzenden Augen und auf den kaum merklich zitternden Lippen leuchtete erst in diesem Augenblick verzeihender Schmerz auf, in Anbetracht der finsteren Ahnungslosigkeit der Menschen, die hier den besten Freund der Menschen in den Tod stießen ... Mit den gefesselten Händen wischte er sich eine Schweißperle ab und blieb vor dem Prätor stehen, so gefaßt und ruhig, als wäre er schon nicht mehr von dieser Welt.

Der Schreiber schlug mit einem Eisenlineal auf den Steintisch und rief dreimal den Namen des Caesaren. Der wilde Tumult brach ab. Pontius erhob sich. Gemessen ernst, ohne Ungeduld noch Zorn zu verraten, verkündete er mit entsprechender Handbewegung das endgültige Urteil: „Gehet hin und kreuzigt ihn!“

Er stieg die Treppe herab, die Menge klatschte rasend Beifall.

Acht Soldaten der syrischen Kohorte kamen im Gleichschritt, die Schilde von Segeltuch umhüllt, das Eisenwerkzeug gebündelt und mit der flachen Poscafeldflasche. Sareas, Mitglied des Hohen Rates, legte Jesus die Hand auf die Schulter und übergab ihn dem Dekurio, ein Soldat lokkerte ihm die Fessel, ein anderer warf ihm den wollenen Burnus über. Und ich sah den holden Rabbi aus Galiläa seinen ersten Schritt in den Tod tun.

In Eile, die Zigarette einsteckend, verließen wir den Palast des Herodes durch eine dem gelehrten Topsius bekannte düstere und feuchte Passage mit Gitterschlitzen, aus denen der traurige Gesang gefangener Sklaven drang ... Wir gelangten auf einen Platz, den die Mauer eines Zypressengartens abschirmte. Zwei im Staub liegende Dromedare wiederkäuten neben einem Haufen gemähten Grases. Und der große Historiker nahm bereits den Weg zum Tempel, als wir, unter einem efeubedeckten Ruinenbogen und umringt von einer Schar Leute, einen

Essener sahen, der mit seinen Ärmeln aus weißem Leinen wie ein aufgeregt flatternder Vogel in der Luft ruderte.

Es war Gad. Heiser vor Empörung wetterte er gegen einen hochaufgeschossenen Mann mit schütterem blondem Bart und dicken Goldreifen in den Ohren, der zitterte und stammelnd rief: „Ich bin es nicht gewesen, ich bin es nicht gewesen . . ."

„Du warst es!" schrie der Essener und stampfte mit der Sandale auf. „Ich kenne dich gut. Deine Mutter ist Wollkämmerin in Kapernaum; verflucht sei sie, die sie dich gesäugt!"

Der Mann wich zurück, senkte den Kopf wie ein umzingeltes Tier und rief: „Ich bin es nicht gewesen! Ich bin Rephaim, Sohn des Elieser, aus Rama! Alle haben mich stets als gesund gekannt und kräftig wie eine junge Palme!"

„Krumm und unnütz warst du wie ein alter Rebstock, du Hund und Sohn eines Hundes!" schrie Gad. „Ich habe dich sehr wohl gesehen. In Kapernaum war es, in der Gasse mit dem Brunnen, neben der Synagoge, dort erschienst du vor Jesus, dem Rabbi aus Nazareth. Du küßtest ihm die Sandale und sprachst: ‚Rabbi, heile mich! Rabbi, sieh, diese Hand, die nicht arbeiten kann!' Und du zeigtest ihm die Hand, diese, die rechte, untaugliche, die verdorrt und schwarz war wie ein am Stamm vertrockneter Zweig! Es war Sabbat, und mit dabei waren die drei Vorsteher der Synagoge, Elieser, und Simeon. Und alle schauten Jesus an, wollten sehen, ob er es wagte, am Tage des Herrn zu heilen . . . Du lagst auf der Erde und weintest. Und wies der Rabbi dich etwa ab? Schickte er dich auf Suche nach der Barazwurzel? Ah, Hund und Sohn eines Hundes! Der Rabbi, gleichgültig gegenüber den Vorhaltungen der Synagoge, gehorchte nur seiner Barmherzigkeit, und er sprach zu dir: ‚Strecke die Hand aus!' Er berührte sie, und schon grünte sie wie eine vom himmlischen Tau benetzte Pflanze! Sie war gesundet, war kräftig und fest; und du, erschrocken und zitternd, bewegtest mal den einen, mal den anderen Finger."

Dieses süße Wunder löste bei den Versammelten verzücktes Gemurmel aus. Und der Essener, mit fuchtelnden Armen, rief: „Solcherart war die Nächstenliebe des Rabbi! Und hat er etwa den Saum seines Umhangs aufgehalten, damit du ihm eine Silbermünze hineinwirfst, wie es die Rabbis von Jerusalem tun? Nein. Er gebot seinen Freunden, dir von ihrem Linsengericht abzugeben ... Und du ranntest auf dem Weg davon zu deinem Haus, gesundet und flink, und schriest: ‚Mutter! Mutter, ich bin geheilt!' Aber du Schwein und Sohn eines Schweins hast vorhin im Praetorium für den Rabbi das Kreuz gefordert, hast für Barabbas geschrien! Leugne nicht, du schmutziges Maul; ich habe dich rufen hören, ich stand hinter dir und sah, wie dein wilder Undank dir die Halsadern schwellen ließ!"

Einige schrien außer sich: „Verfluchter! Verfluchter!" Ein Greis hatte mit rechtender Gemessenheit zwei dicke Steine aufgehoben. Und der Mann aus Kapernaum duckte sich, vernichtet, jammerte dumpf: „Ich bin es nicht gewesen, ich bin es nicht gewesen ... Ich bin aus Rama!"

Gad in seinem Zorn packte ihn an den Barthaaren und rief: „Als du diesen Ärmel vor dem Rabbi hochkrempeltest, konnten alle die gewiß von Sichelschnitten herrührenden zwei krummen Narben erkennen ... Zeig her, Hund und Sohn eines Hundes!"

Er riß ihm den Ärmel der Tunika in Fetzen, zerrte ihn mit festen bronzenen Armen wie einen halsstarrigen Ziegenbock, und deutlich waren die bleichen Narben im blonden Haar zu erkennen. Gad schleuderte ihn verächtlich in die Menge hinein, die den Mann aus Kapernaum Staub aufwirbelnd mit Buhrufen und Steinwürfen verfolgte.

Wir traten an Gad heran, mit einem Lächeln, und lobten seine Treue zu Jesu. Er, schon wieder gefaßt, reckte seine Hände einem Wasserverkäufer entgegen, säuberte sie unter dem langen Strahl aus dem behaarten Schlauch, trocknete sie mit dem Leinentuch, das jenem am Gürtel hing und sprach: „Vernehmt! Joseph von Arimathia hat um den Leib des Rabbi gebeten, und der Prätor hat ihn ihm zugestanden ... Erwartet mich um neun Uhr römischer Zeit in Gamaliels Hof ... Wohin seid ihr unterwegs?"

Topsius gestand, daß wir zum Tempel wollten, aus intellektuellen Gründen, betreffend Kunst und Archäologie ...

„Ein eitler Mensch, wer Steine bewundert!" knurrte der stolze Idealist.

Er streifte die Kapuze über sein Gesicht und entfernte sich unter den Segensgrüßen des Volkes, das den Essenern vertraut und sie liebt.

Um uns, hinwärts zum Tempel, den Holperweg durch das Tyropoiontal und über die Brücke des Xystos zu sparen, nahmen wir zwei von den Sänften, die ein Freigelassener des Pontius seit kurzem neben dem Praetorium vermietete, „nach römischer Art".

Ermattet streckte ich mich, Hände im Nacken, auf dem Lager aus trockenem Blattwerk aus, das nach Myrte roch, und langsam begann sich meiner Seele eine seltsame, furchterregende Unruhe zu bemächtigen, die mich schon im Praetorium leicht gestreift hatte, gleich dem Schauder auslösenden Fittich eines Unglücksvogels ... Würde ich für immer in dieser Judenfestung bleiben müssen? Hatte ich unwiederbringlich meine Individualität als Raposo, Katholik, Bakkalaureus und Zeitgenosse der „Times" und des Leuchtgases verloren, um ein Mann des klassischen Altertums zu werden, ein Zeitgenosse des Tiberius? Und gesetzt dieses wundersame Zurückfallen in die Zeiten, was würde ich, wenn ich heimkehrte in mein Vaterland, dort am Ufer des hellen Flusses vorfinden?

Sicherlich eine römische Kolonie: an der saftig grünenden Flanke des Hügels ein Gebäude aus Stein, darin der Prokonsul residierte; daneben ein kleiner Tempel des Apoll oder des Mars, schiefergedeckt, oben auf der Höhe eine Grabenstellung der Legionäre; und ringsum verstreut die Lusitanierstadt mit ihren holprigen Pfaden, Hütten aus Feldsteinen, Schutzdächern für das Vieh, und im Uferschlamm Stöcke zum Festbinden der Flußboote ... So fände ich meine Heimat vor. Was würde ich dort tun, arm und einsam? Wäre ich Hirte in den Bergen? Würde ich die

Treppen des Tempels kehren oder den Kohorten das Holz spalten, für römischen Lohn? ... O unsägliches Elend!

Und wenn ich in Jerusalem bliebe? Welchen Weg nähme ich in dieser finsteren, frommen Stadt Asiens? Würde ich Jude werden und also das Schema beten, den Sabbat heiligen, mir den Bart mit Narde parfümieren, in den Tempelvorhöfen herumlungern, den Lektionen der Rabbis mein Ohr leihen und auf Abend hin mit vergoldetem Stock in den Gärten des Gareb zwischen den Gräbern umherspazieren? ... Diese Existenz mutete mir gleichfalls entsetzlich an ... Nein! Sollte ich mit dem hochgelehrten Topsius in der antiken Welt eingesperrt bleiben, gälte es, noch in dieser Nacht bei Mondaufgang nach Joppe zu galoppieren und dort irgendeine phönikische Trireme Richtung Italien zu nehmen; wir würden uns in Rom wohnlich niederlassen, und sei es in einem der finsteren Gäßchen des Velabrum, in einem dieser hohen, verqualmten Dachverschläge, zweihundert Stufen himmelan, verpestet von den Gerichten aus Knoblauch und Kaldaunen, in Häusern, die selten älter wurden denn zwei Kalenden, ohne einzustürzen oder abzubrennen.

Dahin ging mein Bangen, als die Sänfte anhielt. Ich schob den Vorhang zurück und hatte vor Augen die riesigen Granite der Tempelmauern. Durch den Bogen des Huldators traten wir ein und mußten einen Augenblick verweilen, bis die Tempelwache einem starrköpfigen, rohen Hirten die nägelgespickte Keule abnahm, mit der er das Heiligtum durchqueren wollte. Schon erschreckte mich das von fern her aus den Atrien hallende Tosen, das dem eines Waldes oder eines wildbewegten Meeres glich.

Als der enge Torbogen endlich passiert war, umkrampfte ich, erfaßt von schreckdurchdrungenem Hochgefühl, den mageren Arm des Herodesforschers. Ein Schimmer von Schnee und Gold flimmerte verschwenderisch in der lauen Luft, gespiegelt von den hellen Marmoren, den polierten Granitsteinen, den in göttlicher Sonne des Nisan gebadeten wundervollen Reliefverzierungen. Die glatten Innenhöfe, die ich am Morgen leer gesehen hatte, hell wie das stille Wasser eines Sees, deckte nun festliches, geschmücktes Menschengewimmel. Die herben Gerüche der gefärbten Drapierstoffe, der aromatischen Räucherharze und der auf Holzkohlefeuern schmorenden Fette betäubten einen. Der hallende Lärm wurde übertönt vom heiseren Gebrüll der Ochsen. Und unaufhörlich stiegen die Opferrauchsäulen in den glänzenden Himmel auf.

„Caramba! Diese Pracht ist unfaßlich!" murmelte ich bleich.

Wir gelangten nun zu den Säulenhallen des Salomo, wo das Gewirr eines üblichen Basars herrschte. Hinter großen vergitterten Kassen saßen die Wechsler, mit einer Goldmünze am Ohr zwischen den schmutzigen Locken, und tauschten das priesterliche Geld des Tempels gegen die heidnischen Währungen aller Regionen und aller Zeitläufte, von den massiven Münzen des alten Latium, die schwerer dünkten als Schilde, bis zu den gravierten Ziegelscherben, die auf Assyriens Märkten als „Banknoten" zirkulieren. Vorn schimmerte die Frische und Fülle eines Obstgartens: die Granatäpfel barsten vor Reife, quollen aus den Körben. Gärtner mit Mandelzweigen am Turban riefen Anemonengirlanden oder Bittergräser für das Passafest aus. Kannen mit Frischmilch standen auf Säcken mit Linsen. Und auf den Fliesen lagen Lämmer, mit den Beinen an die Säulen gebunden, und blökten traurig vor Durst.

Hauptsächlich aber drängte sich die Menge mit Seufzern der Begierde vor den Webwaren und den Schmuckgegenständen. Händler aus den phönikischen Kolonien, von den griechischen Inseln, von Tardis, aus Mesopotamien, aus Tadmor, die einen in prunkhaften wollenen Jacken, andere in groben Kapuzenumhängen aus gefärbtem Leder, breiteten die den gleißenden Orienthimmel nachahmenden blauen Tuche von Tyrus aus, die unzüchtigen Seidengewebe aus Scheba, von durchsichtigem Grün, das im Windhauch schwebt, und jene schwarzen, mit großen blutroten Blumen durchwirkten feierlichen Stoffe aus Babylon, die mich schon immer begeistert haben ... Auf Matten aus Galatien waren Zedernholzkassetten ausgelegt, und in ihnen blinkten Silberspiegel, die den Mond und seine Strahlen nachahmten, Glöckchen aus Turmalin, die der Hebräer auf der Brust trägt, über Antilopenhörner gesteckte edelsteinbesetzte Armreifen, Diademe aus Steinsalz, mit denen sich die Verlobten schmücken, und, noch sorgfältiger aufbewahrt, Talismane und Amulette, die mir kindisch vorkamen, Stücke von Wurzeln, schwarze Steinbrocken, geschwärzte Lederstücke und beschriftete Knochen.

Topsius blieb auch vor den Parfümständen stehen, er begann um einen prächtigen Spazierstock aus Tylos zu feilschen, dessen Holz seltsam scheckig war, wie das Fell eines Tigers, doch dann entflohen wir dem beizenden, atemberaubenden Geruch, den da die Baumharze des schwarzen Afrika verströmten, die Büschel Straußenfedern, die Myrrhe vom Orontes, die Wachse der Kyrenaika, die Rosenöle aus Kyzikos und die großen Netze aus Nilpferdleder voller trockener Veilchen und Baccarblätter ...

Wir traten dann in die sogenannte Königsgalerie, die gänzlich der Lehre und dem Gesetz vorbehalten ist. Dort fanden tagtäglich mit großem Gezänk die Streitgespräche zwischen den Sadduzäern, Schriftgelehrten, Sopherim, Pharisäern, sektiererischen Anhängern des Semaja, sektiererischen Anhängern des Hillel, Juristen, Grammatikern und Fanatikern aus dem ganzen jüdischen Land statt. Vor den Marmorsäulen postierten sich die Rechtsgelehrten auf hohen Schemeln, neben sich einen Metallteller, da hinein die Gläubigen ihren Obolus warfen; und ringsherum, mit ihren Sandalen um den Hals und die mit roten Lettern bedruckten Lederhüllen auf den Knien, hockten die bartlosen oder hochbetagten Schüler im Schneidersitz auf dem Boden und brabbelten, bedächtig mit dem Oberkörper schaukelnd, die Leitsätze. Hier und da mitten unter frommbeseelten Zuhörern diskutierten zwei Gelehrte mit entflammten Gesichtern über gewaltige Problempunkte der Lehre: Darf ein vom Huhn am Sabbat gelegtes Ei verspeist werden? Bei welchem Wirbelknochen hat die Wiederauferstehung ihren Anfang? Der Philosoph Topsius feixte, das Gesicht hinter der Falte seines Umhangs verbergend; ich aber zitterte, als ich sah, wie die abgezehrten bärtigen Gelehrten einander bedrohten, „racca, racca!" schrien und die Hand in den Busen ihrer Tunika steckten, wie auf der Suche nach einem verborgenen Eisen.

Immerzu stießen wir auf diese tönenden und wie Pauken so hohlen Pharisäer, die zum Tempel strebten, um da ihre Frommheit zu sonnen; die einen mit gekrümmtem Rückgrat, erdrückt vom riesigen Ausmaß menschlicher Sünde, die anderen stolpernd und sich mit gesenkten Lidern blind vortastend, damit ihnen die unreinen Formen der Frauen nicht in die Augen brannten; einige hatten sich Asche auf das Haupt gestreut und hielten stöhnend die Hände auf den Magen gepreßt – zum Beweis ihrer harten Fasten. Dann zeigte mir Topsius einen Rabbi, der Traumdeuter war: die tiefen Augen im ausgemergelten Bleichgesicht leuchteten traurig wie Grablampen, er saß auf Wollsäcken und breitete über jeden Gläubigen, der vor seinen nackten Füßen niederkniete, den Saum eines weiten schwarzen, mit weißen Zeichen bemalten Mantels. Ich war neugierig, wollte ihn konsultieren, doch da erscholl im Vorhof jähes Jammergeschrei. Wir eilten hin. Leviten schlugen mit Stricken und Ruten wild auf einen Leprakranken ein, der, in unreinem Zustand, Israels Hof betreten hatte. Das Blut spritzte auf die Fliesen. Ringsum lachten Kinder.

Gerade brach die sechste jüdische Stunde an, die dem Herrn liebste, wenn die Sonne auf ihrer Bahn zum Meer voll Verzückung über Jerusalem einhält. Um uns „Israels Atrium" nähern zu können, mußten wir uns durch die aus allen zivilisierten und barbarischen Landstrichen herbeigeströmten, umherwimmelnden Massen drängen ... Das rauhe Fellgewand der Hirten Idumäas streifte die kurze Chlamys der bartlosen, alabasterbleichen Griechen. Da waren feierliche Männer aus Babyloniens Ebene, mit dem Bart in einem blauen Sack, der mittels Silberschnur an der Mitra aus gefärbtem Leder befestigt war; und rothaarige Gallier, mit hängenden Schnurrbärten wie die Gräser ihrer

Bergseen, waren da, und sie lachten und schwatzten und verschlangen Syriens süße Limonen mitsamt der Schale. Gelegentlich kam ein Römer in einer Toga vorbei, so gemessen, als wäre er von einem Sockel gestiegen. Leute aus Dakien und Mysien, die Waden mit Filzstreifen umwikkelt, stolperten, vom hellen Glanz des Marmors geblendet, umher. Und es war nicht weniger seltsam, daß ich, Teodorico Raposo, mit meinen Reitstiefeln da entlangschlurfte, hinterdrein einem Priester des Molochs, der, riesig und sinnlich in seiner Purpurweste, mitten in einem Schwarm von Händlern aus Serepta hinschritt, voll Verachtung für diesen Tempel ohne Bilder und ohne Haine, jedoch geräuschvoller als ein phönikischer Jahrmarkt.

So gelangten wir langsam bis vor die Pforte, die Einlaß gewährte zu Israels heiligem Atrium, und „Die Schöne Pforte" hieß. In der Tat, schön, kostbar und triumphal wirkte sie, da über den vierzehn Stufen aus gelbgeädertem, grünem numidischem Marmor; ihre mit Silberbeschlägen verzierten breiten Flügel glänzten wie ein Reliquiar, und die zwei Türpfosten, vom Aussehen dicker Palmbündel, trugen einen runden weißen Turm, der geschmückt war mit den Schilden, die Juda seinen Feinden abgenommen hatte und die in der Sonne glänzten wie eine Glorienkette auf der starken Brust eines Helden! Jenseits dieses wundervollen Zugangs ragte ein gestrenger Pfeiler auf, gekrönt von einer schwarzen Tafel, die in goldener Schrift, auf griechisch, Latein, aramäisch und chaldäisch, den Drohhinweis enthielt: „Betreten für Fremdlinge verboten. Zuwiderhandlung wird mit dem Tode bestraft!"

Glücklicherweise erspähten wir den hageren Gamaliel, der, barfuß und einen Strauß Opferähren an die Brust pressend, auf den Heiligen Hof zuschritt; in seiner Begleitung ein fettglänzender Mann mit rosigem, lächelndem Gesicht, auf dem Kopf eine riesige Mitra aus mit Korallenfäden geschmückter schwarzer Wolle ... Wir begrüßten den harschen Rechtsgelehrten mit einer Verbeugung bis herab zu den Fliesen. Gleich psalmodierte er mit geschlossenen Augenlidern: „Seid willkommen ... Dies ist die beste

Stunde, Gottes Segen zu empfangen. Der Herr sagt: ‚Tretet aus euren Behausungen, kommt zu mir mit dem Erstling eurer Früchte, in allen Werken eurer Hände will ich euch segnen ...' Heute gehört ihr auf wundervolle Weise zu Israel. Steigt mit hinauf in das Haus des Ewigen! Dies hier an meiner Seite ist Elieser von Silo, in den Dingen der Natur wohltätig und gelehrt wie keiner."

Er überreichte uns zwei Ähren, und ihm hinterdrein betraten wir mit unseren heidnischen Sohlen das verbotene Atrium von Juda.

Elieser von Silo schritt an meiner Seite und erkundigte sich höflich und mild, ob mein Heimatland fern liege und die Wege gefahrvoll seien ...

Ich brummte, vage und zurückhaltend: „Ja ... Wir sind von Jericho angereist."

„Ist die Balsamernte dort gut ausgefallen?"

„Prächtig", versicherte ich warm. „Gelobt sei der Ewige, in diesem Jahr des Heils schwimmen wir nachgerade in Balsam!"

Er schien hocherfreut. Und er verriet mir, daß er einer der Ärzte dieses Tempels sei, wo die Priester und die Opfernden fortwährend an „Darmunpäßlichkeiten" litten, weil sie verschwitzt und barfuß die kalten Fliesen des Atriums betraten.

„Darum nennt uns das Volk von Zion Eingeweidedoktoren", flüsterte er mit schalkhaftem Funkeln in seinem gütigen Auge.

Ich krümmte mich vor Lachen, ergötzt von diesem köstlichen Flüsterwitz in des Ewigen gestrenger Wohnstatt. Ich entsann mich da meines Bauchgrimmens zu Jericho, wo ich den göttlichen und hinterhältigen syrischen Melonen über die Maßen zugesprochen hatte, und ich fragte den freundlichen Arzt, ob er in solchem Falle zu Wismut rate.

Der meisterliche Mann schüttelte vorsichtig seine gebauschte Mitra, reckte einen Finger in die Höhe und nannte mir ein unvergleichliches Rezept: „Nimm Baumharz aus Alexandria, Gartensafran, eine Zwiebel aus Persien und dunklen Wein aus Emmaus ... Vermenge und koche es ... Laß es abkühlen in einem Silbergefäß ... Setze dich bei Sonnenaufgang auf eine Wegkreuzung ..."

Plötzlich verstummte er, die Arme ausgebreitet, das Gesicht zu den Fliesen herabgebeugt. Wir waren in das prächtige Atrium getreten, genannt „Vorhof der Frauen"; in ebendiesem Augenblick endeten die Segnungen, die ein Priester zur sechsten Stunde von der Höhe des Nikanortors austeilte.

Streng und gänzlich in Bronze, eröffnete das Nikanortor im Hintergrund den Blick auf den Goldzierat, den Schnee, die würdevoll glänzenden Edelsteine des Heiligtums ... Auf den breiten Treppenstufen, die heller strahlten als Alabaster, posierten kniend und weißgekleidet zwei Abteilungen Leviten, die einen mit gekrümmten Hörnern, die andern mit reglosen Fingern über den Saiten ihrer Lyren. Und zwischen diesen knienden Männern schritt ein großer hagerer Greis die Stufen herab, ein goldenes Weihrauchgefäß in der Hand.

Die Fransen seiner enganliegenden Prunktunika waren gesäumt von Smaragden, im Wechsel mit zart klingenden Glöckchen; seine mit Henna bemalten nackten Füße schienen aus Korall, und in der Mitte seiner Schärpe, die ihm die mageren Rippen umschloß, eine aus Goldfäden gestickte große Sonne. Die lautlos, still daknienden Gläubigen neigten ihre unter Mänteln und Schleiern verborgenen Gesichter bis fast auf die Fliesen herab; und bei den festlichen Farben, unter denen das Anemonenrot und das Grün der Feige vorherrschten, dünkte einen das Atrium mit Blumen und Blättern übersät, wie zu Ehren des an einem Triumphmorgen Einzug haltenden Salomo.

Den starren, spitzen Bart zum Himmel gereckt, schwenkte der Alte seinen Weihrauch nach Ost und den Sanden entgegen, sodann nach West und zu den Meeren hin, und so stark war die innere Sammlung, daß man in der Tiefe des Heiligtums die Ochsen brüllen hörte. Er stieg noch weiter hinab, hob die edelsteingeschmückte Mitra höher, schwenkte das ächzende und in der Sonne blitzende Weihrauchgefäß, mit dem weißen Rauch, zart und duftend, breitete sich über Israel der Segen des Allmächtigen. Da schlugen die Leviten im Gleichklang die Saiten der Lyren, aus den Krummhörnern tönte ein bronzener Schrei, und das ganze Volk, aufrecht stehend und die Arme himmelwärts, stimmte einen Psalm an und pries Judas Ewigkeit ... Unvermittelt aber war alles zu Ende, die Leviten auf der Marmortreppe zogen sich lautlos auf nackten Füßen zurück, Elieser von Silo und der steife Gamaliel waren in die Säulengänge getaucht; und der helle Hof voller Frauen strahlte in lichter Pracht.

Die Alabasterverzierungen waren so blank poliert, daß Topsius die noblen Falten seines Umhangs darin wie in einem Spiegel sah. Alle Früchte Asiens und Gartenblumen verflochten sich in reicher Silberarbeit an den Türen der rituellen Kammern, in denen das Öl parfümiert, das Holz gesegnet, die Lepra geheilt wurde; zwischen den Pfeilern hingen, üppiger als über der Brust einer Braut, in Girlandenschnüren dicke Perlen und Kugeln aus Onyx, und um die bronzenen Spendengefäße von der Form riesiger Kriegstrompeten, die auf dem Fliesenboden standen, schlangen sich Aufschriften in Goldrelief, graziös wie Liedverse, und forderten: „Brennt Weihrauch und Narde, opfert Tauben ..."

Nun aber erstrahlte das heilige Atrium von Frauen, eilig wandten sich meine Augen von den Metallen und Marmoren ab, ließen sich von diesen liebreizenden und wie Cedars Zelte so dunklen Töchtern Jurusalems gefangennehmen. Alle trugen im Tempel das Gesicht unverschleiert, oder aber ein luftig leichter Musselinschleier nach römischer Mode, zart auf den Turban hochgewickelt, legte ein schaumiges Weiß um die Gesichter, verlieh den schmachtenden Augen unter ihren dichten, mittels Zyperntinktur verlängerten Wimpern einen noch feuchteren Glanz. Der erdrückende Überfluß an Gold und Edelsteinen hüllte sie in ein flimmerndes Strahlen, von ihren prallen Busen bis zu ihren Frisuren, die krauser waren als die Wolle der Ziegen von Galaad. Die mit Glöckchen und Kettchen geschmückten Sandalen ließen über den Fliesen eine silberhelle Melodie tönen – so anmutig schritten sie im Gleichmaß ihrer wogend gemessenen Bewegungen dahin. Und ihre mit scharfen Essenzen aus Ambra, Malobathrum und Baccar parfümierten Stickereien, Galater Baumwollgewebe und enganliegenden, bunten Feinleinen erfüllten ringsum alles mit Duft nach Frische, berauschten die Männerseelen. Die Wohlhabendsten schritten feierlich zwischen gelbgewandeten Sklavinnen, die ihnen den Sonnenschirm aus Straußenfedern, die frommen Gesetzesrollen, Säckchen mit süßen Datteln und leichte Silberspiegel trugen. Die Ärmsten liefen in einem vielfarbig gestreiften einfachen Baumwollhemd, als Schmuck lediglich einen rohen Korallentalisman, liefen dahin, plapperten, zeigten ihre nackten Arme und den Hals von der Farbe heranreifender Baumerdbeeren ... Und über ihnen allen summte meine Begierde wie eine Biene, die sich nicht entscheiden kann zwischen Blüten gleicher Süße.

„Topsius, ach, Topsius!“ flüsterte ich. „Was für Weiber! Was für Weiber! Trefflicher Freund, ich berste!“

Der Gelehrte bemerkte abfällig, sie besäßen nicht mehr Geist als die Pfauen in Antipas' Gärten; und daß gewiß keine von ihnen jemals Aristoteles und Sophokles gelesen habe! ... Ich zuckte mit den Achseln. O Glanz des Himmels! Für jedwede dieser Frauen, die Sophokles nie gelesen, gäbe ich, wäre ich Caesar, gern eine Stadt Italiens und ganz Iberien! Die einen betörten mich mit der leidvoll büßerhaften Grazie von Andachtsjungfrauen, die im fortwährenden Halbdunkel ihrer Zimmer aus Zeder leben, den Leib parfümgesättigt, die Seele erdrückt von Gebeten. Andere blendeten mich mit der kernigen, saftigen Pracht ihrer Schönheit. Welch dunkle göttinnenhafte Mandelaugen! Welch marmorhelle, geschmeidige Glieder! Welch schattige Weichheit! Welch wundervolle Nacktheit, wenn sich vor ihrer tiefen Bettstatt die schweren Haare lösten und lieblich der Schleier und die Galater Gewebe herabglitten!

Topsius mußte mich am Burnus zur Treppe des Nikanortors hinaufzerren. Und noch blieb ich auf jeder Stufe stehen, wandte die glühenden Augen zurück, schnaufte wie zur Maienzeit ein Stier in der Flußaue.

„O ihr kleinen Mädchen Zions! Euretwegen möchte ich auf der Stelle den Verstand verlieren!"

Als ich mich, vom gelehrten Historiker gestoßen, umdrehte, prallte ich einem rosengeschmückten weißen Lamm, das ein Alter mit gefesselten Beinen auf dem Rükken trug, gegen die kleine Schnauze. Im Vordergrund zog sich eine lange, kunstvoll aus Zedernholz gearbeitete Balustrade hin, mit einer halboffenen Schranke ganz aus Silber, die lautlos träge und gleißend hin und her schwang.

„Hier ist es, wo man den Ehebrecherinnen das Bitterwasser verabreicht", sprach der gelehrte Topsius. „Hier nun, Dom Raposo, haben Sie Israel, das seinen Gott verehrt."

Endlich das priesterliche Atrium! Und ich erschauerte beim Anblick dieses Heiligtums, das monströser funkelte als alles sonst. Mitten auf der weiten, hellen Terrasse türmte sich aus schwarzen Steinen der Altar der Brandopfer: an seinen vier Ecken stach je ein Bronzehorn hervor; von dem einen hingen Liliengirlanden, von den anderen Korallenschnüre, aus einem weiteren tropfte Blut. Von dem riesigen Altarrost stieg langsam rötlicher Rauch auf, und ringsum drängten sich die Opfernden, barfuß, alle in Weiß, mit Bronzegabeln in den bleichen Händen, Spießen aus Silber, und in den himmelblauen Schärpen Messer . . . Zum strengen, geschäftigen Geräusch der hochheiligen Zeremonie mengte sich das Blöken der Lämmer, der Silberklang der Teller, der Knall berstender Hölzer, die dumpfen Schläge der Keule, das leise Plätschern des Wassers in Marmorschüsseln und das Dröhnen der Hörner. Trotz der Riechgewürze, die in Kasserollen brannten, und der langen Wedel aus Palmblättern, mit denen die Diener die Luft fächelten, hielt ich das Taschentuch vors Gesicht, angewidert von diesem lauen Geruch nach rohem Fleisch, Blut, verbranntem Fett und Safran, das der Herr von Mose einforderte als die beste aller irdischen Gaben.

Im Hintergrund zerrten blumengeschmückte Ochsen

und weiße Kälber mit vergoldeten Hörnern, muhend und mit dem Kopf stoßend, an ihren Stricken, die sie an starke Bronzeringe fesselten; weiter abseits, auf Marmortischen, lagen zwischen Eisstücken, rot und blutend, große Batzen Fleisch, über denen die Leviten Federfächer schwangen, um die Schmeißfliegen fernzuhalten. Von Säulen, die in schillernden Kristallkugeln gipfelten, hingen tote Lämmer; Nethenins in mit heiligen Texten beschriebenen Lederschürzen, schächteten sie mit Silbermessern, unterdessen die Opferer in blauen Umhängen Eimer fortschleppten, aus denen Därme quollen und über den Boden schleiften. Idumäische Sklaven, unter runder metallener Mitra, wischten fortwährend den Steinboden mit Schwämmen; einige beugten sich unter der Last der Holzbündel, andere bliesen im Hocken in die steinernen Feuerstellen.

Jeden Augenblick trat irgendein greiser Opfernder barfuß an den Altar, brachte auf der Schulter ein zartes Lamm, das nicht blökte, sondern sich wohl fühlte zwischen den zwei nackten Armen. Ein Lyraspieler schritt ihm voraus, und hinterdreinlaufende Leviten trugen die Krüge mit den aromatischen Ölen. Vor dem Altar, umgeben von Akoluthen, streute der Opfernde über das Lamm eine Handvoll Salz; dann, psalmodierend, schnitt er ihm eine Stirnlocke ab. Die Hörner schmetterten, der Schrei eines verwundeten Tieres verhallte im heiligen Tumult; über die weißen Tiaren reckten sich zwei rote Hände und schüttelten das Blut ab; vom Altargrill schoß, belebt durch die Öle und das Fett, eine fröhliche Opferflamme auf; und der rötliche Rauch stieg bedächtig ins Blaue, trug in seinen Wolken den Geruch, der den Ewigen ergötzt.

„Der reinste Fleischerladen!" murmelte ich verwirrt. „Ein Fleischerladen! Topsius, Doktor, gehen wir lieber zurück zu den Weibchen! . . ."

Der Gelehrte blickte zur Sonne, legte mir seine Freundeshand schwer auf die Schulter und sprach: „Fast die neunte Stunde, Dom Raposo! . . . Wir müssen zum Gerichtstor hinaus, und bis hinter den Garebhügel, zu einem rauhen Ort, genannt Kalvarienberg.

Ich erbleichte. Mir schien, daraus konnte meine Seele keinen geistigen Gewinn ziehen, und ebensowenig erfuhr das Wissen von Topsius unerwartete Bereicherung, wenn wir uns hinbegaben, um auf dem Kamm eines Hügels, zwischen Heidekraut, Jesus am Kreuz hängen und leiden zu sehen – bestenfalls war es unseren Gefühlen eine Folter! Doch ich folgte meinem gelehrten Freund unterwürfig die Wassertreppe hinab, zum breiten Basaltpflaster und den ersten Häusern des Burgbergs. Dem Heiligtum nahe und bewohnt von den Priestern, prangten die Häuser, geschmückt mit Palmzweigen, Lampen und von den Balkonen hängenden Teppichen, in verschwenderischer österlicher Frömmigkeit; die Türpfosten einiger von ihnen waren mit frischem Schafblut besprengt.

Ehe wir in eine schmutzige, gerümpelübersäte Gasse tauchten, die sich unter alten Spartograsdächern hinschlängelte, drehte ich mich nach dem Tempel um: jetzt sah ich nur die riesige Granitmauer, mit Bastionen obenauf, finster und unzerstörbar; und die Arroganz, mit der die Mauer ihre Kraft und ihre Ewigkeit zur Schau trug, erfüllte mein Herz mit Zorn. Während auf einem den Sklaven vorbehaltenen Begräbnishügel der Mann aus Galiläa, der unvergleichliche Freund der Menschen, an seinem Kreuz erkaltete und jene reine Stimme der Liebe und des geistigen Lebens für immer verlosch, spreizte sich hier funkelnd und triumphal dieser Tempel, der ihn tötete, dieser Tempel mit dem Blöken seiner Tiere, dem Gellen seiner Sophismen, dem Wuchergeschäft in den Säulenhallen, dem Blut auf den Opferaltaren, der Ungebührlichkeit seines harten Stolzes, der Belästigung durch seinen ewigen Weihrauch ... Da schwang ich, mit gebleckten Zähnen, die Faust gegen Jahwe und seine Zitadelle und schrie: „Geschleift sollst du werden!"

Ich preßte die trockenen Lippen aufeinander und öffnete sie erst wieder, als wir zu der engen Pforte in der Mauer des Hiskia kamen, die die Römer das Gerichtstor nannten. Dort klebte an einem Steinpfeiler ein Pergament mit den abgeschriebenen drei Urteilen, dem eines „Diebes aus Bethabara", dem eines „Mörders aus Hammath" und dem des „Jesu aus Galiläa". Ihr Anblick ließ mich erschaudern. Der Schreiber des Hohen Rates, der gemäß Gesetz bis zum Hinscheiden der Verurteilten da zu wachen hatte, um ein etwaiges unverhofftes Zeugnis ihrer Unschuld zu notieren, würde mit seinen Tabularien unter dem Arm aufbrechen, sobald er über jedes Urteil einen dicken roten Strich gezogen hatte. Und dieser blutfarbene letzte Strich, eilends erledigt von einem Buchhalter, der sich zufrieden auf den Heimweg begab, sein Lamm zu verspeisen, machte mich betroffener als all die Melancholie der heiligen Bücher.

Hecken blühender Kakteen säumten die Straße, und weiter weg waren es grüne Terrassen, wo niedrige Mauern aus losen Steinen, überwuchert von wilden Rosen, die Gärten gegeneinander abgrenzten. Alles dort leuchtete festlich und friedvoll. Im Schatten der Feigenbäume und unter Rebdächern saßen die Frauen im Schneidersitz auf Teppichmatten, spannen den Lein oder flochten Gebinde aus Lavendel und Mangozweigen, die zum Passafest dargeboten werden; und die Kinder ringsum, mit lauter Korallenamuletten um den Hals, schaukelten an Stricken, schossen Pfeile ... Die Straße herab trottete eine Dromedarkarawane mit Waren unterwegs nach Joppe. Zwei robuste Männer kehrten von der Jagd zurück, in staubbedeckten, hohen roten Schuhen; der Köcher schlug gegen den Schenkel, über der Schulter trugen sie ein Netz, und die Arme waren beladen mit Rebhühnern und mit an den Beinen gefesselten Geiern. Und vor uns, auf die Schulter eines Kindes gestützt, das ihn führte, schritt langsam ein armer Alter mit langem Bart, der am Gürtel, einem Barden gleich, die fünfsaitige griechische Lyra trug und auf der Stirn einen Lorbeerkranz ...

Weiter hinten, an einer mit Mandelzweigen überschatteten Mauer, vor rotgestrichener Gartentür, saßen auf einem gefällten Baumstamm wartend zwei Sklaven mit gesenktem Blick und die Hände auf die Knie gelegt. Topsius blieb stehen, zupfte mich am Burnus und sagte: „Das ist der Garten des Joseph von Arimathia, eines Freundes von Jesus, Mitglied des Hohen Rates – ein Mann von unruhigem Geist, der den Essenern zuneigt . . . Und da kommt Gad!"

In der Tat, aus der Tiefe des Gartens, durch ein Spalier von Myrte und Rosen, kam Gad mit einem Bündel Lein und einem Weidenkorb, die er an einem Stecken trug. Wir blieben stehen.

„Rabbi!" rief der große Historiker und schlüpfte durch das Lattentürchen.

Der Essener übergab einem der Sklaven das Bündel Lein und den mit Myrrhe und aromatischen Gräsern gefüllten Korb; einen Augenblick stand er vor uns, außer Atem, die Hand auf das Herz gepreßt, um seine Angst zu besänftigen.

„Er hat sehr gelitten!" murmelte er endlich. „Er hat gelitten, als sie ihm die Hände durchbohrten . . . Und mehr noch, als sie das Kreuz aufrichteten . . . Zuerst wies er den Gnadenwein zurück, der ihn in Ohnmacht versenken sollte, denn er wollte mit wacher Seele den Tod annehmen, nach dem er gerufen hatte! . . . Aber Joseph von Arimathia und Nikodemus wachten, und beide erinnerten ihn, was er eines Nachts in Bethanien versprochen hatte . . . Da nahm der Rabbi den Napf aus den Händen von Rosmophins Frau und trank."

Der Essener hielt seine glänzenden Augen auf Topsius geheftet, und als wollte er ihm ein oberstes Gebot fest einschärfen, trat er einen Schritt zurück und sagte bedeutungsschwer: „Heute nacht, nach dem Abendessen, auf Gamaliels Terrasse."

Und wieder verschwand er in der frischen Gasse des Gartens, zwischen Myrte und Rosenhecke. Topsius verließ sogleich die Straße von Joppe, nahm im Eilschritt eine Abkürzung durch wüstes Brachgelände, wo sich mein Burnus in den Stacheln der Agaven verfing. Das Gnadengetränk, so erklärte er mir, sei ein starker Wein aus Tharsis, versetzt mit Mohnkapselsaft und Spezereien, den eine Schwesternschaft frommer Frauen bereitstellte, um den zum Tode Verurteilten die Schmerzen zu nehmen ... Aber ich hörte dem wissensreichen Geist nur schlecht zu. Oben auf einer Terrasse ganz aus Fels und Heidekraut gewahrte ich eine Menschenmenge, die sich hart gegen das helle Blau des reinen Himmels abhob; in ihrer Mitte ragten drei dicke Holzschäfte auf, und drumherum bewegten sich in der Sonne glänzende Legionärshelme. Verwirrt lehnte ich mich am Wegrand gegen einen Wärme verstrahlenden weißen Fels. Doch ich sah Topsius weitermarschieren, mit der weisen Gelassenheit dessen, der den Tod als reinigende Befreiung von den unvollkommenen Formen begreift. Ich wollte nicht weniger stark sein, nicht weniger von Geist beseelt, ich riß mir den Burnus vom Leib, der mich zu ersticken drohte, und erklomm tapfer den schrecklichen Hügel.

Nach der einen Seite hin kerbte sich das Tal von Hinnom ein, bleich und verbrannt, ohne einen Grashalm, ohne einen Schatten, übersät von Knochen, Gerippen, Ascheresten. Und vor uns stieg der Hügel auf, mit leprahaften Flecken schwarzen Stechginsters, zwischen denen hier und dort glänzende, gebeinehelle Felsstücke hervorstachen. Der Hohlweg, auf dem unsere Schritte die Eidechsen verscheuchten, endete vor einer verfallenen Lehmhütte. Zwei Mandelbäume, trauriger als einer Grabesspalte entsprossene Gewächse, reckten seitwärts ihr spärliches blütenloses Astwerk, auf dem schrill Zikaden sangen. Und in dem dürren Schatten weinten vier Frauen, barfüßig, zerzaust, die ärmlichen Tuniken vor Trauerschmerz zerrissen, weinten wie bei einem Begräbnis.

Eine, den Saum ihres schwarzen Umhangs über den Kopf gezogen, saß reglos und steif gegen einen Stamm gelehnt und stöhnte dumpf; eine andere, erschöpft von den Tränen, lag auf einem Stein, der Kopf auf die Knie gesunken, ihre wundervoll blonden Haare wirr über den Erdboden gebreitet. Die anderen zwei, zerkratzt, blutig, wie im Fieberwahn, schlugen sich verzweifelt die Brust, streuten sich Erde übers Gesicht, streckten die nackten Arme gen Himmel, erschütterten den Hügel mit Schreien: „O du mein Entzücken, o mein Schatz, o meine Sonne!“ Und ein

Hund, der in der Ruine umherschnüffelte, öffnete den Rachen und heulte ebenfalls, finster, unheimlich.

Erschrocken zerrte ich den gelehrten Topsius am Umhang, und wir stiegen durch das Heidekraut geradenwegs hinan. Dort oben drängten sich gaffend und schwatzend Handwerker aus den Werkstätten des Gareb, Tempeldiener, Hausierer und etliche jener in Lumpen gekleideten elenden Priester, die von Schwarzkunst und von Almosen leben. Zwei Wechsler, mit Goldmünzen an den Ohren, wichen beim Anblick von Topsius' weißem Umhang zurück und murmelten unterwürfige Segensgrüße. Ein an Pflökken befestigter Strick aus Spartogras hielt uns von der Kuppe fern und war an der Stelle, wo wir uns befanden, um einen alten Ölbaum gewunden, von dessen Ästen Legionärsschilde und ein roter Mantel hingen.

Ich hob angstvoll den Blick ... Ich hob den Blick zu dem höchsten der Kreuze, das mit Keilen in einer Felsspalte festgeklemmt war. Der Rabbi war im Sterben. Und dieser Leib, der nicht aus Elfenbein und nicht aus Silber war, sondern sich da aufbäumte, lebend, warm, an Holz gebunden und genagelt, mit einem alten Tuch um die Hüften und einen Balken zwischen den Beinen – er erfüllte mich mit Schrecken und mit Entsetzen ... Das Blut hatte das frische Holz fleckig gemacht, schwärzte seine Hände, gerann um die Eisennägel herum; fast berührten die mit einem dicken Strick gefesselten violetten, vom Schmerz verkrampften Füße den Erdboden. Das Haupt, von einer Blutwelle gedunkelt, dann wieder bleicher als Marmor, wälzte sanft von einer Schulter auf die andere; und unter den schweißnassen, wirren Haaren erstarben, siech und gedämpft, die Augen – es war, als wollten sie für immer alles Licht und alle Hoffnung von dieser Erde hinwegnehmen.

Der Zenturio, ohne Mantel, die Arme über dem Schuppenhemd verschränkt, schritt gemessen vor dem Kreuz des Rabbi auf und ab und musterte zuweilen mit hartem Blick die schreienden und lachenden Leute des Tempels. Topsius zeigte mir einen vorn an der Absperrung stehenden Mann, dessen gelbes, trauriges Gesicht unter den zwei schwarzen lang auf die Brust herabfallenden Haarsträhnen fast verschwand; ungeduldig rollte der Mann ein Pergament auf und zusammen, schaute mal nach der langsam sich senkenden Sonne, sprach mal leise mit einem Sklaven neben ihm.

„Das ist Joseph von Arimathia", verriet mir der gelehrte Historiker. „Gehen wir zu ihm, hören wir, was es zu hören gilt."

Aber just da hallte aus der schmutzigen Schar der von den Überbleibseln der Brandopfer genährten Tempeldiener und elenden Priester ein Schrei, gellender als das Gekrächz der Raben auf einer Anhöhe. Einer, riesig und schmuddlig, mit Narben von Messerstichen in seinem Gesicht, das ein schütterer Bart bedeckte, hatte die Arme hochgerissen und rief mit nach Wein riechendem Atem zum Kreuz des Rabbi hin: „Du, der du stark bist und den Tempel samt seinen Mauern einreißen wolltest, nun zerbrich wenigstens das Kreuz!"

Ringsum dümmliches Gelächter. Und ein anderer legte die Hände vor die Brust, in unendlichem Spott niedergebeugt, und grüßte den Rabbi: „Nachfolger Davids, o mein Prinz, wie schmeckt dir dieser Thron?"

„Sohn Gottes! Rufe deinen Vater an, mal sehen, ob dich dein Vater rettet!" schrie neben mir heiser und mit zitterndem Bart ein dürrer Alter, der sich mühsam auf seinen Stock stützte.

Einige viehisch gemeine Hausierer näßten trockene Erdstücke mit Spucke und bewarfen damit den Rabbi, ein Stein flog durch die Luft und schlug mit hohlem Laut gegen das Holz. Da kam der Zenturio erzürnt gelaufen; das Blatt seines Langschwerts blitzte in der Luft; und die Menge wich fluchend zurück, während einige die blutigen Finger in den Saum ihres Umhangs hüllten.

Wir traten an Joseph von Arimathia heran. Doch der finstere Mann entwich plötzlich, entzog sich der Belästigung durch den gelehrten Topsius. Und beleidigt ob seiner Grobheit blieben wir neben einem vertrockneten Ölbaum, vor den anderen Kreuzen.

Die anderen zwei Verurteilten waren im kühlen Lufthauch des Abends aus erster Ohnmacht erwacht. Der eine, dick und behaart, mit vorquellenden Augen, die Brust nach vorn gedrückt und die Rippen am Bersten, als wollte er sich in verzweifeltem Kraftaufwand eigenmächtig vom Holz lösen, brüllte unaufhörlich, viehisch; das Blut troff ihm langsam von den schwarzen Füßen und den blassen Händen; sich selbst überlassen, ohne irgendeines Anwesenden Zuwendung oder Mitleid, glich er einem verwundeten Wolf, der heulend auf einem Brachfeld krepiert. Der andere, schlank und blond, hing da ohne ein Stöhnen, wie ein durchgeknickter Pflanzenstengel. Ihm vor Augen hielt eine in Lumpen gekleidete verhärmte Frau, die mit dem Knie immer wieder über den Strick setzte, ihr nacktes Kleinkind in die Höhe und schrie, schon heiser: „Schau nur, schau nur!", doch die bleichen Lider hoben sich nicht. Ein Neger, der die Kreuzigungswerkzeuge einpackte, stieß sie sanft zurück; sie verstummte, drückte das Kind verzweifelt an sich, damit sie es ihr nicht auch noch wegnahmen, schlug die Zähne aufeinander, zitterte am ganzen Leib; und das kleine Wesen zwischen den Lumpen suchte die magere Brust.

Soldaten saßen auf dem Erdboden und teilten unter sich die Tuniken der Gerichteten; andere, den Helm unter dem Arm, wischten sich den Schweiß ab oder tranken aus einem Eisennapf in langsamen Schlücken die Posca. Und unten im Tal, im Staub der Straße, bei lieblicher Sonne, strebten Menschen von den Feldern und aus den Gärten gemächlich heim. Ein Alter trieb seine Kühe dem Genathtor entgegen; Frauen schleppten singend Holz; ein Reiter in weißem Umhang trabte dahin. Manche von denen, die da die Straße entlanggingen oder aus den Obstgärten des Gareb kamen, erblickten die drei aufragenden Kreuze, sie schürzten die Tunika und stapften durch das Heidekraut den Hügel hinan. Das Schild über dem Kreuz des Rabbi, in Griechisch und Latein, verblüffte sie. „König der Juden"! Wer war dies. Zwei junge Männer, Patrizier und Sadduzäer, mit Ohrgehängen aus Perlen und Goldstickerei an den Schnürstiefeln, stellten den Zenturio empört zur Rede.

Wieso hatte der Prätor „König der Juden" geschrieben? War der Gekreuzigte da Gaius Tiberius? Tiberius und niemand sonst war König von Judäa! Der Prätor wollte Israel schmähen! In Wahrheit beleidigte er den Caesar!

Ungerührt sprach der Zenturio mit zwei Legionären, die in einem Bündel auf der Erde liegender dicker Eisenstangen wühlten. Die Frau, in Begleitung der Sadduzäer, eine niedliche dunkle Römerin, mit Purpurbändern in den blaugepuderten Haaren, betrachtete den Rabbi sanft und schnupperte an ihrem Riechfläschchen; sicherlich bemitleidete sie diesen jungen Mann, einen besiegten König, einen Barbarenkönig, der am Sklavenmast starb.

Müde und erschöpft setzte ich mich mit Topsius auf einen Stein. Es war um die achte jüdische Stunde. Die Sonne, so friedvoll gelassen wie ein alternder Held, sank dem Meer entgegen. Vor uns hüllte sich der mit Gärten bedeckte Gareb in Grün. Längs der Mauern, im neuen Viertel Bezetha trockneten vor den Färbereien große rote und blaue Tücher auf Leinen; in der Tiefe einer Schmiede glühte ein Feuer; Kinder spielten auf dem Rand eines Wasserbeckens. Weiter fort, oben auf dem Hippikosturm, der seinen Schatten bereits über das Tal von Hinnom warf, standen Soldaten an der Brüstung und zielten mit Pfeil und Bogen auf Geier, die in der Bläue flogen. Und jenseits, frisch und rosig im Spätnachmittag, hoben sich zwischen Baumgruppen die Terrassen des Herodespalastes ab.

Traurig und schweifenden Sinns dachte ich an Ägypten, an unsere Zelte, an die qualmende rote Kerze, die ich vergessen hatte zu löschen, da sah ich den Alten, dem wir auf der Straße nach Joppe begegnet waren, mit der Leier am Gürtel langsam den Hügel heraufkommen, auf die Schulter des Kindes gestützt, das ihn führte. Seine Schritte waren noch schleppender und ungewisser nach mühevollem, ermüdendem Tagesmarsch; Trauer legte ihm den wallenden Bart gegen die Brust; und unter dem weinroten Überwurf, der ihm das Haupt bedeckte, hingen die Blätter des Lorbeerkranzes licht und welk.

Topsius rief ihm zu: „He, Rhapsode!" Und als er, durch

das Heidekraut sich vortastend, näher kam, fragte ihn der gelehrte Historiker, ob er von den lieblichen Inseln des Meeres vielleicht ein neues Lied mitbrachte. Der Alte hob das traurige Antlitz; und würdevoll entgegnete er, daß in der Hellenen ältesten Gesängen unvergängliche Jugendlichkeit lächele. Er stützte sich mit dem Fuß, der in einer Sandale steckte, auf einem Stein ab, nahm die Lyra in die langsamen Hände; das Kind, aufrecht stehend und mit gesenkten Augen, setzte eine Rohrflöte an die Lippen. Und im Glanz des hereinbrechenden Abends, der Zion golden umhüllte, stimmte der Rhapsode einen zittrigen, gleichwohl ruhmpreisenden, verehrungsvollen Gesang an, wie vor dem Altar eines Tempels irgendwo an Ioniens Gestaden ... Und ich spürte, daß er die Götter besang, ihre Schönheit, ihre Heldentaten. Er besang den bartlosen, goldfarbenen Delphier, der die menschlichen Gedanken mit seiner Kithara schärfte; besang Athene, die bewaffnete und geschäftige, die des Menschen Hand über den Webstuhl führte; besang Zeus, der urtümlich und heiter gelassen Schönheit den Rassen und Ordnung den Städten lieh; und besang das über allem schwebende gestaltlose Fatum, das stärker war als alle!

Plötzlich gellte ein Schrei über dem Hügel, erfüllte den Himmel wie ein gewaltiger Ausbruch der Befreiung! Die schlaffen Hände des Alten erstarben auf den Metallsaiten. Er hatte den mit halb entblätterter epischer Lorbeerkrone gezierten Kopf gesenkt und schien zu weinen über der fortan und für lange Zeiten stummen, unnützen hellenischen Lyra. Und das Kind neben ihm setzte die Flöte von den Lippen ab, hob zu den schwarzen Kreuzen seine klaren Augen, in denen die Neugier und die Leidenschaft einer neuen Welt aufflammten.

Topsius bat den Alten, uns seine Geschichte zu erzählen, und der Alte erzählte sie uns, voll Bitterkeit. Er war von Samos nach Caesarea gekommen und spielte die Kinnor vor dem Tempel des Herkules. Doch die Leute wandten sich ab von der reinen Verehrung der Helden, es gab nur noch Feste und Opferungen für die Gute Göttin von

Syrien! Daraufhin hatte er einige Händler nach Tiberias begleitet: die Menschen dort respektierten nicht das Alter und waren sklavisch eigennützig. Da war er die langen Straßen weitergezogen, hatte vor den römischen Wachhäusern angehalten, wo die Soldaten ihm zuhörten; in Samarias Dörfern klopfte er an die Türen der Kelter; und um sich das harte Brot zu verdienen, hatte er seine griechische Kithara bei den Begräbnissen der Barbaren gespielt. Nun irrte er hier umher, in dieser Stadt, in der es einen großen Tempel gab und einen körperlosen grausamen Gott, der die Menschen verachtete. Sein Wunsch war es, heimzukehren nach Milet, dem feinen Murmeln der Wasser des Mäanders zu lauschen, die heiligen Marmore im Tempel des Phoibos Dydimeos zu betasten, wohin er als Kleinkind singend seine ersten Ringellocken in einem Korb getragen hatte.

Tränen rannen ihm über das Gesicht, so trauervoll wie Regenwasser über eine Ruinenmauer. Und groß war mein Mitleid für diesen Rhapsoden der griechischen Inseln, der gleichfalls verloren umherlief in dieser von finsteren Eingebungen eines fremden Gottes umhüllten harten Stadt der Juden. Ich schenkte ihm meine letzte Silbermünze. Er stieg den Hügel hinab, langsam und gebeugt, gestützt auf die Schulter des Knaben. Der zerschlissene Saum des Umhangs schlug ihm gegen die nackten Beine, und stumm baumelte an seinem Gürtel die fünfsaitige heldische Lyra.

Auf der Hügelkuppe, rings um die Kreuze, war das aufrührerische Geschrei unterdessen noch lauter geworden. Wir wandten uns zurück und sahen die Leute des Tempels mit erhobenen Händen auf die Sonne zeigen, die, gleichsam ein goldener Schild, dem Meer von Tyrus entgegensank. Drohend forderten sie den Zenturio auf, die Verurteilten von den Kreuzen zu nehmen, ehe die heilige Stunde des Passafestes eingeläutet wurde. Die Frommsten verlangten, daß man an den Gekreuzigten, falls sie noch lebten, das römische Crurifragium anwandte, ihnen die Knochen mit Eisenstangen brach und sie in die Talschlucht des Hinnom warf. Und der Gleichmut des Zenturio versetzte die devoten Eiferer in wilde Erregung. Würde er es wagen, den Sabbat zu beflecken, indem er einen toten Körper in den Lüften hängen ließ? Etliche schürzten ihren Mantelsaum, um zur Burg zu eilen und den Prätor zu informieren.

„Die Sonne will untergehen! Die Sonne wird den Hebron verlassen!" rief von einem Stein herab ein Levit, außer sich.

„Macht ihm den Garaus! Macht ihm den Garaus!"

Neben uns schrie ein schöner Jüngling mit schmachtvollem Augenaufschlag und mit Armen voller goldener Reifen fuchtelnd: „Werft den Rabbi den Geiern vor! Gebt den Raubvögeln ihr Passa!"

Der Zenturio schaute zur Terrasse des Mariamneturms, wo die aufgehängten Schilde im Schein der letzten Sonnenstrahlen blinkten, und er winkte leicht mit dem Schwert. Zwei Legionäre schulterten die schweren Eisenstangen und schritten auf die Kreuze zu. Ich, von einem Schauder erfaßt, packte Topsius beim Arm. Doch der Zenturio pflanzte sich vor Jesu Kreuz auf und hob die Hand.

Der weiße, robuste Körper des Rabbi strahlte die Ruhe eines Schlafenden aus. Die staubigen Füße, die sich vorhin noch in ihren Strickfesseln gewunden hatten, hingen tief herab zur Erde, als wollten sie diese berühren. Der Kopf war auf den einen Balkenarm zurückgesunken; das Gesicht, nicht zu sehen, schaute starr zum Himmel auf, der sein Trachten gewesen war und sein Reich ... Auch ich schaute himmelan; er war schattenlos, ohne eine Wolke, glatt, klar, stumm, unendlich tief und gänzlich gleichmütig ...

„Wer hat Anspruch auf den Leib dieses Mannes angemeldet?" rief der Zenturio und schaute um sich.

„Ich, der ihn zu seinen Lebzeiten liebte!" rief Joseph von Arimathia und hielt über das Seil sein Pergament hin.

Der Sklave neben ihm legte flugs das Leinenbündel auf die Erde ab und rannte zu der Ruine, wo die Frauen unter den Mandelbäumen weinten.

Die hinter uns gescharten Pharisäer und Sadduzäer

zeigten sich mißmutig überrascht, daß Joseph von Arimathia, ein Mitglied des Hohen Rates, den Leib des Rabbi beanspruchte, um ihn hernach zu parfümieren und ihn unter Flötenspiel und Wehklagen zu bestatten ... Einer, ein Buckliger mit ölglänzenden Lockenfransen, behauptete, Joseph von Arimathia neige schon immer, seit er ihn kenne, allen Erneuerern, allen Abweichlern zu ... Mehr als einmal habe er ihn mit diesem Rabbi auf dem Gelände der Tuchfärber sprechen sehen ... Und mit ihnen war Nikodemus, ein reicher Mann und Besitzer von Vieh, Weinbergen und all der Häuser, die zu beiden Seiten der Synagoge von Kyrenaika standen.

Ein anderer, ein rötlicher Fetter, stöhnte: „Was soll aus der Nation werden, wenn die geschätztesten Bürger gemeinsame Sache mit denen machen, die dem armen Mann schmeicheln und ihn lehren, daß die Früchte der Erde gleichermaßen allen gehören ..."

„Messiasbrut!" schrie der Jüngere zornig und schlug mit dem Stock gegen das Heidekraut. „Messiasbrut! Israels Verderben!"

Doch der öllockige Sadduzäer hob langsam die mit frommen Schriftbändern umwickelte Hand und sprach: „Faßt euch! Jahwe ist mächtig, und wahrlich, alles fügt sich zum besten. Nie wird es im Tempel und im Rat an starken Männern fehlen, die unsere alte Ordnung aufrechterhalten, und immer, glücklicherweise, werden sich auf dem Kalvarienberg Kreuze erheben ..."

Alles murmelte: „Amen!"

Unterdessen marschierten der Zenturio und die ihm mit geschulterten Eisenstangen folgenden Soldaten zu den anderen Kreuzen, deren noch lebende, dahinsterbende Opfer um Wasser flehten – der eine hing stöhnend, der andere wand sich, mit verkrallten Händen, und brüllte schrecklich. Topsius, kalt lächelnd, flüsterte: „Es ist Zeit, gehen wir."

Die Augen voll bitteren Tränenwassers, stieg ich, über die Steine stolpernd, neben dem furchtbaren Kritiker den Hügel der Richtstätte hinab. Und ich spürte, wie sich meine Seele in schmerzhafter Melancholie verdüsterte beim Gedanken an die Kreuze, die der bewahrerische Ölschopf noch angekündigt hatte ... Ja, so würde es sein – herbes Elend! –, fortan und durch alle Jahrhunderte. Immer und immer wieder begänne er rings um die Scheiterhaufen, in der Kälte der Verliese oder zu Füßen der Galgen, dieser schimpfliche Skandal, daß Priester, Patrizier, Magistratsbeamte, Soldaten, Doktoren und Händler sich zusammenrotteten und dann auf eines Hügels Höh viehisch den Gerechten töteten, der, von Gottes Glanz durchdrungen, die „Anbetung im Geiste" lehrte oder, erfüllt von der Liebe zu den Menschen, das Reich der Gleichheit verkündete!

Mit diesen Gedanken kehrte ich nach Jerusalem zurück, unterdessen die Vögel, glücklicher als die Menschen, in den Zedern des Gareb sangen.

Bei hereinbrechendem Dunkel, zur Stunde des Passamahls, erreichten wir Gamaliels Haus. Im Innenhof, an einen Ring gebunden, stand der mit schwarzen Stoffen beladene Esel, den der liebenswürdige Arzt Elieser von Silo mitgebracht hatte.

In dem von Malobathrumduft geschwängerten blauen Saal mit der Zederndecke erwartete uns bereits der gestrenge Doktor. Er lag ausgestreckt auf der mit weißen Riemen bespannten Liege, barfüßig, die langen Ärmel hochgekrempelt und an der Schulter festgesteckt, und an seiner Seite ein Wanderstab, eine Kalebasse mit Wasser und ein Schnürbündel, die rituellen Zeichen des Auszugs aus Ägypten. Vor ihm, auf einem perlmuttbesetzten Tisch, zwischen Tonvasen mit aufgemalten Blumen und Körbchen aus Silberfiligran, die überquollen von Früchten und glitzernden Eisstückchen, stand ein Kandelaber in Form eines Busches, der am Ende eines jeden Zweigs eine blasse blaue Flamme trug. Elieser, der gütige „Eingeweidedoktor", lag, die Hände über dem Bauch gefaltet, auf Kissen aus rotem Leder und blickte in dem zittrigen Glanz lächelnd vor sich hin. Neben ihm harrten meiner und des scharfsinnigen Historikers zwei mit assyrischen Teppichen überdeckte Schemel.

„Seid willkommen!“ murmelte Gamaliel. „Groß sind die Wunder Zions, ihr bringt sicherlich guten Hunger mit ...“

Er klatschte leicht in die Hände. Sklaven in lautlosen Filzsandalen trugen hoch erhoben, majestätisch angeführt von dem dicken Mann in gelber Tunika, dampfende Silberschüsseln herein.

Zur einen Seite hatten wir, zwecks Säuberung der Finger, einen Kuchen aus weißem Mehl, fein und weich wie ein Leinentuch, zur anderen eine von Perlen eingefaßte Schüssel, die eine Portion mit Petersilie garnierter schwarzgerösteter Zikaden barg. Auf dem Fußboden standen Kannen mit Rosenwasser bereit – wir nahmen die Waschungen vor. Und Gamaliel, nachdem er sich den Mund mit einem Stückchen Eis gereinigt hatte, murmelte über der riesigen Schüssel mit dem von Safrantunke übergossenen Lammbraten das rituelle Gebet.

Topsius, ein guter Kenner orientalischer Gebräuche, tat der Höflichkeit Genüge und bekundete mit kräftigen Rülpsern Wohlbefinden und Verzückung. Mit einem Stück Muskelfleisch in der Hand versicherte er den Gelehrten lächelnd, er finde Jerusalem großartig, hellstrahlend, als die gesegnete unter den Städten.

Elieser, die Augen wonniglich geschlossen, als ob einer sie ihm zärtlich streichelte, pflichtete dem bei: „Prachtvoller als ein Diamant hat der Herr dieses Schmuckstück in den Mittelpunkt der Welt eingefügt, damit es mit seinem Glanz ringsum alles gleichmäßig erleuchte.“

„In den Mittelpunkt der Welt! ...“ murmelte der Historiker mit weisem Entsetzen.

„Jawohl!“ Der hochgelehrte Arzt tunkte einen Kuchenhappen in die Safrantunke und erklärte uns die Erde. Sie war flach und runder als ein Diskus, in dessen Mittelpunkt die heilige Stadt Jerusalem ruhte, voll überquellender Liebe zum Allerhöchsten; Judäa, reich an Balsamen und Palmen, schloß es ein mit Schatten und Düften; weiter fort lebten die Heiden, in steinigen Gegenden, die arm an Honig und Milch waren; dann folgten die finsteren Meere ... Und über alledem spannte sich, tönend und solid, der Himmel.

„Solid!“ brummte mein in den Wissenschaften beschlagener Freund und verdrehte die Augen.

Die Sklaven servierten in Silberbechern gelbes Bier aus Medien. Gamaliel riet eifrig an, zur Belebung seines Geschmacks erst eine geröstete Zikade zu knabbern. Und Rabbi Elieser, von großem Wissen und mit allen Dingen der Natur vertraut, enthüllte Topsius die göttliche Konstruktion des Himmels.

Er war aus sieben harten, wundervoll glänzenden Kristallschichten, über die hinweg unaufhörlich die großen Wasser wallten, und über den Wassern schwebte in einem Blitzstrahl der Geist Jahwes. Diese Kristallschichten, durchlöchert wie ein Sieb, glitten eine über die andere mit einer süßen, getragenen Musik, der die geliebtesten Propheten zuweilen lauschten ... Er selber habe eines Nachts, als er auf der Terrasse seines Hauses zu Silo betete, in seltener Gunst des Allerhöchsten diese Harmonien vernommen und sei von ihrer Lieblichkeit so überwältigt gewesen, daß ihm die Tränen in die geöffneten Hände perlten ... Nun, in den Monaten Kislew und Tebeth paßten die Löcher der Schichten übereinander, und durch sie fielen die Tropfen der ewigen Wasser auf die Erde und brachten die Saaten zum Sprießen.

„Der Regen?“ fragte Topsius ehrerbietig.

„Der Regen“, antwortete Elieser feierlich.

Topsius biß sich grinsend auf die Lippen, richtete auf Gamaliel seine Augengläser, deren goldene Einfassung voll weiser Ironie blitzte, doch der fromme Sohn des Simeon bewahrte auf seinem über dem Studium des Gesetzes mager gewordenen Antlitz einen undurchdringlichen Ernst. Da wünschte der Historiker, zwischen den Oliven wühlend, von dem aufgeklärten Arzt zu wissen, warum die Himmelskristalle diese die Seele so berückende blaue Farbe annähmen ...

Elieser von Silo gab Aufhellung: „Ein den Menschen bis heute nicht sichtbares Gebirge türmt sich im Westen. Wenn nun die Sonne strahlt, hüllt dessen Widerschein das Kristall des Himmels in Bläue. Möglicherweise wohnen auf diesem Berg die Seelen der Gerechten!"

Gamaliel hüstelte und murmelte: „Trinken wir, dem Herrn zum Preis!"

Er hob einen mit Wein aus Sichem gefüllten Becher und sprach über ihm die segnenden Worte. Dann den Frieden über mein Herz rufend, reichte er ihn mir hin. Ich brummte: „Prost, Gesundheit und ein langes Leben!" Topsius nahm den Becher ganz feierlich entgegen und trank „auf die Fruchtbarkeit Israels, auf seine Kraft, auf sein Wissen".

Dann trugen die Sklaven, angeführt von dem dicken Mann in gelber Tunika, der seinen Elfenbeinstab pomphaft auf die Fliesen aufstieß, die frömmste aller Passaspeisen auf – die bitteren Kräuter.

Es war eine Bratenschüssel voll Kopfsalat, Brunnenkresse, Zichorie und Kamille, versetzt mit Essig und grobem Steinsalz. Gamaliel kaute sie feierlich, wie um einen Ritus zu befolgen. Sie stellten die Bitternisse Israels während der ägyptischen Gefangenschaft dar. Elieser leckte sich die Finger und nannte sie köstlich, stärkend und von hoher geistiger Belehrung.

Aber Topsius erinnerte, bezugnehmend auf die griechischen Autoren, daß alle Gemüsearten dem Manne die Zeugungskraft schwächten, seine Eloquenz bläßten, seinen Heldenmut ins Wanken brächten. Und in einem wahren Schwall von Gelehrtheit zitierte er Theophrastos, Eubulos, den zweiten Teil von Nikandros Nachschlagewerk, Phenias mit seinem „Traktat über die Pflanzen", Dephilo und Epicharmos.

Gamaliel wies dies alles als hohle Wissenschaft zurück, denn Hekataios von Milet seien allein schon im ersten Buch seiner „Beschreibung Asiens" dreiundfünfzig Fehler anzukreiden, vierzehn Blasphemien und hundertneun Unterlassungen ... So etwa behauptete der oberflächliche Grieche, die Dattel, dieses wundervolle Geschenk des Allerhöchsten, schwäche den Geist! ...

„Aber“, rief Topsius hitzig, „ebendiese Theorie vertritt auch Xenophon im zweiten Buch seiner ‚Anabasis‘! Und Xenophon ...“

Gamaliel bestritt Xenophons Autorität. Da pries Topsius, rot im Gesicht und mit dem goldenen Löffel auf die Tischkante pochend, Xenophons Beredsamkeit, den Adel seines Gefühls, seine zarte Verehrung für Sokrates! ... Und während ich eine Pastete Kommagene brach, stritten die beiden wortgewandten Gelehrten über Sokrates. Gamaliel behauptete, daß die „geheimnisvollen Stimmen“, die Sokrates vernommen und die ihn so göttlich und rein regierten, Gemurmel war, das von fernher aus Judäa zu ihm drang – der wundersame Widerhall von Jahwes Stimme ... Topsius zappelte, zuckte die Schultern, tat verzweifelt sarkastisch. Sokrates von Jahwe inspiriert? Ein Quatsch!

Gleichwohl sei klar, so beharrte der schon bleiche Gamaliel, daß es Jerusalems strahlendes reines Licht sei, das die Heiden aus ihrer Finsternis hervorlockte und anzöge ... „denn die Ehrerbietung vor den Göttern erscheint in Aischylos tief und voll Angst, in Sophokles freundlich und voll Heiterkeit, in Euripides oberflächlich und voll Zweifel ... Und jeder dieser Tragiker tat also einen mächtigen Schritt auf den wahren Gott zu!“

„O Gamaliel, Sohn des Simeon, der du die Wahrheit in deinem Besitz hast, warum gewährst du den Heiden Einlaß in deinen Geist?“ murmelte Elieser von Silo.

Gamaliel erwiderte: „Um sie in mir desto ärger zu verachten!“

Solch klassischer Kontroverse überdrüssig, schob ich Elieser ein Näpfchen mit Honig aus Hebron zu und erzählte ihm, wie sehr mir der Weg durch die Gärten des Gareb gefallen hatte. Er stimmte mir zu; Jerusalem, umgürtet von Gärten, sei dem Betrachterauge so süß wie eine von Anemonen umkränzte Stirn der Braut. Dann wunderte er sich, daß ich zu meiner Zerstreuung die Umgebung von

Gihon gewählt hatte, mit ihren Schlachthäusern, nahe dem Kalvarienberg, auf dem die Kreuzigungen stattfanden. Da wäre mir Siloahs Landschaft sicherlich besser bekommen ...

„Ich war dort, um Jesus zu sehen“, unterbrach ich ihn hart. „Ich wollte Jesus sehen, der heute nachmittag auf Befehl des Hohen Rates gekreuzigt worden ist ...“

Elieser, orientalisch höflich, schlug sich an die Brust und tat bekümmert. Er fragte teilnahmsvoll, ob dieser Jesus, den ich in seinem Sklaventod beigestanden, ein Blutsverwandter von mir sei oder wir das Brot der Freundschaft miteinander gebrochen hätten.

Ich starrte ihn entgeistert an. „Er ist der Messias!“ rief ich.

Er schaute mich noch entgeisterter an, und ein Faden Honig rann ihm vom Bart herab.

Merkwürdig! Dieser Elieser, Tempelarzt und Naturkundiger des Hohen Rates, kannte Jesus aus Galiläa nicht! Mit den Kranken befaßt, von denen es zum Passafest in Jerusalem wimmele, so gestand er mir, habe er sich weder auf dem Xystos noch im Laden des Parfümisten Kleos, noch auf den Terrassen des Hannas gezeigt, wo die Neuigkeiten irrer durcheinanderschwirrten als die Tauben. Darum auch habe er nichts gehört von der Ankunft eines Messias ...

Im übrigen, so setzte er hinzu, könne es sich nicht um den Messias handeln. Dieser müsse den Namen Menahem, „der Tröster“, tragen, denn er brächte Israel die Tröstung. „Und es wird zwei Messiasse geben: der erste, vom Stamme des Joseph, wird von Gog besiegt, und der zweite, Davids Sohn und strotzend vor Kraft, wird Magog besiegen. Vor seiner Geburt werden sieben Jahre der Wunder liegen: Meere werden verdunsten, Sterne vom Himmel fallen, Hungersnöte wird es geben als auch solchen Überfluß, daß selbst die Felsen Früchte tragen, und im letzten Jahr wird Blut fließen zwischen den Völkern; schließlich dann wird eine wunderbare Stimme ertönen, und über dem Hebron taucht auf mit flammendem Schwert der Messias! ...“

Während er diese seltsamen Dinge sagte, schnitt er eine Feige auf. Und mit einem Seufzen fügte er hinzu: „Allerdings, mein Sohn, hat noch keines dieser Wunder die Tröstung angekündigt!"

Und er schlug die Zähne in die Feige.

Da war ich es, Teodorico, der Iberer, aus einer fernen römischen Stadt, der dem zwischen Tempelmarmor aufgewachsenen Arzt aus Jerusalem das Leben des Herrn erzählte! Ich berichtete die süßen als auch die erschütternden Dinge, sprach von den drei hellen Sternen über seiner Wiege, wie er kraft seines Wortes die Wasser von Galiläa besänftigte; wie sehr die Herzen der einfachen Menschen für ihn schlugen, von dem Reich des Himmels, das er versprach; und wie sein erhabenes Antlitz vor Roms Prätor gestrahlt hatte.

„... und dann haben ihn die Priester, die Patrizier und die Reichen gekreuzigt!"

Doktor Elieser wühlte abermals im Feigenkörbchen und murmelte nachdenklich: „Traurig, traurig! ... Noch verfährt der Hohe Rat gnädig, mein Sohn. In den sieben Jahren, die ich ihm diene, hat er ganze drei Todesurteile ausgesprochen ... Freilich, gut tut es der Welt, ein Wort der Liebe und der Gerechtigkeit zu hören, aber Israel hat zur Genüge Erneuerer und Propheten erdulden müssen! ... In der Tat, nie sollte Menschenblut vergossen werden ... Wahrlich, diese Feigen aus Bethphage können es nicht aufnehmen mit meinen in Silo!"

Schweigend drehte ich mir eine Zigarette. Topsius, noch immer mit Gamaliel den Hellenismus und die sokratischen Schulen debattierend, tönte in diesem Augenblick, die Brille auf der Nasenspitze, hochtrabend sein starkes Resümee: „Sokrates ist die Saat, Plato die Blüte, Aristoteles die reife Frucht ... Und von diesem dergestalt vollkommenen Baum hat sich der menschliche Geist genährt!"

Aber Gamaliel stand plötzlich auf; und Doktor Elieser, kräftig rülpsend, tat es ihm gleich. Beide griffen zu ihrem Stab, beide riefen: „Halleluja! Preist den Herrn, der uns aus Ägyptenland geführt!"

Das Passamahl war beendet. Der treffliche Historiker wischte sich den Schweiß der Kontroverse von der Stirn, schaute lebhaft auf die Uhr und bat Gamaliel um Erlaubnis, die Dachterrasse aufzusuchen, er wolle sein Gemüt in der lauen Luft des Ophel erfrischen ... Der Gesetzesgelehrte führte uns auf die von Glimmerlampen matt erhellte Veranda, zeigte uns die steile Ebenholztreppe, die zur Terrasse führte; er bat Gottes Segen über uns und tauchte mit Elieser in einen von mesopotamischen Geweben verhangenen Raum, aus dem Wohlgerüche, feines Lachen und gemessene Lyraklänge drangen.

Welch linde Brise auf der Terrasse! Und wie frohgestimmt diese Passanacht in Jerusalem! Der Himmel, stumm und wie ein in Trauer verschlossener Palast, war sternenlos dunkel, aber die Davidsgestalt und der Burghügel in ihrer rituellen Festbeleuchtung schienen von Gold übersät. Auf jeder Terrasse verstrahlten ölgetränkte Werglichte ein flutendes rotes Licht. Hier und da an einem höher gelegenen Haus blinkten die Lichterketten vor dunklen Wänden wie ein Schmuckkollier am Hals einer Negerin. Die Luft war süß durchwebt von raunenden Flötentönen und vom schmerzerfüllten Vibrieren der Saiten der Kinnor, und in den von großen Holzfeuern erhellten Gassen sahen wir Griechen in hellen kurzen Tuniken die Kallabida tanzen. Nur die bei Nacht breiter wirkenden Türme – Hippikos, Mariamne und Phasael – verblieben im Dunkel; und bisweilen hallten von ihnen Hörnerstöße, rauh und hart wie eine Drohung, über die feiernde Heilige Stadt.

Jenseits der Mauern nahm die Freude der Passanacht ihren Anfang. In Siloah sah man Lichter. Auf dem Ölberg brannten Lagerfeuer. Und weil die Tore nicht geschlossen wurden, qualmten reihenweise Pechfackeln auf den Wegen und hallte Gesang.

Ein einziger Hügel, jenseits des Gareb, war in Dunkel gehüllt. Zu dieser Stunde lagen an seinem Fuße, in einer Felsschlucht, zwei in Stücke gehauene bleiche Leiber, und die Geierschnäbel, mit dem spitzen Klang aufeinanderschlagenden Eisens, hielten dort ihr Passamahl. Ein Körper aber, die kostbare Hülle eines vollkommenen Geistes, lag geborgen in einem neuen Grab, eingewickelt in geöltes und mit Nelke und Narde parfümiertes feines Leinen. So hatten ihn in Israels allerheiligster Nacht jene zurückgelassen, die ihn liebten und ihn forthin auf immer seltsamere Weise lieben sollten ... So hatten sie ihn zurückgelassen unter einem glatten Stein; und es gab unter diesen von Licht und Gesang vollen Häusern Jerusalems hier und da eines, das finster und verschlossen blieb und wo untröstlich Tränen flossen. Dort war der Herd erloschen und erkaltet; die traurige Lampe erstarb unter dem Scheffel, der Trinkwasserkrug war leer, da niemand ihn zur Quelle getragen hatte. Und die Jesus aus Galiläa hierher begleitet hatten, saßen mit hängenden Haaren auf der Matte und sprachen von ihm, von den ersten Hoffnungen, von den Gleichnissen, die er ihnen in den Weizenfeldern erzählt hatte, von den sanften Tempeln am Ufer des Sees ...

Dies waren meine Gedanken, während ich, an die Brüstung gelehnt, Jerusalem betrachtete. Im selben Augenblick erschien auf der Terrasse lautlos eine in weißes Leinen gehüllte Gestalt, die ein Arom nach Nelke und Narde verströmte. Ich glaubte fast, von ihr gehe ein heller Schein aus und daß ihre Füße den Fliesenboden nicht berührten – mir stockte das Herz! Aber aus dem bleichen Leinen hervor kam, ernst und vertraulich, ein Segensgruß: „Friede sei mit euch!"

Welch ein Aufatmen! Es war Gad.

„Friede sei mit dir!"

Der Essener blieb vor uns stehen, schweigend, und ich spürte, wie seine Augen auf den Grund meiner Seele hinabtauchten, um ihre Größe und ihre Kraft zu erkunden. Reglos wie eine Grabgestalt in großer weißer Gewandung stand er da. Endlich murmelte er: „Der Mond wird aufgehen ... Alles Erhoffte wird sich erfüllen ... Sagt, fühlt ihr euer Herz stark genug, Jesus zu begleiten, ihn zu schirmen, bis die Oase von Engedi erreicht ist?"

Ich richtete mich auf und warf vor Entsetzen die Hände

in die Höhe! ... Den Rabbi begleiten! Lag er denn nicht, eingewickelt und parfümiert, als Toter unter einem Stein, in einem Garten des Gareb? ... Er lebte! Sobald der Mond aufging, würde er mitten unter seinen Freunden nach Engedi aufbrechen. Ich packte Topsius ängstlich an der Schulter, begab mich in den Schutz seines großen Wissens und seiner Autorität.

Mein gelehrter Freund schien von einem schweren Zweifel befallen: „O doch, vielleicht ... Unser Herz ist stark, aber ... Außerdem haben wir keine Waffen!"

„Kommt mit mir!" rief Gad entflammt. „Wir werden jemanden aufsuchen, der uns das Nötige sagt und der euch Waffen geben wird!"

Noch zitternd, ohne mich vom vielwissenden Historiker zu lösen, stammelte ich bang: „Und Jesus? ... Wo ist er?"

„Im Hause des Joseph von Arimathia", flüsterte der Essener und schaute sich argwöhnisch um, wie ein Geizling, der von einem Schatz spricht. „Damit die Leute des Tempels keinerlei Verdacht schöpften, haben wir den Rabbi vor ihren Augen in dem neuen Grab beigesetzt, das sich in Josephs Garten befindet. Dreimal haben die Frauen über dem Stein geweint, der, wie ihr wißt, das Grab ritusgemäß einen ziemlichen Spalt offenläßt und den Blick auf das Gesicht des Rabbi freigibt. Etliche Bedienstete des Tempels schauten hinein, sagten: ‚Ist in Ordnung', dann strebte jeder heim ... Ich bin durch das Genathtor gekommen und weiß weiter nichts. Aber bei Anbruch der Nacht sollten Joseph und ein weiterer sehr verläßlicher Mann Jesu Leib holen und ihn nach Rezepten des Buches Salomo aus der Ohnmacht wiedererwecken, in die ihn das Leiden und der narkotisierende Wein versenkt haben. Kommt drum, die ihr ihn ebenfalls liebt und an ihn glaubt!"

Beeindruckt und entschieden zupfte Topsius seinen weiten Umhang straff, und in vorsichtigem Schweigen stiegen wir von der Terrasse eine Treppe hinab auf einen längs der von Herodes gebauten neuen Mauer führenden Kiesweg.

Lange liefen wir im Dunkeln, und vor uns her der weißgewandete Essener. Aus verfallenen Hütten hervor sprang zuweilen ein bellender Hund. Zwischen den hohen Zinnen bewegten sich die schwach blakenden Laternen der Wache. Dann erhob sich unter einem Baum, traurig und weich wie seinem Grab entstiegen, ein hustender Schatten, er streifte meinen Arm, zog Topsius am Umhang, und eine weibliche Stimme mit stoßweisem und nach Knoblauch riechendem Atem bot uns an, in ihrem mit Narde parfümierten Bett zu schlafen.

Endlich hielten wir vor einer Mauer, deren Zugang eine dicke Spartograsmatte versperrte. Ein naß schimmernder Korridor führte in einen Innenhof, den eine auf grob behauene Balken ruhende Veranda umschloß. Der wie Lehm weiche Fußboden schluckte unsere Schritte.

Gad stieß dreimal gedehnt den Schakalruf aus. Wir warteten mitten im Hof, am Rand eines mit am Brettern bedeckten Brunnens. Der finstere Himmel über uns schien von bronzener Härte und undurchdringbar. In einer Ecke der Veranda endlich tauchte der helle Schein einer Lampe auf, beleuchtete den schwarzen Bart ihres Trägers, der sich den Saum des braunen Galiläerumhangs über den Kopf geworfen hatte. Dann aber löschte ein scharfer Hauch das Licht. Und der Mann kam im Finstern langsam auf uns zu.

Gad brach das trostlose Schweigen: „Friede sei mit dir, Bruder! Wir sind bereit."

Der Mann stellte bedächtig die Lampe auf die Brunnenverdeckung und sprach: „Alles ist vorbei."

Gad schrie entsetzt: „Der Rabbi?"

Der Mann streckte die Hand aus, um den Aufschrei des Esseners zu ersticken. Er schaute sich spähend in dem Dunkel um, mit den unruhigen, glühenden Augen eines Wüstentiers, und sprach: „Es sind da Dinge, die unseren Verstand übersteigen. Alles schien sicher. Rosmophins Frau hatte den betäubenden Wein gut präpariert, sie weiß darin Bescheid, sie kennt die Heilkräuter ... Ich hatte den Zenturio gesprochen, einen Freund, dem ich in Germanien, auf dem Feldzug des Publius, das Leben rettete. Wir wälzten den Stein über das Grab des Joseph von Arimathia, und der Körper des Rabbi war noch warm ...“

Er unterbrach sich, und als wäre der unter schwarzem Himmel verschlossene Hof nicht ausreichend sicheres Versteck, führte er Gad an der Schulter lautlos auf seinen nackten Sohlen in das dichteste Dunkel der Veranda, bis zur Steinmauer. Wir, nahebei und stumm, bebten vor Seelenangst – ich erahnte eine höchste und wundervolle Offenbarung, die den Mysterien Aufhellung geben würde.

Mit einem Gemurmel, so traurig wie das im Schatten fließende Wasser, gestand der Mann: „Als es dunkel wurde, kehrten wir zum Grab zurück. Wir spähten durch den Spalt: das Gesicht des Rabbi strahlte Ruhe und Würde. Wir wälzten den Stein zur Seite und bargen den Körper. Er schien zu schlafen, so schön, so göttlich, in den Tüchern, die ihn einhüllten ... Joseph hatte eine Laterne mit, wir trugen ihn über den Gareb, hasteten zwischen den Bäumen. Bei der Quelle stießen wir auf eine Streife der Hilfskohorte. Wir sagten: ‚Es ist ein Mann aus Joppe, er ist erkrankt, wir tragen ihn in seine Synagoge.‘ Die Streife ließ uns passieren. In Josephs Haus wartete der Essener Simeon, der in Alexandria gelebt hat und in Pflanzenkunde Bescheid weiß. Alles wurde vorbereitet, bis zur Barazwurzel ... Wir legten Jesus auf die Matte. Wir flößten ihm die Herzkräftigungsmittel ein, riefen ihn beim Namen, warteten und beteten ... Aber ach, unter unseren Händen spürten wir seinen Leib erkalten ... Einen Augenblick lang öffnete er mühsam die Lider, ein Wort drang über seine Lippen. Ein vages, unverständliches Wort ... Es schien, er riefe seinen Vater, beklagte sein Verlassensein ... Dann durchlief ihn ein Zittern, ein Faden Blut rann ihm aus dem Mundwinkel ... Sein Haupt sank Nikodemus auf die Brust, der Rabbi war tot!“

Gad fiel schwer auf die Knie und schluchzte. Der Mann, so als wären alle Dinge gesagt, tat einen Schritt vor, um seine Lampe vom Brunnen aufzunehmen. Topsius hielt ihn zurück und rief begierig: „Hör zu, ich muß die ganze Wahrheit wissen. Was tatet ihr sodann?“

Der Mann verharrte neben einem der Holzpfeiler. Er breitete im Dunkel die Arme aus. Unseren Gesichtern so nah, daß ich seinen warmen Atem spürte, sprach er: „Zur Erde Heil mußten sich die Prophezeiungen erfüllen! Zwei Stunden kniete Joseph von Arimathia im Gebet. Mag sein, daß der Herr insgeheim mit ihm sprach; als er aufstand, strahlte er über das ganze Gesicht und rief: ‚Elia ist gekommen! Elia ist gekommen! Die Zeiten sind angebrochen!' Dann, auf sein Geheiß, bestatteten wir den Rabbi in einer in den Fels getriebenen Grotte hinter seiner Mühle ..."

Der Mann schritt über den Hof, nahm seine Lampe auf und entschwand geräuschlos. Gad hob den Blick und rief ihm schluchzend hinterdrein: „So höre noch! Wahrlich, groß ist der Herr! ... Und das andere Grab, darin ihn die Frauen aus Galiläa zurückließen, in Tücher gehüllt, mit Aloe und Narde?"

Der Mann, schon in die Finsternis getaucht, murmelte, ohne einzuhalten: „Es blieb geöffnet zurück, und leer!"

Da zerrte mich Topsius so ungestüm fort, daß wir im Dunkel gegen die Pfosten der Veranda stießen. Eine Tür im Hintergrund tat sich auf, mit dem jähen Klirren eines zu Boden gefallenen Stück Eisens ... Und ich gewahrte einen von fahlen Bögen umschlossenen traurig kalten Platz, mit wucherndem Gras zwischen den losen Steinplatten, wie in einer verlassenen Stadt. Topsius stutzte, seine Brillengläser funkelten, er sagte: „Teodorico, es will tagen, auf nach Jerusalem! ... Vorbei unser Aufenthalt in der Vergangenheit ... Die Urlegende des Christentums ist geboren, die antike Welt geht zu Ende!"

Ich starrte den gelehrten Historiker erschrocken und widersätzlich an. Ein Wind der Inspiration fächelte seine Haare. Und was da leicht über seine feinen Lippen kam, fiel erschreckend gewaltig in mein Herz: „Wenn übermorgen, am Tag nach dem Sabbat, die Frauen aus Galiläa sich beim Grab des Joseph von Arimathia einfinden, wo sie Jesus bestattet zurückließen ... werden sie es geöffnet finden, und leer! ... ‚Er ist nicht hier; er ist auferstanden.' Da wird Maria aus Magdala, gläubig und leidenschaftsvoll, in Jerusalem umherschreien: ‚Er ist auferstanden! Er ist auferstanden!' So verändert die Liebe einer Frau das Gesicht der Welt, beschert sie der Menschheit eine zusätzliche Religion!"

Und mit wirbelnden Armen rannte er quer über den Platz, wo schon lautlos und weich die Marmorpfeiler umzustürzen begannen. Keuchend kamen wir vor das Portal des Gamaliel. Ein Sklave, der an den Handgelenken noch die gesprengten Ketten trug, hielt uns die Pferde. Wir schwangen uns in die Sättel. Wie Poltersteine in einem Sturzbach, so stoben wir mit Getöse zum Goldenen Tor hinaus. Und Jericho entgegen, auf der Römerstraße von Sichem, galoppierten wir so schwindelerregend schnell, daß wir die Hufeisen nicht auf das schwarze Basaltpflaster schlagen hörten. Vorn wallte der von wildem Wind gegeißelte weiße Umhang des Topsius. Die Berge eilten an uns vorüber, wie Bündel auf dem Rücken durch ein Dorf jagender Kamele. Meinem Pferd fauchte rötlicher Dampf aus den Nüstern, und ich klammerte mich an die Mähne, bänglich, als flöge ich zwischen Wolken.

Plötzlich sichteten wir die weite bis zu Moabs Bergen ausbuchtende Ebene von Kanaan. Über unsere Zelte, neben der niedergesunkenen Glut des Lagerfeuers, breitete sich Helligkeit. Die Pferde blieben ruckartig stehen, bebend. Wir schlüpften in die Zelte: auf dem Tisch erstarb in einem blassen Flämmchen die Kerze, die Topsius vor tausendachthundert Jahren angezündet hatte ... Und lendenlahm von der endlosen Reise ließ ich mich auf die Pritsche fallen, ohne erst die vom Staub weißen Stiefel abzustreifen ...

Just da schien mir, dränge eine Fackel rauchend und von goldenem Schein in mein Zelt. Ich richtete mich erschrokken auf. Mit einem langen Sonnenstrahl, von Moabs Bergen her, trat der fidele Pote herein, hemdsärmlig und meine Stiefel in der Hand.

Ich warf die Decke zurück, strich mir die Haare aus den Augen, um desto besser die entsetzliche Veränderung zu erkennen, die sich seit dem Abend zuvor im Universum getan! Auf dem Tisch standen die Flaschen Champagner, mit dem wir auf die Wissenschaft und auf die Religion angestoßen hatten. Das Paketchen mit der Dornenkrone ruhte neben meiner Kopfrolle. Topsius auf seinem Feldbett, im Nachthemd und ein Tuch um sein Haupt gebunden, gähnte und setzte sich die goldene Brille auf die Nase. Und der zum Scherzen aufgelegte Pote schalt uns Langschläfer und erkundigte sich, ob wir an diesem Morgen „Tapioka oder Kaffee“ wünschten.

Ich ließ meiner Brust einen köstlich tröstlichen, lauten Seufzer entweichen. Und mit triumphalem Jubelgefühl, daß ich mich wieder in meinem Ich und in meinem Jahrhundert befand, hüpfte ich mit wehendem Hemd auf meiner Pritschenunterlage und rief: „Tapioka, mein lieber Pote! Eine schöne süße, zarte Tapioka, auf daß sie prächtig nach meinem Portugal schmecke!“

IV

Tags darauf, an einem strahlenden Sonntag, brachen wir unsere Zelte in Jericho ab; und mit der Sonne nach Westen wandernd, durch das Tal des Kerit, traten wir die Pilgerreise durch Galiläa an.

Allein war es, daß die tröstliche Quelle der Bewunderung in mir versiegt oder meine Seele, jäh hinaufgetragen zu den Gipfeln der Geschichte, dort von den rauhen Windstößen der Emotion gebeutelt worden, jedenfalls fand ich kein Gefallen mehr an diesen friedvoll einsamen Wegen Syriens, vom Lande Ephraim ins Land Sebulon, ich verspürte lediglich Langeweile und Müdigkeit.

Zur Nacht kampierten wir in Bethel, und als der Vollmond hinter Gileads schwarzen Bergen hervorkam, zeigte mir der fidele Pote das heilige Feld, wo Jakob, Hirte von Beerseba, auf einem Fels eingeschlafen war. Er hatte von einer schillernden Treppe geträumt, die zu seinen Füßen ansetzte und den Sternen entgegenführte; und sie hinauf und herunter, zwischen Himmel und Erde, liefen stumme Engel, mit angelegten Flügeln ... Ich gähnte schrecklich und brummte: „Hört sich chic an."

Dergestalt murrend und gähnend, durchreiste ich das Land der Wunder. Die Lieblichkeit der Täler war mir so zuwider wie die Heiligkeit der Ruinen. Am Jakobsbrunnen saß ich auf selbigen Steinen, von da aus Jesus einst, ebenso ermüdet vom Einerlei dieser Wege und wie ich aus dem Krug einer Samariterin trinkend, die neue und reine Art zu beten lehrte. Und ob ich nachts in einer Klosterzelle an den Hängen des Karmel die Zedern rauschen hörte, die Elia einst schirmten, oder in der Tiefe die Wellen, die Hiram, dem König von Tyrus, Vasallinnen waren; ob ich mit im Wind flatterndem Burnus durch die Jesreelebene galoppierte, ob ich auf dem mit Schweigen und Licht bedeckten See Genezareth gemächlich ruderte – stets reiste die Langeweile als treue Weggefährtin an meiner Seite und preßte mich unter ihrem grauen Mantel bei jedem Schritt an ihre weiche Brust.

Gelegentlich jedoch, wie wenn ein träger Lufthauch eine schwere Gardine bewegt, erfaßte feine köstliche Wehmut, die aus ferner Vergangenheit kam, meine Seele. Wieder sah ich da, während ich vor den Zelten eine Zigarette rauchte oder durch das trockene Bett eines Gießbachs spazierte, voll Ergötzen Bruchstücke dieser Antike, die mich so begeistert hatte: eine römische Therme, in der ein wundervolles Geschöpf mit gelber Mitra sich lasziv und priesterlich anbot; wie der schöne Manasse zum edelsteinverzierten Schwert griff; ich sah die Händler im Tempel ihre babylonischen Brokate ausrollen; sah den Richtspruch über den Rabbi an einem Steinpfeiler vor dem Gerichtstor mit rotem Strich, sah illuminierte Straßen und Kallabida tanzende Griechen ... Da verspürte ich angstvollen Drang, in diese für immer verlorene Welt zurückzukehren. Lachhaft! Ich, Raposo und Bakkalaureus, der ich alle Annehmlichkeiten der Zivilisation so herzhaft genoß, sehnte mich nach diesem barbarischen Jerusalem, in dessen Mauern ich während eines Tages im Monat Nisan gewohnt hatte, zur Zeit, da Pontius Pilatus Prokurator von Judäa war!

Dann erstarben diese Erinnerungen wie ein Feuer, dem es an Holz fehlt. In meiner Seele ruhten nur die Aschereste – und beim Anblick der Ruinen auf dem Berg Ebal oder der Obstgärten, die das levitische Sichem mit Wohlgeruch erfüllen, begann ich wieder zu gähnen.

Als wir nach Nazareth kamen, das in Palästinas Trostlosigkeit einem auf eine Grabplatte gelegten Blütenstrauß gleicht, interessierten mich noch nicht einmal die hübschen Jüdinnen, für die das Herz des heiligen Antonius vor Zärtlichkeit überfloß. Mit ihren roten Krügen auf der Schulter stiegen sie unter den Sykomoren zur Quelle hinan, dahin Maria, die Mutter von Jesus, jeden Nachmittag strebte, singend wie diese, und wie diese weiß gewandet . . . Der fidele Pote, sich den Schnurrbart zwirbelnd, raspelte Süßholz; und lächelnd senkten sie ihre dichten, feinen Wimpern. Beim Anblick so sanfter Schlichtheit hatte der heilige Antonius, auf seinen Pilgerstab gestützt und seinen langen Bart schüttelnd, geseufzt: „O helle Tugenden, die ihr ererbt von Maria der Allergütigsten!" Ich knurrte lediglich: „Einfältige Zierpuppen!"

Durch Gäßchen, in denen Wein und Feigenbäume einfache Hütten schirmen, wie es dem süßen Ort jenes Einen ansteht, der die Schlichtheit lehrte, erstiegen wir die Anhöhe von Nazareth, die der aus Idumäa unablässig wehende widrige Wind berennt. Dort zog Topsius seine Mütze und grüßte diese Ebenen, diese Weiten; gewiß hatte Jesus sie von hier aus betrachtet und beim Anblick ihres Lichts und ihrer Lieblichkeit eine Vorstellung von den unvergleichlichen Schönheiten des Gottesreichs gewonnen. Der Finger des gelehrten Historikers zeigte mir alle heiligen Stätten, deren tönende Namen mit der Feierlichkeit von Offenbarungen oder mit dem Getöse von Schlachten in die Seele fallen: Esdrelon, Endor, Sulem, Tabor . . . Ich hielt Ausschau und drehte mir dabei eine Zigarette. Auf dem Karmel lächelte schneeiges Weiß, die Ebenen von Peräa wallten in glitzerndem Goldstaub; der Golf von Kaipha war eitel Bläue; etwas wie Trauer lag in der Ferne über den Bergen von Samaria; und große Adler kreisten über den Tälern ... Ich gähnte und brummte: „Reizender Ausblick!"

Eines Morgens endlich machten wir uns auf die Rückreise nach Jerusalem. Von Samaria bis Rama wurden wir durchweicht von diesen gewaltigen schwarzen Regengüssen Syriens, die sich in Sturzbäche verwandeln, zwischen Felsen tosen, sodann unter blühenden Oleandersträuchern dahinfluten, nahe am Hügel Gibea vorbei, wo seinerzeit in seinem Garten, zwischen Lorbeer und Zypresse, David Harfe spielte und hinausblickte nach Zion – alles kleidete sich in heitere Gelassenheit und Azur. Allein, Unruhe wehte durch meine Seele, wie der traurige Wind durch eine Ruine streift ... Ich würde Jerusalem zu Gesicht bekommen! Aber welches? War es selbiges, das ich eines Tages in der Sonne des Nisan hatte prachtvoll strahlen sehen, mit gewaltigen Türmen, sein Tempel golden und schneefarben, der Burgberg voller Paläste, Bezetha, benetzt von den Wassern des Rogelbrunnens?

„El-Kuds! El-Kuds!" rief der alte Beduine, die Stadt des Herrn bei ihrem muselmanischen Namen nennend, und schwenkte die Lanze.

Ich galoppierte los, erregt ... Und da sah ich sie, dort unten, neben der Kidronschlucht, finster, voll von Klöstern und geduckt hinter ihren brüchigen Mauern, sie glich einem verlausten, armen Weib, das sich zum Sterben in einem Winkel unter seinen zerschlissenen Umhang verkriecht.

Und schon, kaum daß wir das Damaskustor passiert, polterten die Hufe unserer Pferde über das Pflaster der Christenstraße; dicht an der Mauer schmauchte ein dicker Mönch, Brevier und Sonnenschirm aus feinem Baumwollleinen unter dem Arm, eine riesige Pfeife. Wir stiegen im „Hotel Mittelmeer" ab. In der engen Halle las unter einem Werbeplakat für „Holloway-Pillen" ein Engländer, eine viereckige Lupe vor dem Auge und die Füße mit den schweren Schuhen auf dem Kattundiwan, die „Times";

von einer offenen Veranda, auf der lange Unterhosen mit Kaffeeflecken zum Trocknen hingen, rief eine näselnde Stimme: „C'est le beau Nicolas, holà! ..." Dies, o ja, dies war das katholische Jerusalem! Dann, als wir das mit seiner blaugeblümten Wandtapete hell und freundlich wirkende Zimmer wieder bezogen hatten, glänzte in meiner Erinnerung noch für einen Augenblick ein gewisser Saal auf, mit goldenen Kandelabern und mit einer Augustusstatue, neben der ein Mann in einer Toga den Arm ausstreckte und sprach: „Der Caesar kennt mich gut!"

Ich eilte zum Fenster, um die frische Luft des modernen Zion zu atmen. Da drüben war das Kloster mit seinen geschlossenen grünen Fensterläden und die an diesem sonnig wonnigen Tag nun stummen Dachtraufen ... Dort zwischen Gartenterrassen wanden sich die Gehsteige empor, auf denen Franziskaner in Bastschuhen und hagere Juden mit schmutzigen Locken liefen ... Und welch eine Erfrischung nach Samarias lodernden Straßen diese kühlen Zellenwände! Ich prüfte tastend das weiche Bett. Ich öffnete den Mahagonikleiderschrank. Ich strich zärtlich über das Paketchen mit Marys Hemd, das, rund und lieblich anzuschauen mit seinem roten Schleifenband, wie in einem Nest heimisch zwischen Socken lag.

In ebendiesem Augenblick brachte mir der fidele Pote das wertvolle Paket mit der Dornenkrone – ein mit seinem roten Band rundes, handliches Bündel; und freudig machte er mich mit Jerusalems Neuigkeiten vertraut. Er hatte sie vom Barbier in der Via Dolorosa, und sie waren beträchtlich. Den griechischen Patriarchen, einen armen evangelischen Greis mit einem Leberleiden, der den Armen zugetan war, schickte ein Dekret aus Konstantinopel ins Exil; der Konsul Damiani hatte im Reliquiengeschäft in der Armenischen Straße voll Zorn versichert, der wegen des bewußten Fausthiebs ausgelöste Zank zwischen den Franziskanern und der Protestantischen Mission werde Italien noch vor dem Dreikönigsfest veranlassen, gegen Deutschland die Waffen zu erheben ... Zu Bethlehem, in der Weihnachtskirche, hatte ein römischer Pater beim Segnen der Hostie einem koptischen Pater im Streit den Kopf mit einer Wachsfackel eingeschlagen ... Und schließlich die bejubelnswerteste Neuigkeit: Zur Freude Zions hatte neben dem Herodestor, das nach dem Tal Josaphat hin geht, ein Café mit Billards seinen Betrieb eröffnet, genannt „Einkehr zum Sinai"!

Wie weggeblasen war da alles peinigende Sehnen nach der Vergangenheit; und die Asche, die auf meiner Seele lag, wie weggeblasen von einem frischen Wind der Jugendlichkeit und Modernität ... Ich sprang auf den tönenden Ziegelfußboden und rief: „Es lebe die schöne ‚Einkehr'! Nichts wie hin! Drauf und drüber! Auf zum Karambole! Hach, wie ist mir nach Rekelei! Und dann die süßen Weibchen! ... Schöner Pote, leg das Paket mit der Dornenkrone hierher ... Das ist viel Pinke wert! Jesus, wie wird sich die Tante vor Wonne begeifern! Leg es da auf die Kommode, zwischen die Leuchter. Und gleich nach dem zünftigen Essen, mein lieber kleiner Pote, nichts wie hin in die ‚Einkehr zum Sinai'!"

Topsius kam gerade, außer Atem, mit einer neuen famosen Geschichte. Während unserer Pilgerreise nach Galiläa hatte die „Kommission für biblische Ausgrabungen" unter jahrhundertealtem Schutt eine jener Marmortafeln gefunden, die nach Zeugnis des Flavius Josephus, Philon und des Talmuds im Tempel prangten, neben der Schönen Pforte, versehen mit einer Inschrift, die den Heiden das Betreten untersagte ... Und er drängte, daß wir gleich nach der Suppe hineilten, um dieses Wunder zu bestaunen ... Einen Augenblick flammte in mir die Erinnerung an eine Pforte auf, die in der Tat von schönem Anblick war, edel und triumphal auf ihren vierzehn Stufen aus grünem numidischem Marmor ...

Doch wild mit den Armen rudernd, wehrte ich barsch ab: „Bah! Ich will nicht! Ich hab's satt! Hier auf der Stelle, Topsius, erkläre ich feierlich: Von heut an will ich nicht einen einzigen Steinblock mehr sehen und keinen biblischen Ort mehr ... Bah! Ich hab meine Tüte voll, gestrichen voll, Herr Doktor!"

Der Gelehrte, bleich geworden, rannte mit wehenden Rockschößen davon.

In dieser Woche befaßte ich mich damit, die für die Tante Patrocínio bestimmten kleineren Reliquien zu ordnen und zu verpacken. Zahlreich und wertvoll waren sie, und mit allerfrömmstem Schein hätten sie im Schatz der stolzesten Kathedrale gestrahlt! Außer denen, die Zion in Kisten aus Marseille importiert, also Rosenkränze, Weihblättchen, Medaillons und Skapuliere, und außer denen, die am Heiligen Grab von fliegenden Händlern angeboten werden, also Jordanwasser, Steinchen von der Via Dolorosa, Oliven vom Ölberg und Muscheln vom See Genezareth, brachte ich ihr noch weitere seltene, ungewöhnliche, einmalige Stücke: ein vom heiligen Joseph gehobeltes Brettchen, zwei Strohhalme aus dem Stall, in dem der Herr geboren, einen Scherben des Krugs, mit dem die Jungfrau einst zum Brunnen gegangen, ein Hufeisen des Eselchens, mit dem die heilige Familie nach dem Ägyptenland floh, und auch einen krummen rostigen Nagel ...

Diese Kostbarkeiten wurden in buntes Papier gewickelt, mit feinen Seidenbändern umschnürt, mit süßen Aufschriften versehen und in eine stabile Kiste verstaut, die ich zur Sicherheit noch mit Blech beschlagen ließ. Dann nahm ich mich der Großen Reliquie an, der Dornenkrone, Quell himmlischen Danks für die Titi – als auch klingender Münze für mich, ihren Ritter und Pilger.

Als Verpackungsmaterial wünschte ich möglichst berühmtes und heiliges Holz. Topsius riet zu Libanonzeder, die so schön sei, daß ihretwegen Salomo mit Hiram, dem König von Tyrus, einen Bund einging. Der fidele Pote indes, weniger Archäologe, schlug das ehrliche und vom Patriarchen Jerusalems gesegnete Kiefernholz aus Flandern vor. Ich würde der Titi einreden, die dazu verwendeten Nägel stammten von der Arche Noah; ein Einsiedler hätte sie wie durch ein Wunder auf dem Ararat gefunden und daß der Rost, den der seinerzeitige Lehm auf ihnen zurückließ, in geweihtem Wasser aufgelöst, Katarrhe heilte . . . Diese erheblichen Dinge heckten wir beim Bier in der „Einkehr zum Sinai“ aus.

Während dieser arbeitsreichen Woche ruhte das Paket mit der Dornenkrone auf der Kommode zwischen den zwei gläsernen Leuchtern; erst am Vorabend unserer Abreise aus Jerusalem packte ich es liebevoll ein. Das Kistchen fütterte ich innen mit blauem Kattun aus, den ich in der Via Dolorosa gekauft hatte; den Boden bedeckte bauschig, locker und weißer als der Schnee des Karmel eine Schicht Baumwolle; und mitten hinein legte ich, ohne etwas daran zu verändern, ganz wie Pote es zurechtgemacht, in seinem grauen Papier und umwickelt mit einem roten Band, das anbetungswürdige Paketchen – denn ebendiese in Jericho entstandenen Falten im Papier und dieser am Jordan geknüpfte Knoten würden der Senhora Dona Patrocínio einen unvergleichlichen frommen Genuß bereiten. Der dürre Topsius, seine Tonpfeife rauchend, sah bei diesen frommen Reisevorbereitungen zu.

„O Topsius, dies alles wird mir einen Batzen Geld einbringen! Und sagen Sie mir, sagen Sie mir, lieber Freund, kann ich der Tante guten Gewissens versichern, daß dies selbige Dornenkrone ist, welche . . .“

Der hochgelehrte Mann stieß leicht den Rauch aus und wartete mit einer äußerst triftigen Überlegung auf: „Bei Reliquien, Dom Raposo, ist nicht ihre Authentizität entscheidend, sondern daß man an ihre Wunderwirksamkeit glaubt. Versichern Sie Ihrer Tante getrost, daß es höchstdieselbe ist!“

„Gesegnet seist du, Doktor!“

An diesem Nachmittag war der gelehrte Mann mit der „Kommission für biblische Ausgrabungen“ zu den Gräbern der Könige aufgebrochen. Ich begab mich allein auf den Ölberg, denn rings um Jerusalem gab es kein Schattenplätzchen, wo man an friedlichen Nachmittagen genüßlicher hätte seine Pfeife schmauchen können.

Ich spazierte zum Sankt-Stephans-Tor hinaus, lief über die Kidronbrücke und nahm den Abkürzungsweg zwischen den Agaven bis zu dem weißgetünchten dörflichen

Mäuerchen, das den Garten Gethsemane umschließt. Ich stieß das frischgestrichene grüne Türchen mit seinem kupfernen Klopfer auf und betrat den Obstgarten, wo Jesus unter dem Blätterdach der Ölbäume stöhnend auf den Knien gelegen. Dort stehen noch diese heiligen Bäume, die einstmals ihre Äste verzückt über das dieser Welt müde Haupt breiteten! Acht an der Zahl sind es, schwarze, vom Alter zerfressene und mit hölzernen Stangen abgesteifte Bäume, die dämmerig dastehen und jene ferne Nacht des Nisan schon vergessen haben, in der die Engel mit lautlosem Flügelschlag und durch die Zweige spähend sich zum Zeugen der menschlichen Verzweiflung des Gottessohnes machten ... In den Höhlungen ihrer Stämme sind Baumscheren und Rebmesser verwahrt. An den Spitzen der spärlichen Äste zittern, dem Leben bereits abgewandt wie das Lächeln eines Sterbenden, zage, hinfällige Blättlein von saftlosem Grün.

Aber ringsum, welch liebevoll gesprengtes und fromm gedüngtes Gemüsegärtchen! Auf mit Liguster umgebenen Beeten grünte frischer Kopfsalat; auf den Kieswegen nicht ein welkes Blatt, das ihre kapellenhafte Reinlichkeit gemindert hätte. Neben den Mauern, wo in Nischen zwölf Steingutapostel blinken, strecken sich Mistbeete mit Samenzwiebeln und Mohrrüben, eingefaßt von duftendem Lavendel ... Warum gab es hier nicht auch zu Jesu Zeiten einen so niedlichen Gemüsegarten? Vielleicht hätte die friedvolle Ordnung dieses nützlichen Grünzeugs den Sturm seines Herzens besänftigt!

Ich setzte mich unter den ältesten Ölbaum. Der Guardian, ein lächelnder Heiliger mit endlos langem Bart, goß mit geschürztem Habit seine Ranunkeltöpfe. Der Nachmittag verstrahlte melancholischen Glanz.

Ich stopfte mir die Pfeife und mußte über meine Anwandlungen lächeln. Ja! Kommenden Tags würde ich diese graue Stadt verlassen, die sich dort unten hinter ihre düsteren Mauern duckte, einer Witwe gleich, die Tröstung verschmäht ... Dann, die blauen Wellen schneidend, würde ich eines Morgens das kühle Sintragebirge sichten; die heimatlichen Möwen eilten herbei und würden mir, um die Masten fliegend, den Willkommensgruß entbieten. Ganz langsam dann, mit seinen weißgekalkten Häusern und mit Gras auf den Dächern, würde Lissabon auftauchen, reglos und süß vor meinen Augen. „Titi, Titi!" . . . schreiend jagte ich die Steintreppe in unserem Haus in Sant'Ana hinauf, und die Titi würde beim Anblick der Großen Reliquie, die ich ihr untertänig darbot, zu zittern anfangen, mit geifernden Lefzen. Da würde sie mich, in Gegenwart himmlischer Zeugen – des heiligen Petrus, Unserer Lieben Frau, des heiligen Kasimir und des heiligen Joseph –, „mein Sohn, mein Erbe!" nennen. Und schon am nächsten Tag würde sie gelb und hinfällig werden, würde stöhnen . . . O Wonne!

Auf der Mauer im Geißblattlaub sang zart ein Vogel; und fröhlicher noch als er sang eine Hoffnung in meinem Herzen: Die Titi in ihrem Bett, mit einem um den Kopf gebundenen schwarzen Tuch, tastete entsetzt die Falten des verschwitzten Lakens ab, keuchte in Angst vor dem Teufel . . . Dann streckte sie alle viere von sich, kratzte ab. An einem linden Maientag packten sie die Titi, schon kalt und übel riechend, in einen Sarg und nagelten ihn fest zu. Und von Mietskutschen gefolgt, fuhr die Dona Patrocínio ab in ihre Gruft, zu den Würmern. Anschließend wurde im Damastzimmer, wo ich für Notar Justino Fleischpasteten und Portwein bereitgestellt hatte, Testamentseröffnung abgehalten; in Trauerkleidung und am Marmor des Tisches Halt suchend, verbarg ich mein skandalöses Grinsen in einem zerknitterten Taschentuch; und aus dem gestempelten Papier rollten mit goldenem Klang, rollten mit dem Raunen eines Ährenfeldes, rollten, rollten mir entgegen die vieltausendfachen Contos des G. Godinho! . . . O Verzückung!

Der heilige Bruder hatte die Gießkanne abgesetzt und spazierte mit aufgeschlagenem Brevier einen Myrtensteg auf und ab. Und ich, was unternahm ich in meinem Haus in Sant'Ana, sobald die stinkende Alte, in ein Habit Unserer Lieben Frau gekleidet begraben war? Ich ließe hohe Gerechtigkeit walten: ich eilte in die Hauskapelle, löschte die Lichter, räumte die Sträuße ab, überantwortete die Heiligenfiguren der Finsternis und dem Schimmel! O ja, ich in Gänze, Raposo, wie er leibte und lebte, mußte Rache nehmen, Rache dafür, daß ich vor ihren bemalten Figuren wie ein jämmerlicher Mesner hatte niederknien müssen, daß ich mich ihrem Kalendereinfluß wie ein gläubiger Sklave unterworfen hatte! Ich war den Heiligen zu Diensten gewesen, um der Tante zu gefallen. Nun aber, o unsägliches Ergötzen, verfaulte sie in ihrer Gruft; in ihren Augen, die nie eine mitleidige Träne geweint, wimmelten jetzt gefräßig die Würmer; und unter ihren zu Lehm sich zersetzenden Lippen bleckten ihre alten löchrigen Zähne, auf denen nie ein Lachen gestrahlt hatte ... Die Contos des G. Godinho gehörten jetzt mir; und von der ekligen Dame befreit, schuldete ich ihren Heiligen keine Gebete und Rosenkränze mehr. Sobald diese philosophische Gerechtigkeit vollzogen war, nichts wie ab nach Paris! Ab zu den Weibchen!

Der gute Pater lächelte in seinen schneeweißen Bart und klopfte mir auf die Schulter, er nannte mich seinen Sohn, erinnerte, daß der Heilige Garten schließe und meine Almosenspende ihm sehr willkommen sei ... Ich gab ihm eine Kupfermünze, spazierte gemächlich behaglich, einen zärtlichen Fado trällernd, durch das Tal Josaphat nach Jerusalem zurück.

Am Tage darauf, gegen Abend, als die Glocke der Geißelungskapelle zur Novene läutete, formierte sich unsere Karawane vor dem Hoteleingang zum Aufbruch aus Jerusalem. Die kleinen Kisten mit den Reliquien waren zwischen die Bündel auf das Maultier geschnürt. Der vom Katarrh noch ärger geplagte Beduine legte sich ein grobes Mesnertuch um. Topsius ritt diesmal eine ernste, behäbige Stute. Ich hatte mir aus Freude eine rote Rose an die Brust gesteckt und knurrte, während wir ein letztes Mal über die Via Dolorosa zogen: „Leb wohl, Zions Schweinekoben!"

Schon erreichten wir das Damaskustor, da schrie es am

oberen Teil der Straße, an der Ecke des Abessinierklosters, atemlos: „Freund Pote, Doktor, meine Herren! ... Ein Päckchen! Sie haben ein Päckchen vergessen ..."

Es war der Neger aus dem Hotel, barhäuptig; er schwenkte ein Päckchen – aus grauem Einwickelpapier und mit rotem Band –, das ich sogleich erkannte: Marys Nachthemdchen! Und mir fiel ein, daß es beim Einpacken nicht im Kleiderschrank zwischen den Socken gelegen hatte.

Keuchend erzählte der Diener, er habe das Päckchen nach unserem Aufbruch beim Auskehren des Zimmers zwischen Staub und Spinnweben hinter der Kommode gefunden, er habe es liebevoll gesäubert, und da es ihn schon immer drängte, einem lusitanischen Edelmann zu dienen, sei er gleich losgerannt, gar ohne Jacke.

„Es reicht!" brummte ich unwirsch und trocken.

Ich gab ihm alles, was ich an Kupfermünzen in meinen Taschen hatte, und dachte: Wie ist es bloß hinter die Kommode geraten? Vielleicht hatte der eifrige Neger es beim Aufräumen aus seinem Sockennest hervorgezogen ... Wäre es lieber dort geblieben, zwischen Staub und Spinnweben. Denn im Grunde war dieses Paket jetzt ein dreistes Wagnis.

Gewiß, ich liebte Mary. Die Aussicht, gleich bei meiner Ankunft in Ägypten von ihren runden Armen umschlungen zu werden, erfüllte mich mit süßem Behagen. Doch da ich ihr Bild treu im Herzen trug, brauchte ich ihr Nachthemd nicht fortwährend auf der Kruppe des Pferdes mitzuschleppen. Mit welchem Recht auch rannte diese Britin mir hinterher, durch Jerusalems Straßen, versuchte sich in meine Koffer zu drängen, wollte mich in mein Heimatland begleiten?

Und ebendieser Gedanke an die Heimat marterte mich, während wir uns von den Mauern der Heiligen Stadt absetzten ... Wie konnte ich jemals mit diesem schlüpfrigen Bündel das kirchfromme Haus der Tante Patrocínio betreten? Nach wie vor schlich sich die Titi mit einem Nachschlüssel in mein Zimmer, verbiestert und gierig schnüffelte sie in allen Ecken, in meinen Briefen, zwischen meinen Unterhosen ... Grün anlaufen würde sie vor Zorn, wenn sie bei einer abendlichen Suchaktion diese von meinen Lippen begeiferten und nach Sünde riechenden Spitzen fand, mit der Widmung in schräger Schrift: „Meinem tapferen kleinen Portugiesen!"

„Aber sollte mir zu Ohren kommen, daß du auf dieser heiligen Reise hinter Schürzen her warst, so sei versichert: ich werde dich auf die Straße jagen wie einen Hund!" Dies hatte die Titi am Vorabend meiner Pilgerreise vor versammelter Beamtenschaft und Kirche verkündet. Sollte ich darum, nur weil ich aus sentimentalem Luxus die Reliquie einer Handschuhverkäuferin aufhob, die mit Rosenkranzgebeten und Weihwasserspritzern und Demütigungen der liberalen Vernunft so teuer errungene Freundschaft der Alten einbüßen? Nie und nimmer! Und wenn ich das unheilvolle Paket nicht gleich da, beim Durchqueren der Hüttensiedlung von Kolonieh, in einer Pfütze ertränkte, so nur, weil ich dem aufmerksamen Topsius nicht die Feigheit meines Herzens aufdecken wollte. Allerdings entschied ich, daß ich, sobald wir bei hereinbrechender Nacht die Berge von Juda erreichten, den Schritt meines Pferdes zügeln würde und, ungesehen von der Brille des Historikers und dem Eifer von Pote, Marys schreckliches Hemd, den Beweis meiner Sünde und Vernichter meines Glücks, in eine Schlucht werfen wollte. Die Zähne der Schakale mochten es rasch zerfetzen! Die Regengüsse des Herrn mochten es recht bald vermodern lassen!

Schon hatten wir hinter den Felsen von Emmaus Samuels Grab passiert, war Jerusalem für immer meinen Augen entschwunden, da erspürte Topsius' Pferd in einer Senke neben der Straße eine Quelle. Pflichtvergessen scherte es aus der Karawane aus und trabte munter, unachtsam zur Wasserstelle. Ich hielt an und rief erregt: „Reißen Sie an den Zügeln, Doktor! Biest! Eben erst hat es getrunken ... Nicht lockerlassen! Heftiger ziehen! Nicht nachgeben, Mann!"

Doch der Philosoph, mit ausgewinkelten Armen und gespreizten Beinen, zerrte vergeblich an Zügel und Mähne. Das Pferd ging mit dem Philosophen durch.

Auch ich eilte nun zur Quelle, um den wertvollen Mann nicht der Wildnis preiszugeben. Da lief ein Faden trüben Wassers aus einer Rinne in ein in den Fels gehauenes Bassin. Und davor lag verstreut das zerfallene große Gerippe eines Dromedars. Die Zweige einer vereinzelt aufragenden Mimose waren vom Lagerfeuer einer Karawane versengt. In der Ferne, auf dem kahlen Rücken eines Hügels, schritt, schwarz gegen den schillernden Himmel, langsam ein Hirte zwischen seinen Schafen, mit geschulterter Lanze. Und mitten in dieser schattensatten Stille weinte die Quelle.

So wüst war diese Schlucht, daß mir der Gedanke kam, Marys Paketchen gleich hier verrotten zu lassen, wie das Gerippe des Dromedars ... Die Stute des Historikers soff in aller Ruhe. Ich meinerseits suchte etwas abseits einen Schlund oder ein Wasserloch, als mein Ohr neben der Quelle, und vermengt mit ihrem Weinen, menschliches Klagen zu vernehmen meinte.

Ich ging um einen Felsen herum, der sich wie der Bug einer Galeere stolz vordrängte; da sah ich zwischen den Steinen und Disteln eine Frau hocken, weinend, ein Kindchen im Schoß. Die Kräuselhaare wallten ihr über die Schultern und die von schwarzen Lumpen mäßig verhüllten Arme. Und über das in der Wärme ihres Schoßes schlafende Kind strich ihr fortwährendes Klagen, trauriger als das Gemurmel des Wasserrinnsals und als wollte es nimmermehr enden.

Ich rief nach dem fidelen Pote. Als er sich eilends bei uns einfand, die Hand am Silbergriff seiner Pistole, flehte ich ihn an, die Frau nach dem Grund dieser Tränenbäche zu fragen. Aber ihr Elend hatte sie gleichsam benebelt: tonlos sprach sie von einer eingeäscherten Hütte, von türkischer Reiterei, die vorbeigekommen sei, und daß sie keine Milch mehr für den Säugling habe ... Sie drückte das Kind gegen ihr Gesicht, von Schluchzern erstickt, und fing unter ihrem wirren Haar wieder an zu weinen.

Der fröhliche Pote gab ihr eine Silbermünze. Topsius notierte sich diesen Unglücksfall für seinen bedeutsamen Vortrag über „Das muselmanische Judäa". Und ich, tief bewegt, kramte in meiner Jacke nach Kupfermünzen, dann fiel mir ein, daß ich sie, eine ganze Handvoll, dem Neger aus dem „Hotel Mittelmeer" geschenkt hatte. Doch mir kam da ein dienlicher Gedanke. Ich warf ihr das gefährliche Paket mit Marys Hemdchen zu, und auf meine Bitte hin erklärte der lächelnde Pote der Unglücklichen, daß ihr die am Davidsturm wohnenden Sünderinnen, ob die dicke Fatme oder Palmira, die Samariterin, für dieses Luxus, Liebe und Zivilisation verkörpernde Kleidungsstück zwei Goldpiaster zahlen würden.

Wir trabten zur Straße zurück. Schluchzend und ihr Kind küssend, rief uns die Frau alle Segenswünsche ihres Herzens hinterher. Unsere Karawane setzte den Marsch fort – zum Gesang des Treibers vorn, der, mit gespreizten Beinen auf den Gepäckstücken sitzend, an den Venusstern jenen rauhen, langgezogenen, weinerlichen Preisgesang richtete, darin von Liebe die Rede ist, von Allah, von einem Kampf mit Lanzen und von den Rosengärten in Damaskus.

Gar groß war meine Überraschung, als wir frühmorgens im „Hotel Josaphat" im altehrwürdigen Jaffa abstiegen: im Innenhof saß da mit riesigem weißem Turban gedankenversunken der unglückliche Alpedrinha! ... Ich umarmte ihn so ungestüm, daß ihm die Knochen knackten. Und indessen Topsius und der fidele Pote unter dem Sonnenschirm aus feinem Tuch auf Erkundigung nach Abfahrt des Handelsdampfers gingen, der uns nach Ägypten bringen sollte, erzählte mir Alpedrinha, während er meinen Burnus ausbürstete, seine Geschichte.

Kummers wegen hatte er das „liebe, gute Alexandria" verlassen. Seiner Seele waren das „Hotel zu den Pyramiden" und die Kofferschlepperei auf unergründbare Weise leid, und unsere Einschiffung auf dem „Kaiman", Richtung Jerusalem, hatte ihn mit Fernweh nach den Meeren erfüllt, den an Geschichte trächtigen Städten und den unbekannten Menschenscharen ... Ein Jude aus Keschan, der sich in Bagdad ein Gasthaus mit Billards einzurichten gedachte, hatte ihn als Markör angeworben. Und er hatte die in den Bitternissen Ägyptens gesparten Piaster eingesackt und wollte also dieses Abenteuer des Fortschritts nun an den trägen Wassern des Euphrats, im Lande Babylonien, wagen. Dessen müde, anderer Leute Gepäck zu schleppen, strebte er, rätselhaft, zunächst nach Jerusalem, vielleicht wie der Apostel vom Geist gerufen, um mit gefalteten Händen an einer Ecke der Via Dolorosa ruhend zu verharren.

„Ob der Senhor vielleicht ein paar Zeitungen aus unserem Lissabon erhalten hat? Ich wüßte gern, was die Jungs dort noch so machen."

Und während er, in seinem Turban mit Besatzstreifen, traurig so stammelte, sah ich vor meinem lächelnden Auge Ägyptens heiße Erde, die lichte Straße der Zwei Schwestern, die kleine Kapelle unter Platanen, die Mohnblüten auf Marys Hut ... Und noch heftiger erfaßte mich die Sehnsucht nach meiner blonden Handschuhverkäuferin. Welch süßer Lustschrei auf ihren vollen Lippen, wenn ich eines Nachmittags, von Syriens Sonne gebräunt und drahtiger geworden, plötzlich vor ihrem Ladentisch stand und ihre weiße Katze verscheuchte! Und das Hemdchen? ... Nun, ich würde sagen, es sei mir eines Nachts an einer Wasserstelle geraubt worden, von lanzenbewehrter Türkenkavallerie.

„Und sag, Alpedrinha, hast du Marikockelchen gesehen? Wie geht's ihr, was macht sie? Noch immer schnucklig?"

Er ließ den Kopf hängen, und eine rätselvolle Schamröte legte sich auf seine welken Wangen.

„Sie ist nicht mehr da. Sie ist nach Theben gegangen!"

„Nach Theben? Dahin, wo Ruinen sind? ... Aber das ist doch in Oberägypten! Mitten in Nubien! Mann, was will sie dort?"

„Ansichten beleben", murmelte Alpedrinha bekümmert.

Ansichten beleben? Ich verstand nicht. Da erzählte mir

mein Landsmann, die undankbare Rose von York, Alexandrias Schmuckstück, habe sich von einem langmähnigen Italiener mitnehmen lassen, der in Theben die Ruinen jener Paläste photographieren wollte, in denen Ramses, der König der Menschen, und Ammon, der König der Götter, einander gegenübergewohnt hatten.

Und Marikockelchen sollte die „Ansichten" aufheitern, indem sie im strengen Schatten der priesterlichen Granite mit der neuzeitlich modernen Grazie ihres geschlossenen zierlichen Sonnenschirms und ihres mohnblütengeschmückten Hutes posierte.

„Oh, wie schamlos!" schrie ich entsetzt. „Mit einem Italiener! Und liebt ihn? Oder nur Geschäftssache? ... So sag doch, liebt sie ihn?"

„Irrsinnig", stammelte Alpedrinha. Und das „Hotel Josaphat" hallte von seinem Seufzer wider.

Sein gewitterhaft leidenschaftsvolles Ach war meiner Seele blitzartige und entsetzliche Erleuchtung. „Alpedrinha, du hast gestöhnt! Alpedrinha, da ist irgendeine Schurkerei im Spiel!"

Er senkte den Kopf so voll Kummer, daß der Turban auf die Fliesen rollte. Noch bevor er ihn aufheben konnte, hatte ich ihn grimmig bei seinem weichen Arm gepackt. „Alpedrinha, raus mit der Wahrheit! Marikockelchen, nicht wahr? Du hast sie auch vernascht?"

Mein Bartgesicht flammte ... Alpedrinha war Südländer und darum aus Prahlsucht und in Weinlaune schwatzhaft. Die Eitelkeit besiegte die Furcht, er verdrehte die Augen und gestand: „Auch ich hab sie vernascht!"

Voll Zorn und Ekel schüttelte ich ihn am Arm. Diese ebenfalls! Und mit dem hier! O Erde! O Erde, die du im Wahn, ein Stern zu sein, über die Himmel hinrollst, was bist du für ein Haufen fauler Dreck!

„Und sag, Alpedrinha, sag mir, hat sie dir auch ein Nachthemd gegeben?"

„Mir einen entzückenden Morgenrock ..."

Also auch ihm ein Wäschestück! Ich lachte bitter, die Fäuste in die Hüften gestemmt.

„Und sag, hat sie dich auch ‚mein tapferer kleiner Portugiese‘ genannt?“

„Weil ich bei Türken im Dienst war, nannte sie mich ‚mein strammes Muselmännchen‘.“

Ich wollte mich auf den Diwan werfen, wollte ihn mit den Nägeln zerkrallen, wollte wild lachen, voll verzweifelter Verachtung für alles ... Aber Topsius und der lächelnde Pote kehrten aufgeregt zurück.

„Na?“

Jawohl, von Smyrna aus war ein Postdampfer eingelaufen, der am Nachmittag die Anker zur Fahrt nach Ägypten lichten würde, und es war kein geringerer als unser geliebter „Kaiman“.

„Desto besser!“ rief ich und stampfte auf die Fliesen. „Desto besser, mir hängt der Orient zum Hals heraus! ... Teufel, hier hab ich nichts als Sonnenbrand, Verrat, schreckliche Träume und Fußtritte hinnehmen müssen! Mir langt's!“

So schrie ich grimmigst. Doch an diesem Nachmittag, beim Anblick der schwarzen Barkasse am Strand, die uns zum „Kaiman“ übersetzen sollte, erfaßte mich tiefes Sehnen nach Palästina, nach unseren unter Sternenglanz errichteten Zelten und nach der Karawane, die mit Gesang durch Ruinen von klangvollen Namen zog.

Meine Lippen bebten, als der innerlich bewegte Pote mir sein Säckchen mit Aleppo-Tabak hinhielt. „Dom Raposo, die letzte Zigarette, die Ihnen der fidele Pote spendiert.“

Und endlich rollte die Träne, als Alpedrinha mir stumm seine mageren Arme entgegenstreckte.

Von der Barkasse aus, auf Reliquienkistchen hockend, sah ich ihn am Strand mit seinem karierten Taschentuch traurig winken; neben ihm, mit den wuchtigen Stiefeln im Wasser, warf Pote uns Handküsse zu. Und noch vom „Kaiman“ aus, an die Reling gelehnt, sah ich ihn reglos auf den Steinen der Mole stehen und in der salzigen Brise mit beiden Händen seinen dicken Turban festhalten.

Glückloser Alpedrinha! In Wahrheit hatte nur ich deine Größe begriffen! Du warst der letzte Lusiade, vom Schlage eines Castro, Albuquerque, eines Castro, der tapferen starken Männer, die mit den Armaden nach Indien schifften! Die gleiche göttliche Sehnsucht nach dem Unbekannten hatte auch dich in dieses Land des Orients geführt, von da die Licht verstrahlenden Gestirne kommen als auch die Götter, die das Gesetz lehren. Allein, du warst nicht mehr wie die alten Lusiaden vom heldischen Glauben an eine heldenhafte Unternehmung beseelt, warst nicht wie sie unterwegs, mit großem Rosenkranz und großem Schwert, den fremden Völkern deinen König und deinen Gott aufzuzwingen. Du hattest keinen Gott mehr, für den es zu kämpfen galt, Alpedrinha, und keinen König mehr, für den man in See sticht, Alpedrinha! . . . Darum verausgabtest du dich unter den Völkerschaften des Orients in jenem Tun, das bei den neuen Lusiaden Glaube, Ideal und Wert ausmacht – an den Ecken herumstehen oder traurig anderer Leute Gepäck schleppen . . .

Die Schaufelräder des „Kaiman“ schlugen das Wasser. Topsius lüpfte seine Seidenmütze, und nach Jaffa hin, das auf seinen traurigen Felsen und umgeben von grünschwarzen Obstgärten in der fahlen Helle des Spätnachmittags dunkle Färbung annahm, rief er mit ernster Stimme: „Adieu! Adieu auf immer, Palästinaland!“

Auch ich winkte mit dem Korkhelm und rief: „Adieu! Adieu, all ihr lieben Dinge der Religion!“

Bedächtig löste ich mich von der Reling, da streifte mich das Glanztafthabit einer Nonne; und aus dem keuschen Schatten der Kapuze, die sich mir leicht zuwandte, hefteten sich schwarze, blitzende Augen auf meinen kräftigen Bart. O Wunder! Selbige heilige Schwester war es, die auf ihren keuschen Knien das sündige Hemd Marys über diese biblischen Wasser geschifft hatte.

Selbige war es! Warum führte das Schicksal auf dem schmalen Deck des „Kaiman“ diese noch geschlossene und doch schon welke Kapellenlilie wieder an meine Seite? Wer weiß. Vielleicht, damit sie in der Wärme meiner Begierde grünte und erblühte, nicht für immer fruchtlos und unnütz blieb, niedergeworfen zu Füßen des Leichnams eines Gottes! ... Und diesmal wurde sie nicht bewacht von der anderen, dicklichen Nonne mit der Brille. Das Schicksal überließ sie wehrlos meinen Händen, wie das Täubchen in der Wildnis.

Ich spürte in meinem Innersten ein heftiges Sehnen nach Liebe mit einer Nonne. Und es war mächtiger als die Angst vor Gott, dieses Sehnen nach einem von grobem Büßergewand gequälten Busen, der sich, bebend und besiegt, in meine tapferen Arme warf! ... Gleich da wollte ich ihr zuflüstern: „Liebstes Nönnchen, mein Herz verzehrt sich nach Ihnen!" Ganz Feuer und Flamme, zwirbelte ich meinen Schnurrbart und steuerte auf die süße Nonne zu, die sich auf eine Bank zurückgezogen hatte und ihre Rosenkranzperlen durch die bleichen Finger gleiten ließ.

Aber jäh flohen die Planken des „Kaiman" unter meinen Stakbeinen. Ich blieb stehen, blaß geworden. O Jammer und Schmach! Die Seekrankheit! ... Ich hastete zur Reling und beschmutzte häßlichst die Bläue des Meeres von Tyrus; sodann verkroch ich mich in die Kajüte und hob mein sterbenskrankes Antlitz nicht eher von der Kissenrolle, als bis ich den „Kaiman" in jene friedvollen Wasser einlaufen spürte, in denen einst Kleopatras Galeeren, aus Aktium geflohen, hastig ihre goldenen Anker geworfen hatten.

Und abermals, trunken und verwirrt, sah ich dich, Niederung von Ägypten, sah ich dich in Glut und von der Farbe eines Löwen! Um die schlanken Minarette flatterten die Tauben. Der schmachtende Palast döste am Wassersaum zwischen Palmen. Topsius hielt meine Hutschachtel unter dem Arm und brabbelte erzgelehrtes Zeug über den antiken Leuchtturm. Und schon hatte die bleiche Nonne den „Kaiman" verlassen – Taube der Ödnis, die den Krallen des Hühnergeiers entwischt war, weil der Geier, seekrank geworden, die Flügel brav wieder angelegt hatte.

Noch an diesem Nachmittag, im „Hotel zu den Pyramiden", erfuhr ich voll Begeisterung, daß ein Viehtransporter, „El Cid Campeador", anderentags am Morgen nach Portugals gepriesenen Gestaden aufbrechen wollte. In der mit gestreiftem Kattun ausgeschlagenen Kalesche unternahm ich mit dem gelehrten Topsius eine letzte Spazierfahrt unter den duftigen Schatten am Mahmudija-Kanal. Und die kurze Nacht verbrachte ich in einer Freudenstraße. O ihr meine Landsleute, so es euch gelüstet, mit den herben Genüssen des Orients bekannt zu werden, fahrt hin ... Gasflammen ohne Glassturz zischen langgezogen, vom Wind gebeugt; die Türen der niederen Holzhäuser schließt lediglich ein lichtdurchlässiger weißer Vorhang; alles riecht nach Sandelholz und Knoblauch; und auf Matten sitzen Frauen im Hemd, mit Blüten in den Flechten und flüstern sanft: „Eh, Mossiu! Eh, Mylord! ... Spät kehrte ich zurück, erschöpft. Als ich durch die Straße der Zwei Schwestern kam, gewahrte ich über der Tür eines geschlossenen Geschäfts die violettbemalte Hand aus Holz, die mein Herz zerriß. Ich versetzte ihr einen Stockhieb. Das war die letzte Tat auf meiner langen Pilgerreise.

Frühmorgens kam der treue und gelehrte Topsius, in Galoschen, um mich zur Zollbaracke zu begleiten. Ich schloß ihn lange in meine zitternden Arme.

„Adieu, lieber Freund, adieu! Schreiben Sie mir ... Campo de Sant'Ana 47 ..."

Er drückte mich gleichfalls und murmelte: „Die dreißig Mil-réis, ich werde sie Ihnen schicken ..."

Generös preßte ich ihn an mich, um diese Gelderklärung zu ersticken. Dann, mit einem Stiefel schon auf dem Boot, das mich zum „El Cid Campeador" bringen sollte, sagte ich: „Und ich kann der Tante also versichern, daß diese niedliche Dornenkrone selbige ist, die ..."

Er hob die Hände, feierlich wie ein Pontifex der Wissenschaft, und sprach: „Versichern Sie ihr in meinem Namen, daß es höchstdieselbe ist, Dorne für Dorne ..."

Er neigte das brillengeschmückte Storchenschnabelgesicht herab – und wir küßten einander brüderlich auf die Wangen.

Die Neger ruderten. Ich führte, auf den Knien, das Kästchen mit der Oberreliquie mit. Als mein Boot dann aber unter Segel das blaue Wasser schnitt, fuhr es hart vorbei an einem langsamen Boot, das auf den schlafenden Palast unter den Palmen zuruderte. Mit raschem Blick erkannte ich das schwarze Habit, die abgestreifte Kapuze ... Ein langer, begieriger Blick, letztmalig, suchte meinen Bart. Ich erhob mich und rief noch: „Mädchen, o du Schalksnärrin!" Aber schon hatte der Wind mich entführt. Sie in ihrem Boot verbarg das bekümmerte Gesicht – und auf ihre zarte Brust, die es gewagt hatte, zu erbeben, legte sich gewiß noch lastender das eifersüchtige eiserne Kreuz!

Gram befiel mich ... Wer weiß, vielleicht war dies auf der ganzen Welt das einzige Herz, in dem mein Herz hätte ruhen können, wie in einem sicheren Hort ... Ach was! Sie nur Nonne, ich nur Neffe. Sie fuhr ihrem Gott entgegen und ich meiner Tante. Und als in diesen Wassern unsere Busen, Einvernehmen spürend, einander kreuzten und stumm der eine für den anderen erbebte, fuhr mein Boot unter fröhlichem Segel gen West, ihr Boot aber, langsam und schwarz, ruderte gen Ost ... Stetes Einanderverfehlen verwandter Seelen – in dieser Welt ewigen Zwangs und ewiger Unvollkommenheit.

V

Zwei Wochen später rollte ich, bei halbgeöffnetem Wagenschlag und den Stiefel herausgestreckt auf das Trittbrett, in Pingalhos Mietsdroschke über den Campo de Sant'Ana, sichtete ich durch die blattlosen Bäume das schwarze Portal von Tantchens Haus. Und in diesem harten Kasten glänzte ich mehr als ein dicker, mit goldenem Laub bekränzter Caesar, der, nachdem er Völker und Götter bezwungen, in seinem geräumigen Wagen heimkehrt.

Gewiß, ich war verzückt, mein Lissabon unter diesem so blauen, feinen Januarhimmel wiederzufinden, mit seinen friedlichen Straßen aus schmutzigem Kalkweiß und den hier und da, gleich schweren, schmachtvoll träumenden Lidern, herabgelassenen grünen Rolläden. Vor allem aber war es die Gewißheit, daß mein häusliches Glück als auch mein gesellschaftlicher Einfluß ruhmhaft Veränderung erfahren hatten.

Was war ich bisher gewesen im Hause der Senhora Dona Patrocínio? Der junge Senhor Teodorico, der trotz Doktorhut und Bart eines Oberfuchses ohne Erlaubnis der Titi noch nicht einmal zum Haareschneiden in die Unterstadt ausreiten durfte ... Doch nun, dank dem heiligen Kontakt mit den Stätten des Evangeliums, besaß unser Doktor Teodorico beinahe päpstliche Autorität! Was war ich in den Augen meiner Mitbürger auf dem Chiado bisher gewesen? Der kleine Raposo, der ein Pferd ritt. Nun aber war ich der große Raposo, der, wie einst Chateaubriand, eine poetische Reise ins Heilige Land unternommen hatte und wegen der fernen Gasthäuser, in denen er geruht, und wegen der drallen Tscherkessinnen, die er abgeschmust hatte, in der Geographischen Gesellschaft oder im Hause der Blatternarben-Benta große Töne reden konnte.

Pingalho hielt die Mähren an. Ich sprang aus dem Wagen, das Reliquienkästchen im Arm. Und im Hintergrund des mit Mosaiksteinchen gepflasterten traurigen Innenhofs sah ich die Senhora Dona Patrocínio das Neves, in schwarze Seide gekleidet, umhüllt von schwarzen Spitzen. Die bleiche Fratze unter den dunklen Brillengläsern lächelte mir mit gebleckten Zähnen entgegen.

„Titi!"

„Mein Junge!"

Ich setzte das heilige Kistchen ab und fiel ihr um den dürren Hals. Der Geruch nach Schnupftabak, nach Kapelle und nach Ameise, der ihr entströmte, war wie die im Raum schwebende Seele der häuslichen Dinge, die mich umfing und mich wieder in die fromme Routine des Heims zwängte.

„Junge, wie braun du bist!"

„Titi, ich bringe Ihnen viele liebe Grüße vom Herrn ..."

„Gib sie mir, gib sie mir alle!"

Sie preßte mich an ihre Hühnerbrust, und mit ihren kalten Lippen berührte sie meinen Bart so ehrfürchtig, als wäre es der hölzerne Bart der Statuette des heiligen Teodorico.

Daneben stand Vicência und trocknete sich mit dem Saum der neuen Schürze das Auge. Pingalho hatte meinen Lederkoffer abgeladen. Ich selber schwenkte das wertvolle Kistchen aus geweihter flandrischer Kiefer und murmelte mit Inbrunst verströmender Bescheidenheit: „Hier ist sie, Titi, hier ist sie! Hier überreiche ich sie Ihnen, Ihre Reliquie, die einst dem Herrn gehörte!"

Die mageren, bleichen Hände der gräßlichen Senhora zitterten, als sie die Bretter berührten, die das wundervolle Einundalles ihrer Gesundheit und ihrer Schirmung vor Kümmernissen bargen. Stumm und starr preßte sie das Kästchen begierig an sich, dann preschte sie die Steintreppe hinauf, durchquerte den Saal der Sieben Schmerzen Mariä und schlüpfte in die Hauskapelle. Ich ihr hinterdrein, strahlend, mit Korkhelm. Zur Köchin und zur zahnlosen Eusébia, die im Korridor mit tiefer Verbeugung dastanden, als zöge das Allerheiligste an ihnen vorbei, rief ich näselnd: „Tagchen! Tagchen!"

In der Kapelle sodann, vor dem mit weißen Kamelien bestreuten Altar, war ich unübertrefflich. Ich kniete nicht hin, bekreuzigte mich nicht; von fern, mit zwei Fingern, grüßte ich den ans Kreuz geschlagenen Goldjesus familiär und warf ihm ein frankes, sehr vertrauliches Lächeln zu, wie einem alten Freund, mit dem einen alte Geheimnisse verbinden. Die Titi war überrascht von dieser Intimität mit dem Herrn, und als sie auf den Teppich niederkniete und mir dabei das grüne Samtkissen überließ, hob sie ihre betenden Hände zu ihrem Retter und gleichermaßen zu ihrem Neffen.

Als die etlichen Vaterunser zum Dank für meine Rückkehr gesprochen waren, bemerkte sie, noch im Knien, unterwürfig: „Mein Sohn, ich wüßte gern, worum es sich bei der Reliquie handelt, wegen der Kerzen, der Ehrbezeigung ..."

Ich klopfte mir den Staub von den Knien und entgegnete: „Später. Reliquien werden immer erst abends ausgepackt ... Dies hat mir der Patriarch von Jerusalem anempfohlen ... Auf jeden Fall möge die Titi noch weitere vier Kerzen anzünden, denn sogar das Holz ist heilig!"

Gehorsam zündete sie diese an. Andächtig legte sie das Kästchen auf den Altar. Sie gab ihm einen schmatzenden langen Kuß, dann breitete sie ein wundervolles Spitzentuch darüber ... Ich meinerseits, wie ein Bischof, schlug über dem Tuch mit zwei Fingern ein segnendes Kreuz.

Sie schaute mich mit ihren von Zärtlichkeit beschlagenen dunklen Brillengläsern wartend an und sprach: „Und jetzt, mein Sohn, und jetzt?"

„Jetzt, Titi, ein stärkendes Abendessen vorbereitet, mir hängt der Magen in den Kniekehlen ..."

Da schürzte die Senhora Dona Patrocínio ihre Röcke, lief zu Vicência und drängte sie zur Eile. Ich begab mich zum Kofferauspacken in mein Zimmer, das die Tante neu hatte vorrichten lassen. Die Musselingardinen, steif vor Stärke, bauschten sich; und ein Strauß Veilchen hüllte die Kommode in Duft.

Etliche Stunden saßen wir zu Tisch – auf den Milchreis in der Schüssel hatte die Titi eigenhändig mit Zimt ein Herz und ein Kreuz gezeichnet und darunter meine Initialen gesetzt. Ich meinerseits gab meine heilige Pilgerreise zum besten, unerschöpflich. Ich erzählte von den frommen Tagen in Ägypten, die ich damit verbrachte, jeden Fußtapfen zu küssen, den die flüchtende Heilige Familie dort hinterlassen hatte; ich erzählte von der Ausschiffung in Jaffa mit meinem Freund Topsius, einem deutschen Gelehrten und Doktor der Theologie, als auch von der köstlichen Messe, die wir dort genossen hatten; ich erzählte von den mit Kapellen bedeckten Hügeln Judas, wo ich, mein Pferd am Zügel haltend, niedergekniet war, um den Bildnissen und Monstranzen die Grüße der Tante Patrocínio zu überbringen ... Jerusalem schilderte ich Stein für Stein. Und die Titi vergaß zu essen, rang die Hände, seufzte in frommster Verzückung: „Ach, wie heilig! Ach, wie heilig, all diese Dinge zu hören! Jesus! Da spürt man innen drin sogar ein bißchen Wollust!"

Ich lächelte bescheiden. Und jedesmal, wenn ich sie verstohlen anschaute, schien sie mir eine gewandelte Patrocínio das Neves. Auf ihre dunklen, abgründigen, sonst so zurückweisend glänzenden Brillengläser hatte sich eine anhaltende feuchte Zärtlichkeit gelegt. Ihre Stimme war nicht mehr spröd und schneidend, hatte Weiche angenommen, war durchwebt von zärtlichem, näselndem Geseufze. Magerer war sie geworden, doch schien Wärme aus menschlichem Mark her ihre verdorrten Knochen zu durchströmen! Ich dachte: Die mach ich noch geschmeidig wie einen Handschuh!

Und ohne jede Mäßigung gab ich Proben meiner Intimität mit dem Himmel.

Ich sagte: „Eines Abends, wie ich gerade auf dem Ölberg bete, kommt plötzlich ein Engel vorbei ..." Ich sagte: „Ich legte alle Hemmungen ab, begab mich zum Grabmal unseres Herrn, hob die Deckplatte auf und rief hinein ..."

Sie ließ den Kopf hängen, wie ohnmächtig vor diesen so wunderbaren Privilegien, die nur vergleichbar waren mit denen des heiligen Antonius oder des heiligen Blasius.

Dann zählte ich meine gewaltigen Gebete auf und meine erschreckenden Fasten. In Nazareth vor der Quelle, an der Unsere Liebe Frau ihren Wasserkrug füllte, hatte ich auf Knien im Regen tausend Ave-Marias gebetet ... In der Wüste, so der heilige Johannes gelebt, hatte ich mich wie er von Heuschrecken ernährt ...

Die Titi, mit Geifer am Kinn, rief: „Ach, wie zart, ach, wie zart, die Heuschreckchen! ... Welch appetitliche Köstlichkeit für unseren allerliebsten heiligen Johannes! ... Wie mögen sie ihm gemundet haben! Und dir, mein Sohn, dir sind sie gut bekommen?"

„Ich habe gar an Gewicht zugelegt, Titi! O ja, zu meinem deutschen Freund sagte ich: ‚Wenn schon gefundenes Essen wie eben hier, so wollen wir denn auch genießen und unsere liebe kleine Seele retten ...'"

Sie wandte sich Vicência zu, die baff und lächelnd dastand, in ihrer üblichen Pose zwischen den zwei Fenstern, unter dem Bild Pius' IX. und dem alten Fernrohr des Komturs G. Godinho. Und sie rief: „Ach Vicência, er quillt geradezu über von Tugend! Bis zur Halskrause ist er voll davon!"

„Mir will scheinen, unser Herr Jesus Christus war nicht unzufrieden mit mir", murmelte ich und langte mit dem Löffel nach dem Quittengelee.

Und alle meine Bewegungen, sogar das Schlecken des Fruchtsirups, betrachtete die widerliche Senhora verehrungsvoll, wie eine hochheilige Handlung.

Dann, mit einem Seufzer, sprach sie: „Da ist noch etwas, mein Sohn . . . Hast du einiges an Gebeten mitgebracht, von den guten, die dort vielleicht die Patriarchen und die lieben braven Mönche lehren? . . ."

„So schöne, daß einem das Wasser im Munde zusammenläuft, Titi!"

Eine stattliche Anzahl hatte ich aus den Aufzeichnungen der Heiligen abgeschrieben, zum Beheben aller möglichen Peinigungen. Ich hatte welche gegen Hustenanfälle, gegen das Klemmen von Kommodenschubläden, zur Beschwörung des Lotterieglücks . . ."

„Und hast du vielleicht auch eines gegen Muskelkrämpfe? Nachts manchmal, mein Sohn . . ."

„Ich bring auch ein todsicheres gegen Muskelkrämpfe. Ein Mönch gab es mir, ein Freund, dem das Jesuskind zu erscheinen pflegt . . .", sagte ich – und zündete mir eine Zigarette an.

Noch nie hatte ich vor Titis Angesicht zu rauchen gewagt! Seit jeher haßte sie den Tabak, mehr als jedwede andere Ausdünstung des Lasters. Nun aber rückte sie ihren Stuhl begierig heran wie an eine Wunderlade, übervoll von Gebeten, die alle Widrigkeiten der Dinge abwehren, jede Krankheit besiegen und den alten Weibern das ewige Leben bescheren.

„Du mußt es mir geben, mein Sohn . . . aus reiner Nächstenliebe!"

„Klar, Titi, alle will ich Ihnen geben! Aber sagen Sie, sagen Sie ... was machen Ihre Beschwerden?"

Sie stieß ein unsäglich kummervolles Ach aus. Schlecht ging es ihr, sehr schlecht ... Mit jedem Tag fühlte sie sich hinfälliger, als klappte sie bald gänzlich zusammen. Wenigstens aber starb sie nun mit dem wohligen Gefühl, mich nach Jerusalem zum Besuch des Herrn geschickt zu haben, und sie hoffte, daß er ihr gütlich anrechnete, was sie an Ausgaben gehabt und was die Trennung von mir sie gekostet ... Schlecht ging es ihr, sehr schlecht!

Ich hatte das Gesicht weggewandt, um meine skandalöse Freudenmiene zu verbergen. Generös sprach ich ihr Mut zu. Was hatte denn die Titi schon zu fürchten? Konnte sie sich doch nun „an etwas klammern". Besaß sie doch jetzt, um sich den Gesetzen des Alterns und des natürlichen Niedergangs zu entziehen, diese Reliquie unseres Herrn.

„Und sonst, Titi ... Die lieben guten Freunde, wie geht es ihnen?"

Sie wartete mit einer traurigen Neuigkeit auf. Der beste, liebste, reizende Casimiro hatte sich am Sonntag „mit geschwollenen Beinchen" ins Bett gelegt. Die Ärzte meinten, es sei die Wassersucht. Sie aber argwöhnte eine Verwünschung von seiten eines Packknechts.

„Gleichwie, da liegt er nun, der gute, fromme Mann! Er hat mir gefehlt, sehr gefehlt ... Ach, mein Sohn, du kannst dir nicht vorstellen! ... Ein Glück, daß mir sein Neffe zur Seite stand, Pater Negrão ..."

„Negrão?" murmelte ich. Der Name war mir fremd.

Oh, den kannte ich nicht ... Pater Negrão wohnte in Torres. Lissabon hatte er stets gemieden, weil ihm diese sittenlose Stadt ein Greuel war ... Einzig der Titi zuliebe, um ihr in ihren Geschäften hilfreich beizustehen, war der brave, heilige Mann aus seinem Dorf herabgestiegen. Und er war ach so feinfühlig, so hilfsbereit! ... Ach, die Vollkommenheit in Person!

„Du ahnst nicht, wie sehr er mir zu Diensten war ... Allein schon seine vielen Gebete für dich, damit Gott dich beschützte in diesen Türkenländern ... Und wie gut er mir Gesellschaft geleistet hat! Jeden Abend habe ich ihn zu Tisch ... Heute wollte er nicht kommen. Und er sagte es gar in schönen Worten: ‚Verehrte Senhora, ich möchte Gefühlsüberschwängen nicht im Wege sein.' Das nenn ich schön gesprochen; anrührend, wie so vieles von ihm ... Ach, es gibt keinen zweiten ... Denk dir, sogar Geschenke macht er ... Ein Mensch von Geschmack!"

Ich stippte ernüchtert die Asche von meiner Zigarette. Wieso fand sich dieser Pater aus Torres wider alle Sitten des Hauses tagtäglich zum Verzehr von Titis gekochtem Rindfleisch ein? Ich knurrte herrisch: „In Jerusalem gehen die Patres und Patriarchen nur sonntagabends zum Speisen ... Das ist schicklicher."

Es war dunkel geworden. Vicência zündete das Gaslicht auf dem Korridor an. Und da die von der Titi zur Begrüßung des Pilgers herbeigebetenen lieben Freunde bald erscheinen würden, eilte ich auf mein Zimmer, um den schwarzen Gehrock überzustreifen.

Dort musterte ich mein gebräuntes Gesicht im Spiegel, lächelte triumphierend und dachte: Ah, Teodorico, du hast gesiegt!

Jawohl, ich hatte gesiegt! Wie mich die Tante empfangen hatte! Mit welcher Ehrerbietung! Mit welcher Demut! ... Und schlecht ging es ihr, schlecht! ... Bald würde ich mit vor Wollust überquellendem Herzen die Hammerschläge auf ihren Sarg donnern hören. Und nichts mehr könnte mich aus dem Testament der Senhora Dona Patrocínio hinausbefördern. In ihren Augen war ich jetzt der heilige Teodorico! Endlich gedachte die gräßliche Alte, mir ihr Gold zu überlassen – gleichsam als gäbe sie es Jesus, den Aposteln und der ganzen heiligen Mutter Kirche!

Doch da knarrte die Tür, herein trat die Titi, ihren alten Tongkingschal um die Schultern. Merkwürdig, sie dünkte mir eine gänzlich unveränderte Dona Patrocínio das Neves, steif, kratzig, blaßgrün, nach deren Meinung Liebe etwas hassenswert Schmutziges war und die alle Männer, die sich mit Schürzen einließen, für immer von sich stieß. O ja, ihre Brillengläser blitzten wieder abweisend, spießten mißtrauisch meinen Koffer auf. ... Allmächtiger Himmel, sie war nach wie vor die alte! Da näherten sich ihre blutleeren, kralligen Hände, über dem Schal gekreuzt, an den Fransen nestelnd und begierig, in meiner Leibwäsche zu wühlen. In die Winkel ihres verkniffenen Mundes schnitt sich eine Bitterschmarre! ... Ich erbebte. Doch der Herrgott gab mir eine gute Idee. Unschuldsvoll breitete ich die Arme über den Koffer und sagte: „O ja ... Hier vor sich hat die Titi den Koffer dessen, der in Jerusalem weilte ... Hier liegt er, weit geöffnet, damit alle Welt sich überzeuge, daß es der Koffer eines Mannes von Religion ist! Sagte doch mein deutscher Freund, eine in allen Dingen beschlagene Person: ‚Tja, Raposo, mein kleiner Heiliger, wer auf seiner Reise gesündigt hat, wer sich Ausschweifungen hingegeben hat und den Schürzen hinterhergelaufen ist, bei dem finden sich im Koffer allemal Beweise seiner Schuld. So sehr er sie versteckt oder gar entfernt, stets vergißt er etwas, das nach Sünde riecht!' ... Dies sprach er oft zu mir, einmal sogar in Gegenwart eines Patriarchen ... Und der Patriarch pflichtete ihm bei. Drum steht mein Koffer offen, ich habe nichts zu verbergen ... Sie können drin suchen, drin riechen ... Nach Religion riecht's! Da, Titi ... hier die Unterhosen und die Strümpfchen. Die müssen sein, denn Sünde wär's, nackt zu gehen ... Aber der Rest durch und durch fromm! Mein Rosenkranz, mein Meßbuch, meine Weihblättchen, alles vom Besten, alles vom Heiligen Grab."

„Du hast hier einige Päckchen!" knurrte die eklige Senhora, den fleischlosen Riesenfinger vorgestreckt.

Ich machte sie vergnügt auf. Zum Vorschein kamen zwei versiegelte Fläschchen mit Jordanwasser! Sehr ernst, sehr würdevoll postierte ich mich vor der Senhora Dona Patrocínio, auf jedem Handteller ein Fläschchen des göttlichen Wassers. Da küßte sie mit nun abermals feuchten Augengläsern reuig die Fläschchen; ein bißchen Geifer von ihrem Kuß lief über meine Nägel. Dann, an der Tür, seufzte sie überwältigt: „Ach, mein Sohn, ich bebe geradezu ... Es ist wegen all dieser Verzückungen!"

Sie ging hinaus. Ich stand da und kratzte mir das Kinn. O doch, da war etwas, was mich aus dem Testament der Titi hinausbefördern konnte: ein unverhofft vor ihren Augen auftauchendes Beweisstück meiner Ausschweifungen ... Aber wie sollte das in diesem logischen Universum je geschehen? All meine verflossene Fleischesschwäche war dahin, gleichsam verweht wie Rauch eines nun schon längst erloschenen Feuers, den niemand mehr einfangen kann. Und meine letzte Sünde, fern im alten Ägypten begangen, wie sollte die Tante davon jemals Kunde erhalten? Kein menschlicher Zufall könnte die einzigen zwei Zeugen meines Fehltritts hier am Campo de Sant'Ana zusammenführen – eine Handschuhverkäuferin, die momentan zu Theben die Granite des Ramses mit den Mohnblüten ihres Hutes zierte, und einen Doktor, der in einem scholastischen Gäßchen, im Schatten einer altehrwürdigen Universität Deutschlands, den Geschichtskehricht des Herodesgeschlechts durchwühlte ... Außer dieser Blume des Lasters und dieser Säule der Wissenschaft hatte niemand auf Erden Kenntnis von meinen sündigen Ausschweifungen in der an Liebe reichen Stadt der Lagiden.

Im übrigen, das schreckliche Beweisstück meiner intimen Verbindung mit der widerlich gemeinen Mary, ihr veilchenduftdurchtränktes Nachthemd, umhüllte jetzt in Zion die erregenden Hüften einer Tscherkessin oder die bronzefarbenen Brüste einer Nubierin aus Koskoro. Die kompromittierende Widmung „meinem tapferen kleinen Portugiesen" hatte man entfernt und in einem Holzkohlefeuer verbrannt; schon scheuerten sich die Spitzen beim eifrigen Liebesdienst ab, zerrissen, wurden schmutzig und schäbig, endeten bald auf Jerusalems jahrhundertealtem Müll. Nein, nichts vermochte sich zwischen meine gerechte Begierde und den grünen Beutel der Titi zu stellen. Nichts, es sei denn das Fleisch der Alten, ihr knarrendes Gerippe, das von zäher, nicht verlöschen wollender Lebensflamme behaust war. Grausiges Schicksal! Wenn nun die eigensinnige, widerspenstige Titi zur nächstjährigen Nelkenblüte immer noch lebte! Ich konnte mich nicht mehr bezähmen, meine Seele warf sich zu den Himmelshöhen auf, mit der ganzen Angst meiner Begierde schrie ich verzweifelt: „O heilige Jungfrau Maria, mach, daß sie schleunigst krepiert!“

In diesem Augenblick tönte die große Glocke im Innenhof. Wie freute ich mich da, nach langer Trennung das zweimalige zaghafte Schellen unseres bescheidenen Justino zu hören und gleich danach, mit noch größerer Genugtuung, das majestätische Läuten des Doktor Margaride.

Jäh riß die Titi meine Zimmertür auf, rief qualvoll erregt: „Teodorico, mein Sohn, gerade fällt mir was ein ... Mit dem Einweihen der Reliquie warten wir lieber, bis Justino und Margaride gegangen sind! Ich bin ihnen sehr zugetan, sie sind ja so tugendsame Menschen, aber ich denk, bei der Zeremonie sollten doch lieber nur Angehörige der Kirche zugegen sein ...“

Sie in ihrer Devotion hielt sich für eine kirchliche Person. Und ich, kraft meiner Pilgerreise, war beinahe eine Gestalt des Himmels.

„Nein, Titi ... Der Patriarch von Jerusalem riet mir an, die Zeremonie vor allen Freunden des Hauses abzuhalten, in der Kapelle, bei Kerzenschein ... Das tut größere Wirkung ... Und sagen Sie Vicência, sie soll meine Stiefel holen und sie putzen.“

„Ich geb sie ihr selbst! ... Diese hier? O ja, arg verschmutzt sind sie. Gleich hast du sie wieder, mein Sohn, gleich hast du sie wieder!“

Die Senhora Dona Patrocínio das Neves las die Stiefel auf! Und die Senhora Dona Patrocínio das Neves trug die Stiefel fort!

O ja, sie war verändert, hatte sich sehr verändert! ... Vor dem Spiegel heftete ich mir ein Malteserkreuz aus Koralle auf die Satinkrawatte, und mir kam der Gedanke, daß von diesem Tag an hier am Campo de Sant'Ana ich regierte, von der Höhe meiner Heiligkeit herab, und daß ich, um das Werk des Todes zu beschleunigen, diese Alte bestmöglich scheuchte.

Welch süße Genugtuung beim Betreten des Saals: da fand ich meine lieben Freunde vor, in feierlichen Anzügen, stehend. Überschwenglich streckten sie mir ihre Arme entgegen. Die Titi thronte auf dem Sofa, steif, eitel, in Festgewand und Geschmeide. Und an ihrer Seite krümmte ein sehr magerer Pater das Rückgrat, die Hände über der Brust gekreuzt, und zeigte in einem ausgemergelten Gesicht scharfgeschliffene, hungrige Zähne. Negrão! Ich hielt ihm zur Begrüßung zwei Finger hin und sagte trocken: „Freut mich, Sie hier zu sehen ..."

„Ihr gehorsamer Diener! Es ist mir eine unvergleichlich große Ehre!" säuselte er und preßte meine Hand gegen sein Herz.

Und noch katzbuckliger lief er und verstellte den Schirm der Lampe, damit mich das Licht badete und mein gereiftes Antlitz jedermann von der Wirksamkeit meiner Pilgerreise überzeugte.

Pater Pinheiro, mit leidvollem Lächeln, konstatierte: „Etwas schmäler geworden!"

Justino zögerte, schnippste mit den Fingern und sagte: „Gebräunter!"

Und Margaride, liebevoll: „Mehr Mann!"

Der kriecherische Pater Negrão drehte sich um, reckte sich der Titi entgegen wie einem strahlenumhüllten Sakrament und beschied: „Über die Maßen respekteinflößend. Voll und ganz würdig, Neffe zu sein der so tugendsamen Dona Patrocínio!"

Die Freunde bestürmten mich neugierig: „Und die Gesundheit?" – „Na und Jerusalem?" – „Wie war das Essen? ..."

Aber die Titi schlug mit dem Fächer auf ihr Knie, sie fürchtete, so viel familiäre Begeisterung könnte dem heiligen Teodorico eine Belästigung sein. Und gleich rief Negrão betriebsam und honigsüß: „Methode, meine Herrn! Methode! Alles auf einmal läßt sich das schlecht auskosten ... Am besten, unser interessanter Teodorico redet von sich aus!"

Mich widerte dieses „unser" an, ich haßte diesen Pater. Weswegen sein Schmus? Wieso beehrte er selber sich mit einem Sitzplatz auf dem Sofa? Mit welchem Recht wetzten seine schmutzigen Kniebeulen die keuschen Satins der Titi?

Doktor Margaride zückte seine Schnupftabakdose und meinte ebenfalls, das sei wohl nutzbringender.

„Setzen wir uns im Kreis, und unser Teodorico erzählt der Reihe nach alle Wunder, die ihm widerfahren sind!"

Der ausgemergelte Negrão hastete mit skandalöser Vertrautheit nach nebenan und brachte mir ein Glas Wasser und Zucker, zum Befeuchten der Kehle. Ich legte das Tuch über die Knie, hüstelte und begann also mit dem Bericht über meine gewaltige Pilgerreise. Ich erzählte vom Luxus der „Málaga", von Gibraltar und seinem wolkenverhangenen Felsgipfel, von den vielen Tischgeselligkeiten bei Pudding und Sprudelwasser ...

„Alles auf groß! Alles französisch!" seufzte Pater Pinheiro mit einem Funken Lüsternheit in seinem trüben Auge. „Aber natürlich alles schwer verdaulich ..."

„O ja, Pater Pinheiro ... Alles auf groß, alles nach französischer Art, jedoch durchweg bekömmliche Dinge, die der Verdauung nicht Schaden antun ... Feiner Rostbraten, zartes Hammelfleisch ..."

„Aber sicher nicht zu vergleichen mit dem Hühnerklein unserer allerverehrtesten Senhora", unterbrach mich Negrão salbungsvoll, das Gesicht ganz nah an der spitzen Schulter der Titi.

Wie haßte ich diesen Pater! Ich rührte den Zucker im Wasser um und entschied in meinem Herzen: Wenn ich erst am Campo de Sant'Ana eisern regiere, gleitet diesem Diener Gottes kein Geflügelklein meiner Familie mehr durch den schmeichlerischen Schlund!

Der gute Justino weitete seinen Kragen und lächelte mir beseligt zu. Und wie hatte ich die Abende in Alexandria verbracht? Gab es Zusammenkünfte, in denen man

Zerstreuung fand? Und hatte ich vielleicht die Bekanntschaft einer vornehmen Familie gemacht und war zum Tee eingeladen worden?

„Hab ich, Justino, hab ich. Aber um der Wahrheit die Ehre zu geben, es widerstrebte mir, Türkenhäuser aufzusuchen ... Immerhin sind's Leute, die nur an Mohammed glauben! ... Wissen Sie, was ich an den Abenden tat? Nach dem Essen begab ich mich in eine kleine Kapelle unserer schönen Religion, einen Ort ohne fremdes Beiwerk und mit allemal entzückendem Allerheiligsten ... Da verrichtete ich meine Andacht, dann traf ich mich mit meinem Freund, dem deutschen Gelehrten, auf einem großen Platz, der den Alexandrinern viel besser dünkt als unser Rossio ... Nun, breiter und gewaltiger mag er sein. Die Schönheit unseres Rossio mit seinen Mosaiken, Bäumen, Statuen und dem Theater hat er nicht ... Ich jedenfalls für meinen Geschmack ziehe mir für einen sommerlichen Bummel den Rossio vor ... Und das habe ich den Türken auch deutlich zu verstehen gegeben!"

„Gut so, daß Sie die portugiesischen Belange hochgehalten haben!" bemerkte Doktor Margaride zufrieden und trommelte mit den Fingern auf die Tabakdose. „Mehr noch, es ist Patriotenpflicht ... Nicht anders verfuhren seinerzeit Männer wie Gama und Albuquerque!"

„So also war's ... Ich traf mich mit dem Deutschen; und um uns ein wenig zu zerstreuen, schließlich ist Zerstreuung auf einer Reise allemal vonnöten, gingen wir einen Kaffee trinken ... Das allemal! Die Türken dort verstehen sich auf einen exzellenten Kaffee!"

„Ein gutes Kaffeechen, was?" rief Pater Pinheiro dazwischen und rückte mit dem Stuhl begierig näher. „Und stark, nicht war? Gutes Aroma?"

„O ja, Pater Pinheiro, zur besten Zufriedenheit! ... Also wir tranken unser Kaffeechen, kehrten dann ins Hotel zurück und machten uns auf unserem Zimmer, mit den heiligen Evangelien zur Hand, ans Studium aller religiösen Stätten Judäas, an denen wir unser Gebet zu verrichten hatten ... Und da der Deutsche sehr beschlagen war und alles wußte, mußte ich mich fleißig, fleißig instruieren! So daß er hin und wieder sogar sagte: ‚Sie, Raposo, verlassen mir nach all der nächtlichen Schufterei diesen Ort noch als Musterexemplar . . .' Jedenfalls was die heiligen Dinge und Christus betrifft, da weiß ich alles . . . So, Senhores, verbrachten wir also die Zeit bei Kerzenlicht, bis zehn, elf Uhr. Dann ein Teechen, Rosenkranz und Heia . . ."

„Wahrhaftig, bestens genossene Nächte, sehr fruchtbare Nächte!" bestätigte, mit einem Lächeln an die Titi gewandt, der verehrte Doktor Margaride.

„Ach, das alles hat ihn ungemein sittsam gemacht", seufzte die schreckliche Senhora. „Als hätte er sich ein klein bißchen himmelauf erhoben . . . Sogar was er sagt, hat guten Ruch, riecht nach heilig."

Ich, äußerst bescheiden, senkte die Augenlider.

Aber Negrão in seiner schlangengleichen Perfidie bemerkte, es wäre dienlicher und für die Seelen von größerer Inbrunst, wenn ich von Festlichkeiten, von Wundern, von Bußhandlungen berichtete . . .

„Ich bin mitten im Bericht, Senhor Pater Negrão", blaffte ich.

„Wie Chateaubriand, wie alle berühmten Autoren!" bestätigte Margaride beifällig.

Und mit Margarides Augen, des hier Klügsten, erzählte ich von der Abfahrt aus Alexandria an einem Gewitternachmittag, schilderte den bewegenden Augenblick, da eine heilige Schwester der Barmherzigkeit – die bereits in Lissabon geweilt und von Titis großer Tugend erfahren hatte – mir aus den salzigen Wassern ein Paketchen rettete, in dem ich Erde aus Ägypten verwahrte, darüber die Heilige Familie gelaufen; und in Jaffa, kaum daß ich auf Deck stieg, mit Zylinder, und in Gedanken ganz bei der Titi, da hatte sich das Paketchen durch ein Wunder mit Sonnenstrahlen bekränzt . . .

„Großartig!" rief Doktor Margaride. „Und sagen Sie, Teodorico . . . Hatten Sie nicht einen geschulten Reiseführer mit, der Sie auf die Ruinen verwies und sie Ihnen erklärte?"

„Aber ja, Doktor Margaride. Wir hatten da einen großen Lateiner, den Pater Pote!"

Ich benetzte mir die Lippen. Und ich erzählte von meinen Gefühlen in jener rühmlichen Nacht, als wir nahe Ramleh kampierten, unter einem Mond, der heilige Dinge beleuchtete, wachende Beduinen mit geschulterter Lanze und ringsum brüllende Löwen ...

„Welch eine Szenerie!" rief Doktor Margaride und sprang erregt auf. „Welch enorme Szene! Daß ich nicht dabei war! Wie ein grandioses Geschehnis der Bibel, des Eurich! Und inspirierend! Ich, wenn meine Augen solches gesehen hätten, ich könnte nicht an mich halten! ... Ich, ich würde eine erhabene Ode verfassen!"

Negrão zupfte den wortreich tönenden Richter am Rockschoß. „Besser, wir lassen unseren Teodorico reden, damit wir alle einen Genuß haben ..."

Margaride, gereizt, runzelte die furchterregenden tiefschwarzen Augenbrauen. „Niemand in diesem Raum, Pater Negrão, der das Grandiose mehr als ich zu genießen weiß!"

Titi, die Unersättliche, klopfte mit dem Fächer und rief: „Schon gut, schon gut! Erzähl weiter, mein Sohn; nicht erlahmen! Erzähl uns ein Erlebnis, das du mit unserem Herrn hattest und das uns selig rührt ..."

Alle verstummten achtungsvoll. Da erzählte ich vom Ritt nach Jerusalem und den zwei Sternen vor uns, die uns führten, wie stets im Falle edelster Pilger aus feiner Familie; ich erzählte von den Tränen, die ich vergoß, als ich an einem verregneten Morgen Jerusalems Mauern sichtete, und von den Worten, die ich, im Frack, beim Besuch des Heiligen Grabes mit dem Pater Pote zwischen Schluchzern inmitten der Gläubigen gestammelt hatte: „O mein Jesus, o Herr, hier bin ich, hier komme ich, im Auftrag der Titi!"

Die schreckliche Senhora rief mit ersticktem Aufschrei: „O wie tut das gut! Wie köstlich! ... Vor dem Grabmälchen!"

Ich wischte mir mit dem Taschentuch über das erregte

Gesicht und fuhr fort: „In dieser Nacht zog ich mich ins Hotel zurück, um zu beten ... Und nun, Senhores, eine kleine unangenehme Sache ..."

Reuig gestand ich, daß ich, der Religion halber als auch zur Rettung des ehrenvollen Namens Raposo und der Würde Portugals, im Hotel einen Streit mit einem riesenhaften bärtigen Engländer gehabt hätte.

„Eine Rauferei!" entsetzte sich der perverse, schuftige Negrão, um den Heiligenglanz zu trüben, mit dem ich die Titi blendete. „Eine Rauferei in der Stadt unseres Herrn Jesus Christus! Aber, aber! Welch ein Mangel an Achtung!"

Mit verbissener Miene fixierte ich den hundsföttischen Pater. „O ja, Senhor, eine ordinäre Rauferei! ... Aber damit Eure Hoheit Bescheid weiß, der Patriarch von Jerusalem war ganz auf meiner Seite, er klopfte mir sogar auf die Schulter und sagte: ‚Glückwunsch, mein lieber Teodorico, Sie haben sich wie ein ganzer Kerl benommen.' Was belieben Hoheit dazu zu vermelden?"

Negrão senkte den Kopf, auf dem sich die Tonsur mit der bläulichen Bleiche des Mondscheins zur Pestzeit abzeichnete: „Wenn Seine Eminenz die Sache guthieß ..."

„Jawohl, Senhor! Und die Titi hier soll erfahren, wieso die Rauferei ... Im Zimmer nebenan logierte eine Engländerin, eine Ketzerin, die, jedesmal, wenn ich anfing zu beten, ihrerseits Klavier spielte, Gassenhauer und dummes Zeug trällerte oder unzüchtige Sachen aus dem ‚Blaubart' sang ... Denken Sie nur, Titi, da kniet ein Mensch und sagt mit ganzer Inbrunst: ‚O heilige Maria, schenk meiner guten Titi noch viele Jahre Leben', und im selben Augenblick plärrt von der anderen Seite der Trennwand die Stimme einer Exkommunizierten: ‚Ich bin der Ritter Blaubart, Witwer sein ist mein Plaisir ...' Das ist zum Aus-der-Haut-Fahren! ... So passierte es eines Abends, daß ich in meiner Verzweiflung die Nerven verlor, mit der Faust gegen ihre Tür donnerte und ihr da drin zurief: ‚Halten Sie gefälligst den Mund, hier ist ein Christ, der sein Gebet verrichten möchte!' "

„Ganz zu Recht", bestätigte Doktor Margaride. „Sie hatten das Gesetz auf Ihrer Seite!"

„Das bestätigte mir auch der Patriarch! Dies also, Senhores, rief ich dem Weib zu und wollte mich mit würdigem Ernst auf mein Zimmer zurückziehen, da tritt ihr Vater, ein großer Bärtiger, mit einem Riesenprügel in der Hand heraus ... Ich, sehr zurückhaltend, verschränke die Arme und bescheide ihm in höflichem Ton, daß ich kein Geschrei zu Füßen von Christi Grab wünsche, vielmehr in Frieden und Ruhe zu beten begehre ... Und was antwortet er mir da? Daß er sich einen ... Nein, das kann ich hier nicht wiederholen. Eine Beleidigung gegen unseres Herrn Grab ... Und ich, Titi, mir gehen die Nerven durch, ich packe ihn am Schlafittchen ..."

„Und du hast ihn gehauen?"

„Verdroschen hab ich ihn!"

Alle bejubelten meine Wildheit. Pater Pinheiro zitierte kanonische Gesetze, die es dem Glauben gestatteten, auf den Unglauben einzuschlagen. Mit Freudenhüpfern feierte Justino die kraftvollen portugiesischen Fausthiebe, die ich diesem John Bull verabreicht hatte. Und ich, durch so viel Lob wie von einer Schlachtfanfare angestachelt, schrie im Stehen furchterregend: „Gottlosigkeit vor meinem Angesicht, nie und nimmer! In Dingen der Religion bin ich eine Bestie!"

Und ich nutzte diesen heiligen Zorn und fuchtelte mit meiner behaarten, schrecklichen Faust Negrão zur Warnung vor dem gesenkten Kinn herum. Der verhärmte, dürre Diener Gottes duckte sich. Doch in diesem Augenblick trat Vicência mit dem Tee im prachtvollen Silberservice des G. Godinho herein.

Da ergingen sich die lieben Freunde, mit dem Toastbrot in der Hand, in glühendem Lob: „Was für eine instruktive Reise! Wie wenn man an einem Lehrkursus teilnimmt!"

„Was für einen herrlichen Abend wir hier verbracht haben! Wie im São Carlos! Das nenne ich einen Genuß!"

„Und wie vortrefflich er erzählt! Diese Begeisterung, dieses Erinnerungsvermögen!"

Gemächlich hatte sich der gute Justino, gut bewehrt mit Tasse und Kuchenstückchen, zum Fenster begeben, so als wollte er in den Sternenhimmel schauen, und hinter den Vorhangfransen her riefen mich seine funkelnden, lüsternen Äuglein verstohlen zu sich. Den „Benedeiten" summend, ging ich zu ihm; beide tauchten wir in den Schatten des Damasts. Der tugendsame Notar, mit seinen Lippen meinen Bart streifend, flüsterte: „Nun, lieber Freund, und die Frauen?"

Auf Justino konnte ich mich verlassen. Ich raunte ihm in den Stehkragen: „Die reinste Wonne, liebster Justino!"

Seine Pupillen blitzten wie die eines Katers im Januar, und die Tasse in seiner Hand zitterte.

Ich trat mit nachdenklichem Blick ins Lampenlicht zurück und sprach: „O ja, eine schöne Nacht ... Aber es sind nicht dieselben heiligen Sternchen, die wir dort am Jordan sahen!"

Behutsam seinen Tee nippend, trat Pater Pinheiro auf mich zu, klopfte mir zag auf die Schulter und erkundigte sich, ob ich in diesen heiligen Landen wohl an sein Fläschchen Jordanwasser gedacht hatte?

„Aber klar, Pater Pinheiro! ... Alles habe ich mitgebracht! Auch das Zweiglein vom Ölberg für unseren Justino ... Und die Photographie für unseren Margaride ... Alles!"

Ich eilte in mein Zimmer, um diese süßen Souvenirs aus Palästina zu holen. Und ein Tuch bauschig voll mit frommen Kostbarkeiten, so kehrte ich zurück, verhielt aber hinter dem Vorhang, als ich drin meinen Namen nennen hörte ... O süßes Ergötzen! Gerade versicherte der unschätzbare Doktor Margaride der Titi kraft seiner gewichtigen Autorität: „Dona Patrocínio, ich wollte es nur nicht in seiner Gegenwart sagen ... Jetzt haben Sie nicht schlechthin einen Neffen und edlen jungen Mann im Haus, sondern einen intimen Freund unseres Herrn Jesus Christus!"

Ich hüstelte und trat ein. Die Senhora Dona Patrocínio allerdings kaute an einem eifersuchtsvollen Groll. Sie fand es unserem Herrn als auch ihr selber gegenüber ungebührlich, daß diese minderen Reliquien zur Verteilung gelangten, ehe ihr, der Senhora und Tante, in der Kapelle die Große Reliquie überreicht wurde . . .

„Denn Sie sollen wissen, Senhores", so erklärte sie mit vor Genugtuung wogender flacher Brust, „mein Teodorico hat mir eine heilige Reliquie mitgebracht, an die ich mich in meinen Kümmernissen klammern will und die mich von meinen Leiden heilen wird!"

„Bravissimo!" rief der ungestüme Doktor Margaride. „Also hat Teodorico meinen Ratschlag befolgt? Hat er in diesen Gräbern gestochert? . . . Bravissimo! Das nenne ich einen generösen Pilger!"

„Einen Neffen, wie unser Portugal heutzutage keinen zweiten kennt", pflichtete Pater Pinheiro bei, vor dem Spiegel stehend und seine belegte Zunge musternd.

„Einen Sohn! Einen Sohn!" verkündete Justino, auf die Stiefelspitzen gereckt.

Da zeigte Negrão seine verhungerten Zähne und giftete schändlichst: „Kommt drauf an, Senhores, welcher Art die Reliquie ist."

Ich hatte Lust, teuflische Lust, diesem Pater an die Gurgel zu springen. Meine Augen waren blitzende, spitze Speere, die ihn wild durchbohrten. Ich schnarrte: „Es möchte sein, daß Sie, falls Sie ein echter Priester sind, beim Anblick dieses Wunders zum Gebet mit der Nase in den Staub sinken!"

Und mit dem Unmut einer tödlich beleidigten edlen Seele wandte ich mich wieder der Senhora Dona Patrocínio zu: „Ja, es ist an der Zeit, Titi! Gehen wir in die Kapelle! Alle sollen voll Staunen sein! Wie mein deutscher Freund sagte: ‚Wenn diese Reliquie zur Enthüllung gelangt, wird eine ganze Familie aus dem Häuschen sein!' "

Geblendet erhob sich die Tante, die Hände gefaltet. Ich eilte davon, um mich mit einem Hammer zu versehen. Als ich zurückkam, hatte Doktor Margaride, ernst und würdig, seine schwarzen Handschuhe übergestreift. Und der Senhora Dona Patrocínio hinterdrein, deren über die Dielen schleifende Satins wie ein Prälatenhabit raschelten, traten wir auf den Korridor, wo der große Gasbrenner unter seinem matten Glassturz zischte. Im Hintergrund spähten Vicência und die Köchin, ihre Rosenkränze in den Händen.

Die Hauskapelle war in gleißendes Licht gehüllt. Die alten Silbertafeln warfen das Kerzenlicht zurück und hüllten die Tiefe des Altars in hellen Glorienschimmer. Über dem Weiß der gewaschenen Spitzen und zwischen dem frischen Schnee der Kamelien nahmen sich die blauen und roten Tuniken der Heiligen mit ihrem Seidenglanz wie neu aus, als wären sie eigens für dieses nächtliche Fest in den Requisitenkammern des Himmels angefertigt worden ... Mitunter zitterte der Strahl einer Aureole, war es ein Gleißen, als fluteten Schauer des Jubels über das Holz der Figuren. Und an seinem Kreuz aus Schwarzholz glänzte prachtvollst der aus massivem Gold gearbeitete, Gold schwitzende, Gold verblutende Jesus.

„Alles von erlesenem Geschmack! Welch göttliche Szene!" murmelte der dem Grandiosen so begeistert zugetane Doktor Margaride.

Mit frommer Sorgfalt setzte ich das Kästchen auf das Samtkissen. Gebeugt murmelte ich über ihm ein Ave; dann hob ich das Tuch ab, das es verdeckte, und mit dem Kästchen im Arm, nachdem ich mich geräuspert, hob ich an zu sprechen: „Titi, Senhores ... Mit der Enthüllung dieser Reliquie hier habe ich etwas gewartet, wie es mir der Herr Patriarch von Jerusalem nahegelegt ... Nun aber will ich sagen ... Vielmehr, erst einmal ziemt es sich, klar und deutlich zu betonen, daß alles an dieser Reliquie heilig ist, das Papier, das Band, das Kästchen, die Nägel, alles heilig! Zum Beispiel stammen die Nägelchen ... von der Arche Noah ... Sie können sehen, Senhor Pater Negrão, und können fühlen, es sind die der Arche, sogar verrostet sind sie ... Alles vom Besten, alles strahlt Tugend! Zudem möchte ich vor Ihnen allen erklären, daß diese Reliquie hier der Titi gehört, und ich bringe sie ihr zum Beweis, daß ich in Jerusalem stets nur an sie gedacht habe und daran, was unser Herr gelitten, und indem ich ihr diesen fetten Happen verschafft habe ..."

„Bei mir sollst du dich stets gut aufgehoben wissen, mein Sohn!" stammelte die gräßliche Senhora verzückt.

Ich küßte ihr die Hand und besiegelte diesen Pakt, als glaubhafte Zeugen die Magistratur und die Kirche. Dann griff ich zum Hammer und sprach: „Und nun, damit ein jeder Bescheid weiß und die ihm zutreffendst erscheinenden Gebete wählt, will ich verraten, worum es sich bei der Reliquie handelt ..."

Ich hüstelte und schloß die Augen. „Es ist die Dornenkrone!"

Gleichsam erdrückt, mit einem heiseren Stöhnen, warf sich die Tante über das Kästchen, umschlang es mit zittrigen Armen ... Margaride kratzte sich nachdenklich das strenge Kinn; Justino schien fast in der Tiefe seines Kragens zu verschwinden; und der durchtriebene Negrão starrte mich mit schwarzem Riesenmaul an, das Verblüffung und Entrüstung ausdrückte. Heilige Himmel! Magistratur und Geistlichkeit zweifelten offenbar – schlimme Wendung für mein Glück!

Ich bebte, mir brach der Schweiß aus, endlich aber beugte sich Pater Pinheiro vor, sehr ernst und überzeugt, drückte der Titi die Hand, beglückwünschte sie zu dem hohen kirchlichen Rang, in den sie der Besitz dieser Reliquie versetzte. Da drückten nacheinander alle, sich der großen religiösen Autorität Pater Pinheiros fügend, in stummer Gratulation der geifernden Senhora die Finger.

Gerettet! Flink kniete ich neben dem Kästchen nieder, führte das Brecheisen in den Deckelspalt, schwang triumphierend den Hammer ...

„Teodorico, Junge!" schrie die Titi wie am Spieß, so als würde ich das bloße Fleisch des Herrn mit dem Hammer bearbeiten.

„Keine Bange, Titi! In Jerusalem habe ich gelernt, mit diesen göttlichen Sächelchen umzugehen!"

Als das feine Brett gelöst war, schimmerte die Schicht Baumwolle hervor. Behutsam und ehrerbietig hob ich sie hoch – und vor den verzückten Augen kam das erzheilige Paket mit dem grauen Papier und dem roten Bändchen zum Vorschein.

„Oh, welch ein Duft! Ach, ach, ich sterbe!" seufzte die Titi, und verging fast vor frommer Lust, dabei das Weiß ihrer Augen über den schwarzen Brillengläsern zum Vorschein kam.

Ich erhob mich, glühend vor Stolz. „Nur meiner geliebten Titi, ihr allein kommt es zu, in Anbetracht ihrer großen Tugend das Paketchen aufzumachen!"

Die Titi, zitternd und bleich, erwachte aus ihrer Erstarrung, nahm mit der Gravität eines Kirchenfürsten das Paket, verbeugte sich vor den Heiligen und legte es auf den Altar. Fromm nestelte sie den Knoten des roten Bandes auf; dann, so sorgsam, als fürchtete sie, einen göttlichen Körper zu verletzen, wickelte sie Schicht um Schicht das graue Papier ab ... Das Weiß von Leinen blinkte ... Die Titi langte mit den Fingerspitzen zu, warf es plötzlich von sich – und auf dem Altar, zwischen den Heiligen, über den Kamelien, zu Füßen des Kreuzes, breitete sich hin mit Schleifchen und Spitzen Marys Nachthemd!

Marys Nachthemd! In seiner ganzen Pracht, in seiner ganzen Schamlosigkeit, zerknittert von meinen Umarmungen und jede Falte nach Sünde riechend. Marys Nachthemd! Und, mit einer Stecknadel angeheftet, gut lesbar im Glanz der Kerzen das Kärtchen mit der Widmung in fülliger Schrift: „Meinem Teodorico, meinem stattlichen kleinen Portugiesen, zum Gedenken, wie sehr wir genossen!" Unterzeichnet: M. M.

Marys Nachthemd!

Ich weiß nicht recht, was in der blumengeschmückten Hauskapelle dann geschah. Ich fand mich an der Tür wieder, in dem grünen Vorhang verheddert, mit zitternden Beinen, einer Ohnmacht nahe. Als würfe einer Holzscheite in ein offenes Feuer, so krachten Negrãos wilde Anschuldigungen, neben dem Kopftuch der Titi ausgestoßen, gegen mich: „Verderbtheit! Verspottung! Hemd einer Hure! Verhöhnung der Senhora Dona Patrocínio! Profanierung der Kapelle!" Deutlich sah ich, wie sein Schuh den weißen Fetzen zornig in den Korridor hinausbeförderte. Einer nach dem anderen huschten die Freunde vorbei, wie von einem Schreckenswind fortgewehte lange Schatten. Die Lichter der Kerzen flackerten bekümmert. Da kauerte ich schweißüberströmt zwischen den Falten des Vorhangs. Ich spürte die Titi auf mich zukommen, langsam, bleich, steif, furchterregend ... Sie blieb stehen. Ihre kalten, blitzenden Brillengläser durchbohrten mich. Mit zusammengepreßten Zähnen fauchte sie: „Du widerliches Schwein!"

Sie verließ den Raum.

Ich hastete in mein Zimmer, fiel auf mein Bett, wie niedergeschmettert.

Ein Skandal hatte das gestrenge Haus aus seinem Dämmer geweckt. Vicência tauchte vor mir auf, bleich, ihre weiße Schürze in der Hand, und sagte: „Junger Herr! Junger Herr! Die Senhora befiehlt, Sie sollen sich fortscheren, sie will Sie keinen Augenblick mehr im Hause haben ... Und Sie sollen Ihre ganze Wäsche und all Ihre Ferkeleien mitnehmen!"

Auf die Straße gejagt!

Ich hob das weiche Gesicht von der spitzenbesetzten Kopfrolle. Und Vicência, ganz verwirrt, drehte die Schürze in der Hand und sagte: „Junger Herr! Ach, junger Herr! Wenn Sie nicht auf der Stelle verschwinden, sagt die Senhora, läßt sie die Polizei holen."

Hinausgeworfen!

Ich erhob mich mit wankenden Beinen, steckte eine Zahnbürste in die Jackentasche, suchte, gegen die Möbel stoßend, die Hausschuhe und wickelte sie in eine Nummer der „Nação". Ohne noch ein Wort griff ich zwischen den Koffern eine mit Blech beschlagene Kiste. Auf Zehenspitzen stieg ich die Treppe hinab, geduckt und schleichend, wie ein räudiger Hund.

Kaum hatte ich den Innenhof überquert, tat Vicência dem zornigen Befehl der Tante Genüge und schlug hinter meinem Rücken das eisenbeschlagene Tor ins Schloß – verächtlich und für immer!

Da stand ich, allein auf der Straße und im Leben! Beim Schein der kalten Sterne zählte ich mein Geld in der Hand. Zwei Libras, achtzehn Tostões, einen spanischen Duro und einiges an Kupfermünzen nannte ich mein eigen ... Da erst merkte ich, daß die Kiste, die ich ohne sonderliches Bedenken unter den Koffern herausgegriffen hatte, meine minderen Reliquien enthielt. Vertrackter Aberwitz des Schicksals! Um meinen nackten Leib schützend zu kleiden, waren mir lediglich die Hobelbrettchen des heiligen Joseph und Scherben vom Wasserkrug der Jungfrau Maria verblieben! Ich steckte das Paket mit den Hausschuhen in die Tasche; und ohne den düsteren Blick noch einmal dem Hause meiner Tante zuzuwenden, marschierte ich mit geschulterter Kiste durch die von Schweigen und Sternenglanz erfüllte Nacht hinab in die Unterstadt, ins „Hotel zur goldenen Taube".

Tags darauf saß ich bleich und elend am Speisetisch der „Taube" und stocherte in einer trüben Suppe aus Grütze und Kohlrüben, als ein Herr mit schwarzem Samtkragen den Platz an der Stirnseite einnahm, vor einer Karaffe Vidagowasser, einem Schächtelchen Pillen und einer Nummer der „Nação". Auf seiner Stirn, so hoch und geschwungen, daß sie dem Giebel einer Kapelle glich, wanden sich zwei dicke Adern, und unter den vom Schnupftabak geschwärzten Nasenlöchern trug er ein kurzes Büschel ergrauter Haare, die so steif waren wie die Borsten einer Zahnbürste. Der Wirt servierte ihm die Kohlrübengrütze und brummte achtungsvoll: „Einen recht guten Tag wünsch ich, Senhor Lino!"

Über dem Suppenfleisch legte dieser Herr, nachdem er die Inserate aufmerksam studiert hatte, die Zeitung beiseite, ließ die nach Galle- und Milzleiden gelblich aussehenden Augen auf mir ruhen und bemerkte, daß wir seit den Heiligen Drei Königen ein prächtiges Wetterchen genössen.

„Ein rosiges ...", murmelte ich reserviert.

Senhor Lino steckte die Serviette tiefer in seinen schlaffen Kragen und sagte: „Gestatten, kommt der Senhor vielleicht aus den Nordprovinzen?"

Ich fuhr mir mit der Hand bedächtig durch das Haar und erklärte: „Nein, Senhor ... Ich komme aus Jerusalem!"

Senhor Lino, baff, verfehlte den Mund mit der Gabel voll Reis. Als er seine Überraschung stumm hinuntergeschluckt hatte, gestand er, daß alle diese heiligen Orte ihn rege interessierten, da er, Gott sei Dank, ein gläubiger Mensch sei. Auch versehe er, nochmals Gott sei Dank, ein Amt bei der Patriarchalkammer ...

„Ah, bei der Patriarchalkammer!" stieß ich aus. „Ja, ein sehr respektables Amt ... Ich kannte überaus gut einen Patriarchen ... Ich hatte persönlichen Umgang mit dem Patriarchen von Jerusalem, einem sehr feinen, sehr ritterlichen heiligen Mann ... Wir haben uns sogar geduzt!"

Senhor Lino schenkte mir von seinem Vidagowasser ein, und wir sprachen über das Land der Heiligen Schrift.

„Und Jerusalem, in puncto Läden?"

„Läden? ... Sie meinen Modegeschäfte?"

„Aber, aber!" unterbrach Senhor Lino. „Ich meinte Geschäfte für Devotionalien, für Reliquien, für religiöse Sächelchen ..."

„Tja ... nicht so übel ... Da ist Damiani in der Via Dolorosa, der alles mögliche hat, sogar Knochen von Märtyrern ... Am besten, man stöbert und gräbt selber. Von diesen Dingen habe ich wahre Wunder mitgebracht!"

Eine Flamme von einzigartiger Begehrlichkeit belebte die gelblichen Pupillen des Senhor Lino von der Patriarchalkammer. Und mit der Entschiedenheit des Erleuchteten rief er jäh: „Andrèzinho, einen guten Tropfen Portwein! ... Heute ist Grund zum Feiern!"

Der Wirt brachte eine Flasche mit handgeschriebenem Datumsvermerk auf dem Etikett aus Kanzleipapier, und Senhor Lino goß mir ein Glas voll ein.

„Auf Ihr Wohl!"

„Mit Gottes Hilfe, auf Ihr Wohl!"

Als der Käse verzehrt war, lud ich diesen Mann, der Gott sei Dank ein gläubiger Mensch war, aus Höflichkeit auf mein Zimmer ein, sich die Aufnahmen von Jerusalem anzuschauen. Er nahm freudig erregt an, aber kaum über die Schwelle getreten, stürzte er ohne Anstand gierig zu meinem Bett, auf dem etliche der Reliquien, die ich an diesem Morgen aus der Kiste geholt, umherlagen.

„Wie finden Sie es?" forschte ich, rollte eine Ansicht vom Ölberg vor ihm auf und erwog, ihm einen Rosenkranz zu schenken.

Schweigend drehte er in seinen dicken Fingern mit den abgeknabberten Nägeln ein Fläschchen Jordanwasser. Er schnupperte daran, wog es in der Hand, schüttelte es. Dann, mit geschwollenen Adern auf der geschwungenen Stirn, erkundigte er sich sehr ernst: „Haben Sie hierfür ein Echtheitszeugnis?"

Ich reichte ihm das Zertifikat des Franziskanerpaters, darauf bescheinigt wurde, daß es sich um echtes, ungepanschtes Jordanwasser handelte.

Er weidete sich an dem verehrungswürdigen Papier, und begeistert rief er: „Ich biete fünfzehn Tostões für das Fläschchen!"

Meinem Bakkalaureushirn war es da, als täte sich ihm ein Fenster auf und die Sonne fiele herein! In ihrem hellen Schein erkannte ich jäh die wahre Natur dieser Medaillen, Weihblättchen, Wässer, Späne, Steinchen, Strohhalme. Bisher hatte ich sie als ein vom Besen der Philosophie noch nicht fortgefegten kirchlichen Kehricht gehalten. Die Reliquien aber waren Werte! Sie besaßen die allgewaltige Eigenschaft von Werten! Man gab einen Tonscherben, und man bekam dafür ein Goldstück. Bei dieser Erleuchtung begann ich, die Hände auf den Tisch gestützt wie auf einen Ladentisch, unmerklich zu lächeln. Und ich entgegnete: „Fünfzehn Tostões für reinstes Jordanwasser? Ha! So tief steht unser heiliger Johannes der Täufer bei Ihnen im Kurs? ... Fünfzehn Tostões! ... Sie halten Jordanwasser wohl für Wasser vom Arsenal? Ist denn das die Möglichkeit! Ein Pater aus Santa Justa bot mir drei Mil-réis heute morgen, hier zu Füßen dieses Bettes, und ich habe ihn abgewiesen ..."

Er wippte das Fläschchen auf der feisten Hand, überlegte, rechnete, sagte: „Ich biete vier Mil-réis."

„Topp, es gilt, weil wir hier in der ‚Taube' Freunde sind!"

Und während der Senhor Lino aus meinem Zimmer ging, mit dem in die „Nação" eingeschlagenen Fläschchen Jordanwasser, fand ich mich ungewollt, von der Vorsehung erkoren, als Reliquienhändler wieder!

Von den Reliquien aß ich, rauchte ich, liebte ich, lebte ich zwei Monate geruhsam und bekömmlich in der „Goldenen Taube". Zumeist am Morgen suchte Senhor Lino mein Zimmer auf, in Hausschuhen, wählte einen Scherben vom Krug der Jungfrau oder ein Strohhälmchen aus der Krippe, schlug es in die „Nação" ein, machte das Geld lokker und zog, das „De profundis" pfeifend, wieder ab. Und offenkundig verkaufte der Ehrenmann meine Kostbarkeiten mit fettem Gewinn weiter, denn bald funkelte auf seiner schwarzen Samtweste eine goldene Kette.

Ich unterdessen, sehr geschickt und klug, hatte mich weder mit Bitten noch mit Erklärungen, noch mit fremdem Beistand bemüht, den heiligen Zorn der Titi zu besänftigen und ihr Wohlwollen wiederzugewinnen. Ich begnügte mich damit, ganz in Schwarz und in einer Sänfte die Kirche von Sant'Ana aufzusuchen. Der Titi begegnete ich nicht, ihr servierte der schuftige Negrão die Messe jetzt allmorgendlich in der Hauskapelle. Da nun kniete ich nieder, schlug mir die Brust, wandte mich seufzend ans Allerheiligste, in der Gewißheit, daß Melchior, der Mesner, der gräßlichen Senhora von meiner hartnäckigen Demut Kunde gab.

Gerissen wie ich war, mied ich auch die Freunde der Titi, diese nahmen gewiß zartfühlig Anteil am Leiden ihrer Seele, um testamentliche Gewogenheit für mich zu erreichen – so ersparte ich diesen verdienstvollen Herren der Magistratur und der Kirche bange Verlegenheiten. Sooft ich Pater Pinheiro oder Doktor Margaride begegnete, verbarg ich die Hände in den Ärmeln, senkte den Blick, tat unterwürfig und zerknirscht. Und diese Bußfertigkeit war den Freunden sicherlich genehm, denn eines Abends stieß ich nahe dem Hause der Blatternarben-Benta auf Justino, und der ehrenwerte Mann raunte mir, als er sich ängstlich in der Straße umgeschaut, im Vertrauen zu: „Weiter so, lieber Freund ... Es wird schon werden ... Momentan ist sie eine Bestie ... O verflixt, Leute kommen!"

Und er verdrückte sich.

Unterdessen, dank Linos Vermittlung, handelte ich mit Reliquien. Sehr bald freilich, nachdem ich mir zwei Kompendien der „Politischen Ökonomie" wieder zu Gemüte geführt, überlegte ich, daß meine Gewinne fetter ausfielen, wenn ich Lino ausschaltete und mich direkt an den frommen Konsumenten wagte.

Ich schickte an Adelsdamen – Dienerinnen unseres Herrn vom Kreuzweg – Briefe mit Listen und Preisen von Reliquien. An Kirchen in der Provinz sandte ich Angebote von Märtyrerknochen. Sakristanen s.pendierte ich Schnäpschen, damit sie den von Gebresten geplagten alten Weibern zuflüsterten: „In Devotionalien kein Besserer als Senhor Doktor Raposo, frisch aus Jerusalem zurück! ..." Und das Glück war mir gewogen. Meine Spezialität war Jordanwasser in versiegelten und mit einem Stempel in Form eines flammenden Herzens versehenen Zinkbehältnissen; von diesem Wasser verkaufte ich für Kindstaufen, für Speisen und für Bäder; und eine Weile floß durch Lissabon ein noch breiterer und reinerer Jordanstrom als durch Palästina, mit seiner Quelle in der „Goldenen Taube". Phantasiereich führte ich einträgliche und poetische Neuigkeiten ein: erfolgreich warf ich auf den Markt „das Scherbchen vom Trinkwasserkrug, mit dem die Muttergottes zur Quelle ging"; und ich war es, der unserer nationalen Frömmigkeit „ein Hufeisen vom Eselchen, auf dem die Heilige Familie floh", für echt verbürgte. Klopfte Lino in Hausschuhen nun an die Tür meines Zimmers, wo sich die Häufchen Stroh aus der Krippe mit den gestapelten Brettchen des heiligen Joseph abwechselten, öffnete ich die Tür einen geizigen Spalt breit und flüsterte: „Nichts mehr da ... Alles verkauft! ... Nächste Woche wieder ... Dann erst erwarte ich ein Kistchen aus dem Heiligen Land ..." Dem sehr geschäftstüchtigen Mann und kaltgestellten Zwischenhändler quollen unmutsvoll die Adern.

Alle meine Reliquien fanden wärmste Aufnahme, weil sie „von Raposo, frisch aus Jerusalem zurück", stammten. Die anderen Reliquienhändler konnten nicht mit so blendender Garantie aufwarten, wie es eine Pilgerreise ins Heilige Land darstellte. Einzig ich, Raposo, hatte diese äußerst geräumige Lagerstätte der Heiligkeit bereist. Nur ich übrigens war imstande, auf das Pergament, das die Echtheit der Reliquie garantierte, den geschwungenen Namenszug des Herrn Patriarchen von Jerusalem hinzuwerfen.

Sehr bald indes erlebte ich, daß sich infolge des Überangebots die Frömmigkeit meines Landes erschöpfte. Von Reliquien vollgepfropft und vollgestopft, vermochte dieses katholische Portugal am Ende noch nicht einmal mehr eines der getrockneten Blütensträußchen aus Nazareth aufzunehmen, die ich für fünf Tostões abgab.

Ich war in Sorge und senkte melancholisch die Preise. Mit verlockenden Anzeigen warb ich im „Diário de Notícias": „Kostbarkeiten aus dem Heiligen Land, auf Raten. Nähere Auskunft im Tabakgeschäft Rego ..." Im Priesterrock und meinen Bart unter einem seidenen Halstuch verborgen, überrumpelte ich zur Frühmesse vor den Kirchenportalen alte Frömmlerinnen; ich bot Stücke von der Tunika der Jungfrau Maria und Sandalenschnüre des heiligen Petrus. Und ihre Umhänge und Schleier streifend, murmelte ich bang: „Sehr preiswert, Senhora, äußerst preiswert ... Vorzüglich gegen Katarrhe! ..."

Schon hatte ich einen Berg Schulden in der „Goldenen Taube"; ich schlich die Treppe hinunter, um dem Wirt nicht in die Arme zu laufen, den ich schmeichlerisch mit „mein André, mein Allerbester ..." ansprach.

Ich setzte meine ganze Hoffnung auf eine Erneuerung des Glaubens. Die kleinste Notiz von einem Kirchenfest erfüllte mich mit Freude, da dies von einer Zunahme der Frömmigkeit im Volk zeugte. Wild haßte ich die Republikaner und Philosophen, die den Katholizismus erschütterten – und also den Wert der Reliquien minderten, die jener eingeführt hatte. Ich schrieb Artikel für die „Nação", in denen ich wetterte: „Wie soll denn dieses Land je prosperieren, wenn ihr euch nicht an die Gebeine der Märtyrer klammert!" Im Café „Montanha" haute ich mit der Faust auf den Tisch. „Caramba, Religion ist vonnöten! Ohne Religion schmeckt kein Beefsteak!" Im Hause der Blatternarben-Benta drohte ich den Mädchen, daß ich, falls sie nicht ihre Weihblättchen und ihre Skapuliere trugen, fernbliebe und das Haus der Dona Adelaide besuchte! ... Meine Sorge um das „tägliche Brot" war so gewaltig, daß ich erneut Linos Mittlerdienste in Anspruch nahm, eines Mannes mit guten Verbindungen zu Kirchenkreisen, obendrein verwandt mit Klosterkaplänen. Wieder zeigte ich ihm mein von Reliquien übersätes Bett. Wieder sagte ich händereibend zu ihm: „Geschäftchen gefällig, guter Freund? Hier hab ich neue Ware, frisch aus Zion!"

Doch der würdige Mann der Patriarchalkammer kam mir mit heftigen Anschuldigungen. „Dieses Märchen zieht nicht mehr, Senhor!" schrie er, mit Zornesadern auf der flammenden Stirn. „Sie selbst haben das Geschäft ruiniert! Der Markt ist übersättigt, schon läßt sich kein Windelchen vom Jesuskind mehr losschlagen, dabei hat sich diese Sorte sonst so gut verkauft! Und Ihr Schacher mit den Hufeisen ist nachgerade skandalös ... o ja, skandalös! Neulich erst sagte ein Kaplan, der mein Vetter ist: ‚Zu viele Hufeisen für ein so kleines Land! ...' Vierzehn Hufeisen, Senhor! Das ist reiner Mißbrauch. Und wissen Sie, wieviel von den Nägeln, mit denen Jesus ans Kreuz geheftet wurde, Sie den Leuten angedreht haben, und alle mit Zertifikat? Fünfundsiebzig, Senhor! ... Sage und schreibe fünfundsiebzig!"

Er ging. Krachend schlug die Tür zu. Ich blieb vernichtet zurück.

Wie durch ein Glück begegnete ich am selben Abend im

Hause der Blatternarben-Benta dem Grünspecht, der sich bei mir eine beachtliche Kollektion Reliquien bestellte. Er war im Begriff, eine Nogueira zu heiraten, Tochter einer reichen Frömmlerin und reichen Schweinebesitzerin aus Beja; und er wollte der alten Muckerin ein artiges Geschenk machen – lauter Katechismusdinge und Sächelchen vom Heiligen Grab. Ich richtete ihm eine hübsche Reliquienkassette ein, legte meinen sechsundsiebzigsten Nagel mit hinein und schmückte sie mit meinen entzückenden getrockneten Blüten aus Galiläa. Mit dem generösen Entgelt des Grünspechts bezahlte ich meine Schulden in der „Goldenen Taube"; und klugerweise nahm ich ein Zimmer in der Pension Pita, in der Travessa da Palha.

So erlitt meine Prosperität einen Rückgang. Nun hatte ich mein Zimmer ganz oben, im fünften Stock; es war bestückt mit einem Eisenbett und einem alten Sessel, dessen Polsterung aus pestendem Werg durch den fadenscheinigen Kattun lugte. Als einziger Zierat hing über der Kommode in einem mit Quasten verzierten Rahmen eine Farblithographie des Gekreuzigten; schwarze Gewitterwolken wallten zu seinen Füßen, und seine großen, hellen Augen sahen und verfolgten alle meine Handlungen, die intimsten, selbst das delikate Beschneiden meiner Hühneraugen.

So eingerichtet, durchstreifte ich Lissabon seit einer Woche auf der Suche nach dem ungewissen Brot, in Stiefeln, deren Sohlen sich zu lösen begannen; da, eines Morgens, brachte André aus der „Goldenen Taube" mir einen Brief, der am Abend zuvor mit dem Vermerk „dringend" bei ihm abgegeben worden war. Der Umschlag trug einen Trauerrand und war mit schwarzem Lack versiegelt. Zitternd brach ich ihn auf. Und ich erkannte Justinos Unterschrift.

„Mein lieber Freund! Unter Tränen komme ich einer schweren Pflicht nach und teile Ihnen mit, daß Ihre verehrte Tante und meine Herrin überraschend von uns gegangen ist ..."

Caramba, die Alte krepiert!

In banger Hast überflog ich die Zeilen, stolperte über

Einzelheiten: „Lungenentzündung ... Heilige Sakramente empfangen ... Alle haben geweint ... Unser Negrão! ..." Ich erbleichte, Schweiß brach mir aus allen Poren, und da, am Schluß des Briefes, las ich mit neuerlichem Schrecken: „Aus dem Testament der tugendsamen Senhora, demnach sie ihrem Neffen Teodorico das Fernrohr vermacht, welches im Speisezimmer an der Wand hängt ..."

Enterbt!

Ich schnappte meinen Hut und rannte, Passanten rempelnd, durch die Straßen zu Justinos Anwaltsbüro in São Paulo. Ich fand ihn, mit schwarzer Krawatte und dem Federstiel hinter dem Ohr, hinter dem Schreibpult beim Verzehr von Kalbfleischschnitten über einer alten Nummer des „Diário de Notícias".

„Also das Fernrohr ...?" stammelte ich, erschöpft gegen die Ecke eines Regals gelehnt.

„In der Tat. Das Fernrohr!" murmelte er mit vollem Mund.

Einer Ohnmacht nahe, ließ ich mich auf das Ledersofa fallen. Er bot mir Bucelas-Wein an. Ich trank ein Glas, fuhr dann mit zittriger Hand über das bleiche Gesicht und bat: „So erzählen Sie, lieber Justino, erzählen Sie alles ..."

Justino seufzte. Ihm hatte die heilige Senhora, die Ärmste, zwei Kreditverschreibungen in Höhe von einem Conto vermacht ... Ansonsten hatte sie in ihrem Testament die Reichtümer des G. Godinho auf die unverständlichste und perverseste Art verstreut. Das Haus am Campo de Sant'Ana und vierzig Contos an Kreditverschreibungen gingen an unseren Herrn vom Kreuzweg. Die Aktien der Gasgesellschaft, das Wertvollste an Silberzeug und das Haus in Linda-a-Pastora fielen Casimiro zu, der sich, dem Sterben nahe, schon nicht mehr vom Fleck rührte. Pater Pinheiro bekam ein Grundstück in der Rua do Arsenal. Das „Mosteiro", das entzückende Landgut mit seinem pittoresken Portal, über dem noch das Wappen der Grafen von Lindoso prangte, die öffentlichen Kreditverschreibungen, die Mobilien am Campo de Sant'Ana, der Christus aus Gold – dies alles erbte Pater Negrão. Drei Contos und die Uhr gingen an Margaride. Vicência bekam die Bettwäsche. Und ich – das Fernrohr!

„Um den Rest der Erbschaft aus weiter Distanz zu sehen", bemerkte Justino philosophisch und schnipste mit den Fingern.

Ich begab mich zurück in die Travessa da Palha. Und über Stunden hin, in Hausschuhen, mit flammenden Augen und voll Verzweiflung, drängte es mich, dem Kadaver der Titi Gewalt anzutun – ihr in die bleiche Fratze zu spucken, ihr mit einem Stock in der Fäulnis ihres Bauches herumzustochern. Alle Zorngewalten der Natur rief ich über sie. Die Bäume flehte ich, ihrem Grab den Schatten zu versagen! Die Winde bat ich, auf ihr Grab allen Kehricht dieser Erde zu häufen! Ich rief den Teufel an: „Meine Seele sollst du haben, wenn du die Alte unablässig quälst!" Ich riß die Arme empor und schrie: „Gott, falls du einen Himmel hast, wirf sie hinaus!" Mit dicken Steinen wollte ich das Grabmal, das sie ihr errichten würden, zertrümmern ... Ich erwog, in Zeitungen auszuposaunen, sie habe, mit ihrer dunklen Brille und im Hemd, jeden Nachmittag auf dem Dachboden mit einem Packknecht Unzucht getrieben!

Erschöpft vor Haß fiel ich in tiefen Schlaf.

Pita weckte mich bei hereinbrechender Nacht; er brachte ein längliches Paket – das Fernrohr. Justino hatte es mir zugeschickt, mit den Freundesworten: „Hier kommt die bescheidene Erbschaft!"

Ich zündete eine Kerze an. Mit rauher Bitternis nahm ich das Fernrohr, zog es aus, schaute hindurch, wie von Bord eines Schiffes, das verloren auf den Wassern treibt. O ja, der scharfsinnige Justino hatte es richtig erkannt, die widerliche Patrocínio hatte mir auf nachtragend sarkastische Weise das Fernrohr übereignet, damit ich „den Rest der Erbschaft aus weiter Distanz" sehen sollte. Und ich *sah*, trotz nächtlicher Finsternis, *sah* klar und deutlich, wie der Herr vom Kreuzweg die Papierstöße an Kreditverschreibungen in seiner violetten Tunika verschwinden ließ, wie

Casimiro mit den Händen des Sterbenden die auf seiner Bettdecke verstreuten Silberarbeiten abtastete, wie der niederträchtige Negrão, im Zwillichrock und mit Galoschen, behaglich am Wassersaum spazierte, unter den Ulmen des „Mosteiro"! Und ich stand hier, mit dem Fernrohr in der Hand.

Ich für immer hier in der Travessa da Palha, in der Tasche dieser Hose mit verstärktem Boden bare siebenhundertzwanzig – um mich durch die Stadt und durch das Leben zu schlagen! Mit wildem Aufschrei warf ich das Fernrohr fort, und es rollte bis zu der Schachtel, die meinen auf der Pilgerreise durch das Heilige Land getragenen Korkhelm verwahrte. Da lagen sie einträchtig, dieser Korkhelm und dieses Fernrohr, die Embleme meiner zwei Existenzen – jenes des Glanzes und jenes der Not! Vor etlichen Wochen noch, mit diesem Korkhelm im Nacken, war ich der triumphale Raposo, der Erbe der Senhora Dona Patrocínio das Neves, in dessen Taschen das Gold klimperte, und um mich her blühten alle Duftblumen der Zivilisation, warteten nur darauf, von mir gepflückt zu werden! Nun aber, mit dem Fernrohr, war ich der armselige Schlucker Raposo, mit schiefgetretenen Absätzen, um mich her, schwarz und auf Verletzung erpicht, alle Disteln des Lebens ... Und warum dies alles? Weil eines Tages in einer Herberge einer Stadt in Asien zwei Pakete aus grauem Einwickelpapier vertauscht worden waren!

Nie hatte das Schicksal mit üblerem Spott aufgewartet! Einer frommen Tante, die alle Liebe wie eine schmutzige Sache haßte und nur darauf wartete, mir Immobilien und Silberzeug zu vererben, und für die ich, die Weiberschürzen schmähend, nach Jerusalem gereist war, um ihr eine Reliquie zu holen – der hatte ich das Nachthemd einer Handschuhverkäuferin mitgebracht! Statt dessen hatte ich in einer den Himmel für mich erweichenden Anwandlung von Mildtätigkeit einer armen, zerlumpten Frau mit einem weinenden, hungernden Kind am Hals einen Zweig voller Dornen gleich einem fetten Almosen hingeworfen! ... O

Gott, sage du mir! Sage du mir, o Teufel, wie kam die Verwechslung dieser Pakete zustande – diese Tragödie meines Lebens?

Sie glichen sich im Papier, im Format, in den Bändern! ... Das eine mit dem Hemd lag in der finsteren Tiefe des Kleiderschranks, das andere mit der Reliquie prangte zwischen zwei Leuchtern auf der Kommode. Und niemand hatte sie angerührt, nicht der fidele Pote, nicht der gelehrte Topsius, auch ich nicht. Keine Menschenhand, keine sterbliche Hand hatte es gewagt, die zwei Paketchen von der Stelle zu bewegen. Wer denn dann? Doch nur jemand mit „unsichtbaren" Händen.

Ja, da war irgendein körperloses, allmächtiges Wesen, das aus Haß die Dornen wundersam in Spitzengewebe verwandelt hatte, damit die Titi mich enterbte und ich für immer in die Abgründe der Armut stürzte!

Und während ich so tobte und mir die Haare raufte, sah ich die großen, hellen Augen des gekreuzigten Christus aus seinem quastenverzierten Rahmen kalt auf mich herabschauen, gleichsam die Niederlage meines Lebens auskosten.

Da ging mir ein Licht auf!

„Du warst es!" schrie ich; nun begriff ich das Wunder. „Du bist es gewesen! Du bist es gewesen!"

Die Fäuste schwingend, ließ ich meinen Klagen freien Lauf, hielt ich ihm vor, wie sehr er mein Herz beleidigt hatte: „Jawohl, du warst es! Du hast vor den frommen Augen der Titi die legendäre Leidenskrone in das schmutzige Hemd der Mary verwandelt! ... Warum denn nur? Was habe ich dir getan? Du undankbarer Gott! Wo und wann jemals hast du mehr Hingabe erfahren? Bin ich nicht Sonntag für Sonntag im schwarzen Anzug zu den besten Messen geeilt, die Lissabon dir darbietet? Hab ich mich nicht, nur um dir zu gefallen, Freitag für Freitag mit Klippfisch in Olivenöl gemästet? Hab ich in der Hauskapelle der Titi nicht Tage darüber verbracht, bei schmerzenden Knien dir deine bevorzugten Rosenkranzgebete zu murmeln? Hab ich nicht für dich alle nur möglichen Gebete auswendig gelernt? Gab es sonstwo in Gärten Blumen, mit denen ich nicht deine Altäre schmückte?"

Wütend mir Haare und Bart raufend, schrie ich ihn an, so nah am Bild, daß mein Zornhauch das Glas beschlug: „Sieh mich nur an! ... Erinnerst du dich nicht, dieses Gesicht und diese Haare vor Jahrhunderten schon gesehen zu haben, in einem marmornen Atrium, unter einem Sonnensegel, wo ein Prätor aus Rom Gericht hielt? Vielleicht hast du es vergessen! Groß ist die Kluft zwischen einem siegreichen Gott auf einem Traggestell und einem mit Stricken gefesselten Provinzrabbi! An jenem Tag des Nisan, als du deinen Gläubigen noch nicht komfortable Himmelsplätze und Glückseligkeit austeilen konntest, als du noch niemandes Besitzquell und Machtstütze warst; an jenem Tag, an dem die Titi und alle, die dir heute zu Füßen liegen, dich verspottet hätten wie die Tempelkrämer, die Pharisäer und der Mob auf der Burg; an jenem Tag, an dem die Soldaten, die dich heute zur Blasmusik eskortieren, und die Richter, die heute jeden einsperren, der dir die Ehre versagt oder dich ablehnt, und die Besitzenden, die dich mit Gold und mit Kirchenfesten überhäufen, sich zusammengerottet hatten mit ihren Waffen und ihren Gesetzesbüchern und ihren Geldbeuteln, um deinen Tod zu erwirken, weil du ein Revolutionär, ein Feind der Ordnung, der Schrecken des Eigentums warst; an jenem Tag, an dem du lediglich schöpferischer Geist und tätige Güte warst, gleichwohl den seriösen Menschen als eine soziale Gefahr galtest – an jenem Tag war in Jerusalem ein Herz, das spontan, ohne sich den Himmel zu erhoffen und ohne Angst vor der Hölle, für dich erbebte. Mein Herz war's! ... Du aber verfolgst mich jetzt! Warum nur?"

Plötzlich, o Wunder!, versprühte der fransengeschmückte grobe Rahmen flirrende Strahlen von der Farbe des Schnees und des Goldes. Das Glas tat sich mitten auf, blitzend und tosend wie ein Himmelstor. Und von innen schwebte Christus, ohne die Hände vom Holz zu lösen, auf mich zu, wuchs bis zu der Stuckdecke auf, in Gepränge und Glanz schöner als die über den Bergen aufsteigende Sonne.

Mit einem Schrei fiel ich auf die Knie, schlug entsetzt die Stirn gegen die Dielen. Und da vernahm ich, im Raum verteilt und vom sanften Murmeln einer zwischen Jasminen wehenden Brise, eine ruhige, gelassene Stimme: „Wenn du dich zur Graça begabst, einer Skulptur den Fuß zu küssen, so, um der Titi unterwürfig zu erzählen, mit welcher Frömmigkeit du es getan. Denn jedes Gebet auf deinen Lippen und alle Demut in deinem Blick waren nur dazu da, dem frommen Eifer deiner Tante zu gefallen. Der Gott, vor dem du hinknietest, das war das Geld des G. Godinho; und der Himmel, dem deine zitternden Arme sich entgegenreckten, das war das Testament der Tante ... Um dich in ein besseres Licht zu rücken, tatest du fromm und warst ungläubig, tatest du züchtig und warst verderbt, tatest du mildtätig und warst ein Geizhals; du heucheltest Sohnesliebe und warst ein Erbschleicher ... Du warst bar und grenzenlos ein Heuchler! Du führtest zwei Leben: eines voller Rosenkränze, Fasten und Novenen vor Augen der Titi, aber fernab von der Titi und verborgen war's ein anderes, voll von Gefräßigkeit, voll von Adélia, voll von Benta ... Stets logst du, und wahr zeigtest du dich dem Himmel und wahr der Welt nur dann, wenn du Jesus und die Heilige Jungfrau batest, sie sollten die Titi schleunigst krepieren lassen. Dann balltest du diesen geschäftigen Betrug eines ganzen Lebens in einem Paketchen, das einen Zweig aufnahm, der so falsch war wie dein Herz; dank seiner wolltest du das Silber und die Immobilien der Dona Patrocínio endgültig an dich bringen! Aber in dem anderen, ähnlichen Paket, mit Spitzen und Schleifchen versehen, führtest du durch Palästina den unleugbaren Beweis deiner Verstellung ... Nun, zu Recht war das Päckchen, das du der Titi schenktest und das die Titi öffnete, eben jenes, das ihr deine Verderbtheit offenbarte. Und dies, Teodorico, beweist dir die Untauglichkeit der Heuchelei."

Ich auf den Dielen stöhnte. Die Stimme murmelte weiter, wie der Abendwind in den Zweigen: „Ich weiß nicht, wer auf spitzbübische, schreckliche Weise deine zwei Pakete vertauschte; am Ende keiner; vielleicht du selbst! Dein Kummer, nun als Enterbter dazustehen, hat seinen Grund nicht in der Verwandlung der Dornen in Spitzen, vielmehr: du lebtest zwei Leben, ein böswilliges wahres und eines der gottesfürchtig tuenden Heuchelei. Seit du einerseits der fromme Raposo warst, andererseits aber der ausschweifende Raposo, konnte es dir nicht für lange glücken, vor den Augen der Titi ausschließlich die tugendsame, in sonntäglichen Kaschmir gekleidete Seite hervorzukehren. Unabwendbar der Tag, an dem sie dich, jäh entsetzt, in deinem nackten, wahren Wesen erkennen würde, schwarz vom befleckenden Laster ... Darum also, Teodorico, rede ich von der *Untauglichkeit der Heuchelei.*"

Da auf Knien spitzte ich unterwürfig meine Lippen den Füßen des Christus entgegen, die wächsern herabhingen, durchbohrt von Nägeln, die wie Geschmeide flirrend blinkten. Und die göttliche Stimme hallte über mich hinweg, brausend wie ein Sturmwind, der die Zypressen niederbeugt: „Du sagst, ich verfolge dich. O nein! Das Fernrohr und das, was du Abgründe der Armut nanntest, es ist deiner Hände Werk, nicht meines. Nicht ich gestalte die Episoden deines Lebens; ich wohne ihnen bei und werte sie gelassen ... Ohne daß ich einschreite oder eine übernatürliche Kraft Einfluß nimmt, kannst du in noch finsteres Elend sinken oder aber dich zu den ergiebigen irdischen Paradiesen aufschwingen und Direktor einer Bank werden ... Es hängt nur von dir ab und von deiner Anstrengung als Mensch ... Und weiter: Vorhin fragtest du, ob ich mich etwa nicht mehr deines Gesichts erinnerte. Ich aber frage dich, ob du dich noch meiner Stimme erinnerst ... Ich bin weder Jesus von Nazareth noch ein anderer von den Menschen geschaffener Gott ... Ich bin älter als die vergänglichen Götter: Sie verwandeln sich in mir, in mir lösen sie sich auf, und ewig bleibe ich um sie herum und ihnen überlegen; ich schaffe sie und vernichte sie im fortwährenden Bemühen, außerhalb meiner selbst den absoluten Gott zu zeugen, den ich in mir spüre. Mein Name ist Gewissen; jetzt im Augenblick bin ich dein eigenes, aus dir heraus in die Luft und ans Tageslicht gespiegeltes Gewissen, ich nehme vor deinen Augen die vertraute Form an, unter der du, schlecht erzogen und philosophisch wenig gebildet, mich zu begreifen pflegst ... Doch es langt, daß du dich erhebst und mich richtig anschaust, und dieses allumstrahlende Bild wird verlöschen."

Ich hatte den Blick noch nicht erhoben, und alles war entschwunden.

Da, gleichsam fortgerissen von der Augenscheinlichkeit des Übernatürlichen, warf ich die Arme in die Höhe und schrie: „O mein Herr Jesus, Gott und Sohn Gottes, der du Fleisch geworden und für uns gelitten hast ..."

Doch ich verstummte. In meiner Seele hallte unauslöschlich jene Stimme und bedeutete mir die Untauglichkeit der Heuchelei. Ich befragte das in mich zurückgefundene Gewissen, und im festen Glauben, daß Jesus nicht der Sohn Gottes und einer verheirateten Frau aus Galiläa war, sowenig wie Herkules der Sohn des Jupiter und einer verheirateten Frau aus Argolis war, spie ich von meinen nun für immer wahren Lippen den unnützen Rest des Gebetes.

Tags darauf betrat ich zufällig den Garten von São Pedro de Alcântara, ein Fleckchen, das ich seit meinen Jahren als Lateinschüler nicht mehr aufgesucht hatte. Und kaum hatte ich zwischen den Gartenbeeten ein paar Schritte getan, stieß ich auf meinen alten Freund Crispim, Sproß von Teles Crispim & Co. mit Spinnereifabrik in Pampulha – einen Kameraden, dem ich seit meinem Bakkalaureusexamen nicht mehr begegnet war. Der nämliche blonde Crispim, der mich einst in der Internatsschule der Isidoros auf dem Korridor verzehrend geküßt hatte, mir in der Nacht Briefchen schrieb und mir darin Schächtelchen mit Stahlfedern versprach. Der alte Crispim war gestorben, und Teles, reich und feist, war ein Vicomte de São Teles geworden; und dieser mein Crispim jetzt war die Firma.

Nachdem wir uns mit lautem Hallo umarmt hatten, bemerkte Crispim & Co. nachdenklich, ich sähe „arg häßlich“ aus. Er beneide mich um meine Reise ins Heilige Land, von der er aus dem „Jornal das Novidades“ erfahren habe, setzte er hinzu und spielte, kumpelhaft erfreut, auf „den fetten Happen“ an, den mir die Senhora Dona Patrocínio das Neves wohl hinterlassen hatte.

Bitter zeigte ich auf meine schiefgetretenen Absätze. Wir setzten uns auf eine Bank, neben einem Rosenklettergerüst; und dort, umgeben von Schweigen und Düften, erzählte ich von Marys unheilvollem Hemd, von der Reliquie im Paket, von dem Mißgeschick in der Hauskapelle, vom Fernrohr, von meinem armseligen Zimmer in der Travessa da Palha.

„Kurzum, mein allerliebster Crispim: hier bin ich, ohne einen Bissen Brot!“

Crispim & Co., tief beeindruckt, zwirbelte seinen blonden Schnurrbart und murmelte, dank Doktordiplom und Religion sei in Portugal jedem Manne seine Scheibe Brot sicher, manch einem fehle nur der Käse.

„Nun, den Käse kannst du von mir haben, alter Freund!“ fügte die Firma fröhlich hinzu und klatschte mir auf das Knie. „Einer von meinen Kontorangestellten in Pampulha hatte sich aufs Versemachen und auf den Umgang mit Schauspielerinnen verlegt ... Überdies gab er sich sehr republikanisch und verspottete die heiligen Dinge ... Tja, üble Sache, ich habe mich seiner entledigt. Du aber hattest eine schöne Schrift. Und addieren, das kannst du ja wohl ... Da ist das Schreibpult dieses Mannes, geh hin, es sind fünfundzwanzig Mil-réis, allemal der Käse!“

Zwei Tränen zitterten mir an den Wimpern; ich umarmte die Firma. Wieder murmelte Crispim & Co. mit saurer Miene: „Mann, arg häßlich siehst du aus!“

So begann ich der Spinnerei in Pampulha voll Eifer zu dienen; tagaus, tagein am Schreibpult, mit Ärmelschützern aus Glanzseide, kopierte ich in meiner schön geschwungenen Schrift Briefe und reihte Zahlenkolonnen in ein großes Kassabuch ... Die Firma brachte mir den Dreisatz und weitere Fertigkeiten bei. Und wie die vom Windhauch auf ein Fleckchen Brache gewehten Samenkörner unverhofft gedeihen und nützliches Pflanzgut werden, so sprossen dank den Lektionen der Firma meiner unkultivierten Natur als Bakkalaureus der Rechte beachtliche Fähigkeiten für den Handel mit Spinnereierzeugnissen. Schon betonte die Firma in der Körperschaftsversammlung am Largo do Carmo überzeugt: „Mein braver Raposo hat trotz Coimbra und trotz der Kompendien, die sie ihm da ins Hirn gehämmert haben, eine geschickte Hand für die seriösen Dinge!"

Nun, bei Dienstschluß an einem Sonnabend im August, gerade wollte ich das Kassabuch zuklappen, baute sich Crispim & Co. vor meinem Schreibpult auf, zündete sich lächelnd eine Zigarre an und sagte: „Hör mal, Raposo, zu welcher Messe gehst du eigentlich immer?"

Schweigend streifte ich meinen Ärmelschützer ab.

„Ich frage", fügte die Firma hinzu, „weil ich mit meiner Schwester morgen hinüber auf die andere Seite des Tejo will, wir haben da ein Landgut, die ‚Ribeira'. Also, wenn du nicht zu sehr an einer anderen Messe hängst, dann komm zu der von Santos, um neun; Mittag essen wir im ‚Hotel Central', von da setzen wir nach Cacilhas über. Mir liegt daran, daß du meine Schwester kennenlernst!"

Crispim & Co. war ein gläubiger Ehrenmann, dem die Religion unerläßlich dünkte für seine Gesundheit, seine geschäftliche Prosperität und die gute Ordnung im Lande. In aller Aufrichtigkeit besuchte er den Herrn vom Kreuzweg und war Mitglied der Bruderschaft des heiligen Joseph. Mein Vorgänger, dessen Arbeitsplatz ich nun einnahm, war ihm vor allem deshalb untragbar geworden, weil er im „Futuro", einer republikanischen Gazette, Feuilletons druckte, in denen er Renan pries und die Eucharistie beleidigte. Schon wollte ich Crispim & Co. sagen, daß ich der Messe in der Conceição Nova so sehr anhing, daß mir keine andere schmeckte, doch da erinnerte ich mich der gestrengen, heilsamen Stimme in der Travessa da Palha! Ich drängte die schmutzige, fromme Lüge zurück, die mir bereits über die Lippen wollte, und sehr bleich und sehr fest sprach ich: „Hör zu, Crispim, ich gehe nie zur Messe ... Lauter Lügenmärchen ... Ich kann nicht glauben, daß Gottes Leib Sonntag für Sonntag in ein Stückchen aus Mehl gebackener Hostie schlüpft. Gott hat keinen Körper, hat ihn nie gehabt ... All das ist Götzenanbetung, ist Frömmelei ... Ich sage dir das frank und frei ... Nun mach mit mir, was du willst. Ich nehme es hin!"

Die Firma biß sich auf die Lippen, musterte mich einen Augenblick und sprach: „Schau, Raposo, diese Aufrichtigkeit gefällt mir ... Ich mag gradlinige Menschen ... Der Kerl, der an diesem Schreibpult stand, sagte in meiner Gegenwart: ‚Ein großer Mann, der Papst!' Aber hinterrücks, in der Kneipe, machte er den Heiligen Vater mies ... Schwamm drüber! Du glaubst nicht, aber du hast Ritterlichkeit ... Also auf alle Fälle um zehn im ‚Central' auf ein gutes Mittagessen und dann unter Segeln hinüber zur ‚Ribeira'."

So lernte ich die Tochter der Firma kennen. Dona Jesuína hieß sie, war zweiunddreißig Jahre alt und schieläugig. Doch seit diesem sonntäglichen Ausflug über Fluß und Feld stimmten mich ihre Haare, voll und rötlich wie die der Eva, ihr strammer, üppiger Busen, ihre Haut von der Farbe eines reifen Apfels und das gesunde Lachen ihrer blanken Zähne nachdenklich, sooft ich am Spätnachmittag, die Zigarre im Mund, in die Unterstadt heimkehrte, am Aterro vorbei, und da die Masten der Flußbarken sah ...

Sie war bei den Salesianerinnen erzogen worden; sie wußte in Geographie Bescheid und kannte alle Flüsse Chinas, sie war in Geschichte beschlagen und kannte alle Könige Frankreichs; und sie nannte mich Teodorico Löwenherz, weil ich nach Palästina gezogen war. Sonntagabends speiste ich nun in Pampulha: Dona Jesuína briet Spiegeleier, und ihr Schielauge ruhte mit fortdauerndem Ergötzen auf meinem kraftstrotzenden, bärtigen Oberfuchsgesicht. An einem Nachmittag, beim Kaffee, lobte Crispim & Co. die königliche Familie, deren maßvolle Haltung in Dingen der Verfassung als auch die gütige Milde der Königin. Dann stiegen wir in den Garten hinab; und während Dona Jesuína die Pflanzen goß, drehte ich mir an ihrer Seite eine Zigarette und seufzte leis an ihrem Ohr: „Sie, hochverehrte Dona Jesuína, würden eine gute Königin abgeben, wenn das Füchslein hier König wäre!" Sie errötete und überreichte mir die letzte Rose des Sommers.

Am Tag vor Weihnachten trat Crispim & Co. an mein Schreibpult, deckte schelmisch den Hut über die Seiten des Kassabuches, das ich gerade mit Zahlen einschwärzte; er verschränkte die Arme und sprach mit frankem, achtungsvollem Lachen: „Von wegen Königin, wenn das Füchslein König wäre ... Sag an, Senhor Raposo, hegst du in dieser Brust echte Liebe für meine Schwester Jesuína?"

Crispim & Co. war sehr für Leidenschaft und Ideal. Schon wollte ich erwidern, daß ich die Senhora Dona Jesuína wie einen fernen Stern anbetete, aber da fiel mir die hehre, reine Stimme aus der Travessa da Palha ein! Ich drängte die sentimentale Lüge zurück, die mir schmachtend über die Lippen wollte, und sagte tapfer: „Liebe? Mitnichten ... Aber ein prachtvolles Dragonerweib ist sie; in puncto Mitgift gefällt sie mir sehr, und ich wäre ihr ein guter Ehemann."

„Gib her diese ehrliche Hand!" rief die Firma.

Ich heiratete. Und bin Vater. Ich habe eine Kutsche, die Achtung meines Wohnviertels und die Komturswürde. Und Doktor Margaride, der jeden Sonntag im Frack mit mir speist, ist überzeugt, daß mir der Staat wegen meiner Bildung, meiner beträchtlichen Reisen und meines Patriotismus den Titel eines Barons von Mosteiro schulde. Denn ich habe das ‚Mosteiro' gekauft. Der ehrenwerte Beamte ließ mich eines Abends beim Essen wissen, der widerliche Negrão wolle sein Eigentum in Torres abrunden und beabsichtige, den alten Herrensitz der Grafen von Lindoso zu verkaufen.

„Nun, lieber Teodorico, die Bäume dort", so erinnerte mich der verdienstliche Mann, „spendeten Ihrer Frau Mutter Schatten. Mehr noch: in ebenjenem Schatten wandelte

Ihr hochverehrter Vater! ... Ich, wenn ich die Ehre hätte, ein Raposo zu sein; auf der Stelle würde ich das ‚Mosteiro' kaufen und da noch einen Turm mit Zinnen bauen!"

Crispim & Co. setzte das Glas ab und sagte: „Kauf's, es ist eine Familiensache und steht dir gut."

Und kurz vor Ostern unterzeichnete ich in Justinos Anwaltsbüro, im Beisein von Negrãos Bevollmächtigten, das Schriftstück, das mich endlich, nach so viel Hoffen und so viel Entmutigung, zum Herrn des „Mosteiro" bestimmte!

„Was macht denn jetzt dieser Lump von Negrão?" fragte ich den guten Justino, als der Agent des schmutzigen Priesters gegangen war.

Der liebe, treue Freund schnipste mit den Fingern. Negrão raffte! In Gänze beerbt hatte er Pater Casimiro, dessen Leib auf dem Friedhof von São João und dessen Seele in Gottes Schoß ruhte. Nun spielte er den Intimus von Pater Pinheiro, der ohne Erben war; ihn hatte er zu sich nach Torres genommen, „um ihn zu pflegen". Da lebte nun der arme Pinheiro, noch verhärmter, verschlang die schrecklichen Abendspeisen des Negrão und streckte die Zunge vor jedem Spiegel heraus. Lange machte er nicht mehr, der Ärmste. So also hatte sich Negrão das Beste von G. Godinhos Besitz unter den Nagel gerissen. „Mit Ausnahme dessen, was dem Herrn vom Kreuzweg zugefallen ist, der ja kein zweites Mal stirbt", bemerkte Justino.

Ich knurrte, bleich: „Diese Bestie!"

„Ja, liebster Freund, nennen Sie ihn ruhig Bestie! ... Er hat eine Kutsche, hält Haus in Lissabon, hat sich der Adélia angenommen ..."

„Welcher Adélia?"

„Einer von strammem Fleisch. Sie hatte ein Verhältnis mit Eleutério, später ein Techtelmechtel mit irgendeinem Maulaffen, einem Bakkalaureus, weiß nicht, wie er hieß."

„Ich weiß es."

„Nun ja, Negrão hält sie aus, in Luxus, mit Treppenläufern, Damastvorhängen und allem ... und er sieht jetzt wohler genährt aus. Gestern begegnete ich ihm, er kam vom Predigen ... Jedenfalls sagte er: ‚Ich komme von São Roque, wo ich einem Teufel von Heiligen Nettigkeiten gesagt habe!' Negrão hat ja manchmal eine witzige Art. Und er hat gute Freunde, ein gutes Mundwerk und Einfluß in Torres ... Wir werden ihn noch als Bischof erleben!"

Ich kehrte zu meiner Familie zurück, nachdenklich. Alles, was ich erstrebt, und alles, was ich geliebt, sogar Adélia, besaß jetzt legitimerweise der widerliche Negrão! ... Ein entsetzlicher Verlust. Und er rührte nicht von den vertauschten Paketchen her und entsprang nicht meinen Heucheleien.

Nun – als Vater, Komtur und Besitzer von Gütern – war ich dem Leben gegenüber einsichtsvoller: sehr wohl fühlte ich, daß mir die Contos des G. Godinho einfach deshalb entgangen waren, weil mir in der Kapelle der Titi nur eines gefehlt hatte – der Heroismus, dreist etwas zu behaupten!

Jawohl! Als statt der Märtyrerkrone auf dem Altar der Titi ein sündiges Nachthemd auftauchte, hätte ich sicher und gefaßt ausrufen sollen: „Das ist die Reliquie! Ich wollte Euch überraschen ... Nicht die Dornenkrone ist's, sondern etwas Besseres: das Hemd der heiligen Maria Magdalena! ... Sie selbst hat es mir in der Wüste überreicht!"

Und gleich hätte ich es anhand dieses in gut lesbarer Schrift verfaßten Papiers bewiesen: „Meinem stattlichen kleinen Portugiesen, zum Gedenken, wie sehr wir genossen ..." Dies war der Brief, in dem mir die Heilige ihr Hemd darbot. Da strahlten ihre Initialen: M. M.! Und da war, klar und augenscheinlich, das Geständnis „wie sehr wir genossen". O ja, wie hatte ich es genossen, der Heiligen meine Gebete zum Himmel emporzusenden, und wie hatte die Heilige es genossen, meine Gebete zu empfangen!

Wer hätte es zu bezweifeln gewagt? Zeigen nicht die heiligen Missionare von Braga bei ihren Predigten Briefchen vor, die ihnen die Jungfrau Maria aus dem Himmel ungestempelt zugesandt? Und garantiert etwa nicht die „Nação“, die in ihren Falten die Frische des Paradieses birgt, die göttliche Authentizität dieser Botschaften? Ihrer Pflicht bewußt und in natürlichem Drang, dem schwanken Glauben Stütze zu geben, hätten die beiden Priester, Negrão und Pinheiro, das Hemd, den Brief und die Initialen sogleich als wundervollen Triumph der Kirche bejubelt. Die Tante Patrocínio wäre mir um den Hals gefallen, hätte „mein Sohn, mein Erbe“ gerufen. Reich wäre ich! Und wäre seliggesprochen! Mein Bild hinge in der Sakristei der Kathedrale. Der Papst hätte mir telegraphisch seinen apostolischen Segen erteilt.

So wären meine gesellschaftlichen Ambitionen befriedigt, am Ende gar auch die intellektuellen Ambitionen, die mir der gelehrte Topsius eingeimpft. Denn vielleicht hätte die hohe Wissenschaft dem Glauben den Triumph geneidet und dieses Hemd der Maria Magdalena für sich eingefordert, als archäologisches Zeugnis: geeignet, einiges aus der Sittengeschichte des Neuen Testaments noch aufzuhellen – die Machart der Hemden in Judäa im ersten Jahrhundert, den handwerklichen Stand bei der Herstellung von Spitzen in dem von Rom verwalteten Syrien, die Technik des Säumens unter den semitischen Rassen ... Europa würde mir die gleiche Achtung entgegenbringen wie einem Champollion, einem Topsius, einem Lepsius und anderen scharfsinnigen Wiedererweckern der Vergangenheit. Da riefe die Akademie: „Raposo, unter meine Fittiche!“ Renan, der sentimentale Häretiker, würde murmeln: „Welch süßer Kollege, dieser Raposo!“ Unverzüglich würden über Marys Hemd tiefgründige Bücher in deutscher Sprache geschrieben, versehen mit Landkarten, die meine Pilgerreise durch Galiläa verzeichneten ... Und also wäre ich heißgeliebt von der Kirche und gefeiert von den Universitäten, mit sicherem Plätzchen in der ewigen Glückseligkeit, mit meiner Seite im Geschichtsbuch, und ich würde, gut verpackt in die Contos des G. Godinho, langsam und friedlich Speck ansetzen.

Dies alles hatte ich verloren. Und weshalb? Mir fehlte in

einem ganz bestimmten Augenblick der *Heroismus dreister Behauptung*, der kraftvoll mit dem Fuß aufstampft oder bleich die Augen zum Himmel erhebt und mittels universeller Illusion zweierlei gebiert: Wissenschaften und Religionen.

Anmerkungen

13 *Kaiphas* – Hoherpriester, der nach dem Neuen Testament die Kreuzigung Jesu forderte.

14 *Chiado* – Volkstümliche Bezeichnung für die Rua Garrett, eine der elegantesten Geschäftsstraßen Lissabons.

15 *arbor, arboris, currus, curri* – (lat.) der Baum, des Baumes, der Wagen, des Wagens (fälschlich für currūs).

17 *Fado* – (port.) Schicksal, Verhängnis. Hier: Portugiesische Romanze, in der mit Gitarrenbegleitung das Schicksal von Menschen oder die Mühseligkeiten des Daseins und das Walten übernatürlicher Mächte besungen werden.

18 *Novenen* – In der katholischen Kirche neun Tage lang sich wiederholende Andachtsübungen.

19 *Telemach* – In der griechischen Sage Sohn des Odysseus und der Penelope; stand während der Abwesenheit seines Vaters der Mutter bei und half dem unerkannt heimkehrenden Vater im Kampf gegen die dreisten Freier seiner Mutter.

Rossio – Berühmter Platz im Zentrum Lissabons mit dem Denkmal Dom Pedros IV. und dem Nationaltheater Dona Maria II.

28 *Gloria Patri* – (lat.) Ehre sei dem Vater. Lobpreis in der katholischen Liturgie.

31 *São Carlos* – Lissabonner Opernhaus, 1793 nach dem Vorbild der Mailänder Scala erbaut.

36 *Graça* – Kirche in Lissabon.

68 *Lagiden* – Beiname des ägyptischen Herrschergeschlechts der Ptolemäer, benannt nach Lagos, dem Vater von Ptolemäus I.

70 *João de Castro* – (1500–1548), portugiesischer Feldherr und Seefahrer, vierter Vizekönig von „Portugiesisch-Indien".

Adamastor – Gestalt aus Luís de Camões' Epos „Die Lusiaden" (1572), ein Riese, der das Kap der Stürme (Kap der Guten Hoffnung) verkörpert.

Soares de Passos – António Augusto Soares de Passos (1826–1860), portugiesischer romantischer Dichter.

71 *Chulo* – (span.) Zuhälter.

71 *un poquitito el castellano* – (span.) ein ganz kleines bißchen Spanisch.

La más preciosa . . . – (span.) Zweifellos der prächtigste im ganzen Orient, meine Herren!

72 *„Mandolinata"* – Einst populäres Klavierstück des französischen Komponisten Émile Paladilhe (1844–1926).

78 *Luís de Camões* – (1524?–1580), bedeutendster portugiesischer Dichter; Verfasser des Epos „Die Lusiaden", in dem er im Gewande antiker Mythologie die portugiesischen Eroberungen in Asien verherrlichte.

83 *Consummatum est* – (lat.) Es ist vollbracht. Vgl. Neues Testament, Johannes 19, 30.

84 *Gute Göttin* – Römische segenspendende Göttin, auch Heilgöttin, Göttin der Frauen.

86 *Lazarist* – Angehöriger einer von Vincent de Paul 1624 gegründeten Kongregation für innere Mission, benannt nach der Priorei Saint-Lazare in Paris.

96 *Agnus Dei* – (lat.) Lamm Gottes. Geweihte Wachstäfelchen mit dem Bild des Lammes und der Kreuzesfahne (Symbol für das Sühneopfer Christi).

99 *Gottfrieds Sporen* – Gottfried IV. von Bouillon (um 1060–1100), Herzog von Niederlothringen, war Anführer des ersten Kreuzzuges (1096/99).

100 *Miserere!* – (lat.) Erbarme dich!

Kyrie eleison! – (griech.) Herr, erbarme dich!

104 *Afonso Henriques* – (1111–1185), seit 1139 (nach dem Sieg über die Mauren bei Ourique) als Afonso I. erster König von Portugal.

Herculano – Alexandre Herculano de Carvalho e Araújo (1810 bis 1877), portugiesischer liberaler Historiker, Dichter und Romancier.

108 *Salve regina* – (lat.) Sei gegrüßt, Königin! In der katholischen Kirche Hymnus an die Jungfrau Maria.

111 *Tetrarch* – (griech.) Vierfürst; im Altertum Herrscher über den vierten Teil eines Landes.

113 *Sebat* – Der elfte Monat im jüdischen Kalender.

Caesar – Ehrenname römischer Kaiser.

114 *Sadduzäer* – Angehörige der priesterlichen Führungsschicht der palästinensischen Juden zwischen 200 v. u. Z. und 70 u. Z.

Dekapolis – Ein Bund von ursprünglich zehn hellenistischen Städten im Ostjordanland (63 v. u. Z.– um 200 u. Z.).

116 *Exodus* – Name des 2. Buches Mose, das den Auszug des Volkes Israel aus Ägypten zum Inhalt hat.

Leviten – Priesterdiener im alten israelitisch-jüdischen Kultus.

121 *per aeternum* – (lat.) für alle Zeit.

126 *Nisan* – Der erste Monat im jüdischen Kalender.

Hillel – (um 60 v. u. Z.– um 10 u. Z.), aus Babylonien stammender jüdischer Gesetzeslehrer und Vorsteher des Hohen Rates in Jerusalem.

Hoher Rat – In Palästina höchste politische und juristische jüdische Instanz unter dem Vorsitz des Hohenpriesters (2. Jh. v. u. Z. bis 66 u. Z.).

128 *Ad Gruem Maiorem* – (lat.) Zum alten Kranich.

130 *Schma Israel* – (hebr.) Höre, Israel! Jüdisches Bekenntnisgebet. Vgl. Altes Testament, 5. Mose 6, 4.

Dekurio – Führer einer Dekurie, einer Abteilung von zehn Mann.

132 *Oh, salve pulcherrima!* – (lat.) Oh, sei gegrüßt, Schönste!

Viva la gracia! – (span.) Es lebe die Anmut!

136 *Zenturio* – Befehlshaber einer Hundertschaft.

147 *Tebeth* – Der zehnte Monat im jüdischen Kalender.

Purimfest – Jüdisches Freudenfest zur Erinnerung an die Errettung der Juden im Perserreich.

148 *Essener* – Mönchsartige jüdische Vereinigung in Palästina (2. Jh. v. u. Z.–3. Jh. u. Z.) mit streng jüdischem Gottes- und Gesetzesverständnis.

150 *Jesus, Sohn des Sirach* – Jerusalemischer Jude, Verfasser einer Sammlung von Weisheitssprüchen (um 190 v. u. Z.).

151 *Prätor* – Beamter im alten Rom mit richterlichen Befugnissen; nach Ablauf seiner Amtszeit als Statthalter in einer Provinz.

152 *Judas Makkabäus* – Im 2. Jh. v. u. Z. Führer der jüdischen Volks- und Unabhängigkeitsbewegung in Palästina, hervorgerufen durch gewaltsame Hellenisierungsmaßnahmen des syrischen Königs Antiochos' IV.

153 *Korban* – (hebr.) Opfer, Gabe.

156 *Praetorium* – Hier: Sitz des römischen Statthalters in Jerusalem.

159 *Prätorianer* – Angehöriger der kaiserlichen Leibgarde im alten Rom.

178 *Bene et belle!...* – (lat.) Sehr richtig, ausgezeichnet! Besser kann es nicht sein!

184 *Trireme* – Dreiruderer; antikes Kriegsschiff mit wahrscheinlich drei Ruderreihen schräg übereinander.

Velabrum – Marktplatz im alten Rom.

186 *Sopherim* – Schriftgelehrte, Thorakundige.

194 *Akoluthen* – (griech.) Begleiter; Priestergehilfen.

203 *Kithara* – Weitverbreitetes altgriechisches Zupfinstrument.

Kinnor – Althebräisches harfenartiges Saiteninstrument.

209 *Kislew* – Der neunte Monat im jüdischen Kalender.

221 *Tapioka* – Tapiokasuppe, zumeist aus Maniokmehl zubereitet.

225 *C'est le beau Nicolas, holà!* – (franz.) Holla, der schöne Nicolas!

229 *Guardian* – Der Vorsteher in Franziskaner- und Kapuzinerklöstern.

238 *Lusiade* – Abkömmling des Lusus, des mythischen Stammvaters der Portugiesen.

239 *vom Schlage eines Albuquerque* – Alfonso de Albuquerque (1453 bis 1515), portugiesischer Seefahrer und Eroberer, zweiter Vizekönig von „Portugiesisch-Indien".

255 *Gama* – Vasco da Gama (1469–1524), berühmter portugiesischer Seefahrer; Entdecker des Seewegs nach Indien (1497/98).

269 *De profundis* – (lat.) Aus der Tiefe [rufe ich, Herr, zu dir]. Anfangsworte des 130. Psalms.

288 *Champollion* – Jean-François Champollion (1790–1832), französischer Archäologe; Begründer der modernen Ägyptologie, Entzifferer der Hieroglyphen.

Lepsius – Karl Richard Lepsius (1810–1884), deutscher Ägyptologe; Begründer der modernen wissenschaftlichen Ägyptologie.

Nachwort

Der meistdiskutierte Roman von Eça de Queiroz (1845–1900), „Die Reliquie“, wurde 1887 erstmalig in einer brasilianischen Zeitung („Gazeta de Notícias“, Rio de Janeiro) in Fortsetzungen abgedruckt und erschien anschließend, noch im selben Jahr, als Buch. Zu diesem Zeitpunkt war Eça de Queiroz in Portugal und Brasilien bereits ein anerkannter Romancier der realistischen Schule – einer Schule, deren erstes Manifest er selbst auf der „Konferenz des Lissabonner Kasinos“ im Jahre 1871 vorgetragen hatte. In diesem Manifest sowie noch in den „Farpas“ (Die Spitzen), einer kritischen Monatschronik sozialpolitischen und kulturellen Inhalts, die er zusammen mit Ramalho Ortigão ab 1871 herausgab, lehnte er sich stark an eine Schrift von Proudhon („Über das Prinzip der Kunst und ihrer sozialen Bestimmung“) an, da er den Realismus in der Kunst und in der Literatur für den angemessensten Ausdruck der ernstesten Bestrebungen seiner Epoche erklärte. Er forderte die Behandlung von Sujets, die der zeitgenössischen Gesellschaft entlehnt sind und sich der kritischen Behandlung anbieten. Unter portugiesischen Verhältnissen richtete sich die Kritik auf das gesellschaftliche und kulturelle Leben unter der seit 1822 herrschenden konstitutionellen Monarchie. Der Proudhonsche Idealismus sowie andere Einflüsse, die von der sogenannten Generation von 1870, der Gruppe, der Eça de Queiroz angehörte, aufgenommen wurden (insbesondere die historische Evangelienkritik eines Ernest Renan sowie das Idealbild des menschlichen Fortschritts bei Jules Michelet und Victor Hugo), orientierten diese Gesellschaftskritik vor allem auf moralische, erzieherische, religiöse und politische Aspekte und ließen Fragen von Produktion und Ausbeutung mehr oder weniger außerhalb des Gesichtskreises. So wollte Eça de Queiroz mit seinem ersten Roman, „Das Verbrechen des Paters Amaro" (1876), die zwielichtige Atmosphäre von aufdringlich zur Schau getragener Bigotterie und unverhüllter Lebenslust anprangern und den unheilvollen Ausgang aus dem Dilemma festhalten, so wie er es in der Provinzstadt Leiria erlebt hatte, wo er für einige Zeit Administrator gewesen war. Und im „Vetter Basilio" (1878) entwarf er das jämmerliche Bild der Lissabonner Bourgeoisie, indem er die Geschichte des Ehebruchs einer jungen Frau aus geachteten Kreisen erzählt, eines Opfers der Sentimentalität, der häuslichen Isolierung und der Langenweile sowie einer gehässigen Erpressung durch das verbitterte Dienstmädchen.

In den achtziger Jahren arbeitet Eça de Queiroz vorwiegend im Ausland – bedingt durch seine diplomatische Tätigkeit – an seinem großen Vorhaben, das gesellschaftliche Leben Portugals in einem Romanwerk nachzugestalten; aus dieser Zeit datieren sein Meisterwerk „Die Maias" (1888) sowie noch einige, erst postum (1925) veröffentlichte Romane, wie „Die Hauptstadt", „Der Graf von Abranhos", „Alves & Co.". Dabei wird er in jenem Jahrzehnt, vielleicht aus Mangel an unmittelbarem Kontakt mit dem heimatlichen Milieu, wie er meint, oder entsprechend seinem bald lyrischen, bald satirischen portugiesischen Temperament, wie er auch behauptet hat, dem großen gesellschaftskritischen Unternehmen eine andere Richtung geben: er erreicht durch phantasieerfüllten historischen und geographischen Abstand einen deutlichen Realismusgewinn, ebenso durch das Karikieren, zum Beispiel von der Position des vorgeblich naiven Erzählers aus, oder durch den eigenen satirischen oder ironischen Ton in der Darstellung. Wenn von Ironie die Rede ist, wird von den portugiesischen Lesern ganz spontan der Name Eça de Queiroz genannt. Erinnern wir uns, daß das Wort „Ironie" im sokratischen Sinne „Fragekunst" bedeutet und daß sich die Ironie in die philosophische Didaktik einordnen läßt. Poetische Ironie bedeutet im allgemeinen das Erwecken des Sinnes für das Widersprüchliche. In den Werken von Eça de Queiroz sind die menschlichen Widersprüche insofern gegenwärtig, als der Autor selten etwas erzählt oder beschreibt, erzählen oder beschreiben läßt, ohne in die Haut der jeweiligen Person, eines fiktiven Erzählers in der ersten Person oder auch einer historischen Gestalt, geschlüpft zu sein. Die Sprechweise und die Sicht auf die Dinge sind stets mehr oder weniger ins Lächerliche gezogen, karikiert, den Gegensatz zum alltäglichen Wirklichkeitsempfinden hervorhebend, der sich dem Leser unmerklich aufdrängt. Häufig äußert eine Gestalt Ansichten, die ihrem tatsächlichen Verhalten widersprechen, so wie wir es in ihren weniger kontrollierten Reden und Gedanken kennen. Kurz, der Queirozsche Stil zeichnet sich durch die Allgegenwart und die ironischen Effekte der erlebten Rede aus, die übrigens der Autor erst in die portugiesische Prosa eingeführt hat. Bei Eça de Queiroz handelt es sich um die rhetorische Mimesis der einzelnen sozial personifizierten Gestalten mit einer flagranten Aufdeckung von entsprechenden Illusionen oder Mystifikationen im Denken wie in Äußerungen.

Mário Sacramento, ein marxistischer Kritiker, erklärte die Queirozsche „Ästhetik der Ironie" aus folgendem grundsätzlichem Konflikt: Der Autor spricht der portugiesischen Bourgeoisie einerseits die politische Sensibilität ab, wie sie ungefähr vierzig Jahre nach einer durch die französischen Revolutionen (vor allem durch die von 1830) inspirierten liberalen Revolution an der Tagesordnung war; andererseits herrscht Enttäuschung über einen utopischen Sozialismus, dem eine Gruppe junger Intellektueller (vor allem Akademiker) zwischen 1864 und der Pariser Kommune 1871 voller Enthusiasmus anhing, der sich aber als nicht anwendbar erwies, vor allem nicht unter den in Portugal herrschenden Verhältnissen. Zum besseren Verständnis dieser Ironie müssen wir berücksichtigen, daß Eça de Queiroz, unehelicher Sohn eines Adligen, in seinem Milieu und seiner Zeit in einem hypokritischen Moralismus befangen, immerhin der einzige portugiesische Schriftsteller war, der sich seit ungefähr 1866 in Feuilletons, die später zu einem Band unter dem Titel „Barbarische Prosa" (postum 1903) vereinigt wurden, für den ideenreichsten und unmittelbarsten Ausdruck poetischer Sensibilität empfänglich zeigte, einer Sensibilität, die damals auf die fortgeschrittensten Kreise innerhalb der bürgerlichen Gesellschaft einwirkte: Heine (in der Übersetzung von Nerval), Baudelaire, Poe sowie die kühleren Zeitgenossen wie Gautier, Flaubert und die französischen Parnassiens.

In der Novelle „Der Mandarin" (1880) nimmt diese Auffassung erneut Gestalt an, jedoch auf ihre erste, realistische Phase zurückgeführt, um im Gegensatz zu dem weiten Raum eines mephistophelischen Traums und eines orientalischen Exotismus ein Schlaglicht auf die Jämmerlichkeit des resignierenden Lissabonner Kleinbürgertums zu werfen. Auch in der „Reliquie", an der er seit 1884 arbeitete, wie später in seinem „Berühmten Haus Ramires" (1900) findet der Naturalismus im damaligen Sinne sein ideelles Gegengewicht in einer Nebenhandlung, die sich organisch in das Hauptgeschehen einordnet. In dem letztgenannten Roman ist die Nebenhandlung eine historische Erzählung voller Heldentaten und Gewalttätigkeiten mittelalterlicher Vorfahren, eine Erzählung, die der Protagonist verfaßt, die aber seinem eigenen furchtsamen, sanftmütigen Verhalten gänzlich widerspricht. In der „Reliquie" nimmt etwa ein Drittel des Textes die unerklärbare, wundersame Vision des erzählenden Protagonisten ein, die diesen während einer Pilgerreise ins Heilige Land bis an den Kulminationspunkt der Passion Jesu heranführt, und zwar in Anlehnung an Ernest Renans „Leben Jesu" und außerdem in einer minutiösen Darstellung, die heutzutage einem Drehbuch für einen Film über Jesus nahekäme, für dessen Realisierung unter Mitwirkung eines vorzüglichen Regisseurs ein Team von Historikern, Archäologen und Ethnographen vonnöten wäre.

Die Kritiker „realistischer“ Positionen, vor allem die portugiesischen, haben nachdrücklich auf die Unwahrscheinlichkeit einer solchen Vision hingewiesen, die einem derart mittelmäßigen Protagonisten zugeschrieben wird; und dieses Argument der Unwahrscheinlichkeit war es, auf das sich 1889 die Real Academia das Ciências in Lissabon berief, als sie die Preisverleihung für dieses Werk voller Empörung ablehnte. Gut, es muß eingeräumt werden, daß Eça de Queiroz keinerlei Bedenken in puncto Unwahrscheinlichkeit der Persönlichkeit und des entsprechenden Charakterbildes hatte, auch nicht hinsichtlich der Vision, die von einer Aura des Fremdartigen, der Reizwirkung auf alle Sinne umgeben ist: Farben, Gerüche, Empfindungen, Assoziationen, das babylonische Sprachgewirr, Trachten, Gebräuche, Zeremonien, Gesten, Marktplätze, Handelsgüter, Waren aus dem gesamten römischen Imperium. In dieser Vision wird, wie bereits in einem früheren, von Sarkasmen strotzenden Traum von der Himmelfahrt des gekreuzigten Christus, der ironische Stil verstärkt, indem der Autor den Protagonisten und das Ensemble der Figuren reden und erzählen läßt und die Grenzen ihres geistigen Horizontes bestimmt; von deren Sprache, der des Lissabonner Bürgertums von 1870, von dem Ausdruck eines individuell und sozial begrenzten Bewußtseins hebt sich enthüllend, entlarvend eine andere, ästhetisch höhere Form der Sprache und des Bewußtseins ab: die des Autors.

Es handelt sich um das komplexeste Gefüge der Queirozschen Ironie; eine aufmerksame Lektüre führt zu einer schier endlosen Perspektive von aufeinanderfolgenden Spiegelungen, soweit die einzelnen Spiegelungen überhaupt wahrnehmbar sind. Vielleicht ist dies auch einer der Gründe, warum „Die Reliquie“ zu den am häufigsten übersetzten Werken des Autors zählt, zugleich zu den ersten, die Maxim Gorki für seine „Bibliothek der Weltliteratur“ auswählte; ebenso steht „Die Reliquie“ in Beziehung zu Michail Bulgakows „Der Meister und Margarita“ (nach einer Auskunft, die ich Konstantin Simonow verdanke), sofern das typische Gestaltungsmittel in Betracht kommt: die kontrapunktische Gestaltung von Realem und Geträumtem. Eça de Queiroz würde, was das Recht auf eine derart inkohärente Phantasie der Wahrscheinlichkeit in der Handlung betrifft, Bedenken äußern, obwohl, wie wir uns erinnern, er der erste portugiesische Schriftsteller gewesen ist, der die Kühnheit der Phantasien bei E. T. A. Hoffmann, Poe, Heine, Nerval und Baudelaire begriff und sich zu eigen machte.

In diesem Spiel mit Spiegeln reflektiert die unmittelbarste und wahrscheinlichste Gesamtheit der Bilder, durch den Roman heraufbeschworen, die Laster und Lächerlichkeiten einer Gesellschaft unter konstitutionell liberaler Herrschaft, im Genuß einer angemessenen Bodenrente, einiger Finanz- oder Handelsspekulationen sowie kleiner Privilegien, jedoch immer im Schatten der Bürokratie und der politischen Klientel der wechselnden Parteien nach jenem Wahlmechanismus, der stets der Regierung den Sieg sichert, über die Seine Majestät die Hand hält. Doch während Eça de Queiroz im „Vetter Basilio“ und in den „Maias“ vorwiegend die Lissabonner bürgerliche Familie, die Formen ihres Zusammenlebens sowie ihr Nachäffen der französischen oder englischen Kultur beleuchtet, befaßt er sich in der „Reliquie“ mit dem klerikalen Milieu und der Frömmelei, die eine lange, inzwischen der Bourgeoisie angepaßte Tradition hat und, obwohl der Hintergrund die Hauptstadt ist, von enger, provinzieller Machart ist. Die Gruppe der Jüngeren – überwiegend Akademiker –, zu der Eça um 1860 gehörte, übernahm von einem aufrührerischen Romantiker, Alexandre Herculano, die ätzende Kritik an den Anpassungsbestrebungen der katholischen Geistlichkeit in der neuen, liberalen und bürokratischen Gesellschaft auf ideologischem wie auf tagespolitischem Feld. Doch während der alte Romantiker, ein Soldat der liberalen Revolution, sich für ein Christentum geschlagen hatte, das, frei von politischer Macht, im Schoße kleiner autonomer Gemeinschaften von Bauern und von

Handwerkern blühen sollte, wurden die renommierten jungen Intellektuellen ungefähr zwischen 1865 und 1873 zu Anhängern des Proudhonschen Utopismus und richteten ihr Hauptaugenmerk auf eine „demokratische" Religion des reinen moralischen Gewissens, auf die alle bekannten Symbole der christlichen Gefühlswelt anwendbar wären, vornehmlich die Märtyrerfigur Jesus, der als Visionär aufgefaßt wurde sowie als höchste Verkörperung aller Revolutionäre durch die Jahrhunderte. Der charakteristischste Vertreter dieser Strömung war der Dichter und Wortführer Antero de Quental (1842–1891), Mitbegründer der portugiesischen Sektion der Ersten Internationale sowie der Portugiesischen Sozialistischen Partei.

„Das Verbrechen des Paters Amaro" ist das Werk, in dem Eça de Queiroz sehr explizit dem Katholizismus eine „natürliche" und völlig auf das Gewissen gegründete Religion entgegenstellt, insbesondere in den beiden umgearbeiteten Fassungen und in der Buchveröffentlichung: einerseits treten die politisierenden Kleriker auf, die über das fromme Volk eine totale Herrschaft ausüben, indem sie Kanzel und Beichtstuhl als Plattform benutzen; andererseits begegnet der Leser einem bescheidenen Dorfpfarrer, einer außergewöhnlichen Charaktererscheinung, einem Arzt, der von naturwissenschaftlichen Ideen geradezu besessen ist, und noch zwei romantischen, das heißt antiklerikalen Gestalten, die einer „liebenswürdigen Religion" huldigen, der eine philosophische Philanthropie und eine „Verschmelzung der Natur mit dem lieben Gott" zugrunde liegt.

Bereits im Jahre 1869 unternahm Eça de Queiroz eine Reise nach Ägypten (wo er der Eröffnung des Suezkanals beiwohnte) und nach Palästina. Er machte zahlreiche Reisenotizen, die postum („Ägypten", 1926) veröffentlicht wurden, und begann nach seiner Rückkehr im Jahre 1870 in Fortsetzungen seine Erzählung „Der Tod Jesu" (die ein Fragment blieb) zu veröffentlichen, die er einem Hauptmann der Tempelwache in Jerusalem in den Mund legt. Jesus wird als der Mann aus dem einfachen ländlichen, vegetationsreichen, noch halb heidnischen Galiläa dargestellt, im Gegensatz zu den Mitgliedern des Hohen Rates in ihrer Erbärmlichkeit, den von Gier erfüllten, reichen Händlern und der römischen Besatzung im verderbten Jerusalem. Der Erzähler sieht in ihm einen Rebellen, einen Patrioten, einen Inspirator im Kampf gegen die Reichen, die Heuchler, die Pharisäer, die Okkupanten. Doch wird er am Ende von der Verkündigung des Nazareners überrascht, daß sein Reich, das Reich Gottes, nicht von dieser Welt sei. Die Erzählung klingt mit einer ironischen Andeutung aus, die das Unvermögen des Erzählers, sich eine erhabene, ideale Vorstellung außerhalb seines Begriffsvermögens zu bilden, hervorzuheben scheint. Übrigens ist „Ideal" ein Schlüsselwort der ersten romantisierenden Texte von Eça de Queiroz, Antero de Quental und seinen Gesinnungsgenossen.

Zur Einordnung der „Reliquie" muß festgestellt werden, daß der Autor, ästhetisch gesehen, niemals sein gefühlsmäßiges Zögern in Anbetracht des utopischen Vorschlags einer „natürlichen" Religion und des „Gewissens" aufgeben sollte, so daß seiner ästhetischen Lösung – erklärtermaßen – stets ein ironischer Beigeschmack anhaften wird, und der Gipfel dieser Ironie zeigt sich in diesem Roman. Das trifft auch auf die Geschichte „Das liebliche Wunder" aus dem postum erschienenen Band „Erzählungen" (1902) zu, eine Erbauungsgeschichte, die bereits vertont und bei Wohltätigkeitsveranstaltungen aufgeführt wurde. Und ebenso gibt es in der „Reliquie" ein „liebliches Wunder", dessen Sinn, im Kontext gesehen, ironisiert wird; nämlich die Schilderung einer weinenden Mutter mit ihrem kleinen Kind – ohne Obdach, all ihrer Habe ledig –, der der Protagonist seine Reliquie, ein Erinnerungsstück (das kostbare Nachtgewand aus den Liebesnächten in Alexandria), zuwirft, in Wahrheit aber die Dornenkrone Christi. Das Musterbeispiel einer tragischen Farce. Der genannte Erzählungsband enthält einen Text der „natürlichen" Religion ohne Dogmen und ohne antibiblische Satire, „Adam und Eva im Paradies", sowie einen weiteren anspruchsvollen über das menschliche, rein irdische Leben, der frei ist von allen Gelehrsamkeitsmythen („Die Vervollkommnung"). In der „Korrespondenz des Fradique Mendes" (postum 1900), die die Biographie und die Briefe eines fiktiven Dandys enthält sowie einiges über den Nahen Osten, gibt es zwei Briefe, die das ironische Gegengewicht zu einigen sehr aggressiven Passagen im „Verbrechen des Paters Amaro" bilden. In einem dieser Briefe (angeblich an Guerra Junqueiro, einen scharf antiklerikalen Poeten, gerichtet) erfolgt sozusagen eine Rechtfertigung der Formalisierung, des Zeremoniells auch in den positiven Religionen, was im „Pater Amaro" noch der Lächerlichkeit preisgegeben wurde: eine Religion, die das Ritual ausschließt, sei zum Untergang verurteilt; in einem anderen Brief wird als Musterbeispiel ein Pater Salgueiro gezeigt, der sein Geschick bei Wahlintrigen beweist und in elementarsten theologischen Fragen die krasseste Unwissenheit offenbart. Zu den postum erschienenen Werken von Eça de Queiroz gehören ein „Wörterbuch der Wunder" (1900), eine nüchterne Zusammenfassung von Wundern, die, thematisch und alphabetisch geordnet, der Erläuterung dienen, sowie der Band „Letzte Seiten" (1912), der Entwürfe von drei Heiligenleben enthält: Heraus ragen ein heiliger Onuphrius, der die asketische Einsamkeit hinter sich läßt, um sich einzig und allein den Menschen zu widmen, sowie ein heiliger Christophanes in Gestalt eines gewaltigen Geistesschwachen, der, nachdem er der Feudalaristokratie als willfähriges Instrument gedient, schließlich begreift, daß sein Kampf auf seiten der aufständischen Bauern geführt werden muß, und der die nachfolgenden Revolten der Ausgebeuteten vorhersieht, die jahrhundertelang scheitern, doch letzten Endes den Sieg erringen werden.

In der „Reliquie" wächst Teodorico Raposo, der Protagonist, als Kind auf einem Herrensitz, einem alten Adelsnest, auf, von dem er lange Jahre getrennt ist, weil er ihm nicht als Erbteil zugefallen war, den er aber dann in seiner Eigenschaft als ein Doktor der Rechte (der typische Aufstieg in Bürokratie oder Politik) erwirbt oder als Ausweis bürgerlicher ökonomischer Solidität, durch eine Vermögensheirat begründet. Er ist ein charakteristischer Vertreter der damaligen „allgegenwärtigen und allmächtigen liberalen Bourgeoisie", die im Grunde keinen Glauben besitzt; zudem erfährt er aus dem Munde seines Schwagers, daß die Religion als „unerläßlich für seine Gesundheit, seine geschäftliche Prosperität und die gute Ordnung im Lande" zu betrachten ist. Dem Autor geht es hier nicht darum, seinen Protagonisten oder irgendeinen Statisten als individuell faßbaren oder glaubhaften psychologischen Charakter darzustellen. Die Personen, insbesondere Teodorico, gehören zu einem fiktiven Typus, in dem sich Farce, Allegorie, zeitgenössische Erfahrungen und antike Reminiszenzen, Lissabonner Atmosphäre und orientalisches Kolorit mit Elementen der Abneigung und Zuneigung, mit Zügen der Heuchelei und des Idealismus mischen, und sind mit zahlreichen Anspielungen und Deutungen befrachtet. Die Verhaltensweisen, die sich aus der erschreckenden Abhängigkeit des Protagonisten von seiner frömmelnden Tante ergeben und darauf gerichtet sind, in den Besitz der Erbschaft zu gelangen („Reich war sie, die Titi! Da hatte man brav zu sein, hatte man sich der Titi stets dankbar zu zeigen! Das hatte er von klein auf gelernt."), erklärt dieser selbst in gegebenen Augenblicken als „Demütigungen seiner liberalen Lebensauffassung". Aber dieser bürgerliche Liberalismus, der sich zuweilen atheistisch, auf satanische Weise dem Idealismus Jesu überlegen gebärdet, zuweilen zu dem gekreuzigten Jesus in massiver Vergoldung, die das Kapital symbolisiert, betet, verknüpft den plattesten Aberglauben katholischer Sinnesart mit handfester Streberei und niedrigsten Gelüsten. In Teodoricos Reden ist das ganze sentimentale Vokabular mit Diminutiven und anderen infantilen Wendungen zu finden, im vertraulichen Umgang mit den Geliebten ebenso wie bei dem tartüffschen Verhalten zu den Dingen der Religion; er preist die heiligen Stätten Palästinas und die verehrungswürdigen Gegenstände in demselben Jargon, der Alltagssprache, dessen sich das Lissabonner Kleinbürgertum damals bediente, wenn es um Kaufen und Verkaufen ging.

Andererseits erlebt der Leser die Reise durch das Heilige Land und das Heraufbeschwören der Leidensgeschichte Jesu während der festlichen Vorbereitungen zum jüdischen Passahfest als eine Verallgemeinerung (sowohl in der Zeit als auch im Raum) der schon erwiesenen und von Teodorico erneut erlebten Heuchelei. Die Heuchelei bezieht sich auf das Jerusalem, wie es ihm entgegentritt („Schlimmer als Braga!" erklärt sein Landsmann Alpedrinha und zieht den Vergleich zu der traditionalistischsten Erzdiözese in Portugal.), auch auf das Jerusalem der Frohen Botschaft: überall zeigt sich das Pharisäertum, der rituelle und theologische Formalismus, die grausame Intoleranz, das zügellose Schachern. Jedermann liebedienert, alles ist käuflich. Doktor Topsius, der sich als deutscher Historiker der Zeit der Lagiden und der Herodes-Dynastie verschrieben hat und der archäologische Führer auf der Pilgerfahrt von der Gegenwart in die Vergangenheit ist, trachtet in gewissen Augenblicken danach, dem flatterhaften südländischen, sinnlichen und prahlerischen Temperament Teodoricos die fundierte, skrupulöse Wissenschaft gegenüberzustellen; doch entpuppt sich in ideologischer Hinsicht diese Art Gelehrsamkeit vermittels pedantischer Detailstudien als Gegenstand der Käuflichkeit und Liebedienerei. Topsius gibt sich dafür her, die Echtheit der Reliquie, der Dornenkrone, zu bescheinigen, obwohl in historischer Sicht, zu der er als Spezialist verhilft, dieses Detail des Evangelienberichtes ausdrücklich widerlegt ist. In seinem eigenen, karikierenden Bericht über das „durchwanderte und erläuterte Jerusalem" wird das Päckchen mit einer derartigen Relrquie als Mitbringsel von einer nachträglichen Pilgerfahrt zu den heiligen Stätten bestimmt, so als wäre es Gebein eines „edlen lusitanischen Fidalgos". Es sei angemerkt, daß der deutsche Gelehrte, dessen wissenschaftliche Selbstaufgabe sich auf der Reise in die Vergangenheit erweist, im Roman der Vertreter einer weltlichen Exegese der jüdisch-christlichen Traditionen, formuliert durch Feuerbach, Strauß, Bauer und ganz allgemein durch die Junghegelianer, ist, aber mit der „deutschen Feigheit im

Sozialen" unter Bismarcks Herrschaft ausgestattet. Im Deutschen Reich sieht er den Erben der alten militärischen römischen Zucht, welche einstmals dem Babel der orientalisch-mediterranen Kulturen aufgezwungen wurde.

Der satirische Gehalt des Romans verbindet also religiöse Illusion mit der wissenschaftlichen „Illusion". Man denke nur an den Augenblick, als Topsius und Teodorico, nachdem sie den Schwindel mit der Dornenkrone ausgeheckt hatten, den herrlichen Entschluß mit Champagner feiern, wobei der eine auf die Wissenschaft trinkt, der andere auf die Religion. Auch im Schlußsatz des Romans wird nochmals ironisch vermerkt, daß sich „Wissenschaften und Religionen" in der menschlichen „universellen Illusion", Frucht des „Heroismus dreister Behauptung", die Waage halten.

Befassen wir uns nun mit zwei am häufigsten diskutierten Aspekten des Romans, die übrigens zu den heikelsten des Queirozschen Werkes und der fast ständigen Ironie zählen. Enthält dieser Roman eine ethische Lektion oder die einfache Feststellung eines moralischen, mit einem reinen ästhetizistischen Genuß verbundenen Skeptizismus? Und wie stellt sich in seiner innersten Absicht der Zusammenhang zwischen einem christlichen Erbe (in welcher Auslegung?) und einer fortschrittlichen Geschichtsphilosophie her?

Am Ende des Romans lauscht der erzählende Protagonist – jenseits aller Dogmen der positiven Religionen – seinem Gewissen, dem moralischen Gewissen, wie es von Proudhon und vielen anderen Idealisten gefordert wurde; als Beispiel sei Dostojewski mit seiner Auffassung von „Schuld und Sühne" genannt (hier gleicht Raskolnikow dem in Gedanken an das viele Geld vom Tod einer Alten, seiner Tante, träumenden Teodorico), wo das Gewissen zu der Erkenntnis führt, daß Heuchelei ein untaugliches Mittel ist. Aber hier wird moralische Lektion nur im Sinne von Gewissensbissen aufgefaßt – oder zurückgewiesen – und soll in bezug auf das katholische Pharisäertum, ein Erbe der monarchisch-herrschaftlichen, inquisitorischen, fortschrittsfeindlichen Traditionen dreier Jahrhunderte, „liberal“ sein. Als Teodorico eine alte, zarte Jugendfreundschaft zu Crispim wieder auffrischt, einem der typischen Geschäftsleute, die von der liberalen Regierung geadelt wurden, bietet sich ihm die Gelegenheit, eine Zweckheirat mit der Schwester seines Freundes einzugehen, die zwar schieläugig, aber in verschiedener Hinsicht „zum Anbeißen“ ist, und er macht sich dessen Lebensstil zu eigen: ideologischen, besonders religiösen Konservatismus, Jagd auf das Handelskapital, sodann das stillvergnügte Genießen des Grundbesitzes und der Komturwürde. Für den, der mit der bürgerlichen Ideologie nicht konform geht, zumindest in Gestalt eines Teodorico, ist es erkenntlich, daß das Proudhonsche Bewußtsein nicht die Mystifikationen geändert hat. Als sich zum Beispiel am Ende herausstellt, daß Pater Negrão, ein Tartüff radikalsten Schlages, dank dem „Heroismus, dreist etwas zu behaupten“, schließlich über den größten Teil des Erbes der Dona Maria do Patrocínio triumphiert, gewinnt der Skeptizismus hinsichtlich der Religionen als auch der vermeintlich kritischen Religionsgeschichtsschreibung wieder völlig die Oberhand – was bleibt, ist die Flucht in den Nihilismus oder Pyrrhonismus, in den Nietzscheschen Vitalismus, in den kolonialistischen oder imperialistischen Pragmatismus (der jeglicher autoritären Diktatur – sofern sie nicht faschistisch ist – zu Gebote steht, wie in Portugal, wo verschiedene Male dazu angesetzt wurde, mit dem Ergebnis, daß schließlich dem Volk eine gewaltige, fast ein halbes Jahrhundert [1926–1974] währende Unterdrückung auferlegt wurde).

Es gibt ein Charakteristikum, das von der Kritik noch nicht genügend berücksichtigt worden ist und dem gesamten belletristischen Werk Eça de Queiroz’ innewohnt: den südländisch-lateinischen Männlichkeitskult eines Teodorico, seine Schürzenjägerei, seine Sexualität, gehüllt in Sentimentalität, Frömmelei und Mammonismus. Von Adélia, einer gewöhnlichen Prostituierten des Lissabonner Bairro Alto, bis zu der eleganteren käuflichen Engländerin in Alexandria, von den „hohepriesterlichen“ Dirnen des

Nahen Ostens bis zur Maria aus Magdala (und anderen Palästinenserinnen), deren Liebe zu Jesus der „Anfangslegende" des Christentums zugrunde liegen würde, gibt es bei Eça de Queiroz keine Frauengestalt, die nicht als Objekt oder Mittel zur Machterlangung dient. Der Leser, der auf gewisse Einzelheiten in den Gesprächen bei den Bekenntnissen des Teodorico Raposo achtet, wird entdecken können, daß dieser Männlichkeitswahn nicht einer authentischen Männlichkeit entspricht, denn er birgt Momente des Narzismus sowie Andeutungen von daraus sich ergebenden Perversitäten in sich: er ist die erkaufte und durch soziale Umstände dem eigenen Instinkt aufgezwungene Männlichkeit. Vergessen wir nicht, daß Portugal eines der lateinischen Länder ist, in denen die Frau in häuslicher und sexueller Hinsicht am stärksten unterdrückt ist, und daß Portugal auch eines der lateinischen Länder ist, in denen die größte Wirrheit in der sozialen Hierarchie des Zueinanderverhaltens besteht. In der kurzen Episode, die die Beziehungen zwischen Teodorico und Adélia widerspiegelt, spannt sich eine weite Skala von Umgangsformen, die vom feierlich-demütigen Ton zu Beginn bis zu sentimentalen Verniedlichungen in der intimen Sphäre reicht und sich dann wiederum bis zum Spott und zur unverhüllten Beschimpfung ausweitet.

Die wirkliche Einstellung (sowohl in diesem Roman wie im Gesamtwerk) zu der Gestalt Jesu und zu einem gewissen orientalisch-christlichen, franziskanischen wie auch pseudorevolutionären Ideal der „Heiligkeit" ist nicht leicht bloßzulegen. Unter einer Schicht von antipharisäischer und antiobskurantischer Satire vom Portugal des Jahres 1875 bis zum Palästina aus seinen Tagen sowie aus einem Abstand von fast zwei Jahrtausenden ist ein romantischer „Satanismus" zu entdecken, der mit dem faustischen Mephistopheles, vielleicht mit Byron, aber ganz sicher mit Baudelaire in Verbindung zu bringen ist und von den frühen Texten Eça de Queiroz' bis zur Parodie auf die Himmelfahrt Christi (in Teodoricos Traum) reicht. Dieser satanische Ästhetizismus verquickt sich mit dem romantischparnassischen Ästhetizismus des antiken orientalischen Pittoresken, das Eça, angeregt durch seine eigenen Reiseeindrücke als auch durch verschiedene Orientreisende und Historiker sowie durch seine Erinnerung an das Karthago in Flauberts „Salambo", in einer schwelgerischen Fülle von Details zum Ausdruck bringt.

Noch tiefer schürfend, ist Jesus als utopischer „Visionär" der Gerechtigkeit und der Gleichheit zu erkennen, ein „Freund der Menschen", die verfrühte Verkörperung des utopischen revolutionären Ideals. Im Gegensatz zu dem Christus in der Hauskapelle der Tante Patrocínio, der „ganz aus Gold war und strahlte", war Jesus auf dem Kalvarienberg, gemartert wie ein Sklave und gekreuzigt im Hinblick auf die vielen künftigen Kreuze, „nicht aus Elfenbein und nicht aus Silber", auch nicht eine Verkörperung beispielhafter Ethik und noch weniger der leibhaftige Gott. In einer Laienversion der „Erinnerungen Judas'" von Petruccèlli della Gattina heißt es, daß Jesus vorsätzlich betäubt wird, um sein Leiden zu lindern und um eine Wiederauferstehung vorzutäuschen. Im Evangelium nach Sankt Teodorico-Topsius werden die grausamsten Details der kanonischen Leidensgeschichte fortgelassen. Jesus vollbringt Wunder, aber das haben auch andere schon getan, sogar für Geld; er geht wie ein Don Quijote vor, als er die ärmsten der Händler, die über keine Vorzugsplätze verfügen wie die Reichen, aus dem Tempel jagt. Diese Art Evangelium, von Teodorico in einer Vision erlebt, wird vom Autor keiner Geisteshaltung zugeordnet. Teodoricos „Individualität" enthüllt sich an diesem Gegenstand auf unterschiedliche, ihn selbst verwirrende Weise: bald verhält er sich als einfacher, unwissender Zeitgenosse Jesu und zeigt sich gewissermaßen beeindruckt von der ungerechten Tat der Kreuzigung; bald entsetzen ihn, der seltsamerweise in den Vorhof des Tempels, zu dem Fremdlinge keinen Zutritt haben, eingelassen wurde, die Grausamkeit des jüdischen Opferns, die Festgelage und die Orgien; bald glaubt er sich in Gegenwart „seines" Gottes und Herrn zu befinden. Derartige Inkonsequenzen liegen übrigens auf der

Ebene seines „Liberalismus", er pendelt zwischen frommen Übungen und dem gotteslästerlichen Männlichkeitskult, er vergißt Jesu beim Anblick weiblicher Wesen, und mögen es auch Prostituierte sein, er rechtet auf der Schiffsreise mit Gott, dem er eine junge begehrenswerte Nonne nicht zu entreißen vermag.

Teodorico, Bakkalaureus und geadelter Bürger des Konstitutionalismus, hat übrigens ein Alter ego, einen Doppelgänger, ebenfalls einen Portugiesen, der jedoch der ausgebeuteten Klasse angehört und sehr servil auftritt: Alpedrinha, einen, den die Not aus der Heimat vertrieben hat (wie Millionen andere, die im 15. Jahrhundert das Abenteuer suchten, sich der Piraterie verschrieben, der Plünderung, der Kolonialistenherrschaft in Afrika, Indien und Brasilien und die seit ungefähr 1870 zuerst in Südamerika, dann in europäischen Ländern ihr Auswanderungsziel sahen und noch sehen). Er gehört nicht zu den vom Schicksal Begünstigten, teilt aber deren Vorurteile. Auch er wird, wie Teodorico, von der Sehnsucht nach seiner Heimat und dem Gang der Dinge dort gequält, nach allem, was er bereits erlebt hatte oder erlebt haben könnte; er ist „der letzte Lusitaner", das heißt, er ist der letzte Held (oder der letzte pikareske Antiheld) der „Lusiaden", des Nationalepos über die Entdeckung des Seewegs nach Indien. Alpedrinha lebt heute noch: vielleicht gehört er zu der einen Million von portugiesischen „Gastarbeitern", die traurig „fremde Lasten schleppen".

Die historischen Widersprüche in Gestalt eines Teodorico setzten sich zu Eças Lebzeiten fort und verschärften sich. Der Autor blieb davon nicht unberührt. Noch im Jahre 1900 träumte er von einer kolonialen „Wiedergeburt" („Das berühmte Haus Ramires") und in dem postum veröffentlichten Werk „Stadt und Gebirge" (1901) von einer „Erneuerung" des alten Landadels, dem er selbst entstammte und mit dem er durch Heirat (1886) verbunden blieb. Doch die soziale Ungerechtigkeit, die kapitalistische Ausbeutung berührten ihn tief. Ihm schwebte ein neues Ideal vor: das eines heiligen Onuphrius und eines heiligen

Christophanes („Letzte Seiten", postum 1912), die sich von asketischer Passivität lossagen, sich für die Solidarität mit den Armen und Ausgebeuteten entscheiden, sogar (zumindest der heilige Christophanes) einen Sieg der Bauern und Proletarier ahnen, wobei aber abschirmend stets eine alternierende Antwort mitschwingt, aus dem Munde Jesu, Teodorico Raposos (und Eça de Queiroz') Herrn, daß sein Reich nicht von dieser Welt sei.

Óscar Lopes

José Maria Eça de Queiroz

Die Maias

Episoden aus dem romantischen Leben
Roman. Aus dem Portugiesischen von Rudolf Krügel.
1986. 837 Seiten. Serie Piper 587

Über hundert Jahre nach dem Erscheinen dieses bedeutendsten portugiesischen Romans des 19. Jahrhunderts liegt erstmals eine deutsche Übersetzung vor. Eça de Queiroz entwirft das Gemälde einer Gesellschaft, die aus den Resten des alten Landadels und aus der neuen, zu Reichtum und Macht gelangten bürgerlichen Schicht besteht. Dieses Bild wird belebt durch eine Fülle von Figuren – Künstler, Kokotten, Politiker, Diplomaten, reiche Bohemiens –, deren einzelne Züge karikierend hervorgehoben werden und die doch unverwechselbare Individuen sind, durch liebevolle Milieuschilderungen und farbige Beschreibungen des Stadt- und Landlebens.
Queiroz, der große Realist, hat mit diesem Gesellschaftsroman den melancholischen Abgesang auf eine ganze Kultur geschrieben, die am schönsten in der Figur des alten Afonso da Maia verkörpert ist.

Werke der Weltliteratur

Dante Alighieri
Die Göttliche Komödie

Aus dem Italienischen von Karl Vossler.
Mit einem Vorwort und Anmerkungen von K. Vossler. 1986. 525 Seiten.
Serie Piper 500

Eines der großen Werke abendländischer Dichtung in der Übertragung des berühmten Romanisten Karl Vossler, die als die beste und lesbarste gilt. Die »Göttliche Komödie« faßt alle Strömungen des Mittelalters zusammen: Gnostische, neuplatonische, arabische und scholastische Traditionen sind ebenso wie die volkstümlichen Vergil-Legenden des Mittelalters zu einem in sich geschlossenen harmonischen Kosmos gefügt. Der auf christlicher Zahlensymbolik beruhende Aufbau, die Dramatik der Szenen, sprachliche Schönheit und Ausdruckskraft machen diese vor über sechs Jahrhunderten entstandene Dichtung zu einem faszinierenden Werk.

Henry Fielding
Die Geschichte des Tom Jones, eines Findlings

Roman. Aus dem Englischen von Roland U. und Annemarie Pestalozzi, unter Benutzung der Übersetzung von Johann Joachim Christoph Bode aus den Jahren 1786 bis 1788.
Herausgegeben, mit Anmerkungen und einer Einführung versehen von Norbert Miller. 1986. 1224 Seiten. Serie Piper 493

»Tom Jones« ist für die englische Literatur, was der »Simplizius Simplizissimus« ein Jahrhundert zuvor für die deutsche war: ein Entwicklungsroman, ein realistisches Gesellschaftsbild, dessen Moral aber die engen Grenzen seiner Zeit sprengt, einer der ersten großen realistischen Romane und zugleich ein Höhepunkt der Gattung, ein Erzroman, den man niemals auslesen kann. »Tom Jones« erzählt die Geschichte eines leichtsinnigen Jünglings, der turbulente Abenteuer zu bestehen hat, bis aus dem Tunichtgut ein pflichtbewußter Gentleman geworden ist.

Werke der Weltliteratur

Carlo Emilio Gadda
Die Erkenntnis des Schmerzes

Roman. Mit einem Nachwort von Hans Magnus Enzensberger.
Aus dem Italienischen von Toni Kienlechner. Neuausgabe 1985. 254 Seiten.
Serie Piper 376

»Die Erkenntnis des Schmerzes« nimmt einen außergewöhnlichen Platz in der italienischen Literatur ein. Das Thema ist die Zerstörung der bürgerlichen Welt. Der Ort der Handlung, die Lombardei, ist in ein imaginäres Argentinien verlagert, der italienische Faschismus wird ironisch vermummt als Wach- und Schließgesellschaft charakterisiert.

Carlo Emilio Gadda
Die gräßliche Bescherung in der Via Merulana

Roman. Aus dem Italienischen von Toni Kienlechner. Neuausgabe 1986.
Serie Piper 466

Gaddas Meisterwerk, das mit den Werken von Rabelais, Jean Paul und Joyce verglichen wurde, schildert vordergründig einen Kriminalfall, der sich in den 20er Jahren in der gutbürgerlichen Via Merulana in Rom ereignet hat. Bei der Suche nach dem Täter (den Tätern?) führt der Weg vom biederen Bürgertum direkt in das Milieu der Dirnen, Zuhälter, Streuner und Gangster: Hinter der spießigen Moral lauert die Korruption, und der Fall wird rasch zum heillosen Durcheinander, zur »gräßlichen Bescherung«.

Giuseppe Tomasi di Lampedusa
Der Leopard

Roman. Aus dem Italienischen von Charlotte Birnbaum.
20. Aufl., 240. Tsd. 1986. 198 Seiten. Serie Piper 320

»Der Leopard«, einer der schönsten Romane der Weltliteratur, schildert den Niedergang eines sizilianischen Adelsgeschlechts zur Zeit Garibaldis.

»Die Qualität dieses Buches ist so bedeutend, daß es auf keine zeitliche Bedingung angewiesen ist, um auf uns zu wirken. Freilich, die eigentliche Quelle des Entzückens, mit dem uns ›Der Leopard‹ erfüllt, ist die unbegrenzte Freiheit und Anmut, mit der alles, jeder Gedanke und jede Stimmung, ihren sprachlichen Ausdruck findet.«
Friedrich Siegburg, FAZ

Fjodor M. Dostojewski

Aufzeichnungen aus einem Totenhaus und drei Erzählungen

Übertragen von E. K. Rahsin.
4. Aufl., 12. Tsd. 1976. 863 Seiten. Leinen und Leder
(Auch in der Serie Piper 688 lieferbar)

Gesammelte Briefe 1833–1881

Übersetzt, herausgegeben, kommentiert und mit einem Nachwort versehen von Friedrich Hitzer. 1986. 410 Seiten. Serie Piper 466

Die Brüder Karamasoff

Roman in vier Teilen mit einem Epilog. Übertragen von E. K. Rahsin.
21., im Anhang veränderte Aufl., 134. Tsd. 1985. 1331 Seiten. Serie Piper 402

Die Dämonen

Roman. Übertragen von E. K. Rahsin. 15. Aufl., 93. Tsd. 1985.
1031 Seiten. Leinen (Auch in der Serie Piper 403 lieferbar)

Der Doppelgänger

Frühe Romane und Erzählungen. Übertragen von E. K. Rahsin.
3. Aufl., 9. Tsd. 1976. 918 Seiten. Leinen und Leder

Der Idiot

Roman. Übertragen von E. K. Rahsin.
Mit einem Nachwort und einer Zeittafel von Ilma Rakusa.
16., im Anhang veränderte Aufl., 106. Tsd. 1983. 983 Seiten. Leinen
(Auch in der Serie Piper 400 lieferbar)

Der Jüngling

Roman. Übertragen von E. K. Rahsin.
1986. 919 Seiten. Leinen
(Auch in der Serie Piper 404 lieferbar)

Onkelchens Traum

Drei Romane. Übertragen von E. K. Rahsin. 2. Aufl., 7. Tsd. 1970.
1002 Seiten. Leinen
(Auch in der Serie Piper 405 lieferbar)

Fjodor M. Dostojewski

Rodion Raskolnikoff
Schuld und Sühne. Roman. Übertragen von E. K. Rahsin.
11. Aufl., 71. Tsd. 1975. 763 Seiten. Leinen
(Auch in der Serie Piper 401 lieferbar)

Sämtliche Erzählungen
Übertragen von E. K. Rahsin. 6. Aufl., 49. Tsd. 1984. 528 Seiten. Geb.
(Auch in der Serie Piper 338 lieferbar)

Sämtliche Werke in zehn Bänden
Übertragen von E. K. Rahsin. 1980. 9223 Seiten.
(Leinen und Leder in Kassette)

Der Spieler
Späte Romane und Novellen. Übertragen von E. K. Rahsin.
3. Aufl., 12. Tsd. 1974. 783 Seiten. Leinen

Der Spieler
Aus den Aufzeichnungen eines jungen Mannes.
Roman. Übertragen von E. K. Rahsin.
1986. 218 Seiten. Serie Piper 507

Tagebuch eines Schriftstellers
Übertragen von E. K. Rahsin. 3. Aufl., 9. Tsd. 1977. 666 Seiten. Leinen

Anna Grigorjewna Dostojewski
Erinnerungen
Das Leben Dostojewskis in den Aufzeichnungen seiner Frau.
Herausgegeben von René Fülöp-Miller und Friedrich Eckstein.
Aus dem Russischen übersetzt von Dmitri Umanski.
3. Aufl., 21. Tsd. 1980. 426 Seiten; 26 Fotos. Leinen

Piper 12/86

Jean Paul

Blumen-, Frucht- und Dornenstücke oder Ehestand, Tod und Hochzeit des Armenadvokaten F. St. Siebenkäs

Herausgegeben von Norbert Miller.
Nachwort von Walter Höllerer. 1986. 410 Seiten. Serie Piper 571

Jean Pauls vertrackt-verwirrte Geschichte vom Armenadvokaten Siebenkäs, der nur durch einen Körpertausch mit dem seelenverwandten Freund Leibgeber sowie durch einen vorgetäuschten Tod mit feierlichem Begräbnis den Schrecken der Ehe wie der Armut zu entrinnen vermag, gehört zu den originellsten Schätzen der deutschen Literatur.

Hesperus oder fünfundvierzig Hundposttage

Eine Lebensbeschreibung. Herausgegeben von Norbert Miller.
Nachwort von Walter Höllerer. 1987. 849 Seiten. Serie Piper 576

»Da hat sich aber neuerlich ein gewisser Herr Richter in Hof hervorgetan. Dessen Hesperus habe ich mir als Not und Hülfsbüchlein für meine alten Tage kommen lassen. Der Mensch ist mehr als Herder und Schiller, er hat eine Allübersicht wie Shakespeare« – Christoph Martin Wieland rühmte 1795 den Roman des 32-jährigen Jean Paul, sofort bemerkend, daß hier ein epochaler Romancier am Werk war.

Dr. Katzenbergers Badereise

Herausgegeben und mit einem Nachwort von Norbert Miller.
1987. 355 Seiten. Serie Piper 572

Mit dem handfesten Vorsatz, seinen Rezensenten Strykius gehörig durchzuprügeln, macht sich Dr. Katzenberger nach Bad Maulbronn auf. In Begleitung seiner Tochter und eines Herrn von Nieß, beide für Natur, Kunst und vor allem füreinander schwärmend.
Diese ereignisreiche Reise gibt dem Satiriker Jean Paul die Möglichkeit, alle Register seines Könnens zu ziehen.

Jean Paul

Die unsichtbare Loge

Herausgegeben und mit einem Nachwort von Norbert Miller.
1986. 519 Seiten. Serie Piper 573

Jean Pauls 1793 erschienener Roman »Die unsichtbare Loge« blieb Zeit seines Lebens unvollendet, eine »geborene Ruine«, wie er selbst darüber sagte. Der versöhnliche Schluß, die »beigeleimte« Idylle »Leben des vergnügten Schulmeisterlein Maria Wutz in Auenthal« bietet kein Ende für den großangelegten Romanentwurf, der nach einem politischen, einem gesellschaftlich orientierten Abschluß verlangt hätte. Daß es gerade das »Schulmeisterlein Wutz«, diese still-friedliche Rückwendung in die beschränkte Beschaulichkeit war, auf die das 19. Jahrhundert seine Wertschätzung Jean Pauls gründete, ist nur ein allzu deutliches Indiz, wie gerne Jean Paul von seinem Publikum mißverstanden wurde.
Die mit aller Raffinesse und dem reichen Repertoire des Abenteuer- und Erziehungsromans gearbeitete »Loge« ist dennoch bis heute eines der kraftvollsten Lust- und Lesestücke unter den deutschen Romanen geblieben.

Vorschule zu Jean Paul
Ein Lesebuch

Herausgegeben von Friedhelm Kemp, Norbert Miller und Georg Philipp.
1986. 406 Seiten. Serie Piper 542

»Das begreif ich nicht, der ist noch über Goethe, das ist ganz was Neues«, soll Karl Philipp Moritz über das Werk Jean Pauls gesagt haben – und auch heute noch überwältigen manchen Leser die gewaltigen Wortkaskaden, die himmelstürmenden Bilder, die der vielstimmigste unter den deutschen Dichtern in seinen Romanen vor dem Leser auftürmt.
Als eine »Vorschule«, eine Einleitung und eine Einladung zu Jean Paul versteht sich dieses Lesebuch, das den Dichter in und mit seinem Werk vorstellt – die Herausgeber haben versucht, in einer geschickten Collage aus Originalzitaten und erläuternden Zwischentexten die Hauptwerke vorzuführen – keine Romanextrakte, sondern kräftige, appetitanregende Prisen aus dem reichen Angebot der Jean Paul'schen Prosa.